"진정해라!
《천변만화》가 억누르고 있다.
아직 늦지 않았어! 상쇄시켜라

로제마리가 한 말의 의도를 파악한 자들이 곧바로
땅바닥에 손을 대고, 땅속으로 퍼져가고 있는
파괴의 힘을 상쇄시켰다.

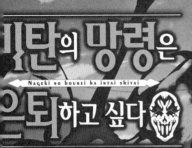

비탄의 망령은

Nageki no bourei ha intai shitai

은퇴하고 싶다

~최약 헌터에 의한 최강 파티 육성술~

7

글 : 츠키카게

Chyko

일러스트 : 치코

CONTENTS

제7부

무제제

Prologue
새로운 명예
008

제1장
제왕학 레벨8
027

제2장
가짜와 진짜
130

제3장
천변만화의 책략술
223

제4장
진짜 보스
290

제5장
무제제
382

Epilogue
비탄의 망령은 은퇴하고 싶다 ⑦
471

Interlude

저주
511

외전

《비탄의 악령》은 모험하고 싶지 않다!
515

후기
524

기고 일러스트/ 치코
528

기고 일러스트/ 헤비노 라이
529

제7부

무제제

Chapter VII "BUTEISAI"

Prologue   새로운 명예

제도여………… 나는 살아서 돌아왔다!

트아이잔트와는 달리 세련된 거리. 사람들과 지나다니는 마차를 보니 매우 정겨운 느낌이 들었다. 제도가 고향은 아니지만 나도 이 도시에 애착을 품고 있었던 건가?

크게 심호흡을 하며 폐에 공기를 들이마셨다. 갈 때 이런저런 일들이 있었던 것과는 달리 돌아올 때는 별다른 이벤트가 없었다. 여전히 마물 무리에게 습격당하긴 했지만, 비행선이 추락한 것과 비교하면 별것 아니다.

"평소보다 편했네……."

"?! 너, 진심이냐, 입니다!"

크류스가 정색하며 말했다. 키르나이트는 입을 다물고 있다.

호위 계열 임무를 맡으면 항상 험한 꼴을 당하게 된다. 이번에도 이런저런 일들이 있긴 했지만, 뭐, 결과가 좋으면 된 거지.

게다가 융단과 스마트폰, 테름이 쓰던 보구까지 얻어버렸다.

옆에 서 있던 융단의 어깨를 탁탁 두드리자 융단이 내게 춥을 날렸다. 슬슬 나를 태우고 제대로 날아줬으면 하는 건 너무 사치스러운 생각인가?

클랜 하우스에 도착한 뒤 신세를 많이 진 크류스와 헤어졌다. 전투 쪽 의미로도, 정신적인 지주라는 의미로도, 그리고 보구 충전이라는 의미로도 그녀는 MVP다.

"흥…… 정말 험한 꼴을 당했다고, 입니다. 이제 쉽사리 불러내지 마라, 약한 인간."

"……뒤풀이라도 할까?"

"……라피스에게 보고해야 해, 입니다. 애초에 나하고 약한 인간, 키르나이트 밖에 없잖아, 입니다! 이 녀석은 대체 뭐였던 건데, 입니다. 결국 말을 거의 안 했잖아, 입니다!"

자기 이야기를 하고 있는데도 정작 키르나이트는 내 옆에 차렷 자세로 서있기만 했다.

"글쎄………… 그래도 믿음직하긴 했잖아?"

"요, 용케도 그런 말을 하는구나, 약한 인간. 그런 부분은 솔직히 놀랍긴 해, 입니다."

"배신자를 한 명 더 넣는 것보다는 낫지."

"?!"

깜짝 놀란 크류스 앞에서 키르나이트의 어깨를 탁탁 두드렸다. 처음에는 어떻게 되나 싶었는데, 그는 처음부터 끝까지 내 기대치를 뛰어넘었다. 마지막에는 프란츠 씨의 태도도 꽤 누그러졌다. 뭐, 정상인 것 같던 테름이 적이었으니까…….

그때, 키르나이트가 움찔거리며 떨었다. 마치 기계처럼 힘찬 동작으로 팔을 움직이고는 천천히 투구를 들어 올렸다. 크류스가 눈을 크게 떴다. 나타난 것은——— 얼굴이 아니라 구멍이 두 개 뚫린 종이봉투였다.

"키르키르……."

마치 인사를 하듯 소리를 낸 다음, 키르나이트는 곧바로 말없이 클랜 하우스로 들어갔다. 다양한 마물과 전투를 벌이는데 익숙해진 《시작의 발자국(퍼스트 스텝)》 헌터들이 길을 비켜주었다.

키르나이트는 곧바로 계단을 올라가 (아마도) 3층에 있는 시트리의 연구실로 향했다.

"…………사실 키르키르 군이었습니다."

말도 안 돼…… 그러고 보니 시트리가 은근슬쩍 말했던 것 같기도 하고…….

평소에 박력이 너무 강해서 그런지, 전신 갑주로 특징을 전부 가리니 진짜로 알아볼 수가 없었다.

진심으로 감탄하고 있던 내게 크류스가 조용히 말했다.

"…………내 마음씨가 착하지 않았으면 두들겨 맞았을 거다, 입니다."

"역시 크류스, 착해!"

"너, 나를 바보라고 생각하는 거잖아, 입니다!"

크류스가 나를 쿡쿡 찔러댔다. 그렇게 황제 호위 의뢰는 무사히 끝을 맞이했다.

오랜만에 보구인 『퍼펙트 베케이션(쾌적한 휴가)』을 벗고 평소 옷차림으로 클랜 마스터실에 있는 의자에 몸을 기댔다.

이제야 살 것 같은 느낌이 들었다. 트아이잔트도 나쁜 나라는 아니었지만, 역시 나는 이곳에서 빈둥거리는 게 성격에 맞는 것 같다. 쾌적한 것도 완벽한 건 아니라는 뜻일 것이다.

자, 골치 아픈 일이 아직 남아있긴 하지만…… 일단 미뤄둘까.

그런 생각을 하고 있자니 노크 소리가 들렸다. 내가 대답하자 평소처럼 한 치의 빈틈도 없는 에바가 들어왔다.

호위 의뢰 때는 따라오지 않았으니 에바 얼굴을 보는 것도 오랜만이다.

"어서 오세요, 크라이 씨. 호위 의뢰는 어떠셨나요? 소문을 듣긴 했는데……."

"다녀왔어. 30점 정도려나. 별일 없었고?"

"30점………… 이쪽은 별다른 문제가 없었습니다. 특이한 일이라고 하면――― 《등화기사단(토치 나이츠)》이 원정에서 돌아왔었네요. 이미 다시 떠났지만요."

"호오, 타이밍이 안 좋았네."

"그들은 용병이니………… 토우카 씨도 안타까워했습니다."

《등화기사단》은 《시작의 발자국》에서 가장 많은 인원이 소속된 파티다. 마치 군대처럼 질서 있는 행동이 특기인 희귀한 파티이며, 전장을 찾아 항상 전 세계를 돌아다니고 있기에 제도로 돌아오는 경우는 별로 없다. 아마 그 파티는 제도가 거점이라고 생각하지도 않을 것이다. 참고로 《등화기사단》은 클랜 설립 파티 중한 곳이기도 한데, 그렇게 클랜에 들어올 이유가 별로 없는 파티가 협력해준 건 시트리가 비싼 포션을 선물했기 때문이다.

다시 말해, 돈이라는 거다. 파티 리더인 콘고인 토우카의 좌우명은 '목숨은 돈으로 살 수 있다'이다.

시트리와 매우 상성이 좋고, 시트리와 상성이 좋기에 자연스럽게 나와도 상성이 좋다. 《등화기사단》이 있었다면 황제 호위도 떠넘길 수 있었을 텐데. 다시 제도를 떠나버렸다니 아쉽다.

나는 크게 하품을 하고는 다리를 쭉 편 다음, 품속에서 최신 스마트폰을 꺼냈다.

"그러고 보니 트아이잔트에서는 염원하던 식목 사업을 성공시켰다더군요."

"……아, 엄청 떠들썩하던데. 나하고는 상관없지만 말이지."

"상관이 없다라……. 제가 들은 이야기는 좀 다른 것 같습니다만……."

"…………그건 그쪽에서 노력한 결과야."

프란츠 씨의 말에 따르면 회합 때도 트아이잔트의 수장이 매우 흥분해서 제대로 진행할 겨를도 없었다는 모양이다.

하지만 나는 상관이 없다고 우기며 밀어붙였다. 보답을 하고 싶다며 많은 사람들이 몰려들었지만, 전부 모른다고 하면서 돌려보냈다. 선물도 받지 않았다. 여동생 여우가 한 거니까 보답은 그쪽에 하라고.

그런데 팬텀(환영)도 때로는 도움이 되는 것 같다. 소문에 따르면 하루 만에 숲이 생겨났다고 하는데…… 그런 식목 사업이 어디 있어!

지금 되돌아보니 여동생 여우를 떠넘긴 건 아무리 그래도 너무 무책임했던 것 같기도 하다. 나중에 연락을 해보는 게 나을지도 모르겠다. 지금 내게는 스마트폰이 있으니 멀리 떨어진 곳에서도 편하게 연락을 할 수 있고…….

"그런 건 됐고, 에바에게 의논하고 싶은 게 좀 있거든……."

중요한 것은 과거보다 미래다. 드디어 때가 되었다는 기분으로 내가 말을 꺼내자 에바는 눈을 피했다.

"………………그러고 보니 루크 씨가 가지고 온 크림슨 드래곤의 머리는———, 원하시던 대로 박제로 만들어 두었습니다. 어디에 둘까요?"

……지금은 그런 건 어찌 되든 상관없어. 에바도 정말 힘들겠구나…….

"아……. 적당히 장식해둬. 그건 그렇고, 황제 폐하에게 부탁받은 거 말인데———."

황제 폐하가 직접 부탁한 의뢰. 뮤리나 황녀 전하의 지도.

혼자 맡기에는 너무나도 큰 안건이다. 아니, 나 혼자서는 못한다.

이야기를 계속 진행하려는 나를 보고 에바는 포기했다는 듯이 크게 한숨을 쉬었다.

제블디아에서 최연소로 레벨8에 도달한 그 이름을 말할 때 '최강'이라는 단어를 쓰지는 않는다.

《천변만화》. 탁월한 예측과 카리스마. 실력이 뛰어난 파티 멤버들을 지휘하며 단기간 만에 그 파티, 《비탄의 망령(스트레인지 그리프》의 이름을 제국 전토에 떨친 그 청년은 개인의 힘보다 리더의 그릇으로 유명했다. 높은 레벨로 인정받은 헌터는 너무나도 탁월한 힘 때문에 솔로 플레이를 강요받게 되는 경우가 많지만, 그 청년이 이끄는 파티는 발족한 이후로 멤버가 한 명도 빠지지 않았다. 그냥 강한 것보다 더 어려운 일일 수도 있다.

'백검 모임'이 끝난 뒤. 뮤리나의 친구이자 그라디스 백작의 딸인 에크렐 그라디스는 눈을 크게 뜨고는 《천변만화》에 대해 마치 비밀 이야기라도 하듯 목소리를 낮추며 말했다.

『그 녀석은 무시무시한 남자입니다. 그 얼빠진 행동에 속아선 안 됩니다. 헌터들 중에는 예의가 없는 녀석들도 있지만, 그 녀석의 태도는 교양 문제가 아니라 그저 상대방과 자신의 입장을 전혀 고려하지 않고 너무나도 대담하게, 지극히 교묘하게 책략을 짜는 것뿐입니다. 지금까지 많은 사람들이 그 책략에 맞서려 했지만 아무도 성공하지 못했습니다. 그 정도로 교묘합니다. 저는 그 사건 이후로 지금까지의 사례를 조사했습니다.』

전전긍긍하며 빠르게 말을 늘어놓는 그녀의 모습은 지금까지 뮤리나가 봐온 친구와는 전혀 달랐다.

그라디스 백작 가문은 제블디아 귀족의 모범이라고도 불리는 가문이다. 에크렐도 마찬가지로 상대방에게 잘못이 있는 한, 어른을 상대로도 전혀 물러서지 않는 '당당함'을 지니고 있었다. 하지만 목소리를 낮추며 말하는 그 모습에서는 그런 느낌이 들지 않았다. 뭔가 사건이 있었다고는 들었는데, 그 정도로 충격적인 사건이었던 걸까.

『아마 그 남자는 그 책략이 다른 사람들을 괴롭힌다는 걸 자각하지 못할 거예요. 그 남자에게 '천 개의 시련'은 그냥 장난 같은 거죠. 만약에 또 만나게 된다면——— 부디 조심하세요.』

예전에 에크렐과 나누었던 이야기를 떠올린 뮤리나는 몸을 떨었다.

그것은 '천 개의 시련'이라 불리는 모양이다. 사자는 새끼를 절벽에서 떨어뜨린다고 한다. 《천변만화》가 헌터 동료들을 단련시키기 위해 내린다는 시련은 이름만 시련이지 목숨을 걸어야 하는 실전이며, 수많은 보물전을 공략해온 강인한 헌터들이 맨발로 도망칠 정도라고 한다. 실제로 호위 중에 뮤리나가 슬쩍 엿보았던 《천변만화》의 수완은 여러 의미로 상식에서 벗어나 있었다.

"《천변만화》. 이건 비밀이다만…… 사실 뮤리나는——— 운이 매우 안 좋다."

아버지인 라드릭 아트룸 제블디아가 뮤리나의 호위 겸 훈련을 《천변만화》에게 의뢰한 이유는 아마 조금이나마 상황이 개선되면 좋겠다는 생각 때문일 것이다.

제블디아의 황족에겐 힘이 필수다. 최소한 튄 불똥을 털어낼 정도의 힘이.

지금까지 뮤리나도 황족의 의무로서 수많은 단련을 해왔다. 이론 수업은 물론이고 유명한 스승 밑에서 검과 마법을 배웠으며, 때로는 보물전에 들어간 적도 있다. 하지만 결국 뮤리나의 힘은 불똥을 털어낼 수준에 도달하지 못했다. 뮤리나에게 재능이 없었던 것은 아니다.

———온갖 불운에 휘말리는 기묘한 운명으로 태어나버렸기 때문이다.

뮤리나가 공식 석상에 거의 모습을 드러내지 않는 것은 활발하게 움직일수록 그에 비례하듯 쏟아져 내리는 재앙도 커지기 때문이다. 근위단장인 프란츠가 대미지를 대신 입어주는 보구 갑옷을 걸치고 원래 지켜야 할 황제가 아닌 뮤리나의 대미지를 대신 입어주고 있는 것은, 그렇게라도 하지 않으면 호위에 특화된 제0기사단조차 갑작스러운 사고에 대처할 수 없기 때문이다.

뮤리나의 체질에 대해 알고 있는 사람은 거의 없다. 만약에 이 체질 이야기가 퍼져나가게 된다면 그것을 빈틈으로 보고 나쁜 꿍꿍이를 꾸미는 자들이 확실하게 나타날 것이다. 은폐를 선택한 아버지의 판단은 분명 옳았고 딱히 뮤리나가 책망당하지도 않았지만, 전혀 아무렇지 않은 건 아니었다. 최근 10년 동안 제도를 덮친 재앙의 숫자는 이상할 정도다. 자연재해에 범죄 조직들의 충돌. 갑작스럽게 보물전이 발생했다는 이야기를 들었을 때는 심장이 멈추는 줄 알았다. 그 모든 것들이 자신의 책임이라는 생각은 들지 않았지만, 그중 몇 가지는 뮤리나의 영향을 받았을 것이다.

이미 체질을 어떻게 해볼 생각은 없었다. 뮤리나가 기묘한 운명이라는 사실을 간파한 제국의 점성신비술원 점성술사도 얌전히 지내는 것 말고 다른 대책을 제시해주지는 못했다.

"운이…… 안 좋다?"

아버지가 한 말. 사정을 모르는 사람이라면 그냥 웃어넘긴다 해도 이상할 게 없다. 믿기 힘든 말을 듣고 《천변만화》는 눈을 크게 떴다. 그리고 한동안 입을 다물고 있다가 잠시 후 대놓고 인상을 찌푸리며 말했다.

"…………싫습니다."

"뭐?!"

프란츠 단장의 표정이 점점 일그러졌고, 얼굴이 새빨갛게 물들었다. 하지만 그 말은 눈앞에 있는 신산귀모로 유명한 청년이 처음 알게 되었을 뮤리나의 체질 이야기를 정확도가 높은 정보로 받아들이고, 그 훈련과 호위를 레벨8조차 버거울 수준으로 판단했다는 사실을 나타내고 있었다.

무심코 깜짝 놀라며 몸을 움츠렸다. 의뢰를 받을지 말지는 헌터 본인의 의지에 달려 있긴 하지만, 대국의 황족이 한 의뢰를 거절한다는 것이 어떤 의미인지 그 청년이 모를 리는 없을 것이다.

항상 태연한 태도를 보이는 아버지도 깜짝 놀랐다. 그리고 《천변만화》가 말했다.

"국가 기밀이 될 정도로 운이 나쁘단 말이군요. 정말 많이 나쁜 거겠죠. 다시 말해………… 제 의도와는 달리 케챠챠카나 테름이 호위에 참가하게 된 것도, 드래곤이 잔뜩 습격해온 것도, 배가 추락한 것도, 보물전과 마주친 것도, 전부 황녀 전하의 안 좋은 운 때문이다. 그런 거군요?"

너무나도 직설적인 말투와 뜻밖의 말에 무심코 눈을 동그랗게 떴다.

"그렇게나 이런저런 일들이 있었는데 책임을 묻지 않는 게 정말 이상하다 싶었지. 황제 폐하의 운이 안 좋나 싶었는데 설마 황녀 전하였을 줄이야………… 이러니까 진짜 방심할 수가 없다니까. 일부러 그렇게까지 말씀하실 정도로 운이 안 좋다면 설마 앞으로도 또 무슨 일이 생기는 건가?"

중얼거리고 있던 《천변만화》에게 프란츠 단장이 새빨개진 얼굴로 다그쳤다.

"잠깐! 오해하지 마라. 운이 안 좋다고 해도 이 정도로 문제가 잔뜩 일어난 건 처음이었다! 애초에 그런 것들을 위한 대책으로 네놈을 고용했던 거다! 불평할 처지가 아닐 텐데!"

"……아?"

"마, 맞습니다. 그 정도로 험한 꼴을 당한 건 처음이었습니다!"

뮤리나도 오랜만에 (최대한) 큰 소리로 따졌다.

이번 호위 의뢰 때 찾아왔던 불운은 불운이라고 할 수준을 넘었다. 비행선으로 이동하던 도중에 보물전과 마주친 건 운 같은 게 아니라 이상한 상황이고, 애초에 테름 일행을 발탁했던 것은 《천변만화》였다.

그런 것들을 전부 뮤리나 때문이라고 하면 견딜 수가 없다.

"항상 이런 꼴을 당했다면 저는 이미 예전에 죽었을 겁니다."

"……뮤리나 말이 맞다. 항상 이런 꼴을 당하고 살았다면 애초에 회담에 동행시키지도 않았겠지."

"……약한 인간, 얼버무리는 것도 정도껏 해라, 입니다! 그냥 운이 안 좋은 것만으로 그렇게 사건이 잔뜩 일어날 리가 없잖아,

입니다!"

"윽!"

동료인 정령인(노블)까지 따지자 《천변만화》가 결심했다는 듯이 한 발짝 앞으로 나섰다. 그리고 어떤 반론이 나올지 두려워 자기도 모르게 한 발짝 뒤로 물러선 뮤리나에게 그가 가슴을 펴고 당당하게 소리쳤다.

"……응, 그래, 그렇지! 운 같은 건 눈에 보이는 것도 아니고, 이번 불행은 전부 그냥 우연이었어. 잘못한 건 테름이나 케챠챠캬, 그리고 그 보물전이었고, 뮤리나 전하나 나는 전혀 잘못한 게 없어. 그 의뢰, 이 《천변만화》가 기꺼이 받아들여 주지!"

과연 그 짧은 시간 동안 청년의 사고에 어떤 변화가 있었던 건지 뮤리나는 알지 못했다.

아버지가 보수로 무제제 티켓을 제시했지만, 그것 때문에 마음이 흔들리진 않았을 것이다.

상대방은 지모로 성공한 헌터다. 프란츠와 다른 사람들이 따질 것이라는 사실은 처음부터 예측하고 있었을 터. 하지만 그렇기 때문에 이런 생각이 든다. 혹시 이 청년은 뮤리나의 의지를 확인하고 있던 게 아닐까.

황족이 일개 헌터에게 가르침을 받는 건 거의 전례가 없는 일이다. 단련으로 뭘 시킬지는 모르겠지만, 아마 《천변만화》에게도 제국에게도 이번 의뢰는 도박이 될 것이다.

"무슨 일이 생기면 곧바로 연락을 주십시오. 즉시 달려가겠습니다."

"'천 개의 시련'으로 죽은 사람은 없다고 들었습니다."

걱정이 많은 프란츠 단장의 말에 최대한 기합을 담아 대답했다. 애초에 조금이라도 상황이 나아질 가능성이 있다면 뮤리나에게 거절한다는 선택지는 없다.

지금까지 주위 사람들에게 기대기만 했다는 건 자각하고 있다. 강인한 헌터들도 질색하는 《천변만화》의 육성술이 겁나지 않는 건 아니다. 하지만 뮤리나에게도 제블디아 황녀로서의 자존심 정도는 있다.

연달아 심호흡을 하며 다가올 시련에 대한 긴장을 풀고 있던 뮤리나에게 프란츠가 말했다.

"하지만 그건 죽은 사람이 없다는 것뿐입니다."

"………무, 문제, 없습니다. 준비할 게 있으니 저는 이만―――."

뮤리나는 있는 힘껏 허세를 부리며 말한 다음, 도망치듯이 그곳을 떠났다.

본래 트레저 헌터의 일은 보물전을 탐색하는 것이다. 하지만 헌터는 다양한 능력을 갖출 필요가 있고, 그 때문에 실력이 좋은 헌터는 다양한 의뢰를 맡게 된다. 예를 들자면 용병 일이나 지명 수배범 체포, 그리고 이번에 진행한 호위 의뢰 등. 헌터가 마도사

(마기)나 연금술사(알케미스트)라면 연구기관에서 초빙하려 하기도 하고, 뛰어난 치유 능력을 지닌 안셈은 항상 부상자를 치료해달라는 요청에 불려 다니고 있다.

트아이잔트에서 받은 의뢰 이야기를 들은 에바는 잠시 조용히 있다가, 내가 눈짓으로 재촉하자 분위기를 바꾸려는 듯 말했다.

"어머나, 정말………… 어머, 어머, 어머………… 요, 용케도 그렇게 이것저것 물어오시네요."

"뭐, 상황이 그렇게 됐어……."

"………………상황 같은 걸 신경 쓰고 계셨군요……. 뮤리나 전하가 나서지 않는 것에는 이유가 있다는 이야기를 듣긴 했지만―― 황녀 전하의 지도 의뢰 같은 건 상당한 실적과 연줄이 없으면 임명받지 못할 텐데요."

"보는 눈이 없단 말이지…… 나도 받아들이고 싶진 않았는데, 그럴 수밖에 없었어."

처음에는 사고의 원인이 황녀 전하라고 생각해서 정말 험한 꼴을 당했으니 거절하려는 방향으로 몰고 가려 했지만, 이야기를 들어보니 황녀 전하의 불운은 밖을 돌아다니다가 유괴당할 뻔하거나, 타고 가던 마차의 바퀴가 망가지는 정도에 불과한 것 같다.

이번에도 평소처럼 험한 꼴을 당했네~ 하고 생각하던 내가 훨씬 더 격이 높다(낮다?). 급하게 이번 일은 딱히 누구 때문이 아니라는 식으로 결론을 내렸는데, 부자연스럽진 않았을까?

"그런데…… 어떻게 해볼 수는 있는 문제인가요? 기밀이 된 걸 보니 상당히 뿌리 깊은 문제 같은데요?"

"흥………… 헛발 짚은 거지."

"……네?"

팔짱을 끼며 크게 한숨을 쉬었다. 도적에게 습격당하거나 마차에 문제가 생긴 정도로 운이 없다면서 비장한 느낌으로 말하다니, 내가 보기에는 우습기만 하다. 그게 운이 없는 거면 꽃구경을 갔다가 보물전이 나타나거나 지저인에게 납치당하거나 경매에서 물건을 가로채이거나 온천에 드래곤이 있거나 길을 걸어가던 것만으로 번개를 맞곤 하는 나는 대체 뭔데…….

점을 본 결과 황녀의 운명이 안 좋다는 건 확정되었다고 하던데, 점만큼 믿기 힘든 것도 없다.

으응? 황녀 전하, 당신 불운의 바겐세일이라는 말 들어본 적 있어?

그냥 착각이라고. 애초에 대국의 황녀로 태어난 시점에서 운이 좋은 거잖아아아아아아아아아!

나는 잠시 눈을 감고는 하드보일드한 척하며 어깨를 으쓱여 보였다.

"뭐, 그 정도로 만족한다면 훈련을 시켜주겠어."

아크가 말이지. 의뢰를 받긴 했지만 내가 훈련을 시킨다는 말은 안 했다……. 아니, 내가 가르쳐줄 수 있는 게 있긴 한가? 제아무리 황녀라도 아크를 붙여주면 싫다고 하진 않을 테고, 만에하나 아크가 아니더라도 이 클랜의 헌터층은 두꺼우니까 어떻게든 될 것이다.

애초에 황녀에게는 호위도 잔뜩 있으니 그렇게 노력하지 않아도 될 것 같은데 말이지.

"맞다, 이거 봐. 에바, 호위 의뢰 보답 겸 훈련 보수의 선불로 좋은 걸 받았거든."

화제를 돌리며 품속에서 티켓 한 장을 꺼내 책상 위에 올려놓았다. 말이 티켓이지 금속제에 복잡한 무늬가 새겨져 있어 아무것도 모르는 사람이 보더라도 멋진 물건이다. 안경 너머로 에바의 두 눈이 가늘어졌다.

"그 '무제제' 티켓이야."

"!! …………그렇군요, 이게 그 유명한——— 직접 본 건 이번이 처음이에요, 그런데……."

'무제제'란 어떤 나라에서 해마다 개최되며 세계에서 손꼽히는 무투 대회다. 세계 각지에서 검사(소드맨), 마도사 등, 직업을 불문하고 실력이 있는 전사들이 모여 세계 최강의 자리——— 무제의 자리를 놓고 싸운다. 힘이 중요시되는 이 시대에 무투 대회는 여럿 있지만, 그중에서도 가장 유명한 대회 중 하나라 할 수 있을 것이다.

설명만 들으면 살벌한데, 아무튼 시합 광경이 화려해서 일반인에게도 인기가 있는 행사다. 우승자에게는 상금과 명예가 주어지고, 실제로 역대 우승자는 이름난 영웅들뿐이다.

하지만 그 관전 티켓은 귀족은 물론이고 최강이라는 말을 정말 좋아하는 트레저 헌터들도 욕심내기 때문에 어지간한 연줄로는 절대로 손에 넣을 수 없는 플래티넘 티켓이 되었다.

게다가 프란츠 씨의 말에 따르면 이건 특별한 티켓인 모양이다.

백은색의 금속 카드 표면에는 교차한 검과 지팡이 마크가 새겨져 있는데, 원래 이런 티켓에 들어가 있는 좌석 번호가 적혀 있지 않았다.

이거 한 장으로 몇 명이든 들어갈 수 있는 모양이었다. 역시 대국의 황제, VIP 대우인 거겠지. 황제 폐하는 뮤리나에게 진정한 강자의 힘을 보여주라고 말씀하시던데, 무제제는 루크와 다른 파티원들도 계속 가고 싶어 하던 대회다.

"……크라이 씨, 그런 거 싫어하시지 않았나요?"

"아니, 아니. 그렇지 않아. 한 번 정도는 보고 싶었거든. 게다가 이 티켓은 믿기지 않을지 몰라도——— 몇 명이든 관전할 수 있는 특별한 티켓인 모양이야."

"네에………… 뭐, 무제제는 명예로운 축제니까요. 친구나 가족을 부르는 투사도 많은 것 같고요."

에바가 탐탁지 않아 하는 표정을 보이며 작은 목소리로 뭔가 말하고 있다.

뭐, 그런 건 어찌 되든 상관없다. 나는 항상 클랜에 공헌해주고 있는 부 마스터에게 물었다.

"에바도 올 거지?"

"…………네? …………정말 가실 건가요? 크라이 씨가? 무제제에?"

에바의 눈은 반신반의하는 느낌이었다. 그렇게 놀랄 만한 일인가?

"폐하가 뮤리나에게 진정한 강자를 보여주라고 했거든……. 훈련이라는 건 실전뿐만이 아니라 보는 것도 중요하니까."

그야 내가 지금까지 싸우는 걸 최대한 피하며 살아오긴 했지만, 강자에게 흥미가 없는 건 아니다. 나도 원래는 영웅을 목표로 삼았던 남자다. 오랜만에 하드보일드한 척하며 말했다.

"유명한 무투 대회잖아. 레벨8로서 한 번 정도는 얼굴을 비춰두는 것도 괜찮겠지."

"⋯⋯⋯⋯네에. 크라이 씨께서 그렇게 말씀하신다면 당연히 응원하러 가야겠네요."

따로 응원하고 싶은 사람이 있는 건가? 나는 없다. 애초에 누가 나오는지도 모를 정도다.

그때, 에바가 나이스한 제안을 해주었다.

"가는 김에 클랜 사람들도 와달라고 하는 건 어떨까요? 이런 기회는 좀처럼 없으니까⋯⋯ 티노 양 같은 사람은 정말 기뻐할 거예요."

"괜찮네. 몇 명이든 관전할 수 있다 해도 한도가 있겠지만——— 그렇지, 혹시 우리 클랜에서도 출장하는 사람이 있지 않을까?"

아크를 필두로 우리 클랜에는 별명을 지닌 사람이 여러 명 있다. 누군가가 무제제에 출장한다 해도 이상할 건 없다.

"이야기는 못 들었지만 가능성은 있겠네요. 무제제는 출장자도 엄청 많으니⋯⋯ 문제가 있을까요?"

"그럴 리가 있나. 응원해야지. 우리 클랜에서 우승자가 나오면 엄청난 명예잖아."

"?? 그, 그렇죠⋯⋯ 뭔가 이야기가 들어맞지 않는 것 같은데요?"

"어? ……그래?"

들어맞지 않고 뭐고, 운 좋게 무제제 티켓을 얻었으니 모두 함께 구경하러 가자는 것뿐이다. 오히려 들어맞지 않는 패턴이 있다면 보고 싶을 정도로 단순한 이야기다.

에바는 신기하게도 탐탁지 않아 하는 표정을 짓다가 잠시 후 스스로를 납득시키듯이 고개를 끄덕였다.

"뭐, 뭐어, 크라이 씨께서 그렇게 말씀하신다면……."

제1장   제왕학 레벨8

뚜욱, 한줄기 땀이 수없이 돋아난 가시 틈새에 떨어졌다. 그중 하나를 꽉 잡은 손가락 끝이 떨리고 있었다. 마나 머티리얼은 사람을 원하는 방향으로 강화해주지만, 쉽사리 강해질 수 있는 것은 아니다.

아무리 티노 셰이드의 몸이 가볍다 해도(도적(시프)에겐 가볍고 자그마한 몸이 적합하다) 물구나무를 선 채 집게손가락과 엄지손가락만으로 몸을 지탱하기는 쉽지 않다. 조금이라도 힘이 빠지거나 균형을 잃으면 수없이 가시가 돋아난 무시무시한 바닥에 쓰러져서 구멍투성이가 되어버릴 테니 긴장감이 감돌았다.

가시 바닥은 친애하는 마스터가 고안해낸 훈련 기구다. 마스터가 생각해내고 시트리 언니가 형태를 갖추었다.

이미 많은 부상자를 낸 훈련 기구이기에 금속제 가시에는 미처 닦아내지 못한 피비린내가 고여 있었다. 그 위를 물구나무선 채 오가고 있던 티노 바로 옆에서 불쾌한 듯한 목소리가 들렸다.

"뭐~? 진짜로 몰라? 구성원을 알아냈으니 그쪽을 통해 추적할 수 있을 거 아냐?"

"'여우'는 정말 특수한 조직이라——— 최근까지 아무도 이름을 몰랐을 정도니까."

"…………어째서 그런 조직이 커진 건데? 정마알! 크라이가 테름을 처분하지 않았다면 간단히 해결했을 텐데에!"

"끝난 일을 이제 와서 따져봤자 소용없잖아! 애초에 그걸 눈치 챈 건 크라이 씨니까."

책상다리 자세로 앉아 중얼거리고 있던 언니를 시트리 언니가 나무랐다. 하지만 시트리 언니의 말투도 왠지 안타까워하는 듯한 느낌이었다.

어둑어둑한 클랜 하우스 지하 훈련장. 그곳 한가운데에 사람 한 명 정도는 여유롭게 들어갈 수 있을 것 같은 거대한 유리통이 놓여 있었다. 위쪽 절반은 밀폐된 두꺼운 유리통이고, 아래쪽 절반은 기계였다. 안을 들여다보니 밑에 나선형 칼날이 보였다. 아래쪽에는 번쩍번쩍 광이 나는 핸들이 달려 있어서, 어디에 쓰는 물건인지는 몰라도 멀쩡한 물건이 아니라는 건 틀림없었다. 이야기를 들어보니 【만마의 성(나이트 팰리스)】에서 돌아온 안셈 오라버니가 이곳까지 짊어지고 옮긴 모양이었다.

《비탄의 망령》은 힘을 위해서라면 무슨 짓이든 한다. 언니의 훈련이 스파르타식이라는 건 굳이 말할 필요도 없고, 다른 멤버들도 훈련을 위해 특수한 기재를 자작하거나 이론으로부터 새로운 마법을 짜내거나 하는 등, 티노가 옆에서 보더라도 강해질 수밖에 없겠다는 생각이 들 정도로 다양한 내용이 있었다. 그리고 훈련장에 다른 헌터가 아무도 없는 건 그런 훈련에 휘말리지 않게끔 하기 위해서일 것이다. 사람에 따라 적합한 단련 방법은 다르니 어느 정도 위기감이 있는 헌터라면 당연한 일이다.

물구나무서서 가시 위를 왔다 갔다 하는 것에 무슨 의미가 있는 거지? 티노도 처음에는 머릿속에 그런 의문이 스쳐 간 적이 있었지만, 금방 신경 쓰지 않게 되었다. 신경 쓸 여유 같은 건 없다.

"크라이한테 물어보면 알려나아? 우리를 건드려놓고 속 편히 살아가는 녀석들이 있다니——— 본거지를 박살 내야 하는데."

"크라이 씨는 사소한 걸 신경 쓰지 않으니까…… 최대 규모의 비밀 조직도 신이 사는 보물전보다는 격이 떨어지고……. 나는 비밀 조직 쪽에 더 흥미가 있지만."

마스터와 언니들이 호위 의뢰를 마치고 제도로 돌아온 건 불과 며칠 전이다.

티노는 황제 호위 의뢰에 따라가지 않았기에 잘 모르겠지만, 이야기를 들어보니 아무래도 거물과 싸운 모양이다. 그 내용에는 황제 폐하나 호위 기사단에 대한 험담, 그밖에도 아마 티노가 알게 되면 안 될 정보까지 포함되어 있는 것 같아서 매우 조마조마했다. 마스터가 해내는 의뢰는 레벨4인 티노에겐 맡는 것조차 불가능한 것들뿐이었다. 그리고 티노가 아는 한 그런 의뢰가 예상대로 끝난 경우는 거의 없었고, 그것은 마스터가 일부러 그런 의뢰만 골라서 받아들였다는 사실을 나타내주고 있었다.

자신이 《비탄의 망령》에 들어가는 날이 과연 오기는 할까. 이렇게 이야기를 듣고 있자니 티노는 그런 생각이 들어버렸다. 아무런 말도 듣지 않고 정신없이 훈련만 하고 싶지만, 도적은 항상 주위를 신경 써야 한다는 이유로 갑자기 말을 걸기도 하기에 그럴 수도 없었다.

몇 번을 해도 언니의 훈련은 편해지지 않는다. 그러나 오랜만에 하게 되니 고통도 더욱 심했다. 언제까지 이걸 계속해야 하는 걸까? 그런 생각을 하고 있을 때였다.

"음~, 그렇지………… 뭔가 또 재미있는 의뢰를 받은 것 같던데, 크라이가 우리한테 넘겨주지 않으려나아? 티, 패스."

"?!"

아무렇게나 던진 상자를 티노는 물구나무선 채 손을 뻗어 받아냈다.

갑작스러운 움직임 때문에 몸이 흔들렸지만, 손가락 끝에 힘을 주고 팔다리를 흔들어 겨우 균형을 잡았다.

바, 받아냈다……! 받아내지 못했다면 틀림없이 혼쭐이 났을 것이다. 땀이 눈에 들어가는 것도 아랑곳하지 않고 크게 한숨을 쉰 티노에게 언니가 말했다.

"티, 그거 열어. 그 자세로. 가시 바닥도 안정되기 시작했으니 그거 열면 오늘 훈련은 끝이야."

"?! 이 자세로요?! 어떻게요?!"

시선을 돌리니 언니가 던진 것은 자그마한 보물상자였다.

묵직한 상자다. 아마 자물쇠로 잠겨 있을 것이다. 자물쇠 따기는 도적의 필수 능력. 티노도 한참을 배웠기에 평소였다면 어려울 게 없지만, 두 손을 못 쓰는 상태에서 어떻게 하라는 거지? 눈을 깜빡이며 필사적으로 생각하던 티노에게 언니가 말했다.

"아앙?! 발이 있잖아아. 네 발은 대체 뭣 때문에 달려 있는 건데?"

보…… 보물 상자를 열기 위해 달려 있는 건 아니에요!

따지고 싶었지만, 언니의 눈은 한없이 싸늘했다. 울고 싶은 심정으로 숨을 고르고는 균형에 신경 쓰며 다리를 움직여 신발과 스타킹을 벗었다. 피킹 툴은 손을 쓰지 않으면 닿지 않는 허리춤에 있었기에 있는 힘껏 몸을 구부려서 머리카락 속에 숨겨둔 바늘을 발가락으로 더듬어 찾았다. 이제 어떻게든 바늘을 입에 물고 열쇠 구멍에 잘 넣기만 하면━━━.

몸무게를 최대한 가볍게 했지만, 몸을 지탱하고 있는 손가락이 아팠다. 스트레칭도 게을리하지 않았지만 자세를 바꾸려 하자 몸 이곳저곳이 욱신거리며 아팠다. 그런 것들을 의식하지 않고 신중하게 중심을 옮기고 있을 때 대화가 들렸다.

"티도 꽤 듬직해졌네."

"아앙? 나랑 크라이가 단련시키고 있으니 당연한 거 아니야아? 마나 머티리얼에 성장을 의존하고 있는 녀석들과는 다르다고."

좀 더 마나 머티리얼에 의존해도 괜찮지 않을까요, 언니…….

자신의 기술도 중요하지만, 이 업계에서 가장 중요한 것은 마나 머티리얼의 흡수량이다. 헌터가 강하다는 이야기를 듣는 것은 일상적으로 보물전에서 그것을 흡수하고 있기 때문이다. 그 흡수량에 따라 기초 성능이 매우 큰 차이를 보이게 되며, 물론 스파르타식으로 얻을 수 있는 게 없다고 할 수는 없지만━━━.

"…………가시가 돋아난 바다 위에서 보물 상자를 열 일이 있어?"

"음…… 못하는 것보다는 할 수 있는 게 낫잖아? 그리고 가시 바닥은 크라이가 생각해낸 거니까."

…………마스터어는 신. 마스터어는 신. 마음속으로 자신을 타이르며 발가락으로 겨우 잡은 바늘을 입에 물고 있자니 쿠웅,

쿠웅, 소리가 들리기 시작했다.

기묘한 유리 장치가 작동하고 있었다. 그 옆에 몸을 숙이고 있던 시트리 언니가 다가와서는 보물 상자에 바늘을 넣기 위해 필사적인 티노 앞에 진한 갈색 액체가 든 병을 슬쩍 내밀었다.

"티, 이 포션 마셔볼래? 경험치 포션 시제품인데 말이지?"

"으읍~? 으읍~, 으읍~, 으읍~."

낯선 단어를 듣고는 눈을 크게 떴다. 언니가 시트리 언니에게 소리를 질렀다.

"시트, 티를 멋대로 실험대로 삼지 마! 근처에 있는 범죄자나 적당히 잡아서 하라고! 망가져 버리면 어떻게 할 건데!"

"어~? 이론상으로는 문제가 없을…… 텐데? 티, 이건 간단히 말하자면──【만마의 성】의 팬텀 시체에서 추출한 액체 마나 머티리얼이야. 기체는 흡수하지 못한 분량이 흩어져버리지만, 농도가 진한 액체를 직접 섭취할 수 있게 되면 효율적일 것 같지 않니?"

"?! …………."

시트리 언니…… 그거 혹시, 제블디아에서 가장 무거운 죄──10대 범죄 중 하나, 마나 머티리얼의 조작 실험에 저촉되는 거 아닌가요?

【흰 늑대 소굴】사건 때 체포당한 타락한 현자, 노트 커클레어가 예전에 제도에서 추방당한 원인도 그 법에 저촉될 수도 있는 실험 논문을 쓴 것이라고 들었다. 논문을 쓴 것만으로도 추방당했으니 마나 머티리얼의 액체화라면 틀림없이 죽을 죄──.

언니가 한 말도 실행한다면 범죄지만, 시트리 언니는 그 정도 수준이 아니다.

"봐, 지금 마나 머티리얼을 흡수하면 균형 감각이나 손가락 놀림처럼 필요한 능력을 간단하게 손에 넣을 수 있잖니? 어때? …………자칫하면 너무 진해서 파열되어버릴지도 모르지만."

필사적으로 고개를 저었다. 농담인지 진담인지 알 수가 없다는 게 시트리 언니의 정말 악질적인 점이다.

"역시 안 되려나. 뭐, 티는 크라이 씨가 마음에 들어하니까, 어딘가에 괜찮은 피험체가 있으면 좋겠는데……."

시트리 언니는 크게 한숨을 쉬고는 우울한 기색이 담긴 눈초리로 중얼거렸다. 그때, 타이밍이 좋은 건지 안 좋은 건지 훈련장 문이 세차게 열렸다.

"어라? 리즈네밖에 없구나. 젠장, 아크 이 자식. 그 훈남은 진짜 있었으면 할 때만 없다니까. ……………티노, 뭐 해?"

"?!"

집중하던 의식이 흐트러졌다. 반사적으로 그쪽을 돌아보려다 중심이 크게 무너졌다. 바늘이 입에서 떨어졌고, 보물 상자를 들고 있던 오른손으로 바닥을 짚으려다─── 티노의 비명이 훈련장에 울려 퍼졌다.

"크라이, 나이스으! 티의 집중을 흐트러뜨리다니, 역시 대단해애!"

"실전에서는 무슨 일이 일어날지 모르니 갑작스러운 사고에 대한 내성도 키워두어야겠죠!"

매우 기뻐하는 두 사람 옆에서 가시 바닥에 호들갑스럽게 넘어진 티노가 아픔을 참으며 굴러다니고 있었다. 상처는 시트리가 곧바로 포션을 끼얹어서 아문 모양인데, 나는 쓴웃음을 지을 수밖에 없었다.

"어…… 아………… 응, 그래, 그렇지…….'"

무능한 나는 아무 말도 할 수가 없지만, 최근의 수행 내용은 정말 이상하다. 가시 바닥 위에서 물구나무서 있던 티노는 밤에 마주치면 주저앉아버릴 것 같을 정도로 충격적이었다.

"아니, 그 수행에 무슨 의미라도 있어?"

"?!"

가시에 성대하게 곤두박질친 데다 포션을 뒤집어써서 흠뻑 젖은 티노가 왠지 원망스러워하는 듯한 눈빛으로 나를 보았다. 나는 그 시선을 견디지 못하고 살짝 헛기침을 하고는 말을 돌렸다.

"맞다, 아크 어디 있는지 몰라? 또 없던데. 모처럼 황녀의 훈련을 맡길까 했는데 말이야."

황제 호위 의뢰가 들어왔을 때도 그랬고, 【흰 늑대 소굴】을 조사할 때도 그랬다. 최근 아크는 있어줬으면 할 때 자리를 비우는 확률이 눈에 거슬릴 정도로 높다.

"어?! 황녀? 황녀라면, 이 나라의 황녀?"

"크라이 씨, 황녀 지도 담당이 되시는 건가요?!"

루시아에게는 말했는데, 그리고 보니 시트리랑 다른 사람들에게는 말하지 않았구나…….

"어쩌다 보니 말이지. 뭐, 그건 어찌 되든 상관없어. 내가 지도할 생각은 없으니까."

문제는 스벤이나 아크처럼 그럴싸한 파티가 보이지 않는다는 점이다. 《별의 성뢰(스타 라이트)》라면 연락이 될 것 같긴 하지만, 정령인에게 황녀의 지도를 맡기는 건 너무 큰 모험일 것 같고, 제블디아에서는 굳이 따지자면 마법보다 검을 더 중시한다.

"보답으로 이런 것까지 받아버렸으니 거절할 수가 없지."

"!! 이건…………!"

내가 내민 무제제 티켓을 보고 시트리가 눈을 동그랗게 떴다. 나는 받기 전까지 무제제 티켓 같은 걸 본 적이 없었는데, 보아하니 아는 사람들은 알아보는 모양이다.

"어어?! 무제제 티켓?! 크라이, 출장할 거야? 치사해! 나도 나가고 싶어~!!"

"아, 아니. 나는 안 나갈 건데? 관전만 할 거야."

리즈가 단숨에 한껏 신나서 눈을 반짝였다.

급하게 변명하는 내게 시트리가 의아해하는 표정으로 말했다.

"어…… 그런데 그거, 참가 티켓인데요…….."

"……어?"

"앗! 하긴, 관객석보다 경기장 안이 더 가까운 곳에서 관전할 수 있겠네요!"

아니, 아니, 아니…… 그런 이론은 처음 들어보는데. 시트리의 지적에 다시 티켓을 확인했다.

은백색으로 빛나는 티켓에는 딱히 정보 같은 게 적혀 있지 않으니 모르고 보면 이게 무제제 티켓이라는 것도 알아볼 수 없을 것이다. 그냥 특별하다는 느낌만 들었다.

눈을 감고 황제 폐하에게 티켓을 받았을 때를 떠올렸다.

『그런데 보수는…… 어떻게 해야 할까. 뮤리나의 훈련도 그렇다만, 지금까지 호위를 해준 것도 융단 한 장으로는 걸맞지 않은 공적이다. 그에 맞는 것을 내려주어야만 할 터인데─── 무엇이든 말해보거라.』

폐하가 엄숙한 말투로 말했다. 나는 하드보일드하게 말했다.

『필요 없습니다, 폐하. 훈련은 제가 할 수 있는 게 거의 없고, 호위 건도─── 이미 충분히 받았습니다.』

보수에는 책임이 따라붙는다. 큰 걸 받으면 나중에 무슨 일이 생겼을 때 문제가 될지도 모른다. 그리고 호위도 열심히 한 건 내가 아니라 크류스다. 내 연기를 보고 황제 폐하가 살짝 한숨을 쉬었다.

『흐음…… 그라디스 경이 말한 대로 겸허한 남자로군…… 하나 아무것도 내리지 않을 수는───.』

그때, 눈살을 찌푸리던 황제 폐하에게 프란츠 씨가 제안했다.

『뮤리나 황녀의 훈련에 할 수 있는 게 거의 없다는 말은 신경 쓰인다만─── 폐하, 그 티켓을 하사하시는 건 어떠신지요.』

『……아, 무제제 말인가. 티켓이 아직 남아있긴 하다만…… 그건 보상으로 내리기에는 좀 부족하구나.』

『하나 그것은 명예가 될 겁니다. 그리고 스승인 《천변만화》에게 티켓을 하사하시는 것이 나아가서는 뮤리나 황녀 전하에게도 도움이 될 것입니다.』

프란츠 씨가 의미심장한 눈빛으로 이쪽을 보았다. 나는 아무런 생각도 없이 방긋 웃으며 고개를 끄덕였다.

잘 모르겠지만, 딱 좋은 제안이었다. 무제제는 루크와 다른 파티원들도 가고 싶어했고, 무엇보다 지나치게 귀중한 것도 아니기에 무슨 일이 생기더라도 변명할 수가 있다. 폐하는 탐탁지 않아 하는 것 같았지만.

『멋지군요. 사실 무제제가 계속 신경 쓰이긴 했습니다. 티켓을 내려주신다면 그보다 나은 보상은 없을 것입니다.』

눈을 반짝이며 그게 좋겠다는 나를 보고는 폐하가 당황한 기색을 감추지 못하며 말했다.

『…………좋다. 공적에 걸맞지 않은 것 같기도 하다만…… 그렇게 말하니 어쩔 수 없지. 마음껏 무용을 떨치도록 하거라──.』

……으응? 무용…… 무용? …………아니, 아니, 아니.

되살아난 기억 때문에 급하게 고개를 저었다. 내가 전투를 피한다는 사실은 호위 의뢰를 하면서 충분히 알게 되었을 텐데. 애초에 보수인데 세계 톱클래스의 강자들이 모이는 무시무시한 무투 대회 참가권을 준다는 건 분명히 이상하다. 아니, 뭐, 대충 흘려들고 확실하게 물어보지 않은 것도 잘못이긴 하지만 그 사람들은 이게 참가 티켓이라는 말은 한마디도——— 아니, 잠깐……? 황녀에게…… 도움이 된다고……?

"나도 얼른 티켓을 얻을 방법을 찾아야겠네…… 크라이, 나중에 봐!"

"아, 언니! 내 몫까지——— 아~, 가버렸네……."

냉정하게 생각하자. 우선 대전제로서 이 티켓은 내 참가 티켓이 아니다. 아무리 초조한 상황이라 해도 내가 무제제에 참가하고 싶다는 말을 할 리가 없고, 전투가 싫어서 호위 중에도 싸운 적이 한 번도 없는 상대에게 참가 티켓을 주는 건 보수가 아니라 그냥 괴롭힘이다.

"아, 무제제에는 투사의 관계자가 관전하기 위한 자리도 있긴 하네요…… 관전 티켓하고는 별개지만…… 무제제는 투사에게 최대한 편의를 봐주니까요."

하지만, 만능인 시트리가 관전 티켓과 참가 티켓을 착각할 리는 없다.

그럼 이건 뭘까? 무예를 중시하는 제국의 기풍. 딱히 대단한 불운도 아닌데 고민하는 황녀 전하에게 훈련을 시키라는 임무. 무용을 떨치라는 말과 함께 받은 무제제 참가 티켓에——— 프란츠 씨가 했던 황녀에게 도움이 될 거라는 말. 이것들이 가리키는 내용은 단 한 가지밖에 없는 것 같은데?

다시 말해 이건………… 황녀 전하를 무제제에 참가시키라는 뜻 아닌가?

"⋯⋯⋯폐하도 참 무시무시한 생각을 하시네."

"왜 그러세요?"

제국에서는 무엇보다 결과를 중시한다는 사실을 알고 있긴 했지만, 황제 폐하는 황녀를 무제제에서 싸울 수 있을 만큼 단련시키라는 건가. 역시 드래곤 무리와 싸운 뒤에도 태연했던 분이시다.

소문으로 전해 들은 무용과 배짱은 진실이었던 모양이다. 현대 귀족 중엔 무예가 뛰어난 자들도 많다. 마나 머티리얼을 흡수하는 재능을 지닌 자를 대대로 핏줄에 끌어들였기 때문이다. 무제제 정도로 규모가 큰 대회라면 재능만으로 이겨나갈 수 있는 세계가 아니니 귀족 참가자는 별로 없겠지만, 전혀 없는 건 아니다.

이거 혹시⋯⋯ 생각했던 것보다 훨씬 골치 아픈 임무 아닌가?

"무제제가 언제였지?"

"음⋯⋯ 한 달 정도 남았네요."

"마스, 터어? 왜 그러세요?"

부활한 티노가 몸을 일으키며 조심조심 물었다. 하지만 지금은 그런 걸 신경 쓸 때가 아니다.

"⋯⋯⋯아슬아슬하려나?"

"?! 뭐가요?! 뭐가 아슬아슬한 건가요? 마스터어!"

황녀 전하에게 훈련을 시키는 건 간단한 일이다. 적당히 잘 돌봐주는 헌터를 붙여주기만 하면 된다. 하지만 무제제에서 이겨나갈 만한 수준이 될지 따지면 의문이 남는다⋯⋯ 아니, 아마 불가능할 것이다.

무제제는 이 세계의 최강을 정하는 대회다. 아무리 대대로 무인으로 이름난 제블디아 황가의 피를 이어받았다고 해도 어차피 황녀는 황녀. 상대방은 싸움으로만 살아가는 의미를 찾아내며, 싸우기 위해서만 살아가는 배틀 머신이다. 단련하면 붉은 정도는 튕겨낼 수 있을지 몰라도 배틀 머신을 상대하는 건 불가능하다. 애초에 황녀의 역할은 싸우는 게 아니다. 내가 생각하던 '단련'과는 레벨이 다섯 개 정도 차이가 난다. 이 나라에는 뇌에 근육이 들어찬 녀석들만 있나…… 어쩌지? 아마 아크로도 안 될 것 같은데.

황제 폐하도 황녀를 우승시키라고 하진 않을 것이다. 머리가 좋은 분이시니 꼭 우승시키겠다면 실력을 키우는 것보다는 제국의 압력으로 시스템을 어떻게 하는 게 그나마 승산이 있다.

아무튼 이제 한시가 급하다. 황제 폐하의 요구를 충족시킬 수 있을지는 모르겠지만, 최선을 다해야만 한다. 아크가 없다는 건 정말 안타깝지만 사람을 키우는 데 있어서 최강은 반드시 최선이라 할 수는 없다.

내 터무니없는 요구에 완전히 익숙해진 시트리가 냉정하게 물었다.

"황녀의 지도………… 목표가 어느 정도 수준인가요?"

"무제제에서 이겨나갈 수 있는 수준?"

"기간은요?"

"음…… 아마 한 달 정도일 것 같은데."

"?! 그건…………아무리 신산귀모인 마스터라도 불가능하지 않을까요?"

나도 티노 의견에 동의한다. 만약에 진짜 신산귀모였다고 해도 꽤 힘들 것 같다.

"몇 년 동안 언니 밑에서 수행해온 저도…… 저기이…… 무제제는 힘들 것 같으니……… 그 가면을 쓴다면 모르겠지만요………."

"!! 그렇구나!『오버 그리드(진화하는 귀면)』를 황녀에게 씌우면──── 티노, 나이스 아이디어야!"

"네?! 마, 마스터어는 신, 마스터어는 신…………."

아니 잠깐, 아무리 그래도 그건 좀 힘들 것 같은데. 그 가면은 내게 효과가 없었으니 황녀에게도 효과가 없을지 모른다.

만에 하나 에크렐 양처럼 폭주라도 하면 큰일이다. 그때 시트리가 들고 있던 포션을 보고, 새파랗게 질린 채 중얼거리고 있던 티노를 거쳐 나를 보며 말했다.

"………………알겠습니다. 제게 좋은 생각이 있어요. 맡겨주실 수 있을까요?"

"자신 있어?"

"자신은 없지만, 시험해보고 싶은 건 있어요. '여우' 건 때는 아무것도 못 했으니까요."

시트리가 항상 그랬듯이 손을 마주 모으며 미소를 지었다. 시험해보고 싶은 게 있다니…… 어쩔 수 없지!

딱히 좋은 생각도 나지 않고, 그냥 근처에 있던 헌터에게 적당히 떠넘길 바엔 차라리 시트리가 100배는 나을 것 같다.

"저기이…… 마스터어. 외람되지만 시트리 언니는──── 히익, 아, 아무것도 아니에요!"

조심조심 뭔가 말하려던 티노가 시트리의 싸늘한 눈빛을 보고는 입을 다물었다.

뭐, 어떻게든 되겠지. 시트리는 못하는 게 있으면 못한다고 확실히 말하는 타입이고, 황제 쪽도 터무니없는 요구라는 걸 이해하고 있을 것이다. 내 주제에 맞지 않게 높은 평가가 떨어지는 건 오히려 바라던 바다.

그리고 내가 레벨8이 되어버린 주요 원인은 파티의 힘 때문이니 《비탄의 망령》의 힘을 빌리는 건 당연한 일이다. 이론 무장도 완벽해! 오늘 나는…… 머리가 잘 돌아간다.

"그럼 잘 부탁할게. 아, 굳이 말할 필요도 없겠지만—— 죽이지 않는 것만은 주의하고."

"괜찮아요, 그런 쪽 힘 조절은 티를 훈련시키면서 노하우가 확실하게 쌓였으니까요! 아, 제블디아 황가의 핏줄을 연구할 수 있다니—— 멋지네요."

……정말 괜찮은 것 맞지? 믿을게…… 믿는다?

"그, 그럼 나는 좀 바쁘니까………… 황녀가 오면 부를 테니까 준비해줘."

"네! 당신의 시트리에게 맡겨만 주세요! 그렇지, 티도 같이 훈련하면 비교도 되고 절차탁마할 수 있을 테니 일석이조—— 하는 김에 루시아나 다른 사람들도 끌어들여서……."

"?! 마, 마스터어……."

괜찮아, 괜찮다고. 《최우수》인 시트리를 믿어. 나는 황홀한 표정으로 중얼거리고 있는 시트리와 흠뻑 젖은 채 버려진 강아지 같은 눈빛을 보이는 티노를 두고 훈련장을 나섰다.

"크라이, 무제제에 나간다는 게 사실이야?!"

"어……? 누구한테 들었어?"

"시트리. 훈련을 도와달라고 하던데——— 그건 그렇고 치사하다! 나한테 아무 말도 없이!"

클랜 마스터실에서 보구를 닦고 있자니 우리 파티의 광(狂)검사가 문을 세차게 열고는 뛰어들어 왔다.

루크는 세끼 밥보다 검사를 더 좋아한다. 어느 정도 좋아하냐면, 강해 보이는 검사를 보면 갑자기 베러 갈 정도로 정말 좋아한다. 하지만 검사 말고 다른 걸 싫어하냐면 그건 또 아니다.

루크 사이콜이라는 남자는——— 강한 자를 좋아한다. 검사로서 검사에 대해 특별한 집착을 가지고 있긴 하지만, 상대방이 강자라면 도적이든 마도사든 뭐든 간에 베러 간다.

다시 말해 그냥 묻지마 습격범이다. 그런 루크가 무제제에 흥미를 지닌 것은 당연한 일일 것이다.

그런데 루크에게까지 훈련 요청을 하다니, 시트리가 진심인 모양이네. 루크는 황녀 상대로도 힘 조절을 하지 않을 것 같은데 괜찮을까?

그리고 이미 부정했을 텐데 내가 무제제에 나간다는 식으로 이야기가 퍼진 이유는 뭐지?

"아니, 아니, 나간다기보다는 가볍게 관전하는 것뿐이야. 황제 폐하에게 티켓을 받아서 말이지. 루크도 보고 싶어 했었지? 일정은 괜찮아?"

가끔은 전투에서 거리를 두고 느긋하게 시합을 관전하는 것도 나쁘지 않을 것 같다. 내 말에 루크는 한동안 굳은 표정으로 생각하다가 잠시 후 결심한 듯 입을 열었다.

"크라이, 배려해준 건 고마워. 하지만 나는——— 관전하기보다는 출장하고 싶어!"

"그, 그래?"

"나는 아직 미숙해, 차원도 베지 못하지. 하지만 대회에 출장할 정도로 강한 자들과 사투를 벌이면 분명히 얻는 게 있을 거야. 분명히!"

새빨간 눈동자에 불꽃 같은 빛이 깃들어 있다. 하긴…… 루크라면 그렇게 말하겠지. 리즈도 그렇고, 살기가 너무 강하다. 아무리 그래도 사투를 벌이진 않을 텐데…….

"…………그런데 나는 어떻게 해야 출장할 수 있을지 모르거든?"

일단 관전 티켓은 일반 판매도 되고 있다. 하지만 출장권은 그렇지 않을 것이다.

리즈도 나가고 싶어 하던데 힘들지 않을까? 전혀 힘이 되어줄 수 없을 것 같은 내게 루크가 힘차게 말했다.

"나는 알고 있어. 무제제는 각지의 투기 대회 상위 입상자나 유명한 헌터, 유명한 전사에게 초대장을 보내거든."

"그럼 결국 안 되겠네."

이제 무제제 개최 시기는 얼마 남지 않았다. 정론을 늘어놓던 내게 루크가 고개를 힘차게 끄덕였다.

"다시 말해, 초대장을 가지고 있는 녀석을 베면 드롭될 거야."

"?!"

그건…… 괜찮은 건가? 아니, 아니, 아무리 생각해도 안 괜찮지.

같은 고향에서 자랐을 텐데 어째서 이렇게까지 감성에 차이가 생겨버린 걸까…… 루크의 스승에게 불평하고 싶긴 하지만, 굳이 말하자면 나는 루크의 스승에게 불평을 들을 입장이었다. 소꿉친구로서 어떻게 좀 하라고 하면 뭐라 할 말이 없다.

원하는 게 있으니까 쓰러뜨려서 뺏는다니. 헌터의 발상이라 불러도 되는 건지 미묘하다.

어떻게 달래야 할지 당황하고 있던 참에 루크가 소리쳤다.

"이러고 있을 때가 아니야. 짐작이 가는 녀석을 가볍게 베고 올게!"

"아."

그렇게 말했을 때는 이미 루크가 사라진 뒤였다. 다른 사람이 하는 말을 제대로 듣지 않는 건 루크의 단점 중 하나다. 남의 말을 안 듣는 힘만 따지면 리즈보다 한 단계 위인 것 같을 정도다. 리즈는 상식이 없을 뿐, 머리는 좋으니까……. 뭐, 목검을 들고 갈 테니 괜찮으려나? 루크의 악명은 이미 꽤 퍼진 상태다. 상대방이 자기 몸을 지킬 거라 믿을 수밖에 없다.

그런데 혹시…… 이대로 가다가는 나 말고 다 출장하게 되는 거 아냐? 루시아도 의외로 지는 걸 싫어하는 성격이고, 다른 파티원들이 모두 나간다면 안셈도 나갈 것이다.

"으음…… 말릴 수 있을 것 같지가 않아."

아니, 반대로 생각해보자고. 마이너스 사고는 좋지 않아.

애초에…… 말릴 필요가 있나?

루크와 다른 파티원들은 행동은 그렇다 치더라도 실력은 틀림없이 일류다. 레벨에 걸맞지 않은 나와는 정반대로 그들은 레벨 '이' 걸맞지 않은 상황이다. 세계에서 손꼽히는 강자들이 참전하는 무제제에서 우승할 수 있을지는 모르겠지만, 괜찮은 수준까지는 올라갈 수 있을 것이다. 파티원들과 함께 즐겁게 무제제를 관전할 생각이었는데, 파티원들을 응원하는 것도 충분히 괜찮지 않을까?

만약에 입상하기라도 하면 루크와 다른 파티원들의 미래는 밝을 것이고, 친구로서도 매우 자랑스러울 것이다.

예상과는 조금 다르긴 하지만 가만히 있을 수는 없다. 일어서서 주먹을 쥐었다.

"좋았어, 클랜 멤버를 전부 데려가서 응원하자!"

"실례합니다, 크라이 씨. 저번에 말씀드렸던 크림슨 드래곤 전시가 완료되었………… 왜 그러시죠?"

"아, 아니………… 아무것도 아니야."

혼자 신이 나서 떠들어대고 있었기에 창피하다. 의아한 표정을 짓는 에바를 보고 나는 급하게 자리에 앉았다.

큰길에 있는 《시작의 발자국》 클랜 하우스는 미리 들었던 대로 투박한 트레저 헌터의 이미지와는 전혀 다른 세련된 건물이었다.

소문에 따르면 클랜 하우스를 건설할 때 클랜 마스터인《천변만화》가 온갖 재앙에 대비하라고 명령한 모양이었다. 그 말대로 이 클랜 하우스는 몇 번이나 침입자의 습격을 받은 것 같지만 지금도 깔끔한 모습을 보이고 있다. 그《은성만뢰》, 아크 로댕을 비롯한 유망한 차세대 헌터들이 항상 여럿 머무르고 있으며 몇 번에 걸친 습격을 뛰어넘은 이 건물은 제도에서도 톱클래스로 안전한 건물일 터.

그런 데다 꼭대기 층에는 '아홉꼬리 그림자여우(나인테일 섀도우폭스)'의 구성원조차 손바닥 위에서 놀아나게 만든《천변만화》까지 있으니, 황성보다 이곳이 더 안전할 가능성조차 있다.

"공주님, 지금이라면 돌아가실 수 있습니다. 폐하께서도 공주님의 의사를 존중하실 것입니다."

"저희도 온 힘을 다해 공주님을 지킬 생각입니다만, 상대방은 난폭한 헌터입니다. 무슨 일이 생기더라도 이상할 게 없습니다."

후드를 걸쳐 눈에 띄지 않는 차림새로 클랜 하우스를 올려다보고 있던 뮤리나에게 이번에 따라온 단 두 명의 시종 겸 호위──카렌과 신디가 작은 목소리로 말했다. 그 목소리는 진심으로 뮤리나를 걱정해주고 있었다.

이번 훈련은 극비다. 호위를 줄줄이 데리고 다닐 수는 없으며 항상 보구의 힘으로 몸을 내던져 뮤리나를 지켜주는 프란츠도 없다. 따라온 두 사람도 실력이 좋긴 하지만, 어차피 겨우 두 명에 불과하다.

《시작의 발자국》이라는 클랜명은 헌터들에게 시작의 첫걸음이 될 수 있게끔 기원하는 마음을 담아 지어졌다고 한다. 일류 클랜이 된 지금도 그 이름을 보고 가입하기를 원하는 신인들이 끊임없이 찾아온다는 모양이다.

그렇다면 이번 작전은 뮤리나에게도 분명히 시작의 첫걸음이 될 것이다.

《천변만화》가 내리는 천 개의 시련은 대상의 성장을 가장 먼저 생각하며 상대방의 역량을 파악하고 그에 맞게 아슬아슬한 수준으로 다가온다고 한다. 뮤리나도 그 시련을 넘어서면 '불운'을 극복할 수 있는 힘을 얻게 될 것이다.

카렌이 굳은 표정으로 문을 열었다.

———그리고 눈앞에 나타난 것을 본 뮤리나는 반사적으로 비명 같은 목소리를 냈다.

"히익?!"

"?!"

호위가 뮤리나를 감싸며 앞으로 나섰다. 현관에 아무렇게나 장식되어 있던 것은——— 눈을 부릅뜬 진홍색 용의 머리였다.

뮤리나는 몇 초 동안 굳어있다가 머리만 있다는 걸 눈치채고는 조심조심 앞으로 걸어갔다.

"박……제……?"

"용의 머리를 이런 현관에 장식하다니………… 호탕하다고 해야 하나 뭐라 해야 하나……."

"시장에 나오지는 않을 테니까요…… 용종 정도면 보통은 소재

를 얻기 위해 분해할 테고…………."

마치 당장에라도 움직일 것 같은 현실감. 그것은 틀림없이 진짜 용의 머리였다.

황성에도 장식되어 있지 않은(아마 장식하려는 생각도 없을) 용을 박제해서 이런 곳에 장식하다니, 역시 제도에서도 손꼽히는 힘을 지닌 트레저 헌터의 증명이라고 할 수 있을지도 모르겠다.

신디가 납득했다는 듯이 고개를 크게 끄덕이며 해설해 주었다.

"아마 클랜의 위세를 나타내려는 의도도 있을 겁니다. 이 정도 규모의 클랜이라면 직접 의뢰하러 찾아오는 자도 있을 테고――현관에 장식해두면 힘을 증명할 수 있을 테니까요. 진짜 용의 머리를 장식해두는 건 약간 지나친 것 같기도 합니다만, 역시 평판대로 머리가 좋은 자인 것 같습니다."

뮤리나가 언뜻 보기에 《천변만화》는 그렇게 실력이 대단한 것 같진 않았다.

뭐라고 해야 하나, 오라가 없다. 아버지나 아크, 그리고 지금까지 가르침을 받아왔던 일류의 스승들이 두르고 있던 오라가. 무술에 대해서는 잘 알지 못하는 뮤리나도 심미안 교육은 받아왔다. 아마 그 '백검 모임'에 초대받은 사람들 중에서 제일 오라가 없었던 게 그 청년일 것이다. 그리고 그것이 뮤리나가 《천변만화》를 필요 이상으로 두려워하는 이유이기도 했다.

박제를 빤히 관찰하고 있자니 계단을 통해 클랜 부마스터('백검 모임'에도 왔었다)를 데리고 《천변만화》, 크라이 안드리히가 빠른 걸음으로 내려왔다. 시계를 보니 시간에 딱 맞춰서 오긴 했지만 황족 상대로 마중을 나오지 않은 것은 매우 드문 일이었다. 상황에 따라서는 불경죄로 처벌받을 수도 있을 것이다.

《천변만화》는 불쾌한 표정을 짓고 있는 시종들을 보고 매우 당황한 표정을 지었다.

"아, 마중도 나가지 못해 정말 미안하군. 우리도 뭐라고 해야 하나, 이런저런 일 때문에 정신이 없어서———."

"……우리 쪽 요청을 받아주어 고맙다. 나는 제0기사단의 카렌, 이쪽은 신디. 기간 중 뮤리나 님을 돌봐드리며 호위를 담당할 예정이다."

역시 오라가 없다. 이렇게 상대방의 지위를 알게 된 상태로 봐도 카렌과 신디가 훨씬 실력이 좋아 보인다. 뮤리나의 보는 눈이 녹슨 것은 아닐 것이다.

《천변만화》는 카렌의 사무적인 말을 듣고 눈썹을 움찔거리고는 곧바로 뭐라 말하기 힘든 미소를 지었다.

"예의가 바르시군. 우리 쪽도 준비는………… 완벽해. 정말 자신이 없긴 하지만——— 최선을 다하도록 하지. 사실 누구를 스승으로 삼는 게 가장 적합할지 생각해 봤는데 하고 싶다는 사람이 너무 많아서…… 모처럼 기회가 생긴 거니 모두에게 부탁하기로 했어."

"?! 뭐라고?!"

예상치 못한 말에 카렌이 소리쳤다. 청년은 움찔거리며 겁을 먹은 듯한 기색을 보였지만 말을 이었다.

"아, 불평하긴 없기야. 폐하께서는 우리 쪽 방식에 맡기겠다고 하셨으니까. 그리고 나는 훈련을 시키고 그런 걸 잘 못해서 말이지……. 괜찮아, 뮤리나 전하께서도 반드시 무제제에 출장하실 정도의 힘을 얻으실 테니까……. 우승할 수 있을지는 모르겠지만."

"?! ???"

이 사람, 대체 무슨 소릴 하는 거지?

예상치 못한 말이었다. 신산귀모라 불리며 많은 헌터들에게 시련을 내렸다는 것으로 유명한《천변만화》가 훈련을 제대로 못 시킨다고 딱 잘라 말한 것도 이상하지만, 더 심한 것은…… 무제제?

무제제에는 약한 자가 나갈 수 없다. 최소 레벨6 정도? 아무리 힘든 훈련이라 해도 단기간의 훈련을 통해 그 정도의 힘을 얻을 수 있다니, 믿을 수가 없다. 아니, 있을 수 없는 일이다.

연약해 보이는 표정으로 말한 오만하다고도 할 수 있는 말에 카렌과 신디도 철가면 같은 표정이 무너져서 당황을 금치 못하고 있었다. 그때, 《천변만화》의 시선이 용의 박제 쪽으로 쏠렸다.

"그런데…… 이 드래곤은 뭐야? 누가 장식했어? 걸리적거리네."

"?! 마스터, 저번에 말씀드린 그겁니다."

부마스터가 그렇게 말하자 크라이는 방금 생각났다는 듯이 손뼉을 쳤다.

"………………아, 그걸 여기에 장식했구나. 음…… 다 끝난 뒤에 이런 말을 하긴 좀 그렇긴 한데, 현관에 두면 걸리적거릴 것 같거든……. 매번 마주치는데 클랜 하우스에 올 때마다 보이면…… 기운이 빠질 것 같아."

"……알겠습니다. 처리해두겠습니다."

그 이야기를 듣고 좀 전까지 용에 대해 자신의 의견을 피력했던 신디가 말문을 잃었다.

너무나도 자연스럽게 나온 그 말은 분명히 초월자의 말이었다.

역시 그는 프란츠 경이 말했던 것처럼 만만치 않은 자다. 제도 최강 중 한 명이라 불리는 《천변만화》인 것이다.

오기 전에 생각하고 있었던 당당한 태도를 잊어버리고 몸이 굳은 뮤리나에게, 《천변만화》가 마치 마음속을 들여다보고 있는 것처럼 어딘가 비꼬는 듯한 미소로 말했다.

"그럼 바로 안내해드리겠습니다, 전하."

"어?! 다 같이 훈련을 시킨다고?"

"네. 이야기를 나누어 봤는데…… 뮤리나 전하에게 어떤 적성이 있을지 모르니까요."

무심코 내가 되묻자 시트리는 마치 당연하다는 듯이 고개를 끄덕였다.

애초에 불평할 입장도 아니긴 하지만, 우리 파티에는 제자 같은 데 흥미를 가질 만한 멤버가 없을 것 같은데……. 꽤 의욕적이네, 어떻게 된 거야?

"혈통으로 보아 검사 계열이 유력하긴 하지만 일족 중에는 실력이 뛰어난 마도사도 있으니 지금까지는 뭐라 말할 수가———."

지금 시대는 힘을 중시하기에 다양한 곳에서 효율적으로 사람들을 단련시키는 방법을 연구하고 있다. 트레저 헌터의 적성이 유전된다는 사실도 알려져 있고, 귀족이 그 피를 끌어들이기 위해 실력이 좋은 헌터를 배우자로 고르는 경우도 적지 않다. 대국 제블디아의 황족이라면 혈통도 뛰어날 것이다.

하지만 모두 함께 가르친다는 건 아무리 그래도 너무 지나친 것 같다.

"시간도 없으니까 한 분야로 좁혀서 집중적으로 하는 게 낫지 않아?"

"크라이 씨, 괜히 또 그런 말씀을. 한 분야로 좁히면 단기간 만에 무제제 수준에 도달할 수가 없어요."

"응, 그래…… 그렇지?"

어? 그래? 애초에 꽤 힘든 목표라고 생각하긴 했는데── 무제제에 출장한 황녀가 무참히 패배하기라도 하면 제블디아에서 살아갈 수가 없게 된다.

"무제제에 나오는 선수들은 특화형뿐이니 같은 분야로 도전해봤자 승산은 거의 없어요. 유일한 가능성은 여러 능력을 익혀서 조합하는 것뿐이죠."

"……호오."

완전히 청취자 같은 기분이 든 내게 시트리가 의기양양하게 설명해 주었다.

"검사와 도적은 노력하기에 따라 겸업할 수가 있지만, 마술이나 신성 계열 기술을 동시에 익히는 건 보통 재능으로는 안 돼요……

아크 씨도 마법검사(캐스트 세이버)라서 그렇게까지 강한 거고, 신성 계열 기술을 쓰지는 못하니까——— 뮤리나 황녀도 어떻게든 그 영역까지 끌어올리면 벼락치기라 해도 어지간한 상대와는 싸울 수 있을 거예요. 아니, 그 영역까지 끌어올리겠어요! 당신의 시트리가!"

불타오르고 있네…… 혹시 공감이라도 하는 건가?

예전의 시트리와 지금의 황녀는 재능이 없다는 것 때문에 고민하는 구석이 약간 닮았다. 아니, 실제로는 재능이 없었던 것도 아니고, 그것 때문에 고민하는 것도 아니겠지만 분위기가 똑같다.

"그리고 각자 훈련을 시킨 다음 마지막으로 제 연구의 집대성을 쓸게요! 크라이 씨께는 정말 감사하고 있어요, 설마 제블디아 황가의 핏줄에 관여할 수 있는 기회를 주시다니! 저, 시험해 보고 싶은 게 몇 가지 있어서———."

시트리는 황홀한 표정으로 나를 뜨겁게 바라봤다.

어? 뭐라고? 그런 이야기를 했었나? …………혹시, 안 좋은 버릇이 나온 거야?

열정을 보이는 건 좋긴 하지만, 상대방이 이 나라의 황녀라는 사실은 잊지 말아줬으면 좋겠다.

"연구의 집대성이라면……?"

"짜잔~! 물론 이 포션이죠! 이름하여 레벨업 포션이라고 할까요? 마시기만 해도 마나 머티리얼을 몸에 흡수시켜주는 훌륭한 물건이에요!"

시트리가 효과음을 입으로 내면서 연한 검은색 액체가 들어 있는 병을 보여주었다. 엄청 신났네………. 넌 그런 캐릭터가 아니………지는 않구나. 그런데 마시기만 해도 마나 머티리얼을 흡수시켜주다니, 시트리의 수수께끼 같은 기술도 엄청나게 발전한 것 같다. 힘과 가장 밀접한 관계가 있는 건 마나 머티리얼이다. 그렇게 엄청난 포션을 만들었으니 시트리가 자신 있어하는 이유도 이해가 된다. 약간 치사한 것 같긴 하지만――― 나는 고개를 크게 끄덕이고는 방긋 웃으며 말했다.

"그렇구나, 대단한 포션이야. 마나 머티리얼을 흡수하면 황녀도 손쉽게 강해질 테고. 역시 나의 시트리, 믿음직스러워."

"?! …………."

칭찬해줬더니, 시트리가 몸을 움찔 떨고는 나를 빤히 바라보았다.

그녀는 한동안 입술에 손가락을 대고 조용히 있다가 잠시 후 살짝 한숨을 쉬었다.

"…………알겠습니다. 이번에는 안 되는 거군요. 포션은 쓰지 않을게요."

"어?!"

그런 말은 안 했잖아. 눈을 동그랗게 뜬 내게 시트리가 주먹을 쥐며 힘차게 선언했다.

"인체실험도 아직 부족하긴 하고…… 만에 하나 황녀 전하가 마나 머티리얼을 견디지 못하고 폭발하면 큰일이겠죠. 다른 방법을 생각해 볼게요, 안심하세요!"

다시 생각해봐도 전혀 안심이 안 되는데, 정말로 괜찮은 걸까?

조용히 밀려드는 불안한 마음을 하드보일드한 표정으로 둘러대며 공주님을 안내했다.

이제 이렇게 된 이상, 내가 할 수 있는 일은 동료들을 믿는 것뿐이다.

"무제제에 나오는 건 전투에 인생을 바친 강자들뿐입니다. 그에 필적할 만한 힘을 단기간에 얻으려면 아무리 뛰어난 재능이 있다 해도 평범한 훈련으로는 부족하죠. 애초에 황녀 전하께 필요한 건 그런 힘이 아닐 겁니다. 그래서 저희는 뮤리나 님께 딱 맞는 계획을 생각했습니다. 뮤리나 님께서는——— 종합적인 힘을 길러주셔야겠습니다."

"종합적인…… 힘? 아니, 애초에 무제제에 출장하는 전사들에 필적하는 힘……이라니……?"

뮤리나 님이 작은 목소리로 말했다. 그런데 이 황녀 전하는 정말 얌전하네…… 에크렐 양의 친구라던데, 성격이 너무 다르다. 나는 곧바로 보험을 들었다. 보험을 들어두는 게 내가 할 일이다.

"물론 최선을 다할 겁니다. 하지만 싸움은 그때그때 운에 영향을 받기도 하죠. 무제제의 출장자들은 초일류입니다. 확실히 이길 수 있게 될 거라 말씀드릴 수는 없습니다."

"……아니, 애초에 무슨 말을 하는 거지? 훈련을 시킨다는 이야기는 들었다만, 공주님께 그 정도의 힘은 필요가 없을 텐데. 공주님께는 우리 제0기사단이 있다. 여차할 때 자신의 몸을 지킬 정도의 힘만으로도 충분하다."

"··········어라? 정보가 공유되지 않은 거야?"

"?! 뭐라고?!"

카렌이라고 자기소개를 한 여기사가 이쪽을 노려보았다. 마치 프란츠 씨의 성별을 반전시켜놓은 것 같은 기사인데, 이게 표준적인 기사의 태도인가? 뭐, 제0기사단의 자존심을 자극할 생각은 없다.

하지만 뭔가 인식이 어긋나 있네. 황제 폐하는 뮤리나 전하를 무제제에 출장시키는 걸 비밀로 하고 있는 건가? ··········일리가 있다. ······그 사람은 아마 주위 사람들이 반대했을 텐데도 '백검 모임'에서 소동을 일으킨 나를 호위로 선발했고, 여행 중에는 【길 잃은 여관】에 들어갔음에도 멀쩡했던 황제다. 그냥 보기에는 도량이 크고 카리스마가 넘쳐나는 인격자 같지만 머리의 나사가 한두 개 정도 날아가 버렸다고밖에 표현할 방법이 없다.

어떻게 설득해야 하나······. 나는 어떻게 해야 할지 알 수가 없어서 카렌과 신디에게서 눈을 피하고는 매우 조용한 뮤리나 황녀에게 폼을 잡으며 말했다.

"공주님, 강해지려면 각오가 필요해. 최소한의 힘만 있으면 된다고 하는 자에게 승리가 찾아오진 않을 거야."

"··········."

그래서 나는 시간이 아무리 지나도 전혀 강해지지 못하고 지기만 한다. 끈기가 없기 때문이다.

뮤리나 황녀는 나의 주제도 모르는 말을 듣고는 왠지 심각해 보이는 표정을 지었다.

…………황제 폐하에게 보고하면 또 골치 아픈 일이 벌어질지도 모르겠네. 최대한 문제가 없는 느낌으로 가자. 너무 진지하게 받아들이지 말라고…….

이번 의뢰는 극비 의뢰이기도 하다. 대국의 황녀를 노리는 자들도 많을 테고, 내가 젊은 나이에 황녀의 지도를 맡았다는 사실 때문에 탐탁지 않아 하는 귀족들도 많을 테니까. 그런데 이번 훈련엔 황녀 전하의 의지가 얼마나 들어가 있을까? 대국의 황녀이니 그녀가 짊어진 중책은 나와 비교도 안 될 것이다. 축복받은 환경이라 해도 나름대로 고민이 있을 테니까.

시트리와 만나기로 약속한 지하 최하층 훈련장 문 앞에서 나는 어떤 의미로 불쌍한 황녀 전하에게 말했다.

"훈련은 각각 신뢰할 수 있는 동료들이 담당해줄 겁니다. 그래도 만약에 하기 싫어지면 말씀해 주세요. 최선을 다하긴 하겠지만, 카렌 씨와 신디 씨가 한 말도 맞는 말이죠. 황녀 전하께 그 정도의 무력은 필요 없을 테니까."

그러니까 만약에 강해지지 못하더라도 용서해주세요.

"미리 말씀드리지만, 저(의 동료)는 대충 봐주지 않을 겁니다. 카렌 씨와 신디 씨가 엄청난 표정으로 노려보고 있긴 하지만, 훈련을 시킬 때는 상대방의 입장 같은 건 (제 동료들은) 고려하지 않을 테니까요."

"…………각오는 되어 있습니다."

……좋아, 언질은 잡았다. 아무 일도 없기를 기원하겠지만, 어설프게 훈련을 시키면 그것대로 문제가 생길 테니 이제 시트리가

잘 진행해주기만 바랄 뿐이다.

미소나마 지으면서 훈련장의 문을 열었다.

―――훈련장에는 루크와 다른 파티원들이 당당한 표정으로 기다리고 있었다.

내 소꿉친구들―――《비탄의 망령》멤버들은 다들 힘에는 진지하다. 이름난 스승에게 가르침을 받으려면 자질을 보여줄 필요가 있다. 일류 스승은 재능이 있다는 것만으로는 제자로 받아주지 않는다. 함께 지내다보면 잊어버리곤 하는데, 항상 내 앞에서는 미소를 보이는 리즈나 최근에 반항기인 루시아, 진지하게 얼빠진 짓을 해대는 루크 또한―――― 험한 길을 헤쳐나왔다. 그들은 힘에서만큼은 자신을 굽히지 않는다.

널찍한 훈련장의 분위기는 싸늘하고 팽팽했다. 마치 전장과도 같은 긴장감.

이번 훈련을 위해 나는 클랜 마스터의 권력을 행사하여 훈련장을 대절했다. 항상 거의 물건이 없던 실내에는 정체를 알 수 없는 기재들이 수없이 늘어서 있어서 이상한 분위기가 느껴졌다.

"기다리고 있었습니다, 크라이 씨, 뮤리나 전하."

평소처럼 진행을 맡아준 시트리가 미소를 지으며 다가왔지만, 분위기는 바뀌지 않았다.

뮤리나 전하가 침을 꿀꺽 삼켰다. 호위 두 사람도 분명히 주눅이 들었다.

"뭐야~? 그 녀석을 굴리면 되는 거야? 내게 맡겨, 근성을 바로 잡아줄 테니까."

분위기를 파악하지 못하는 리즈가 사나운 미소를 지으며 주먹을 쥐었다. 보아하니 예상했던 것보다 의욕이 있는 것 같았다.

처음에는 지켜볼 생각이었는데, 왠지 보고 싶지 않네……. 루시아와 안셈도 있으니 그렇게까지 심한 짓을 당하진 않을 것이다.

"그럼 나는 할 일이 있으니까 뒷일은 맡길게. 리즈하고 루크, 죽지 않게 하는 것만은 주의하고."

"네?!"

"뭐라고?!"

황녀 전하가 이상한 목소리를 냈고, 호위 두 사람이 이쪽을 노려보았다.

정말, 정말 미안한데, 오랫동안 이런 분위기 속에 있다가는 죽어버릴 거라고.

"네에! 괜찮아, 제자는 두 명째니까, 맡겨줘!"

"뭐야, 크라이는 정말 걱정이 많구나. 안셈이 있으니까 괜찮아."

기운 넘치게 대답한 리즈와 씨익 웃는 루크.

대단해…… 전혀 안심할 수가 없어. 안셈도 죽은 사람을 되살리지는 못하는데…….

이것저것 드는 생각이 있긴 했지만 나는 모든 의문을 마음속에 묻어두고 두 호위가 뭔가 따지려 하기 전에 손을 흔들며 훈련장을 나섰다.

추격자가 오기 전에 계단을 뛰어 올라가 클랜 마스터실로 돌아오자 내 두뇌인 에바가 무뚝뚝한 표정으로 기다리고 있었다. 이 클랜의 제일가는 양심이자 공사 양면으로 나를 지탱해주고 있는 파트너다.

내가 지정석에 앉자마자 에바가 물었다.

"크라이 씨, 정말 괜찮은 걸까요? 리즈 씨와 다른 파티원분들은…… 저기, 클랜 멤버들에게도 항의가…… 상대는 황족이에요. 아무리 제블디아 황가가 관대한 것으로 유명하다 해도 황족으로서의 긍지와 체면이 있는데요."

그렇긴 하지. 경매 때 에크렐 양이 귀족의 힘으로 내 가면을 탈취하려 했던 것처럼 아무리 무인을 추켜세워준다고 해도 그들은 귀족이다. 언제 그 힘을 휘둘러댈지 모른다.

클랜 마스터인 내 선택은 상황에 따라 이 클랜 운영에 큰 영향을 끼칠 수도 있다. 《비탄의 망령》이 얼마나 날뛰는지 잘 알고 있는 에바가 걱정하는 것도 이해가 된다.

그때 나는 좋은 생각이 났다.

"맞다, 무슨 일이 생기면 내가 책임을 지고 헌터를 그만두면 되는 거 아닐까?"

"네에에에에에?"

제일 먼저 이 클랜을 만들자고 생각한 건 나다. 그래서 나는 클랜 마스터 자리를 떠맡게 되었다. 하지만 이미 한참 전에 이 클랜은 내가 도저히 감당할 수 없는 규모로 커져 버렸다.

이번에 황제 폐하의 의뢰를 받아들인 건 나다. 황녀의 지도를 루크와 다른 파티원들에게 맡긴 것도 나니까 모든 책임은 나 개인에게 있다. 다시 말해 무슨 일이 생기게 되면 책임을 지고 클랜 마스터를 그만두면 된다.

그만두고 싶은데 좀처럼 그만둘 수가 없었던 내게는 어떻게 되든 이익만 있다.

"농담이시죠?"

"……뭐, 너무 비관적으로만 생각하는 건 바람직하지 못하지. 내가 죽으면 클랜 마스터는 에바에게 부탁할게."

"싫어요. 그렇게 되면 저도 그만둘 거예요. 제가 누구를 위해서 고생하는데———."

에바는 진심으로 싫어하는 것 같았다. 뭐, 엎드려 빌어서 그녀를 스카웃해 온 것도 나지만———.

"…………에바는 나한테 약하단 말이야."

"?! 그, 그건, 크라이 씨가———."

에바 없이는 살아갈 수가 없는 몸이 되어버렸다…….

나는 일단 그만두는 걸 보류하고는 의자에 앉아 시간을 때우기 위해 여동생 여우에게 받은 보구——— 스마트폰을 꺼냈다.

제도 제블디아의 중심부에 솟아 있는 제블디아 황성. '백검 모임' 때 《심연화멸》이 태워버린 성도 수리가 꽤 진행되었다. 엄중한 경비가 깔린 그 제블디아의 심장에서, 프란츠 아그만은 현 제블디아 황제인 라드릭 아트룸 제블디아와 마주 보고 있었다.

두 사람은 라드릭이 황제가 되기 전부터 알고 지낸 사이였다. 황가와 아그만 가문 사이에는 매우 큰 격차가 있지만, 대대로 황가는 심복으로 가장 충성심이 강하며 충언을 망설이지 않는 자를 선택해 왔다. 프란츠가 선택받은 것도 그의 올곧은 의지와 직설적인 말씨를 인정받았기 때문이다.

"전하께는 실력이 좋은 호위를 붙여드렸습니다. 하지만 전하를 그 남자에게 맡긴 것은 너무나도 위험합니다."

덩치가 큰 프란츠가 착용하고 있는 것은 특정한 사람의 대미지를 대신 입어주는 보구 갑옷이다. 대상과의 거리에 상관없이 모든 상처를 대신 입어주는 그 갑옷은 대대로 제0기사단에 전해져 내려오는 보물이다.

프란츠가 한 말을 듣고 황제는 씁쓸한 표정으로 말했다.

"끈질기구나, 프란츠. 그 남자는 우리를 이미 한 번 구해주었다."

"하지만 그런 상황에 처한 것은 전부 그 남자의 계산——— 병 주고 약 주기입니다. 적어도 그렇게까지 옥체를 위험에 처하게 할 필요는 없었습니다. 그 남자는 너무나도 거만합니다."

황제의 호위처럼 헌터가 받을 수 있는 최대의 영예를 받았으면서도 그렇게 껄렁대는 차림새로 온 성격. '여우'의 구성원을 끌어들이는 대담함. 그 행동이나 말, 목적도 전혀 이해할 수가 없다. 그라디스 경에게 사람 됨됨이에 대해 미리 듣긴 했지만, 프란츠를 짜증 나게 한 말과 행동까지 전부 계산된 거라고 생각하니 오랫동안 상인들이나 귀족들과 산전수전 다 겪으며 접해온 그도 더 이상 함께 해나갈 자신이 없었다. 적어도 좀 더 진지하게 하란 말이다!

"그러니 더더욱 뮤리나를 맡길 가치가 있는 게다. 그 정도로 자유롭지 못하면 황가의 지도를 맡을 수는 없지. 지금 생각해보니 지금까지 뮤리나에게 붙여주었던 스승들은 너무 미지근했다. '천 개의 시련'은 강인한 헌터들이 비명을 지를 정도라고 하지 않은가."

나쁜 버릇이 드러났다. 무인인 라드릭 황제는 예전부터 권력보다 무력을 우선시하는 경향이 있었다. 그런 성격이 트레저 헌터들을 우대해주는 정책으로 이어졌고, 결과적으로 제국이 발전하게 되었지만 한도라는 게 있는 법이다.

"…………농담이시겠지요. 전하께서는 전사가 아니십니다."

"하나 너무나도 약하다. 운명을 헤쳐나갈 힘이 없어. 프란츠, 나는 기대를 걸고 있는 게다. 점성신비술원의 '신의 눈'이 확인해준 재앙을 불러오는 뮤리나의 체질을, 착각이라며 딱 잘라 말한 그 남자에게 말이다."

제블디아의 특수 기관, '점성신비술원'은 아직 원리가 해명되지 않은 신비를 통괄하는 부문이다.

이름을 보면 알 수 있듯이 그 부서는 점술을 통한 미래 예지술이 특기이며 지금까지 많은 재앙을 예견해 왔다. 모든 재앙을 미리 알아차린 건 아니지만 적어도 그 예지가 크게 빗나간 적은 없다. 그중에서도 '신의 눈'은 특히 정확도가 높은 예지를 자랑하는 점성술사의 칭호다.

뮤리나의 체질을 프란츠와 다른 사람들이 정확도가 높은 정보로 받아들인 것도, 그리고 그 정보를 은폐한 것도 예언자의 말을 들었기 때문이다. 황녀의 체질은 주위에서 불행을 끌어당긴다. 하지만 다른 사람과 최소한만 접촉하고 무대 위로 나서지 않으며 얌전히 살면 그 불행도 최소한으로 억누를 수 있을 거라 했다. 뮤리나 황녀는 그 말에 따라 살아왔다. 황가에서 없는 사람처럼 취급받는데도 불평 한마디 없이 살아온 것이다. 자랑스러운 제블디아 황가의 일원으로서 이보다 더 괴로운 일은 없을 것이다.

어쩔 수 없는 일이라 판단해왔다. 절대군주제이기 때문에 황제는 나라를 가장 먼저 생각해야만 한다.

"조금이라도 효과가 있다면 상관없다. 이대로 두면 뮤리나는 황족으로서 책무를 다할 수 없을 게다."

"⋯⋯⋯⋯분부를 받들겠습니다."

강한 감정이 담긴 그 말에 프란츠는 이를 악물며 고개를 숙였다.

너무나도 안타까웠다. 일반인이나 그저 그런 귀족이라면 모를까, 황가의 일족으로서 무능한 것은 죄다. 나라에 도움이 될 수 없다면 적어도 나라에 해를 끼치기 전에 사라져야만 한다.

하지만 대국의 황제라 해도 부모의 정이 없는 것은 아니다.

주군을 위험에 처하게 만든 그 남자에게 기대는 것은 매우 부끄러운 심정이지만, 프란츠는 뮤리나 황녀의 상황을 해결해줄 수가 없었다. 그 황녀 전하는 싸우기에는 너무나도——— 마음씨가 착하다.

그때, 라드릭의 표정이 바뀌었다. 울적한 표정에서 굳은 표정으로.

"그래서, '아홉꼬리 그림자여우'의 조사는 어떻게 되었지?"

"……네. 구성원———《지수》와 케챠챠카 쪽 루트로 진행하고 있습니다. 상대가 상대이니만큼 정보가 누설될 가능성을 최대한 줄이기 위해 최소한의 인원만으로 수사본부를 꾸렸습니다."

비밀 조직 '아홉꼬리 그림자여우'는 지금까지 놀라울 정도로 정보가 드러나지 않았던 조직이다. 구성원도, 조직의 형태도 전부 수수께끼다. 이름이 알려진 것은 힘을 갖춘 조직이 스스로 드러냈기 때문이었고, 그러지 않았다면 제블디아는 지금도 그 존재를 눈치채지 못했을지도 모른다. 그렇기에 저번 호위 의뢰 때 생긴 일——— '여우'의 구성원이 판명된 것은 제블디아에게 매우 큰 도움이 되었다.

상대방은 흔적을 없애는 능력이 뛰어나다. 하지만 적어도《지수》테름은 겉으로 드러난 지위, 실력 때문에 간단히 잘라낼 수 없는 존재였을 것이다. 본인을 사로잡지는 못했지만 구성원의 정체가 들통난 상황은 조직도 예상하지 못했을 터. 단서가 전혀 없는 상태에서 조직을 조사하는 것과는 천지 차이다. 또한 케챠챠카도——— 탐색자 협회는 호위 의뢰의 동료 후보로《천변만화》에게 신뢰할 수 있는 헌터를 만들어 제시한 바 있지만 그 남자가 끼게 된 건 예상하지 못한 일이었던 모양이다. 다시 말해 내부에 케챠챠카의 이름을 리스트에 넣은 사람이 있다는 뜻이다. 탐색자 협회는 지금도 혈안이 되어 배신자를 찾고 있다.

오랫동안 정체되어 있던 상황이 크게 움직였다. 《지수》와 케챠챠카가 배신자였다는 사실은 아직 일부만 알고 있다. 정체가 들통났다는 사실을 조직이 눈치채기 전에 몰아붙인다.

"용의자를 추리는 작업은 끝났습니다."

"알고 있겠지만, 확실하게 사로잡아야 한다. 오랫동안 음지에서 움직이던 조직이 우리 제블디아에 대놓고 시비를 걸었으니 이유가 있을 게다."

《천변만화》는 특이한 방법, 프란츠와 다른 사람들은 도저히 흉내 낼 수 없는 방법으로 테름과 케챠챠카를 몰아붙였다.

하지만 제블디아에는 제블디아의, 귀족에게는 귀족의 방식이 있다.

《천변만화》에게만 의존할 수는 없다. 조용히 투지를 불태우는 라드릭 아트룸 제블디아에게 고개를 크게 숙인 다음, 프란츠는 방을 나섰다.

무언가를 얻기 위해서는 대가가 필요하다. 성장에는 항상 고통이 뒤따른다.

세계에서도 손꼽히는 대국인 제블디아에는 온갖 것들이 모여든다. 그리고 제블디아의 황족들은 황위 계승권의 순위와는 상관없이, 어린 시절부터 지위에 걸맞은 힘을 얻기 위해 일류 스승들에게 교육을 받게 된다.

뮤리나도 그 관습에 따라 지금까지 수많은 스승들에게 가르침을 받았으나——— 형제자매들과는 달리 아무런 재능도 나타내지 못했다. 나쁘지는 않지만 눈에 띄지도 않는다. 무엇보다 제블디아의 황족이 지닌 패기가 없다.

그것이 뮤리나 아트룸 제블디아에게 내려진 평가였다. 스스로도 자각하고 있긴 했다.

세 명 있는 형제자매는 황제의 핏줄에 걸맞은 인재였다. 각자 이미 나라의 발전을 위해 자신의 책무를 다하고 있다. 아직 황성에 틀어박혀 있는 건 나뿐이고, 불행한 체질을 변명거리로 삼는 것은 너무나도 비참했다.

그렇기 때문에 각오를 다졌다. 이번에야말로 조금이나마 나 자신을 바꾸겠다고.

"아앙? 뭐? 보호자가 딸린 상태로 훈련을 할 수 있을 것 같아? 머리가 맛 간 거 아냐? 이 자식아!"

"……우리의 사명은 공주님을 호위하는 것이다. 안심해라, 옥체가 위험에 처하지 않는 한, 참견할 생각은 없다."

하지만 훈련이 시작되고 얼마 지나지 않아 그 투지는 꺾여가고 있었다.

데리고 온 호위 두 사람과 《절영》이 충돌을 일으켰다. 깡패 같은 말투로 소리 지르는 《절영》에 맞서 카렌이 억누르는 듯한 목소리로 대꾸했다. 척 보기에 카렌 쪽은 태연한 것 같았지만, 뮤리나는 카렌이 화가 났다는 사실을 알 수 있었다. 애초에 그녀는 별로 참을성이 강한 편이 아니다.

게다가 저번 회담 때는 호위 멤버로 뽑히지 못했기에 이번에는 특히 기합이 들어가 있었다.

"뭐어? 위험하지도 않은 상황에서 어떻게 강해진다는 건데! 우리는 크라이가 부탁해서 특별히 가르쳐주고 있는 거거든?"

"위험의 정도에 따라 다르다. 안전한 훈련 같은 게 존재하지 않는다는 건 나도 잘 안다! 그러나 한 가지만 말하도록 하지. 공주님께 그런 태도를 보이는 건 불쾌하다!"

앙칼진 목소리로 인해 널찍한 훈련장의 분위기가 팽팽해졌다. 일촉즉발의 상황.

자신에게 날아든 목소리가 아님에도 불구하고 뮤리나의 심장이 크게 뛰었다.

"그렇게 미지근한 짓이나 하니까 시간이 아무리 지나도 이 녀석이 강해지지 못하는 거고, 너희들도 약해빠진 거 아냐! 목숨을 걸지도 않고 빈둥거리다니, 시간 낭비야!"

"윽…… 듣자 듣자 하니!"

"우리는 너희와 달리 한가하지 않다고! 공주 같은 건 상관없어, 본인의 의욕도 상관없어! 안 그래도 시간이 없으니까 무능하다면 적어도 방해는 하지 마!"

한 발짝 앞으로 나선 카렌과 재빠르게 자세를 갖춘 신디를 상대로 리즈 스마트는 한 발짝도 물러서지 않았다.

뮤리나는 어떻게 해야 할지 알 수가 없었다. 자신의 몸을 걱정해주는 호위들과 스승이 될 예정인 헌터들, 어느 쪽 편을 들더라도 문제가 생긴다. 애초에 본인의 의욕이 상관없다는 건 무슨 뜻일까?

그때, 불꽃을 파직파직 흩뿌리던 두 사람 사이로 시트리가 끼어들었다.

"자자, 진정하세요. 저희도 황녀 전하를 다치게 만들고 싶은 건 아닙니다. 하지만 시간이 없다는 것도 사실이죠. 단기간의 지도로 황녀 전하를 최소한 무제제 출장자 수준까지 끌어올리려면 평범한 훈련으로는 부족합니다."

"애초에 대체 뭐냐! 그 무제제 출장자 수준이라는 게! 그런 이야기는 못 들었다!"

"글쎄요…… 하지만 실제로 저희는 크라이 씨에게 그 수준까지 어떻게든 끌어올리라는 이야기를 들었고, 그렇게 할 수 있게끔 계획을 짜두었습니다. 그렇기 때문에 의뢰자의 의향을 전부 받아들일 수는 없습니다."

방긋 웃는 표정과 부드러운 목소리에서 느껴지는 압력에 카렌의 기세가 약해졌다.

신디의 시선도 리즈에게서 그쪽으로 향했다.

"그래도———."

카렌이 입을 벌리려 한 순간이었다.

굉음이 울려 퍼졌고, 한 박자 뒤에 카렌이 바닥에 짓눌렸다는 사실을 눈치챘다. 리즈가 다리를 높게 든 다음 곧바로 카렌의 뒤통수를 향해 내려찍은 것이다. 힘 조절은 전혀 하지 않았다.

카렌의 머리는 완전히 바닥에 꽂혔고, 몸이 움찔거리며 경련하고 있었다. 새파랗게 질린 신디가 소리치려 한 순간, 그때까지 잠자코 있던 《천검》, 루크가 그녀의 몸을 뒤에서 붙잡았다.

"무, 무슨 짓을———."

"오빠, 카렌 씨가 죽기 전에 회복시켜주세요. 괜찮아요, 황녀님. 저희도 시간이 없어서 좀 걸리적거리는 사람을 조용하게 만들었을 뿐이니——— 사사건건 불평하면 수고가 너무 많이 들 테고, 크라이 씨가 결정한 일이니까 결과만 좋으면 상관없다는 식으로 생각해주셨으면 하네요."

"에휴우우우, 또 난폭한 짓을———."

"…………으음."

뒤에서 흑발의 여마도사——— 《만상자재》라는 별명을 지닌 루시아가 크게 한숨을 쉬고, 올려다봐야 할 정도로 덩치가 큰 남자——— 《부동불변》 안셈이 심각한 듯이 끙끙댔지만 갑작스러운 폭행을 막을 기색은 없었다.

뭐가 어떻게 된 건지, 뮤리나가 상황을 파악하는 데 온 힘을 다하는 동안 루크가 재빨리 신디에게 재갈을 물리고는 몸을 사슬로 칭칭 감아 구속했다. 안셈은 카렌을 바닥에서 뽑아낸 다음, 피투성이가 된 그녀의 머리에 회복 마법을 걸었다. 그 움직임은 왠지 익숙한 것 같았다.

다리에 힘이 풀려 힘없이 주저앉았다. 좀 전까지 했던 각오를 전부 완전히 잃어버린 뮤리나에게 《최저최악(딥 블랙)》이라는 별명을 지닌 여자가 활짝 웃으며 말했다.

"그럼 황녀님. 방해하던 사람들도 없어졌고, 무제제까지는 한시의 여유도 없습니다. 바로 '시련'을 시작하시죠."

훈련이 시작된 뒤 뮤리나가 가장 먼저 한 일은 훈련장을 나서는 것이었다.

뮤리나의 외모는 그다지 화려한 편이 아니었고, 공식 석상에 나온 적도 별로 없다. 후드를 깊게 눌러쓰면 정체를 들킬 걱정이 거의 없다.

일행 중에서 가장 눈길을 끄는 사람은 남들과 비교가 안 될 정도로 거대한 몸집을 자랑하는 안셈이었다. 큼직한 자루에 대충 집어넣은 카렌과 신디를 짊어지고 발소리를 울리며 앞으로 나아가는 모습은 그야말로 압권이었다.

만약 《부동불변》이 온화한 인품으로 유명하지 않았다면 다들 도망쳤을 것이다.

"저, 저기이…… 언니? 오늘은 대체 뭘 하는 건가요? 그리고 이 사람들은———."

"아앙? 쓸데없는 건 신경 안 써도 돼. 한 명을 키우나 두 명을 키우나 달라질 건 별로 없으니까 같이 훈련을 시킬 뿐이야."

중간에 합류한 흑발 여자 헌터에게 리즈가 별것 아니라는 듯이 말했다. 《절영》에게 제자가 한 명 있다는 이야기를 들었는데 보아하니 움찔움찔 떨면서 겁을 먹은 것 같은 데다 박복해보이기까지 하는 이 소녀가 그 제자인 모양이었다. 다른 동료들이 티노라고 부른 그 소녀는 뮤리나를 보고 뭔가 눈치챘다는 듯이 눈을 크게 떴다.

"한 명을 키우다니 설마, 이분이 마스터가 말했던 황———."

"티? 쓸데없는 말은 안 해도 돼. 괜히 누가 끼어들기라도 하면 어쩌려고 그러니?"

"?! 네, 네…… 시트리 언니."

딱히 소리를 지르지도 않았는데 티노가 겁을 먹은 듯이 입을 다물었다. 하지만 그녀는 힐끔힐끔 곁눈질하며 뮤리나를 보고 있었다. 왠지 약간 친근감이 들었다. 아무래도 《비탄의 망령》이 사나운 태도를 보였던 건 뮤리나가 외부인이라는 사실과는 상관이 없었던 모양이다.

바깥으로 나간 다음, 미리 준비되어 있던 《비탄의 망령》의 마차에 탔다. 하지만 뮤리나 말고는 아무도 타려는 기색이 보이지 않았다. 밖을 내다보니 다들 뛸 준비를 하고 있었다.

트레저 헌터의 단련은 일상적으로 이루어지는 모양이었다. 지하 훈련장에서 보았던 너무나도 난폭한 모습은 그렇다 치고, 힘에 대한 자세는 확실한 것 같았다.

뮤리나는 그렇게 당연한 사실에 안심하며 같은 짐칸에 탄 시트리에게 조심조심 물었다.

"저도 뛰는 게 나을까요?"

기술보다는 기초 능력을 올리는 게 강해지는 지름길이라는 사실은 알고 있다.

하지만 시트리는 뮤리나의 질문을 듣고 눈을 동그랗게 뜨며 말했다.

"아뇨…… 이제 와서 근육을 좀 키운다고 해서 딱히 강해지진 않잖아요. 쓸데없이 체력을 소모하면 중간에 버티지 못하게 될 수도 있을 테니 가만히 계시는 게 나을 것 같네요."

"그…… 그렇군요…………."

카렌과 신디가 들어있던 자루가 꿈지럭거리며 움직였다. 그리고 마차가 천천히 움직이기 시작했다.

"그럼 미리 저희――― 크라이 씨의 요청에 부응하기 위해 고안해낸 저희 훈련 계획에 대해 말씀드리겠습니다. 계획을 말씀드리든 말든 전하께서 딱히 할 수 있는 일은 없으시겠지만―――."

"네, 네……."

시트리가 손을 마주 모으며 뮤리나의 눈을 빤히 바라보았다. 보아하니 눈앞에 있는 그녀가 파티의 지휘를 담당하고 있는 것 같았다. 다른 멤버가 바깥으로 나가고 루시아가 마부석에 앉은 이유는 차근차근 이야기를 하기 위해서였구나. 그런데 할 수 있는 일이 없다는 게 무슨 뜻이지? 훈련을 받을 줄 알았는데?

머릿속에 의문이 소용돌이쳤다. 아무 말도 못 하고 있던 뮤리나에게 시트리가 조용한 목소리로 말했다.

"전하, 트레저 헌터가 힘을 얻을 때 가장 필요한 것은 기초 능력을 키우는 겁니다. 하지만 그건 단순히 몸을 만든다는 뜻이 아닙니다. 왜냐하면 근육은 마력(마나)의 순환을 저해하는 성질이 있기 때문이지요. 다시 말해 근육이 붙은 육체는 마도사에게 불필요할 뿐 아니라 오히려 방해가 됩니다. 이건 한 가지 사례일 뿐이고, 아무런 생각도 없이 불필요한 노력을 하는 건 노력이라고 해선 안 됩니다."

시트리의 눈은 진지했고, 하는 말에는 실감이 담겨 있었다.

불필요한 노력. 지금까지 뮤리나는 분야를 불문하고 다양한 스승들에게 가르침을 받아왔다. 자신의 힘을, 재능을 알기 위해서. 뮤리나는 지금까지 해온 경험이 무의미하다고 생각하진 않지만, 눈앞에 있는 사람이 보기에 그 정도의 노력은 불필요한 것이었던 건지도 모르겠다.

누가 뭐라 하든 뮤리나는 황족이다. 어지간한 하급 귀족들은 손을 대지도 못할 영웅을 스승으로 삼는 것도 손쉬웠다. 그리고 결과가 금방 나오지 않더라도 포기할 필요가 없었던 것이다.

손쉽고 빠르게 힘을 준다. 지금까지 뮤리나에게 그런 말을 했던 사람은 없었다.

자세를 바로잡고 한마디 한마디를 놓치지 않으려 하는 뮤리나에게 시트리가 목소리를 낮추며 계속 말했다.

"저희가 해야 할 일은 검술 실력을 지켜보는 것도, 마법을 가르치는 것도 아닙니다. 해야 할 일은 단 한 가지뿐이죠. 전하, 강해지는데 필요한 것은──── 마나 머티리얼을 흡수하고 그렇게 흡수한 마나 머티리얼을 활용하는 것입니다."

"마나 머티리얼……? 그런 건 처음부터────."

상식 중의 상식이다. 그렇게 말하려던 뮤리나를 가로막고 시트리가 눈을 빛내며 말했다.

"아뇨, 모르시고 계십니다. 전하, 마나 머티리얼은 흡수하기만 해서는 의미가 없습니다. 마나 머티리얼은 본인이 간절히 원하는 대로 본인을 강화해줍니다. 속도를 원하는 자에게는 번개와도 같은 속도를, 마도의 진수를 추구하는 자에게는 마력이 잘 통하는 육체를, 지키기로 맹세한 자에게는 압도적인 내구도를── 가슴도 커지죠. 하지만 본인의 강한 의지 없이── 헌터는 강해질 수 없습니다. 그것이 바로 어중이떠중이들과 영웅의 차이인 것입니다!!"

"⋯⋯⋯⋯!!"

강한 의지⋯⋯ 그것은 분명히 뮤리나가 가지지 못한 것 같기도 했다.

제국에서는 마나 머티리얼의 은혜를 받기 위해 귀족에게도 보물전을 탐색하는 것을 추천하고 있다. 어지간한 귀족들은 보물전을 몇 번 간 적이 있고, 뮤리나도 그렇게 했으나 크게 강해진 듯한 느낌은 들지 않았다. 유일하게 【길 잃은 여관】에 다녀온 뒤로는 신체 능력이 눈에 띄게 강해지긴 했지만──.

하지만 말이 쉽지 의지 같은 건 눈에 보이지 않는다. 어떻게 단련하라는 거지?

처음보다 비교적 기대가 커져서 설레는 뮤리나에게 시트리가 말했다.

"그리고 크라이 씨는 획기적인 훈련 방법을 생각해냈습니다! 가장 강한 의지가 드러나는 것은── 생존 본능이 자극받을 때! 다시 말해 적정 수준을 넘어설 정도로 레벨이 높은 보물전에서 육체를 계속 괴롭혔을 때야말로 흡수한 마나 머티리얼이 강하게 작용한다! 이론은 간단하지만 마나 머티리얼의 힘이 널리 알려진 이후로도 오랫동안 아무도 실행하지 않았죠. 뮤리나 황녀,

당신께서는 크라이 씨가 고안해낸 방법의 산증인이 되시는 겁니다! 문제없습니다. 이 방법은 한 번——— 티를 통해 시험해 보았으니까요!"

"?! 네? 네?!"

보물전에서…… 어? 뭘 한다고?!

아무도 하지 않았던 것은 생각해내지 못했기 때문이 아니라 너무 바보 같은 방법이기 때문 아닌가———.

레벨이 높은 보물전의 팬텀은 단련한 인간조차 일격에 해치울 수 있는 괴물투성이다. 레벨이 낮은 보물전이라면 어느 정도 안전하게 단련할 수 있을지도 모르지만, 마나 머티리얼 농도가 낮다.

그리고 《최저최악》이 사형선고를 내리듯 말했다.

"아무것도 하실 필요는 없습니다. 하지만 온 힘을 다해 발버둥 쳐 주세요. 안 그러면 죽을 걸요?"

몇 시간 정도 달려간 뒤, 마차가 정지했다. 안내에 따라 마차에서 내린 뮤리나는 눈을 크게 떴다.

뮤리나의 눈앞에 펼쳐져 있던 것은——— 앞이 보이지 않을 정도로 수없이 쏟아져 내리는 하얀 꽃잎이었다.

땅바닥에는 크고 작은 여러 종류의 풀과 꽃이 깔려 있어서 전혀 이 세상의 광경 같지 않았다. 그것들은 마치 보이지 않는 벽이라도 존재하는 것처럼 일정 지점에서만 머물고 있었다.

"결계로 경계선을 그어둔 겁니다. 바깥까지 영향을 끼치면 너무나도 위험하니까요. 그럼에도 불구하고 보물전 중에서는 규모가 꽤 큰 편입니다만———."

바깥에서 뛰어온 티노가 새파랗게 질린 채 입을 다물고 있었다.

앞이 보이지 않을 정도로 눈보라처럼 휘몰아치는 꽃잎이 특징인 고레벨 보물전. 몇 년 전에 제국 내부에 생겨났으며 한때는 제블디아가 그 마경의 소문으로 떠들썩했었다. 공략자도 몇 명 생기긴 했지만, 지금도 레벨이 어중간한 헌터들은 도전할 수 없을 정도로 국내에서도 손꼽히는 고레벨 보물전으로 인정받고 있다.

정보에 어두운 뮤리나도 알고 있었다.

"【백아의 화원(프리즘 가든)】——— 그 '하늘의 꽃'이 나오는."

"내성 계열도 함께 단련하시죠. 이곳은 그야말로 가장 적합한 곳입니다. 앞이 잘 보이지 않으니 날카로운 오감도 필요하고, 팬텀들도 강하기 때문에 전투 능력도 필요하죠. 언제든 상태이상을 부여하는 꽃가루를 들이마실 수 있고——— 간단히 죽을 수 있습니다. 전하, 그 떨리는 몸은——— 본능이 이곳을 두려워하고 있다는 증거입니다!"

"어…… 앗……."

뮤리나는 그 지적을 듣고 나서야 자신이 떨고 있다는 사실을 눈치챘다. 아직 보물전에 들어가지도 않았는데 머리가 지끈거렸고 심장이 떨렸다. 목은 바싹 말랐고, 몸에 힘이 제대로 들어가지 않았다.

그런데 근처에서 멍하니 서 있던 티노도 같은 심정인 모양이었다. 아무래도 이 보물전에서는 어느 정도 실력이 있는 헌터조차 뮤리나와 별로 다를 게 없는 것 같았다.

그 사실에 뭐라 말하기 힘든 안도감을 느끼고 있던 뮤리나에게 리즈가 크게 기지개를 켜며 말했다.

"그럼 우선 도적 스킬부터 단련해볼까? 오감부터 키우지 않으면 죽을지도 모르니까…… 아, 쓸데없는 걸 가지고 있으면 성장이 이상한 방향으로 치우칠 수도 있으니까 무기는 몰수야."

———그리하여 뮤리나의 인생에서 가장 긴 일주일의 막이 올랐다.

"에취………… 뭔가 좋은 일이 일어날 것 같아."

누가 내 이야기를 하고 있는 건가? 코를 훌쩍이며 별생각 없이 잡지를 펼쳤다.

완전히 해방된 기분이었다. 모든 것이 해결된 것은 아니지만, 내가 할 수 있는 일은 전부 했다.

"크라이 씨…… 정말 괜찮을까요?"

딱히 뭔가 하지도 않고 곁에 있던 에바가 불안한 듯한 표정으로 물었다. 보아하니 장본인인 나보다 에바가 현재 상황에 대해 더 걱정하고 있는 것 같았다. 사실 그럴 만도 했다. 실상이 어찌 됐든 나는 클랜 마스터다. 그 평판이 떨어지면 클랜의 평가에도 영향이 간다. 하지만 이제 그런 부분은 포기할 수밖에 없다.

"괜찮아, 나는 시트나 다른 파티원들을 믿어. 나보다 훨씬 더 황녀를 잘 단련시켜 줄 거야."

자세한 내용은 듣지 않았지만, 그녀들은 항상 진지하다. 너무 스파르타식이라며 항의를 할지도 모르지만, 고레벨 헌터에게 지도를 부탁한 게 잘못인 거다.

완전한 이론 무장이다. 글러먹은 쪽으로 자신만만해하고 있던 내게 에바가 눈을 반짝이며 의아하다는 듯한 표정으로 말했다.

"아뇨, 그쪽 걱정을 하는 게 아닙니다. 크라이 씨께서 그쪽 분야에 대해 잘 알고 계신다는 건 저도 이미 알고 있으니까요. 상대방이 황족이라 해도 위축되지 않을 테니………… 제가 걱정하고 있는 건 무제제 쪽입니다. 명예로운 대회이긴 하지만, 결과에 따라서는 악영향이 생길 수도 있습니다."

그렇구나, 그렇구나………… 그렇구나? ……똑같은 이야기 같은데.

"하하하, 괜찮아. 에바는 참 걱정이 많네."

"?! 크라이 씨, 일단 여쭈어보는 건데—— 자신은 있으신가요? 해마다 무제제에는 레벨이 높은 헌터들도 많이 출장하는데요."

"아니? 전혀?"

"?!"

그야 당연히 힘들겠지.

어찌 됐든 뮤리나는 황녀다. 벼락치기로 단련시키는 데도 한도가 있을 것이다. 애초에 그 이후로 이야기를 듣진 못했지만 스승인 리즈가 출장할 가능성조차 있으니까………… 하지만 아무리 황제 폐하라 해도 우승시키라고 요구할 생각은 없겠지.

"괜찮아, 괜찮아. 문제가 생기면 엎드려 빌 테니까. 할 수 있는 일은 전부 다 했으니 이제 마음에 걸리는 건 없어."

"?! 할 수 있는 일을…… 전부 다 하셨다고요……?"

에바가 내 얼굴을 빤히 쳐다봤다. 그렇게 보면 쑥스러운데…… 이제 알고 지낸 지도 오래되었으니 내가 적당히 둘러대는 것에도 익숙해질 만한데, 반응이 여전한 걸 보니 에바는 진짜 에바라는 느낌이다.

"…………출장자의 정보라도 조사해볼까요?"

에바가 조심조심 물었다.

무제제는 1대1 토너먼트 형식이다. 그리고 무기나 전투 스타일이 자유롭기 때문에 승패는 결국 상성에 크게 좌우된다. 출장자는 아직 공개되지 않았을 텐데, 연줄이라도 있는 건가?

"음…… 아니, 됐어. 참가자들에게는 그렇게까지 흥미가 없고, 당일에 시합이 시작되고 나서 아는 게 더 놀랍고 재미있잖아."

"?!"

수고를 끼치는 것도 미안하고, 애초에 출장자를 안다 해도 대책을 세울 만한 시간도 없을 것 같다. 대진표도 아직 정해지지 않았을 테고.

"그리고 그런 건 공정하지 못하잖아. 이 나라는 꽤 기사도 정신이 넘치는 나라니까."

프란츠 씨 같은 사람에게 인상이 안 좋아질 것 같다. 쓸데없는 짓은 안 하는 게 좋을 것이다.

"참가자 조사 정도는 다들 하고 있으리라 봅니다만……."

탐탁지 않은 표정으로 걱정하고 있던 에바에게 손짓을 한 다음, 나는 가지고 있던 잡지를 내밀었다. 그 잡지는 무제제가 개최되는 도시——— 크리트의 관광 가이드였다.

　"그건 됐고, 사실 크리트는 가본 적이 없거든. 모처럼 가는 거니까 관광명소라도 돌아볼까 하는데, 괜찮은 곳 아는 데 없어?"

　"⋯⋯⋯에휴우우우, 크라이 씨, 당신은 정말⋯⋯⋯⋯."

　에바가 혼이 빠져나갈 것 같을 정도로 길게 한숨을 쉬었다. 가끔은 좀 쉬어도 될 텐데⋯⋯. 괜찮아, 만약에 실패하더라도 내가 책임을 질 테니까. 내가 할 수 있는 건 책임을 지는 것뿐이다.

　그때, 품속에 넣어두었던 여동생 여우에게 받은 보구——— 스마트폰이 진동했다. 잡지를 에바에게 떠넘긴 다음, 내가 할 수 있는 가장 빠른 속도로 주머니에서 최신식 스마트폰을 꺼냈다.

　"미안, 에바. '메일'이 왔어. 얼른 답장을 보내야 하는데⋯⋯."

　"⋯⋯⋯네에?"

　고도 물리 문명 사람들은 분명히 이런 느낌으로 스마트폰을 썼을 것이다.

　'메일'이란 상대방에게 문장을 보낼 수 있는 매우 편리한 기능이며 스마트폰이 가지고 있는 여러 가지 기능 중 하나였다.

　약간 익숙해진 손놀림으로 아이콘을 터치했다. '메일'이 잔뜩 와 있었다.

　대부분 잘 모르는 사람에게 온 것들이었고, 내용도 이해가 잘 안 되는 게 많았다. 스마트폰 연구자들 사이에서는 '스팸 메일'이라 불리고 있다. 함부로 열어보려 하면 스마트폰이 폭발하는 모양이니 조심해야만 한다. 메일을 보낸 사람은 지금도 트아이잔트에서 신으로 있을 여동생 여우였다. 아니, 내 스마트폰 연락처에는 아직 여동생 여우와 형씨 여우만 등록되어 있다.

'메일'에는 사진이 첨부되어 있었다. 문장은 단 한 마디, '자랐다'. 첨부되어 있던 사진은 산처럼 솟구친 거대한 나무였다. 아직 트아이잔트를 떠난 지 얼마 지나지 않았는데, 만약 여동생 여우가 아직 트아이잔트의 그 지역에 있는 거라면…… 이제 사막은 흔적도 찾기 힘들겠네.

"이거 봐, 나무가 이렇게 자랐대."

"그렇군요."

"얼른 답장을 보내야지…… 메일은 5분 안으로 답장을 보내야만 하거든. 보내지 못했을 경우에는 나중에 전원이 꺼졌었다고 보내야만 해. 그런 규칙이 있거든."

나는 곧바로 '잘됐네'라고 답장을 보냈다. 여동생 여우에게 받은 뒤로 계속 만지작거렸기에 이 정도 조작은 식은 죽 먹기다. 그러자 곧바로 기묘한 멜로디가 흘러나왔다.

"아, 이번에는 형씨네……. 이런, 이런, 인기가 많은 사람은 괴롭구나."

"…………조사하고 싶은 게 좀 있으니 이만 실례하겠습니다."

"뭐라고? '그들은 정말 활기가 넘쳐. 위기감 씨도 본받아야 해. 이것이 인간이다!'라네! 이런, 이런, 테름하고 케챠챠카가 그렇게 활기가 넘치는 건 당연하잖아! 답장을 보내야지. '보구 더 주세요'라고."

아직 알 수 없는 기능도 많긴 하지만, 스마트폰은 정말 대단하다. 꿈이 펼쳐진다. 파티 인원수만큼 모으면 만나기로 약속했을 때 못 만나서 곤란해질 일도 없을 것이다. 나도 이렇게 편리한 시대에 태어나고 싶었다.

한동안 머나먼 과거를 떠올리고 있다가 에바와 이야기하던 도중이었다는 사실이 떠올랐다.

다시 그녀가 있던 쪽을 돌아보았지만, 어느새 그녀의 모습은 온데간데없었다.

자그마한 스마트폰을 내려다보며 눈살을 찌푸렸다.

"그렇구나…… 문명이 멸망할 만도 하겠어. 편리한 도구도 상황에 따라서는 문제가 되겠네."

트레저 헌터에게 있어서 정보 수집 능력은 필수다. 보물전은 살아있는 던전이며 때로는 다른 헌터가 최근에 공략했는지 여부에 따라 난이도가 크게 달라지기도 한다. 제블디아 경매 때 내가 가면을 노리고 있다는 사실이 단숨에 퍼져나간 것처럼, 그들은 이익을 위해, 그리고 트레저 헌터의 대표적인 자질인 타고난 호기심을 채우기 위해 항상 귀를 기울이고 있다.

라운지로 가자 마침 테이블 중 한 곳을 차지하고 있던 《발자국》의 톱 파티, 《흑금 십자가》의 스벤 앵거가 팔을 크게 흔들며 다가왔다.

"크라이, 무제제에 나간다고 들었는데 사실이야?!"

"…………그거, 누구한테 들었어?"

"어? 아…… 리즈 녀석이 선전하면서 돌아다니던데."

"리즈……."

정말 호들갑스러운 애다. 게다가 그건 잘못된 정보라고…….

"아니, 나간다고 해야 하나, 그냥 관전하러 가는 것뿐이야. 나도 강자에게 흥미 정도는 있으니까."

"흐음……? 뭐, 크라이가 강자에게 흥미를 가지고 있다는 것도 의외이긴 한데———."

일반적인 레벨8이라면 이름난 무제제에 나가더라도 이상할 게 없긴 하지. 모든 오해의 원인이다. 하지만 나는 일반적인 레벨8 헌터가 아니니까…… 레벨1에게도 진다고.

"여기서만 하는 이야기인데, 사실 내가 출장하는 게 아니거든."

"……아, 리즈랑 다른 파티원들도 나간다고 했었지———."

목소리를 낮추고 극비 정보를 전하는 내게, 스벤이 눈을 반짝이며 이 녀석이 무슨 소릴 하는 건가 하는 느낌으로 말했다. 내가 하고 싶은 말은 그게 아닌데——— 그래도 황녀가 출장한다는 사실을 확실하게 말해줄 수는 없지. 나는 설득을 포기하기로 했다. 크게 한숨을 쉬었다.

"그런데 아크도 그렇고 스벤도 그렇고, 타이밍이 안 좋네. 있었으면 할 때 없으니까……."

"?! …………그게 무슨 소리야."

"《흑금 십자가》나 《성령의 자제(아크 브레이브)》가 있었다면 좀 더 원만하게 진행할 수 있었을 거라고. 정말 괘씸하잖아. 나도 별로 난폭한 방법을 쓰긴 않았는데……."

황녀 전하가 지금 험한 꼴을 당하게 된 원인 중 일부는 틀림없이 스벤에게 있다. 나도 그들이 남아있었다면 리즈 같은 파티원들에게 부탁할 생각이 없었을 것이다.

"잠깐! 살벌한 말 하지 마! 우리 탓으로 돌리지 마!"

"야, 임마, 이번에는 무슨 짓을 한 거야!"

마리에타가 비명을 지르는 듯한 목소리를 냈고, 스벤의 눈이 뒤집어졌다. 하지만 이미 늦었다고.

이제 와서 초조해해봤자 이미 늦었다. 주사위는 던져져 버렸다. 하드보일드하게 한숨을 쉬었다.

"뭐, 반성했다면 다음부터는 내가 찾을 때 라운지에 있으란 말이야."

"스벤 씨, 슬슬 이 마스터에게 쓴맛을 보여주는 게 어떨까요?"

헨릭? 이라고 했던가? 《흑금 십자가》의 최연소 치유술사(라이터)인 청년이 왠지 모르겠지만 질색하며 살벌한 말을 했다. 이런, 이런, 농담도 통하지 않는다니…….

"농담이야, 농담. 그런데 《흑금 십자가》도 무제제에 응원하러 올 거지?"

"그렇지………… 마침 일도 없으니 항상 거만하게 굴기만 하는 마스터의 실력을 보러 가는 것도 나쁘지 않겠어."

그러니까 나는 안 싸운다고! 진짜, 에바도 그렇고 스벤도 그렇고, 지금까지 날 뭘로 봐온 거야?

하지만 황녀의 훈련을 준비시킨 건 나다. 그 시합도 어떤 의미로는 내 실력이라 할 수 있지 않나? 안 돼?

그때, 날카로운 목소리가 라운지 안에 울려 퍼졌다.

"아~~~! 이봐! 약한 인간! 무제제에 출장한다는 게 사실이냐, 입니다!"

"흥…… 여전히 약진하고 있는 모양이로군, 《천변만화》. 우리가 힘을 빌려주고 있으니 그 정도는 해주지 않으면 곤란하다만——."

달려온 사람들은 황제 호위 의뢰 때 정말 신세를 많이 졌던 《별의 성뢰》의 멤버, 크류스 알르겐과 파티 리더인 라피스 플루골이었다.

정령인의 빼어난 미모는 여전해서 그냥 나타나기만 했는데도 라운지가 밝아진 듯한 느낌이 들었다. 하지만 안타깝게도 그녀들은 황녀 전하의 훈련에 적합하지 않지…… 실례가 되니까. 마음이 깨끗하다는 건 알고 있긴 하지만, 체면도 중요한 법이다.

"아, 너희들은 안 찾았는데."

"?! 약한 인간, 오랜만에 만났는데 갑자기 시비냐, 입니다!"

그러고 보니 제도로 돌아온 뒤로 만나지 않았구나. 뒤풀이도 할 생각이었는데 깜빡 잊고 있었다.

크류스는 내게 바짝 다가서더니 손가락으로 내 가슴팍을 찌르며 소리쳤다.

"애초에 왜 병문안 오지 않았던 거야, 입니다! 나는 몸 상태가 안 좋아서 쓰러졌었다고, 입니다!"

"어? 그랬어? 불렀으면 갔을 텐데."

"?! 부를 리가 없잖아, 입니다! 왜 내가 약한 인간에게 아쉬운 소리를 해야 하는 건데, 입니다! 우리가 파티 멤버였던 건 호위 의뢰를 수행하는 동안뿐이었다고, 입니다!"

"응, 그래, 그렇지."

나는 평소 흐름대로 잔소리 흘려 넘기기 모드로 들어갔다. 완전히 이해를 포기한 내게 크류스가 얼굴을 새빨갛게 물들이며 계속 말했다. 말투가 사납긴 하지만 방울 소리처럼 예쁜 목소리라 전혀 무섭지 않다.

"그건 그렇고, 약한 인간! 호위 도중에 내게만 전투를 시켰던 게 설마 무제제 때문은 아니겠지, 입니다!"

"응, 그래, 그러게?"

"약한 인간, 너, 진짜로 출장하는 거냐, 입니다! 황제 상대로 제멋대로 굴어놓고, 명예 같은 덴 전혀 흥미 없잖아, 입니다!"

"응, 그래, 그렇지."

내게 명예욕이 거의 없긴 하다. 왜냐하면 큰 명예에는 권리와 함께 의무가 따라붙게 되고, 내게는 그것을 떠맡을 실력이 없기 때문이다. 황제 상대로 제멋대로 군 기억은 없지만———.

내 반응이 마음에 들지 않았는지 크류스가 더 발끈했다. 라피스는 크류스를 말리는 역할을 완전히 포기하고는 어깨를 으쓱이고 있었다. 스벤도 완전히 항복한 모양이었고, 그런 어른들을 눈치채지 못한 채 마구 화를 내고 있는 크류스는 매우 어린애 같았다. 뭐, 괜찮아. 익숙해졌으니 괜찮아.

"무제제는 정령인 사이에서도 유명할 정도로 명예로운 무투 대회라고, 입니다! 이번에는 정령인 영웅도 출장할 예정이니—— 의욕이 없는 약한 인간이 나가봤자 다치기만 할 뿐이야, 나가면 안 돼, 입니다! 사실 출장이 아니라 관전하러 가는——— 흐악?! 뭐, 뭐야?! 만지지 마! 아직 그것까지는 허락하지…… 쓰, 쓰다듬지 마, 입니다! 푸슈욱~! 후우~! 후우~!"

보아하니 나를 제일 잘 알고 있는 사람은 고양이처럼 위협하고 있는 이 정령인인 것 같다.

무심코 팔을 뻗어 머리를 마구 쓰다듬자 크류스가 몸을 비틀며 지나친 반응을 보였다. 크류스의 은발은 마치 비단실처럼 촉감이 좋고 약간 시원해서 쓰다듬으면 기분이 좋다.

"아, 알았어! 알았다고, 입니다! 응원 정도는 해주지, 입니다! 그러니까 그거, 하지 마, 입니다! 하~지~마~! 적어도 이왕 할 거면 좀 더 신경 써서 하라고, 입니다!"

크류스가 눈가에 눈물을 머금은 채 얼굴을 귀까지 새빨갛게 물들이며 항복했다.

자…… 무제제 때 나 대신 황녀가 출장했을 때 크류스가 어떤 반응을 보일지 기대되네.

어떤 도시. 수십 년 전부터 존재해온 낡은 건물의 방에 수십 명이 모여 있었다.

큼직한 탁자에 의자 여러 개. 건물 자체가 낡은 것과는 달리 방에는 먼지 하나 쌓이지 않았다. 그것은 이 건물이 남몰래, 그러면서도 자주 사용되었다는 흔적이었다. 방에는 창문이 하나도 없었고, 탁자 위에 놓인 랜턴만이 유일한 불빛이었다. 희미한 빛을 받으며 사람들 중 한 명이 억누르는 듯한 목소리로 물었다.

"그 계획이 실패했다는 게 사실인가?"

"계획은 잘 모르겠지만, 회담은 무사히 끝났고 라드릭은 멀쩡하다. 그렇게 판단할 수밖에 없겠지."

모인 사람들은 키, 성별, 나이, 옷차림이 제각각 달랐다. 하지만 단 하나 공통점이 있었다.

―――얼굴을 가린 여우 가면. 각각 자잘한 장식도 달랐고 색이나 형태도 달랐지만, 그 가면은 그들이 같은 조직 소속이라는 사실을 나타내고 있었다.

'아홉꼬리 그림자여우'. 오랫동안 음지에 숨어 암약해온 비밀 조직. 그곳에 모여 있던 사람들은 최근에 기회를 노리다 무대 위에 모습을 드러냈고, 현재 각 나라에서 필사적으로 찾아내려 하고 있는 이른바 '여우'의 멤버들이었다.

"그런데 설마 《지수》가 동포였을 줄이야. 게다가 제도에서도 손꼽히는 마도사가 임무에 실패할 줄은…… 품속까지 파고드는 것까지 성공해놓고 암살에 실패했다니, 무슨 일이 일어난 거지?"

'여우'는 철저한 비밀주의로 이루어진 조직이다. 구성원들은 '꼬리의 숫자'에 따른 계급으로 나뉘며, 그 숫자가 많을수록 지위가 높아지고 얻을 수 있는 정보가 늘어나며 행사할 수 있는 권한도 강해진다.

'여우'에서 하위 구성원들은 기본적으로 상위 구성원의 정체조차 알지 못한다. 이번에는 실패했기에 정보가 내려왔지만, 황제의 암살 임무를 맡았던 일곱 개 꼬리———— '칠미'는 구성원들 중에서도 간부 후보였으며 그 정체를 미리 알고 있었던 자는 열 몇명이 모인 이 방 안에도 꼬리 숫자가 같은 지위에 있는 한 명뿐이었다.

수많은 시선이 쏠린 곳. 금빛 여우 가면에 덩치가 큰 남자, 이번 작전의 리더가 짜증 난다는 듯이 말했다.

"그래.《지수》녀석, 실패해버렸다. 표면적으로 높은 지위에 있는 녀석은 그밖에도 있고, 거친 일에 적합한 녀석들도 많이 있다만———— 그 녀석의 암살 능력은 조직 내부에서도 손꼽히는 수준이었다. 고레벨 헌터조차 쉽사리 제거가 가능한 실력이지. 그 남자는 마술 실력만으로 나와 같은 '칠미'까지 올라왔단 말이다! 대체할 수가 없어."

큰 손해였다. 분신을 만들어내는 오리지널 스펠과 귀족에게도 신뢰받을 정도로 높은 지위. 누구든 쉽사리 없앨 수 있는 암살자만큼 유용한 사람은 없다. 그러나 그 이상으로 문제가 되는 것은————.

"무엇보다 테름은《용을 부르는 자》를 데리고 갔다. 대체가 불가능한 카드를 두 장이나 잃었단 말이다! 이미 알고 있겠지만 우리 계획에도…… 영향이 생길 거다."

《지수》는 분명히 간부 후보에 걸맞은 실력자였다. 하지만 그 이상으로 테름이 협력자로 선택한《용을 부르는 자》는 조직 내부에서도 지극히 유능한 구성원이었다.

최강의 환수, 용을 불러들일 수 있는 그 힘은 사회를 혼란스럽게 만드는 데 매우 적합했다. 용이 습격하면 경비가 그쪽으로 쏠리게 된다. 혼란을 틈타 움직이면 어지간한 작전은 손쉽게 성공시킬 수 있다.

이번 작전에도 그 힘을 빌릴 예정이었지만, 테름의 실패가 모든 것을 망쳐놓았다.

"윗사람들은 분노하고 있다. 《지수》의 작전은 실패해선 안 되는 것이었다. 황제를 암살하는 데 성공했다면 제블디아를 견제할수도 있었을 테고, 회담이 중지되면 제블디아의 입장을 깔아뭉갤수도 있었다! 하지만 결과를 봐라! 제블디아는 암살을 막아냈고 회담도 문제없이 진행되었다! 아마 기밀인 구성원의 정체까지 드러났을 거다! 조직 발족 이후 가장 큰 추태다!"

테름은 황제를 암살하는 데 성공하면 간부로 들어갈 예정이었던 모양이다. 다시 말해 그만큼 중요한 작전이었다는 뜻이다. 여우가 세계에 큰 영향력을 지니고 있는 이유, 협력자들이 많은 이유는 지금까지 쌓아온 공적 덕분이다. 큰 작전의 실패는 구심력 저하를——— 조직이 지닌 힘의 저하를 나타내고 있다.

리더가 두 손으로 탁자를 세차게 내려치고는 마치 협박하는 듯한 목소리로 동료들에게 말했다.

"우리 계획은 예정대로 진행될 거다. 지금까지 우리가 수행해온 작전과는 비교도 안 될 정도로 규모가 큰 지령이다. 《지수》의 실패는 조직이 전혀 예상치 못한 상황이다. 더 이상 실패할 수는 없다."

눈을 빛내는 리더에게 동료 중 한 명이 반론을 제기했다.

"······하지만 말이야, 가프. '무제제' 투기장에는 실력이 좋은 자들이 잔뜩 모일 거다. 전력이 줄어든 상태로 무리하게 작전을 수행하는 건 위험하지 않나? 실패할 가능성이 크다면 작전 연기까지 시야에 넣어야 할 텐데."

'여우'가 가장 두려워하는 것은 정체가 드러나는 상황이다. 테름이 저지른 가장 큰 실수도 실패가 아니라 그것이다.

면밀히 작전을 세운 다음, 실패할 것 같다면 차라리 실행하지 않는다. 항상 어둠 속에 숨는다. 그것이 여우의 방식이었다.

하지만 동료가 그럴싸한 말을 했는데도 리더——— 가프 셴펠더는 입가에 미소를 지었다.

"문제없다. 《용을 부르는 자》를 잃은 건 안타깝지만, 수하는 현지에서도 조달할 수 있지. 이번 작전이 성공하면 《지수》의 실패도 묻어버릴 수 있다. 무엇보다 이번 명령을 내린 건 우리 보스다. 무녀 파견도 신청했다. 만에 하나라도 실패할 일은 없다. 엎드려 지내던 시기는 지났다. 지금이야말로 '아홉꼬리 그림자여우'가 약진할 때다! 그 물건은 탈취할 수 있을 것 같나?"

"······그래, 계획대로 진행하고 있다. 상대방이 눈치챈 것 같지도 않아."

그 말을 듣고 가프는 더욱 강렬한 미소를 지으며 감정을 억누르는 듯한 목소리로 명령했다.

"꾸물대다간 《지수》 쪽 루트로 정보가 새어나갈 가능성도 있다. 계획을 앞당겨서 진행해라! 그 보구는 보스가 세운 계획의 핵심이다. 그걸 손에 넣지 못하면 계획을 망치게 될 거다."

처음에는 기절한 횟수를 세고 있었다. 그럴 여유는 금방 사라졌다.

이제 이 보물전에 온 지 며칠이 지났는지조차 알 수가 없다. 목도 마르지 않았고, 배고픔도 느껴지지 않았다. 그럴 여유조차 없다. 군더더기가 깎여나가자 뮤리나에게 남은 것은 생존에 대한 의지뿐이었다.

레벨7 인정 보물전【백아의 화원】. 생화 같지 않은 순백의 꽃잎이 눈보라처럼 휘몰아쳤고, 둘러보면 한없이 깔린 풀과 꽃은 이 세상의 것 같지 않을 정도로 아름다웠다. 그 보물전의 일부이자 최심부에 피어난다는 무색투명한 꽃잎을 지닌 꽃――― 통칭 '하늘의 꽃'은 바깥 세계에서는 오랫동안 실체를 유지할 수 없어 마치 눈처럼 덧없이 사라지는데도 불구하고, 지금도 가난한 귀족들은 엄두도 내지 못할 정도로 비싼 가격에 거래되고 있다.

새로 생겨난 이 보물전은 경치 때문에 한때 귀족 사이에서 화제가 되었다. 하지만 그곳에 들어간 적이 있는 귀족은 없다. 귀족 중에는 실력이 좋은 용병을 데리고 보물전을 견학하러 가는 취미를 가진 사람도 있지만, 어째서 이 보물전에는 그렇게 들어왔던 사람이 없었던 건지 뮤리나는 그 이유를 확실하게 이해했다.

너무나도 위험했기 때문이다. 이 보물전은 호위를 데려온 정도로는 견학할 수 있는 곳이 아니었다.

멈추지 않고 시야를 계속 가릴 정도로 눈보라처럼 몰아치는 꽃잎은 들어온 트레저 헌터의 오감을 일그러뜨리고, 꽃가루의 독성은 뛰어난 내성을 지닌 트레저 헌터를 기절하게 만든다. 흐드러진 풀과 꽃은 높이와 종류가 제각각 다르기 때문에 이【화원】에서 민첩하게 움직이기란 힘들 것이다. 그리고 무엇보다 꽃으로 의태한 팬텀은 조용하고 호전적이다. 지극히 고도로 풍경에 의태하여 지나가는 자가 등을 보이는 순간을 정확하게 탐지하고 덤벼든다.

거의 존재하지 않는 환경 특화형 보물전. 그중 대표격이 이【화원】이었다.

아마 제블디아의 군대를 데려와 공략을 시도하려 해도 이 보물전을 답파하기는 힘들겠지. 그리고 아마 그 때문에 《비탄의 망령》은 이곳을 뮤리나의 훈련 장소로 선택했을 것이다.

이곳에서 뮤리나는 훈련 같은 건 아무것도 할 필요가 없었다. 해야 할 일은 단 한 가지——— 살아남는 것이다. 얼마 전까지 맛보던 불행 따위는 이 지옥의 행군과 비교하면 별것 아니게 느껴졌다.

첫 번째로 나선 리즈 스마트. 그녀의 훈련은 온몸을 불로 달구는 듯한 통증부터 시작되었다.

"야, 잠들지 말라고! 일어나, 죽는다!"

【백아의 화원】의 레벨이 높은 이유. 그것은 항상 덤벼드는 강력한 상태이상.

마비, 수면을 비롯한 독은 강인한 헌터에게 천적이었고, 제블디아의 귀족들 중 대다수가 흡수한 마나 머티리얼 중 대부분을 그 내성을 얻는 데 사용한다. 이래 봬도 황족인 뮤리나는 내성만 놓고 보면 어지간한 헌터보다 강했기에, 인간계의 독은 거의 통하지 않았다.

하지만 이번에 뮤리나는 거센 통증 때문에 의식을 되찾았을 때까지 자신이 의식을 잃었다는 사실조차 눈치채지 못했다.

시야가 어지러웠다. 갑작스러운 고통에 소리를 지를 틈도 없이 의식이 스르륵, 멀어졌다.

"안 통할 때까지이, 저항하라고! 이미 알고 있을 텐데? 상태이상에 대한 내성이란 건, 그렇게 키우는 거야! 마나 머티리얼을 받아들여! 티, 꼴사나운 모습 보이지 마라. 너는 헌터잖아! 리즈의 제자를 몇 년이나 했는데!"

"네, 언니이!"

옆에서 비틀대던 티노가 꾸중을 듣고는 혀가 꼬인 목소리로 대답했다. 당장에라도 기절할 것 같은 상황에서 목소리를 낼 수 있다는 것만으로도 대단하다. 뮤리나는 의식이 멀어져가는 와중에 그렇게 생각했다.

물론 적은 환경뿐만이 아니었다. 풀과 나무로 의태한 팬텀은 꽃가루와 꽃잎의 영향으로 인해 감각이 둔해진 침입자에게 사정없이 기습을 가한다. 덩굴을 몰래 뻗어 붙잡으려 드는 나무나 독기를 품은 씨앗을 총알 같은 속도로 연달아 날리는 꽃, 높게 자란 풀과 꽃 사이에 숨어서 돌아다니는 정체불명의 환수 등, 그 라인

업은 뮤리나가 보기에 완전히 악의를 품고 있는 것 같았다. 팬텀의 위협도가 다른 레벨7 보물전보다는 떨어지는 것 같지만 만약에 꽃가루 같은 페널티가 없더라도 뮤리나에게는 승산이 없었을 것이다.

상태이상에 저항하는 것만으로도 벅찬 뮤리나는 할 수 있는 것이 전혀 없었다. 의태한 팬텀이 접근하는 것도 눈치채지 못했고, 무의식적으로 겨우 피하더라도 완전히 늦었다. 스승들은 공격을 최소한으로만 막아주었다. 몰래 다가온 덩굴이 뮤리나의 발목을 감아서 공중에 매다는 모습을 구경하고, 자루에서 풀려난 호위 두 사람이 풀숲에 숨어 몰려드는 팬텀들과 정신력만으로 맞서는 모습을 느긋하게 바라보고 있었다.

덩굴에 붙잡힌 채 공중에서 휘둘리던 뮤리나에게는 '무(無)'밖에 없었다. 현실과 꿈을 점점 구분할 수 없게 되어갔다. 오감의 구분도 할 수 없게 되어갔다. 살아있는 건지 죽은 건지도———.

결국 뮤리나가 환경에 적응하는 데 성공하고 어느 정도 의식을 유지할 수 있게 되었을 때는 이미 온몸이 포션으로 흠뻑 젖은 뒤였다.

"허억, 허억, 네, 네놈들, 정말로, 항상 이런 훈련을———."

"아앙?! 할 리가 없잖아. 이렇게 빌어먹을 정도로 귀찮게 수고를 들여서 돌봐주는 강하고 착한 녀석이 여기저기 굴러다닐 것 같냐!"

부상을 입을 때마다 안셈의 치료를 받아 겨우 살아남은 카렌의 말을 듣고 리즈가 코웃음 쳤다.

뮤리나는 그 대화를 무아의 경지로 듣고 있었다. 온몸이 뜨겁긴 하지만 거의 의식이 없었던 처음과는 천지 차이였다. 몇 번이나 토했지만 배가 고프진 않았다. 오감도 거의 없지만, 절망도 하지 않는다. 오히려 이 정도로 끝났다는 것이, 아직 살아 있다는 것이 그저 고맙기만 했다. 그리고 이런 곳에서도 멀쩡한 헌터들은 정말 무시무시하다. 깨달음을 얻은 뮤리나를 보고 리즈가 혀를 찼다.

"칫, 시간도 없으니 이 정도면 되려나."

"좋았어, 다음은 내 차례군…… 나는 검을 가르칠 거니까. 우선 검이야. 이게 없으면 아무것도 안 되지."

목소리가 귀로 들어와 몽롱하던 의식을 자극했다. 그 말을 듣고 뮤리나가 각성했다.

"검! 검, 좋아! 정말 좋아!"

"오~, 우연이네. 나도 좋아하거든! 자!"

검! 검이다! 뮤리나는 지금까지 검이나 검술을 별로 좋아하지 않았지만, 지금은 그렇지 않다.

리즈의 훈련은 이루 말할 것 없이 가혹하긴 했지만, 무엇보다 힘들었던 것은 덤벼드는 팬텀 상대로 아무런 무기도 없이 맞서야 했던 것이었다. 나이프 한 자루조차 없는 상태에서 자신보다 강한 팬텀이 덤벼드는 상황에, 무기를 가지고 있었다면 대처할 수 있었을지는 제쳐두고 매우 강한 공포와 압박감을 느꼈다.

손가락 하나 꿈쩍할 수 없을 정도로 무겁던 몸이 거의 반사적으로 솟구쳐서 루크가 던진 검을 잡아냈다.

뮤리나는 그 검에 볼을 비벼대려 하다 눈치챘다.

"검? 이거, 검? 나무인데?"

"그래. 이건 비밀인데―― 강한 검사는 무기를 가리지 않거든. 이제 황녀님도 어엿한 검사야."

"무슨, 소리야? 이걸로는, 못 베는데?"

순수한 의문이 사고를 거치지 않고 입에서 흘러나왔다. 무표정하게 눈을 깜빡이며 천진난만한 눈빛으로 바라보는 뮤리나에게 제도에서 가장 흉악하다고 알려진 남자는 매우 당연하다는 듯이 말했다.

"아니, 벨 수 있어. 하면 된다, 그게 내 훈련이야. 강해지려면 팬텀을 쓰러뜨리는 게 제일이니까."

"못하는데?"

"괜찮아, 마나 머티리얼이 알아서 잘 해줄 테니까."

모, 못하는데? 《검성》에게 지도를 받았을 때도 그런 말은 안 했――.

그저 멍하게 서 있던 뮤리나에게 분위기를 파악하지 못한 팬텀이 덤벼들었다.

이제 죽겠다. 그런 생각을 할 여유가 있었던 건 처음뿐이었다. 주마등이 스쳐 간 것도 처음뿐이었다. 분명 호위 두 사람이 구해 줄 거라는 어렴풋한 희망도, 죽이진 않을 거라는 어설픈 생각도 금방 녹아내렸다. 눈보라처럼 휘몰아치는 꽃잎 너머를 내다볼 수가 없었다. 목검으론 언뜻 둔해 보이는 식물 형태의 팬텀에게 스치지도 못했고, 《부동불변》처럼 꿈쩍도 하지 않고 공격을 전부 받아내지도 못했을뿐더러 갑작스럽게 보물전 한복판에서 시작된 마술 강의를 따라갈 수도 없었다. 머리에 들어올 리가 없다.

애초에 이곳은 중견 헌터도 죽을 위기에 처하는 보물전이다.

힘든 훈련을 하게 될 거라고 생각하긴 했지만, '천 개의 시련'이 무시무시하다는 사실은 알고 있었지만, 이런 걸 예상할 수는 없었다. 가벼운 분위기로 뮤리나를 동료에게 맡긴 그 남자는 틀림없이 악귀일 것이다. 이런 건 시련이 아니라 자살행위다. 죽지 않은 것만으로도 자기 자신을 칭찬해주고 싶을 정도다. 힘든 훈련을 거쳐 근위대로 선발되었을 호위 두 사람도 훨씬 전부터 뮤리나를 지키려는 기백을 잃어버렸다.

이제 몸도 마음도 만신창이다. 내 몸이 어떻게 된 건지 살펴볼 여유도 없다. 안셈의 치유 능력이 없었다면 틀림없이 천 번은 죽었을 것이다. 그냥 평생 운이 없어도 좋으니 돌아가고 싶다. 지금까지 겪었던 불운 따위는 이 보물전에서 자행된 악귀의 소행과 비교하면 아무것도 아니다. 이건 지금까지 뮤리나가 아무것도 하지 않았던 것에 대한 벌인가? 아무리 벌이라도 너무 심한 것 아닌가? 이 지옥이 뮤리나에게 대체 뭘 준다는 거지? 끊임없이 느껴지는 이 구역질은 아마 이 보물전의 마나 머티리얼 농도가 뮤리나의 허용량을 훨씬 넘어섰기 때문일 것이다. 너무 괴로워서 눈물을 흘리고 싶지만, 이미 그런 건 예전에 말라버렸다. 돌아가서 목욕을 한 다음 깨끗한 침대에서 푹 자고 싶다. 그렇게 질린다고 생각했던 황성이 그립기만 하다. 벌써 몇 년 동안 돌아가지 않은 것 같은 착각조차 든다. 이제 훈련이 몇 가지나 남은 거지? 그런 절망을 거친 끝에 뮤리나는 드디어 진리에 도달했다.

살아가는 것은———— 살아가는 것이다!

————그리고 아무것도 나오지 않는데도 계속 토하고 있는 뮤리나를 보고 시트리가 곤란하다는 듯이 말했다.

"음………… 이건…… 예상보단 강해지지 않은 것 같네."

"?! ????"

귀를 의심했다. 구역질을 견뎌내며 올려다보니 티노를 굴리고 있던 리즈가 어이없다는 듯이 말했다.

"어~? 설마 접근방식을 잘못 잡았나? 모처럼 크라이가 맡겨준 일인데…….."

"목검으로 베지도 못했고 말이지~. 역시 벼락치기로는 안 되는 건가?"

잠깐만, 기다려봐. 무슨 소릴 하는 거야? 이런 것까지 시켜놓고…… 실패했다고? 생지옥 같은 환경 때문에 텅 비었던 뇌가 움직이기 시작했다. 이 지옥에서 아무것도 얻지 못했다니, 도저히 용납할 수 없는 일이다.

"벌써 시간이 다 됐나요? 뭐, 마나 머티리얼은 흡수했고, 기초 이론도 가르쳤으니까요."

"으음…………"

구역질이 멈추지 않는다. 그게 마나 머티리얼 때문인지 아니면 스트레스 때문인지, 지금 뮤리나는 구분할 수가 없었다. 원망스러운 눈초리로 바라보는 뮤리나에게 시트리가 말했다.

"뭐, 일단 저희도 바쁘니 마지막 훈련을 하도록 하죠."

마지막…… 훈련? 또 뭔가 있는 거야?

아직 훈련을 맡지 않은 사람은 시트리뿐이다. 하지만 시트리는 연금술사이고, 애초에 앞으로 나서서 싸우는 타입이 아니다. 분명히 지휘 담당일 줄 알았는데———.

꺾이려 하는 마음에 채찍질을 했다. 겁나는 마음과 쌓인 불만을 담아 바라보는 뮤리나에게 시트리가 밉살스러운 미소를 지으며 예상치 못한 말을 꺼냈다.

"그런 상태에서도 감정을 드러낼 수 있다니 역시 제블디아 황가로군요. 매우 유연하고 강인한 정신이에요. 그렇게 겁먹지 않으셔도 괜찮습니다. 고생하셨습니다, 제 훈련은 훈련이 아니라 그냥———'혈액 검사'…… 몸 상태를 확인하는 겁니다. 훈련한 결과 전하께 무슨 일이 생긴다면 큰 문제가 될 테니 협력해 주세요."

팬텀이란 일반적으로 인류의 적이다. 마나 머티리얼의 축적으로 인한 과거의 재현이라는 형태로 생겨나는 그 생물(엄밀하게 따지면 살아있는 건 아니지만)에게는 주위를 지키는 본능이 있으며, 아무리 언어를 이해할 수 있는 지능을 지닌 팬텀이라 해도 때때로 침입해서 마나 머티리얼을 가로채는 트레저 헌터와는 공존

할 수가 없다. 그리고 애초에 과거의 악연으로 인해 인류에게 원한을 품은 팬텀도 있다.

하지만 나는 인류 중 처음으로 팬텀과 서로 이해한 인간이 되었을지도 모르겠다.

햇살을 받으며 느긋하게 스마트폰을 만지작거렸다. 스마트폰이 지니고 있는 기능은 미지수다. 스마트폰이라 해도 수많은 종류가 존재하고, 제각각 기능이 다르다. 당연히 내가 제대로 다룰 수 있을 리가 없지만, 여동생 여우는 심심한 건지 자주 '메일'을 보내주었다. 스마트폰과 함께 발견되는 경우가 있는 설명서에 따르면 메일을 자주 주고받는 관계는 친구뿐이고, '메일 친구'라고 하는 모양이었다. 다시 말해 나와 여동생 여우는 이미 친구인 것이다. 그리고 물론 형씨 쪽과도 친구다. 연락처도 등록되어 있으니까.

이런, 이런, 나도 벌써 스마트폰 중급자인가? 싱글거리며 여동생 여우가 보낸 오늘치 유부 사진을 바라보고 있자니 문이 세차게 열렸다.

급하게 스마트폰을 집어넣었다. 노크도 하지 않고 들어온 사람은 액체가 잔뜩 담긴 큼직한 병을 끌어안고 있는 시트리였다. 그녀는 볼을 붉히고는 내가 입을 열기도 전에 보고했다.

"크라이 씨, 황녀 전하의 지도 임무 말인데요. 무사히 끝났어요!"

"아, 고마워. 덕분에 살았네. 그런데 뮤리나 황녀는?"

"같이 데리고 올 생각이었는데…… 거부하더라고요."

어어…………? 훈련 때 무슨 짓을 한 거야. 위험한 거 아닌가?

한순간 인상을 찌푸리려 했지만 잘 살펴보니 시트리의 표정은 천진난만한 소녀 같은 미소였고 한치의 그늘도 없었다. 그리고 저건…… 칭찬해줬으면 할 때의 표정이다.

냉정하게 생각해보면 황녀에게 지옥 같은 훈련을 받게 했으니 미움을 사는 게 어떤 의미로 당연하겠구나.

괜찮아. 분명 괜찮을 거야. 전하에게 힘든 훈련이 될 거라고 말했으니까.

"그런데 훈련 쪽은 시간이 너무 부족해서 실패했지만요ㅡㅡㅡ."

어?! 뭐라고? 방금 뭐라고 했어? 실패했다고? 실패했는데 왜 그렇게 자신만만한 거야?

아니, 터무니없이 떠넘기긴 했지만 말이지. 그래도 태도라는 게…… 이러면 칭찬해줄 수가 없는데.

"봐주세요, 크라이 씨!"

그리고 시트리가 의기양양하게 내 눈앞에 병을 내려놓았다.

안에 들어있던 것은 검붉은 액체였다. 밀폐되어서 그런지 냄새는 나지 않았지만 정말 불길해 보이는 포션이었다. 마치 혈액 같다. 조용히 설명을 기다리던 나를 보며 시트리가 자신만만하게 가슴을 폈다.

"훈련 쪽은 잘 안 됐지만, 이렇게 성과가 나왔어요, 크라이 씨."

"그래, 그래, 역시 시트리야. 기특하다, 기특해."

아무런 생각도 없이 시트리 칭찬 머신이 되어버린 내게 그녀가 말했다.

"뮤리나 전하의 피예요. 크라이 씨 덕분에 혈액 검사를 하면서 이렇게 많이 뽑았어요!"

???????

활짝 웃고 있는 시트리와 눈앞에 놓인 커다란 병을 번갈아 가
며 보았다.

어? 방금 누구 덕분이라고 했어? 혈액…… 검사? 병 크기가 대
충 봐도 이상한데?

뮤리나 황녀는 몸집이 작으니 피를 전부 뽑더라도 이 정도 양
은 안 될 텐데.

"황실의 피예요. 보존 상태도 완벽하고요. 손에 넣을 수가 없는
소재죠! 재능 쪽은 솔직히 특이한 점이 없었지만, 피 쪽은 연구할
보람이———."

그건…… 혈액 검사라고 하면 안 되는 거 아닌가? 황녀 전하에
게 대체 무슨 짓을 한 거야!

시트리의 눈이 반짝반짝 빛나고 있다. 어느 정도 매드한 구석이
있다 싶었지만, 지금까지는 그런 부분도 장점 중 하나라고 생각
했다. 하지만 이번만은 말해야겠어. 이번만큼은 말해야겠다고!

"……살아있어?"

"강력한 증혈 포션을 투여했고, 보물전에서 시술했으니 마나 머
티리얼의 힘도 확실하게 작용했어요! 부담이 상당히 크긴 했지만,
크라이 씨께서 지시하신 대로 생명에는 지장이 없고요!"

시트리, 생명에 지장이 없으면 뭐든 괜찮은 게 아니라고…………
내가 훈련이라고 했지? 게다가 넌 왜 뭐든지 내가 지시한 것처럼
말하는 거야?

어, 어쩌지? 이거. 안 그래도 인상이 안 좋은데, 이번에야말로 죽을죄를 지은 거 아닌가?

───그리고 나는 상상했던 것보다 더 빠르게 황성의 호출을 받았다.

평소였다면 내 두뇌인 시트리나 에바를 데리고 갔겠지만, 오늘은 혼자다.

시트리를 데리고 가는 건 말도 안 되고, 아무리 그래도 이런 상황에서 에바를 데리고 가는 건 껄끄럽다.

기다리고 있던 프란츠 씨가 나를 보고 한순간 굳었다가 딱딱한 표정으로 말했다.

"크라이 안드리히…… 설마 네놈은 항상 그런 차림으로 다니는 거냐?"

호출을 받은 시점에서 처형대에 올라가는 심정이었다. 『퍼펙트 베케이션』을 입을 만도 하지.

내가 불려간 방은 제블디아를 상징하는 것처럼 검소했고, 호화로운 장식품이 별로 없긴 했지만 자연스럽게 등을 쭉 펴게 될 만큼 엄숙한 분위기였다.

가장 안쪽에 당당하게 앉아있는 사람은 바로 이 나라에서 가장 높은 사람─── 황제다.

내가 몰라서 그런 건지는 모르겠지만, 평범한 호출인데도 황제 폐하가 나오지는 않을 것이다. 호위 중에는 어쩔 수 없었을지도 모르겠지만, 폐하와 알현할 수 있는 건 '백검 모임'처럼 특별한 자리뿐일 텐데…… 다시 말해 여기 있어야 할 사람이 아니다. 황제, 한가해?

불경하기 짝이 없는 생각을 하며 현실도피를 하던 나를 보고 프란츠 씨가 헛기침을 한 번 했다.

"뭐, 됐다. 이번에 네놈을 부른 것은————."

"됐다, 프란츠. 이곳은 알현하는 자리가 아니다. 체면을 차릴 필요도 없겠지. 내가 직접 이야기하마."

그때, 폐하가 프란츠 씨의 말을 가로막았다.

계속 생각하던 건데, 폐하가 너무 친근한 거 아닌가? 불쑥불쑥 튀어나오지 말라고. 한가해?

그래서 왜 나를 부른 거지? 시트리가 한 짓을 들킨 건가? 들켰 겠지.

확인해보니 시트리는 놀랍게도 황녀 전하에게 지옥 같은 훈련을 시켰다. 그야 내가 힘든 훈련을 시켜달라고 하긴 했지만, 거부할 여유조차 주지 않았을 줄은 몰랐다.

좋은 결과가 나왔다면 모르겠지만, 그렇지도 않은 데다 피까지 쥐어짜다니. 무슨 악귀냐고.

보아하니 황실의 피에 매우 큰 흥미를 품고 있었던 모양이다. 시트리의 말에 따르면 짜낼 수 있을 만큼 짜냈다고 한다. 호기심을 자극하는 것에 대해서는 멈추지 않고 달려들기만 하는 게 그녀의 안 좋은 버릇이다.

자, 어떻게 할까…… 계속 변명거리를 생각해 보았지만 변명 마스터인 나도 변명할 방법이 없었다. 완전히 도마 위의 생선 같은 기분을 맛보고 있자니 폐하가 천천히 입을 열었다.

"저번 호위, 정말 고생이 많았다. 이것저것 골치 아픈 문제가 있긴 했다만…… 《지수》처럼 실력이 뛰어난 자객은 없겠지. 일단 위기는 넘겼을 게다."

응……? …………어라? 뭔가 생각했던 것과는 다른데……. 이제 곧 처형할 상대에게 먼저 고맙다는 말을 할 리는 없을 테고. 나는 눈을 깜빡이며 폐하와 프란츠 씨를 보았다.

"그리고 뮤리나의 훈련도 수고했다."

?! 어라? 안 들켰어?! 나는 트집을 잡기 전에 말을 빠르게 늘어놓았다.

"황송한 말씀이십니다, 폐하. 기간이 짧았기에 대단한 일은 하지 못했습니다만."

피를 쥐어 짜내서 정말 죄송합니다. 우리 파티원이 정말 죄송한 짓을 했습니다. 그래도 호위가 있었잖아? 말리지 못한 쪽도 잘못한 거 아니야?

"내 딸은 돌아온 이후로 자는 시간조차 아껴가며 검술, 마술 지도를 받고 있다. 그 아이는 지금까지 자신의 불운을 슬퍼하고 신경 쓰느라 미소도 보이지 않았다만――― 보아하니 지도를 받고 뭔가 생각이 달라진 것 같더구나."

"필사적인 모습이라…… 오히려 걱정이 될 정도입니다, 폐하. 딸려 보냈던 호위들도 완전히 침묵을 지키고 있습니다."

프란츠 씨가 나를 노려보았다. 역시 시트리, 입막음도 완벽하구나.

그야 며칠 동안 훈련을 받고는 피를 잔뜩 뽑히면 생각이 바뀔 만도 하겠지. 나는 특훈을 받는 모습을 직접 보진 않았지만——— 생명에는 지장이 없고 다른 부분에 지장이 생긴 모양이네.

"아무래도 처절한 훈련이었던 것 같더군. 뮤리나는 딱히 말하지 않는다만——— 지금까지와는 천지 차이다."

대단해, 시트리! 피를 쥐어 짜내고 고맙다는 인사를 받는 사람은 너밖에 없을 거야!

그야 마나 머티리얼이 소용돌이치는 고레벨 보물전에서 사선을 마구 넘나들다 보면 강해질 만도 하겠지. 그럼에도 불구하고 시트리가 기대하던 결과를 내지는 못한 것 같지만———. 딸의 피가 마구 뽑혔다는 사실을 모르고 있는 폐하에게 나는 정색하지 않게끔 엄숙한 표정을 지으며 말했다.

"평범한 사람이었다면 버텨내지 못했을 테지요. 전하 자신의 힘이 있었기에 가능했던 것입니다. 그 재능은 제 눈으로 똑똑히 보았습니다. 언젠가 재앙이 닥쳐오더라도 스스로 떨쳐내실 겁니다."

나는 이때다 싶어서 황녀 전하를 추켜세우며 모든 것을 얼버무리려 나섰다.

황제 폐하는 감정을 담은 내 말을 듣고 의젓하게 고개를 끄덕였다.

"칭찬으로 받아들이도록 하마, 《천변만화》. '천 개의 시련'의 소문은 진실이었던 모양이로군."

어……? 그 천 개의 시련이라는 이야기가 황제의 귀까지 들어갔어? 얼마나 널리 퍼진 건데.

"아닙니다, 이번 시련은 천 개의 시련 같은 게 아닙니다만…….
저는 황녀 전하를 무제제 출장자 수준까지 단련시킬 생각이었으
나——— 그 정도까지는 불가능했습니다. 제 부덕의 소치입니다."

"?!"

"?! 무슨 말을 하는 거냐, 크라이 안드리히."

황제 폐하가 눈을 크게 떴고, 프란츠 씨가 어이없다는 듯이 말
했다.

그래, 맞아. 맞다고. 내 훈련은 결과적으로 실패했다. 아무리 강
해지더라도 목표치까지 끌어올리지 못하면 의미가 없는 것이다.
게다가 이쪽에서는 훈련이라는 명목으로 피까지 쥐어 짜냈다.

제국 쪽에서는 생각보다 화가 나지 않은 것 같지만, 우리 쪽에
잘못이 있다는 건 틀림없다.

그때, 프란츠 씨와 황제 폐하의 표정이 진지한 표정으로 바뀌
었다. 프란츠 씨가 팔을 휘둘러 호위들을 바깥으로 내보내고는
이쪽을 노려보며 입을 열었다.

"무제제…… 크라이 안드리히. 이번에 네놈을 호출한 것은 뮤
리나 전하 이야기를 하기 위해서이기도 하지만, 그 건에 대해 이
야기를 할 생각이었기 때문이다."

"네……?"

"어째서 네놈이 제블디아에 주어진 우선권이라고는 해도 단순
한 무제제 티켓을 욕심냈던 건지 의문이었다만——— 보아하니
크리트에서 대규모 '행사'가 진행될 모양이더군."

"네에………. 뭐, 그렇죠."

나도 모르게 눈을 깜빡이며 프란츠 씨를 빤히 바라보았다. 그야 무제제는 대규모 행사이고, 해마다 그 행사가 크리트에서 개최되는 건 상식이 있는 사람이라면 누구나 알고 있을 텐데———.

"대체 네놈은 언제 어디서 그 정보를 손에 넣은 거지?"

"언제 어디서냐니, 10년 전부터 알고 있었는데……."

"10년?! 바보 같은 소리 하지 마라. 점성신비술원의 '신의 눈'조차 그렇게 먼 앞날은———."

"프란츠, 이제 됐다. 지금 중요한 것은 진위 여부를 캐묻는 것이 아니다!"

이 사람들이 대체 무슨 소릴 하는 거지? 무제제 같은 건 제도에 사는 사람이라면 거의 다 알고 있을 텐데.

혹시 나를 바보라고 생각하는 건가? 그렇게까지 몰상식한 사람처럼 행동한 적은 없었을 텐데———.

"그러고 보니 폐하. 뮤리나 황녀는 어떻게 하면 되겠습니까?"

"………뭐라고?"

무제제가 코앞으로 다가오긴 했지만, 시트리가 한 이야기에 따르면 뮤리나 황녀는 아직 목표로 잡은 실력에 도달하지 못했다. 이대로 가다가는 모처럼 무제제에 나가더라도 1회전에서 패배할 가능성이 크다. 그렇게 되면 황녀의 지도를 맡은 우리도 틀림없이 혼나게 될 것이다. 이런 말은 하고 싶지 않았지만, 어쩔 수 없지.

"황녀 전하께서는 성실하시고 재능도 있으신 것 같지만 이번에는 시간이 너무 부족했습니다. 만약에 괜찮으시다면 무제제가 개최되는 곳으로 가는 도중에 한 번 더 지도해드리겠습니다만…….”

나라고 일부러 문제가 생긴 곳에 뛰어들고 싶은 건 아니다. 그러나 어쩔 수 없다. 일단 위기를 넘기긴 했지만, 만약에 뮤리나 황녀가 무제제에 출장해서 죽기라도 한다면 완전히 끝장이다.

“네놈――― 전하께서는 귀환하신 뒤 하루 종일 죽은 듯이 주무시기만 하셨다! 또 싸우라는 거냐! 애초에 올해 무제제는―――.”

“……뭐, 싸울지 여부를 결정할 사람은 제가 아니라 뮤리나 님이시긴 하겠네요.”

“크, 윽…………. 크으윽…….”

프란츠 씨가 내 말을 듣고 악귀 같은 표정을 지으며 입을 다물었다.

폐하는 조용히 대답을 기다리던 나를 마치 마음속을 들여다보는 듯한 푸른 눈동자로 바라보고 있었다.

“네? 그야 물론…… 출장할 건데요. 리더, 설마 저한테만 나가지 말라는 건가요?”

루시아가 눈살을 찌푸리며 나를 보았다. 노려보는 것도 아닌데 박력이 엄청나다.

내 방 겸 보구 창고에서 항상 그랬듯이 보구 마력 충전을 부탁했다. 처음에는 시간이 좀 걸리던 충전도 어느새 매끄럽게 할 수 있게 되었다. 예전에는 충전한 뒤에 숨을 헐떡이곤 했지만, 지금은 『세이프 링(결계지)』을 열일곱 개 충전하고도 눈썹 하나 까딱이지 않는다.

루시아는 탁월한 마도사다. 다양한 마법을 익힌 데다 새로운 마법을 개발하는 데도 여념이 없어서 최근에는 제국 최강의 마도사 중 한 명으로 꼽히기도 한다. 오빠로서는 그렇게 열심히 노력하는 게 걱정이 되기도 했다.

"스승님께 부탁드려서 조건부로 출장권을 구해달라고 했어요. 골치 아프긴 하죠. 아무리 투기장이 넓더라도 간격은 검사가 유리한 데다 살해하는 건 엄격히 금지되어 있으니까……."

무제제는 전투 수단에 제한이 없기에 당연히 마법도 OK지만, 사실 출장자들 중 대부분은 근접 전투 직업이다.

투기장이 넓긴 해도 마나 머티리얼을 충분히 흡수한 전사에게는 몇 발짝 만에 다가설 수 있는 거리이고, 강력한 마법을 사용하려면 영창이나 일정한 동작이 필수다. 상위 마도사는 예비 동작을 한없이 줄일 수 있긴 하지만, 동작의 생략을 생략하면 위력이 약해지기 때문에 불리한 건 마찬가지다.

그러나 루시아는 의욕이 넘치는 모양이었다. 의외로 고집이 세니까…… 너무 위험한 짓은 안 했으면 좋겠는데. 그때 루시아가 끼고 있던 팔찌를 살짝 만지며 작은 목소리로 말했다.

"그리고…… 저기…… 오빠에게 팔찌도 받았으니까요."

정말 마음에 든 모양이네……. 하긴, 《지수》의 비장의 수가 있으니 루시아도 충분히 승산이 있겠구나.

"좋아, 알겠어. 그렇게까지 말한다면——— 나도 온 힘을 다해 응원할게."

"네? 왜 남 일처럼 말하는 건데요?"

어? 그야…… 무제제는 개인전이고, 내가 루시아의 싸움에 참견할 수는 없으니까. 지식도 없고.

"저기………… 조언 같은 게 필요해?"

"그런 걸 할 시간이 있다면 자기 걱정을 하는 게 낫지 않을까요?"

"하긴…… 그렇긴 하지."

그래도 걱정해봤자 소용이 없으니까…… 걱정해봤자 황녀 전하의 실력이 강해지는 것도 아니고, 중간에 훈련을 시키는 허가를 받긴 했지만 승산이 별로 없는 승부라는 건 마찬가지다.

"미리 말해두지만 이번에는 1대1 전투니까요. 리더가 제일 껄끄러워하는 전투 아닌가요?"

"어? 아니, 그렇지 않아. 1대1의 긴장감은 좋은데. 물론 난전처럼 시끌벅적한 전투도 괜찮긴 하지만…… 그리고 시합 형식에 트집을 잡아봤자 소용이 없으니까."

직접 싸우는 건 전부 싫지만 보는 건 전부 좋다. 그래도 시끌벅적한 전투는 《비탄의 망령》으로 활동할 때 현장에서 싫증 날 정도로 맛보았으니 이제 그만 봐도 되겠다 싶은 느낌은 있다.

내 대답을 듣고 루시아가 눈을 깜빡이며 기분 나쁜 것을 보는 듯한 눈빛으로 말했다.

"……리더, 이번에는 꽤 순순하네요. 뭔가 이상한 생각이라도 하는 거예요?"

"어………? 좋은 무제제가 되면 좋겠다는 생각은 하는데———."

루시아와 다른 파티원들이 너무 위험한 짓은 하지 않았으면 좋겠지만, 트레저 헌터가 된 시점에서 이미 늦었다.

"그러고 보니 루크랑 다른 사람들은 출장권을 손에 넣었으려나?"

"아, 무사히 손에 넣은 모양이던데요. 스승님에게 엄청 혼난 모양이지만요."

이 세계에서 목적을 향해 일직선으로 돌진하는 근육 뇌만큼 강한 자는 없다. 무슨 짓을 한 걸까…….

"시트나 다른 사람들도 다들 꽤 고생한 모양이에요. 개최가 코앞이니── 저도 출장권을 얻어내는 데 거래를 좀 할 필요가 있었고요. 그렇게 느긋하게 지내는 건 리더뿐이에요!"

"……내가 움직이면 왠지 모르겠지만 항상 골치 아픈 일이 생기니까, 최대한 움직이지 않으려 하는 거야."

"…………정말!"

나는 그냥 무능한 게 아니다. 무능하다는 걸 자각한 무능이다.

루시아의 싸늘한 시선을 견뎌내며 받아든 보구를 닦고 있자니 에바가 빠른 걸음으로 들어왔다.

그녀는 두꺼운 서류를 책상 위에 올려놓고 입을 열자마자 이렇게 말했다.

"크라이 씨, 외람되나마── 현재 알아낼 수 있는 무제제의 정보를 전부 정리했습니다. 예선 분량까지 있어요. 출장자의 정보도 거의 다 모았습니다. 《비탄의 망령》분들은 제외했지만요."

"어? 필요 없다고 했는데…… 아직 정식 발표도 안 됐잖아."

"됐으니까 봐주세요. 신경 쓰이는 부분이 있어서──."

에바도 참 걱정이 많네…… 미리 말해두지만, 자료를 봐도 나는 아무것도 모른단 말이야…….

에바의 표정이 진지했기에 어쩔 수 없이 파일을 펼쳤다. 안에는 참가자의 자세한 프로필까지 포함되어 있었다. 이야기를 한지 얼마 안 되었는데 이렇게 짧은 시간만에 자료를 모으다니, 무시무시한 수완이다.

팔랑팔랑 넘기며 훑어보았다. 그중에는 나도 본 적이 있는 이름이 잔뜩 나열되어 있었다.

"응? 토우카도 나오나?"

"뭐, 영업 활동의 일환이겠죠."

《발자국》에 소속된 파티, 《등화기사단》의 리더, 아니 단장, 콘고인 토우카. 내가 호위 의뢰를 수행하는 동안 제도로 돌아왔었다는 이야기는 들었는데, 혹시 이것 때문에 돌아왔던 건가?

그렇구나, 리더가 무제제에서 활약하면 고객도 늘어나겠지. 돈을 좋아하는 그녀답다.

그런데 우리 클랜에서 이렇게 많은 멤버들이 무제제에 출장할 줄이야…… 거의 우리 파티 쪽 사람이긴 하지만.

"응원해야겠네…… 좋은 시합을 보여주면 좋겠는데."

"크라이 씨, 당신 정말 여유로우시네요."

"오빠――― 리더는 예전부터 낙천가라서……."

아무리 겁이 많은 나도 관전할 때는 겁내지 않는다고.

그때, 문득 신경 쓰이는 단어가 눈에 들어왔다. 손을 멈추고 눈을 크게 떴다.

에바가 침을 삼키며 이쪽을 지켜보고 있었다. 거기 있던 것은 한 출장자――― 헌터의 이름이었다.

눈을 비비고 몇 번이나 다시 살펴봤지만, 잘못 본 게 아니었다. 나는 무심코 미소를 지었다.

"응……?《비탄의 악령(스트레인지 프리크)》의 리더…… 크라히 안 드릿히……? 품…… 신기한 우연이네."

에바가 말했던 신경 쓰이는 점이 이건가? 신경 쓰이긴 하네. 공교롭게도 자료에는 사진이 딸려 있지 않았지만, 이름만 놓고 보면 나랑 똑 닮았다. 파티 이름까지 비슷한 걸 보니 엄청난 우 연이다.

만약에 얼굴까지 비슷하다면 아마 그쪽이 진짜겠지. 나는 싱글 싱글 웃으며 자료를 돌려주었다.

"고마워, 에바. 오랜만에 웃었네. 최고로 재미있었어."

"네…… 네에…… 그럴 생각으로 드린 게 아니었는데요……."

"크라히 안드릿히……… 운영 측에 확인을 해봐야겠네요……… 대체 뭘 어떻게 하면 선수 이름을 착각하는 거죠……."

루시아가 인상을 찌푸리며 뭔가 중얼거리고 있었다.

루크랑 다른 사람들에게도 가르쳐 줘야지. 분명히 웃을 거야. 그리고 토너먼트 대진표가 어떻게 될지는 모르겠지만, 만약에 루 크나 다른 사람들이 크라히와 대결하게 되면 최고일 것 같다. 이 크라히가 엄청나게 강한 녀석이라면 그것도 나름대로 재미있을 것 같다. 술자리에서 이야깃거리로 써먹을 수 있을 것이다.

여전히 싱글거리며 쓸데없는 생각을 하고 있던 내게 에바가 마 침 생각났다는 듯이 말했다.

"그러고 보니 크라이 씨, 거크 지부장이 할 이야기가 있다고 합니다. 《마장(히든 커스)》클랜 하우스에서 기다리겠다더군요."

"················아, 그랬지."

아차, 깜빡 잊고 있었다. 십중팔구 테름과 케챠챠카에 관한 이야기일 것이다.

호위로 데려간 그들 두 사람이 '여우'의 수하였던 게 불과 얼마 전 일인데, 테름은 《마장》, 케챠챠카는 탐색자 협회에서 소개해준 사람이다. 그게 내 책임인지는 제쳐두더라도 설명할 책임은 있을 것이다.

뭐, 거기 사람들도 배신자를 소개해준 책임을 지고 있을 테니까·········· 가고 싶지 않네.

"만약에 시간이 없다면 이쪽으로 찾아온다고 하는데, 어떻게 할까요?"

협박하다니, 비겁하다! 트레저 헌터로서의 긍지도 없냐고!

어쩔 수 없지······ 언제든 도망칠 수 있게 준비를 하고 나서 가볍게 엎드려 빌고 올까.

제도 중심부. 제블디아에서도 손꼽힐 정도로 비싼 땅값을 자랑하는 황성 근처(근처라고 해도 몇 킬로미터는 떨어져 있지만), 그라디스 저택도 자리 잡고 있는 고급 주택가 한쪽에 그것이 있었다.

왠지 고풍스러워 보이는 벽돌로 지어진 저택. 하늘 높게 솟구친 시계탑을 지닌 그 저택에 대해 모르는 사람은 거의 없을 것이다. 마치 탑 같은 그것은 주위에 존재하는 어떤 저택보다도 높고, 그곳 최상층에서는 제도를 전부 한눈에 볼 수 있다는 소문조차 존재한다. 그리고 귀족을 제쳐두고 귀족의 저택이 늘어서 있는 곳 한복판에 거대한 건물을 세울 수 있었다는 사실이 그 '클랜'의 역사와 위세를 말해주고 있었다.

나도 제도에 처음 왔을 무렵에 일부러 관광하러 왔던 게 기억난다.

제도에 수없이 많이 존재하는 클랜 중에서도 최고참으로 분류되는 마도사 클랜, 《마장》의 본부. 헌터라면 누구나 부러워하는 눈초리로 바라보는 그 탑의 최상층에서 나는 왠지 모르겠지만 여동생과 함께 차를 마시고 있었다.

눈앞에는 대체 몇 년을 살아온 건지 상상조차 되지 않을 정도로 눈빛이 날카로운 마녀가 비꼬는 듯한 미소를 지으며 앉아있었고, 얼굴 반쪽에 문신을 새겨 지금까지 봤던 어떤 헌터보다도 무시무시하게 생긴 대머리 거한이 눈살을 찌푸리고 있었다. 대체 내가 무슨 죄를 저질렀다는 거지?

"크크큭…… 기다리다 목이 빠지는 줄 알았다. 꽤 재미있는 일을 저질러준 모양이던데, 《천변만화》."

"항상 도망 다니던 주제에 순순히 찾아오다니…… 이상한 거라도 먹은 거냐?"

?? 순순히? 내 귀가 이상해진 건가? 배꼽이 빠질 것 같은 농담이네.

제도의 무시무시한 인물 베스트 5 중 두 명이 있는 곳에 내가 오고 싶어서 올 리가 없잖아!

차분하게 현실도피를 하던 내게 차를 내준 아룬과 마리가 어이없다는 듯이 말했다.

"거크 씨, 크라이 씨를 뭘로 보고 그러시는 거예요. 《천변만화》가 도망칠 리가 없잖아요!"

"네, 네. 아르트바란 말이 맞아요! 크라이 씨는 루시아 씨의 오빠거든요?"

루시아의 오빠라는 건 상관없지 않나? …………뭐, 루시아가 있으면 도망칠 수 없다는 건 맞지만.

나는 반쯤 포기하고 다리를 꼬며 최대한 비꼬듯이 말했다.

"클랜 하우스까지 쳐들어오겠다고 협박하니 올 수밖에 없었지."

"이봐, 남들이 오해할 말은 하지 마라! 그런 말은 안 했다고!"

말한 거나 마찬가지지. 거크 씨는 그러지 않을지도 모르겠지만, 태우는 할멈은 분명히 그럴 거야. 태우는 할멈은 태우니까 태우는 할멈이라고.

"그리고 나도 《심연화멸》을 만나야겠다고 생각하던 참이었어. 용건도 대충 짐작이 가고."

"흐음…… 그거 영광이로군. 그런데, 그렇다면 지금까지 얼굴을 비추지 않았던 건…… 왜지?"

당연하지. 오고 싶지 않았으니까. 오고 싶지 않아서 나중으로 미뤘던 거야!

그리고 잘만 하면 안 와도 되지 않을까 하는 생각도 있었고.

입을 다물고 있자니 뭔가 납득한 건지 할멈이 숨을 내쉬었다. 그 모습만 봐도 토할 것 같다.

"뭐, 됐다. 우리도 한가한 건 아니야. 용건 이야기를 하지. 히 힛, 우리 클랜원이…… 폐를 끼친 모양이던데."

"아니, 상관없어. 가는 도중에는 정말 도움이 많이 되었거든. 그는 소문보다 훨씬 실력이 뛰어난 마도사였다고."

폐를 끼친 녀석이 보일 만한 표정이 아니었기에 나는 반사적으 로 대답했다.

마술 실력도 좋았지만, 그는 눈앞에 있는 이 할멈보다 훨씬 상 식적이었다.

"아, 거크 씨. 케챠는 못 쓰겠어. 그 녀석은 너무 수상하다고. 테름을 눈치채지 못한 건 그렇다 치더라도 그런 녀석을 리스트에 넣으면 안 되지."

너무 수상쩍어서 오히려 수상하지 않았다고. 그 사람은 대체 뭔데? 그런 외모로 암살자라니, 용납될 수 없는 일이다.

"윽…… 크으으윽………… 미, 미안하군."

거크 씨가 얼굴을 새빨갛게 물들인 채 억누르는 듯한 목소리로 사과했다. 나한테 사과하는 게 그렇게 싫어? 항상 내가 하는 것 처럼 엎드려서 빌라고, 엎드려! ……그런 말은 입이 찢어져도 할 수가 없다.

"미안하긴 하다만, 그렇다면 선택한 시점에서 그렇게 말했어 야지, 크라이. 너는 예전부터 말하는 게 너무 부족해!"

그런 말을 해봤자 곤란한데. 나는 지금도 무슨 상황인지 잘 모 르니까.

《마장》에서 《지수》 테름을 빌려서 황제 폐하의 호위 의뢰에 도

전한 게 불과 몇 주 전. 그리고 그것은 잘못된 판단이었다.《지수》

테름은 악명을 떨치고 있는 비밀 조직의 일원이었던 것이다!

왠지 모르겠지만 테름은 황제 호위를 중간까지 충실하게 하다가, 왠지 모르겠지만 갑작스럽게 정체를 드러냈고, 왠지 모르겠지만 도망쳤고, 왠지 모르겠지만 지금은 보물전에서 형씨 여우의 장난감이 되었다. 어째서?

지금 생각해봐도 전혀 모르겠다. 왠지 모르겠지만 중간부터 나를 동료로 인정하던데, 설명을 요구한다!

"나는 잘못한 게 없어. 그건 나도 놀랐다고. 설마 이름난《마장》의 부리더와 거크 씨가 추천한 케챠챠카가 배신자였다니, 정말 뜻밖이었지."

케챠는 그렇다 치고, 테름이 배신자라는 건 다시 생각해봐도 믿기지 않는다. 뭐든지 태우는 걸로 유명한《심연화멸》이 무죄고 테름이 배신자라니, 이 세상은 정말 신기하다.

절실한 감정을 담아 고개를 끄덕인 다음 시선을 드니 왠지 모르겠지만《심연화멸》이 강렬한 미소를 짓고 있었다. 동공이 완전히 커졌다. 거크 씨도 볼이 경직되어 있어서 평소의 나였다면 엎드려 빌었을 정도로 무서웠다.

"흥, 말은 잘하는군."

"윽………… 관계자는 찾아내서 처리했다."

처리?! 처리라는 게 뭔데?! 그래서 다음에는 나를 처리할 차례라는 거야?

당황한 나를 보고 할멈의 표정에서 미소가 사라졌다.

"《지수》테름은 학원에 소속되어 있을 무렵부터 모범생이었다. 아무리 사소한 것이라도——— 규칙을 절대로 어기지 않았지. 나와 노트 커클레어는 그런 식이었으니 말이지. 그래서 신뢰를 쌓았던 거다."

무슨 이야기를 하는 건지 모르겠지만, 분위기를 파악하고 입을 다물었다. 아룬과 다른 사람들도 주눅이 든 것처럼 입을 다물고 있었다. 할멈이 루시아가 차고 있는 테름의 보구를 보며 계속 말했다.

"만약에 그 남자가 내 제안을 받아들이고 《마장》에 들어오지 않았다면 이 제도에는 유력한 마도사 클랜이 하나 더 생겼을 게다. 그랬다면——— 좀 더 재미있게 되었겠지. 그 남자는 뭐든지 올바르고 무난하게 해내는 남자였으니——— 약간 엇나가면 이렇게 될 거라는 것도 예상해야 했지. 애송이, 크크큭…… 나는 말이다. 약간 후회하고 있단다. 《지수》테름은 나와 함께 걷는 게 아니라 마도의 탐구자로서 경쟁해야 했다고 말이지! 그랬다면 그 남자가 길을 잘못 들어설 일도 없었을 게다."

그 목소리는 메마른 느낌이었지만 나도 확실히 알아챌 수 있을 정도로 강한 감정이 담겨 있었다.

이 할멈도 결국에는 인간이었던 모양이네.

무슨 말을 해야 하나…… 내가 망설이고 있자니 할멈의 입가가 다시 일그러졌다. 강렬하디 강렬한——— 미소로.

"애송이, 테름은 돌아오는 거냐?"

"…………그건, ……테름이 하기에 달린 것 같은데."

"죽지 않아서 다행이군. 책임은 내가 직접 지겠다. '여우'도, 그리고 그 녀석들에게 속아 넘어간 바보 녀석도! 히히히히히, 몸이 움직일 동안, 다음 세대에 맡기기 전에…… 모조리, 전부 깔끔하게 잿더미로 만들어야……."

안 된다고 할 수가 없는 내게 《심연화멸》이 그렇게 큰 소리로 말했다. 소리를 지른 것도 아닌데 탁자가 떨렸다. 그 눈 안쪽에서 빛나고 있는 것은 지옥의 업화였다. 입가는 웃고 있지만 눈은 웃고 있지 않았다.

"마, 마스터, 진정하세요!"

그 새빨간 머리카락이 주문을 영창하지도 않았는데 불꽃을 띠었다. 뛰어난 마도사는 감정을 드러내는 것만으로도 현상을 일으킬 수 있다는데, 역시 이 할멈은 좀 이상해…….

이 할멈, 테름을 태울 생각이다. 태우기 위해 살아있었으면 좋겠다고 생각하는 거다. 나와 같은 인간의 사고방식이 아니다. 테름은 원래 같은 편이었는데…… 나는 루시아가 '여우'에 들어가면 같이 '여우'를 할 거야.

적이 아니라 정말 다행이다. 보아하니 일단 나를 태울 생각은 없는 것 같고.

하지만, 지금 당장 이곳에서 도망치고 싶다. 분위기가 팽팽해지고 있다.

"《심연화멸》, 그만하지."

그때, 거크 씨가 끼어들었다. 역시 담력이 대단하다. 《심연화멸》의 감정이 약간이나마 누그러졌다.

마음속으로 안심한 내게 거크 씨가《심연화멸》못지않게 사나운 미소를 지으며 말했다.

"본론으로 들어가지.《천변만화》, 큼직한 일이다. 녀석들은 탐색자 협회를 깔봤다. '여우'를── 박살 내자."

아룬과 마리가 진지한 표정으로 듣고 있었다. 왠지 모르겠지만 루시아도 진지한 표정이다.

진지하지 않은 사람은 항상 그랬듯이 나 혼자뿐인 모양이다.

나는 눈을 깜빡이다가 하드보일드한 미소를 지으며 말했다.

"미안, 잠깐 화장실 좀 빌려도 될까?"

──예전에 탈출할 때 사용했던 화장실 창문에는 쇠창살이 설치되어 있었다. 이제 토할 것 같다.

재빨리 클랜 하우스로 돌아왔다. 돌아오는 도중에 입을 다물고 있던 내게 루시아는 아무런 말도 하지 않았다.

그 사람들, 머리가 이상한 거 아냐? 왜 일부러 위험한 비밀결사에게 싸움을 걸러 나서려는 건데? 왜 내가 도와주는 게 당연한 것처럼 된 건데?《지수》테름 같은 사람이 소속된 비밀결사 '여우'와 싸울 바에는 차라리 유부를 주기만 했는데 스마트폰을 선물해 주는 팬텀 쪽 여우가 훨씬 낫겠다. 프란츠 씨를 꼬시라고.

나는 무심코 형씨 여우에게 '큰일이야'라고 메일을 보냈다. 곧바로 '잘됐네'라는 답장이 왔다. 잘되긴 뭐가.

일단 거크 씨가 추궁하는 건 바쁘니까 나중에 다시 이야기하자는 말로 밀어붙였다. 척 보기에는 위기를 회피한 것 같지만, 사망의 카운트다운이 시작된 거나 마찬가지다. 싫다고 딱 잡아뗄 수 없는 나 자신이 슬프다.

바쁘다고. 나는 지금 바빠. 무제제에 가야만 하고, 황제 폐하의 의뢰도 있다. 범죄 조직 같은 걸 신경 쓸 여유가 없다고! 클랜 하우스로 돌아온 뒤 서둘러 클랜 부마스터실로 향했다.

"에바~! 에바~! 지금 당장 제도를 떠날 거야!"

"?! 뭐뭐, 뭐죠? 갑자기 왜 그러시는 건데요?!"

에바가 깜짝 놀라 몸을 떨면서 나를 보았다. 부마스터실에 들어온 건 오랜만이다.

잡다한 물건들이 잔뜩 있는 방 안으로 들어가 에바 앞으로 성큼성큼 다가간 다음 소리쳤다.

"제도 같은 곳에 있을 순 없지! 나는 지금 당장 무제제가 개최되는 도시로 갈 거야! 도시 이름이 뭐였지?"

"네, 네에…… 개최될 때까지는 아직 여유가 있을 텐데요. 무슨 일 있었나요?"

"무슨 일이 있었다고 해야 하나, 무슨 일이 생기지 않게끔 가는 거야."

큰일이라고. 거크 씨는 한다면 하는 남자다. 직원을 처리했다고 했으니 다음에는 나를 처리하려 해도 이상할 게 없다. 《심연화멸》도 엄청난 박력을 보이고 있었다. 다음 세대에게 맡기느니 뭐니 하던데, 틀림없이 다음 세대까지 살 거라고, 그 할멈! 내가 여우 퇴치를 돕지 않을 거라는 사실을 알게 되면 신이 나서 나를 태우려 할 거고. 불꽃 속에 갇혀버리면 세이프 링도 거의 의미가 없다.

"⋯⋯⋯⋯오빠, 저는 출장권을 얻기 위해 해야 할 일이―――
아뇨, 아무것도 아니에요."

루시아가 뭔가 말하려다 고개를 돌렸다. 내 진심이 전해진 건
지 에바가 일어섰다.

"알겠습니다. 준비할게요. 그런데 클랜 멤버를 지금 당장 모으
는 건―――."

"클랜 멤버는 됐어. 하지만《비탄의 망령》은 같이 데리고 갈 거
야."

나 혼자서 여행 같은 걸 할 수 있을 리가 없잖아! 부르러 가야
겠네⋯⋯. 아, 그런데 보구도 꼼꼼하게 챙겨야 하고⋯⋯ 그렇게
당황해하던 내게 에바가 진지한 표정으로 물었다.

"⋯⋯⋯⋯그렇게 큰 사건인가요?"

"어? ⋯⋯⋯⋯아니, 뭐, 그 정도는 아닌데⋯⋯."

아무리 거크 씨나 할멈이라 해도 항상 무차별적으로 다른 사람
들을 공격하는 건 아니다.

하지만 곤란한 건 마찬가지다. 그들은 무차별적으로 공격하진
않지만, 항상 나를 노리고 공격해댄다.

"그래도 뮤리나 전하의 준비가 안 끝난 게 아닌지―――."

에바가 그렇게 말하려다 갑자기 일어서서 창문으로 다가가 밖
을 내려다보았다.

나도 그녀를 따라가서 내다보니 입구에 작고 수수한 마차가 서
있는 게 보였다.

"그렇군요, 타이밍은 완벽하다는 거네요. 알겠습니다, 준비는 제가 해두죠. 크라이 씨는 개인적인 준비를 해주세요."

눈을 깜빡이는 나를 보고 에바가 살짝 한숨을 쉬었다.

항상 수고를 끼쳐드려 정말 죄송합니다.

제2장　　가짜와 진짜

"저, 내일 상급 복합영장 소지 자격 시험을 칠 예정이었는데 요······."

앞자리에 앉은 루시아가 토라진 듯한 표정으로 불쑥 말했다.

《비탄의 망령》전용 마차는 고레벨 헌터의 위세를 이용해 출입 심사를 신속하게 돌파하고 가도를 달리고 있었다. 할멈과 만난 뒤로 아직 몇 시간밖에 지나지 않았다. 아무리 할멈이라 해도 이렇게 빨리 나왔으니 눈치채지 못했을 것이다.

밖에서는 쿵쿵, 묵직한 발소리가 들렸다. 안셈이 마차와 나란히 달리고 있기 때문이다. 안셈은 의외로 잽싼 편이지만 무게가 무게인지라 힘을 좀 줘서 달리면 엄청난 소리가 난다. 그가 근처에 있으면 어지간한 마물들은 다가오지도 못한다. 가끔은 목숨 아까운 줄 모르는 팬텀까지 도망치는 경우가 있다.

겨우 한숨 돌렸다. 왠지 최근에는 제도를 나설 때마다 항상 초조했던 것 같은데. 그리고 에바의 준비 능력이 은근히 무시무시하다. 내가 뭔가 부탁할 때마다 솜씨가 더 좋아지는 것 같기도 하고.

그런데 클랜 하우스로 이야기를 하러 왔던 황녀 전하를 멋대로 데리고 와버렸는데 괜찮은 걸까? 그야 훈련을 시키겠다고 이야기를 해두긴 했지만 일정 같은 건 따로 말하지 않았으니———.

황녀 전하와 시종들은 벌써 밖에서 달려가고 있었다. 마차와 나란히 달리는 건 지옥이나 마찬가지인데 곧바로 뛰기 시작한 걸 보니 황제 폐하가 훈련에 적극적으로 참가하게 되었다고 했던 말이 사실인 모양이다.

"…………왜 무제제를 앞두고 자격 시험 같은 걸 잡은 건데?"

"?! 오빠가! 갑자기 무제제 일정을! 잡았으니까 그렇죠! 정말!"

루시아가 내게 따지고 들었다. 마차 안에 단둘이 있어서 그런지 평소보다 약간 사나운 태도다.

"그리고 무제제 출장권을 받는 대신 듣기로 했던 강의도 **빼먹**고 와버렸어요……. 스승님에게 무슨 소릴 듣게 될지…… 애초에 오빠는 항상 행동이 너무 갑작스러워요! 갑자기 제도를 떠난다니———."

"응, 그래, 그렇지."

"이야기를 좀, 진지하게 들으라고! 정말!"

으음…… 내 흘려 넘기기가 통하지 않는다고? 역시 루시아야, 만만치 않아.

"다들 일정이 있었거든요?! 루크 씨는 참가권을 받는 대신 내일 참가하기로 한 드래곤 퇴치를 내팽개치고 왔다고 했어요…… 시트나 리즈도———."

어……? 그거 위험하지 않아? 루크가 소속되어 있는 검술 유파는 가끔 제국에서 강력한 환수나 마수의 토벌 의뢰를 받고 있다. 루크가 사람을 몇 명이나 베고도 잡혀가지 않은 건 사람을 벤 횟수보다 환수나 마수를 벤 횟수가 조금 더 많기 때문이기도 하다.

그런 일정이 있으면 나중에 합류해도 되는데…… 견학하러 올 다른 멤버나 에바 같은 사람들하고는 나중에 만날 테니까———.

"내 쪽을 너무 우선시했네. 나는 최악의 경우엔 루시아만 와주면 되는데."

"…………정말!"

안 돼. 루시아가 와주지 않으면 곤란하다고. 보구 충전도 해야 하니까…….

시트리가 가위바위보를 한 결과 맡게 된 마부석에서 소리를 냈다.

"저도 내일 할 예정이었던 실험을 탈리아에게 떠넘——— 맡기고 왔어요. 뭐, 그쪽은 본업이 아니니 상관없지만…… 지금 하고 있는 연구를 어설프게 중단하게 된 건 좀 타격이 있네요. 뭐, 크리트에서 해도 되니까———."

보아하니 다들 바빴던 모양이다. 우선순위를 잘못 정하고들 있네. 내가 별생각 없이 말하는 건 다들 알고 있을 텐데, 어째서 쉽사리 받아들이는 건지.

하지만 사과하진 않는다. 루크나 다른 파티원들이 그걸 원하지 않기 때문이다. 내가 해야 할 일은 고마워하는 거겠고.

"그러고 보니 엘리자는?"

"음~, 리즈가 아침에 봤다고 하긴 했는데요……."

엘리자는 정말 마이페이스구나……. 뭐, 잘 지낸다면 상관없지만.

…………평화롭네. 크게 하품을 했다.

이제 무제제가 끝나고 제도로 돌아갈 때까지는 안심이다. 일이 대충 정리될 때까지 어딘가 다른 도시에 머무르는 게 나을지도 모르겠네——— 그렇게 생각하던 나는 중대한 사실을 눈치챘다.

…………이거, 거크 씨하고 다른 사람들이 쫓아오더라도 이상할 게 없지 않나? 아놀드도 쫓아왔는데. 분노한 거크 씨와《심연화멸》이 쫓아오지 않을 거라는 보장이 어디 있지?

도시를 떠나면 안전할 거라고 착각했다. 게다가 나는——— 에바에게 입막음을 해두지 않았다. 위험하다.

"야, 좀 더 온 힘을 다해 뛰어! 꾸물대지 말라고, 공주!"

"모처럼 나왔으니 뛰면서 전투 훈련을 하자고! 우오오오오오오오오오오!"

……그리고 바깥도 위험한 것 같네. 황녀의 목소리는 비명조차 들리지 않으니…….

마차를 타고 몇 시간 정도 달려가며 시끌벅적한 루크 일행에게도 익숙해졌을 무렵, 문득 몇 번이나 맡아본 듯한 코를 찌르는 냄새가 바람을 타고 풍겼다. 루시아가 읽고 있던 책을 덮고는 창문 밖으로 고개를 내밀었다.

바깥을 확인했다. 이번은 곧바로 알아챌 수 있었다. 마차가 나아가는 방향, 앞쪽 멀리——— 도시가 타오르고 있다.

검은 연기가 수없이 피어오르고 있었다. 바깥에서 루크의 흥분한 목소리가 들렸다.

"잽이다! 잽이 왔다고!"

"기운이 넘치네."

"나는 드래곤 퇴치를 포기하고 왔단 말이야!"

포기한 게 아니라 빼먹은 거잖아!

"드래곤 이상! 드래곤 이상, 와라! 와라! 검을 쓸 수 있는 드래곤 와라!"

"야, 가자, 공주! 실전이야!"

리즈도 티노 대신 생긴 새 장난감 때문에 신이 났네. 이제 안 되겠다. 신이시여, 용서해 주세요.

발소리가 빨라졌다. 보아하니 루크와 다른 일행들은 먼저 가버린 모양이었다.

루시아는 아무 말도 없이 지팡이를 들고는 마차 밖으로 나갔다. 엄청나게 든든하네.

"어째서 도시는 자주 불타는 걸까."

"…………리더가 불타는 도시를 고르니까 그렇죠."

루시아가 쿨하게 말했다. 그럴 리가 있나.

"일단, 저걸 끌게요…….."

그 순간, 루시아가 끼고 있던 팔찌가 빛났다. 하늘에 먹구름이 모여들었고, 금방 호우가 쏟아져내렸다.

휘몰아치는 폭풍은 루시아를 피해 지나갔다. 루시아가 눈을 크게 뜨고는 팔찌를 멍하니 내려다보았다.

"…………오빠가 준 팔찌, 강하네.『수신의 가호』…… 혹시 우승……할 수 있나?"

창문 밖으로 고개를 내밀어 도시의 문을 보았다. 화재는 겨우 진압된 모양이었다. 볼 때마다 루시아의 실력이 올라가고 있다.

루시아가 마차로 돌아와 《비탄의 망령》의 상징——— 웃는 해골 가면을 썼다.

마부석에서 고개를 내민 시트리도 어느새 똑같은 가면으로 얼굴을 가리고 있었다.

"크라이 씨, 도시로 들어갈 거예요. 가면을……."

"응…… 그래……."

시트리와 다른 파티원들은 항상 쓰고 다닐지도 모르겠지만, 나는 최근에 쓴 적이 없어서 깜빡 잊고 있었다.

쓰면 앞이 안 보인단 말이지……. 그래도 얼굴을 보이면 더 골치 아파질 가능성이 있다.

지금 생각해보니 우리 상징을 가면으로 정한 건 얼굴을 가린다는 의미에서 훌륭한 결단이었다. 눈에 구멍을 뚫는다는 걸 잊지만 않았다면 더욱 완벽했을 것이다. 크게 한숨을 쉬고는 짐을 뒤졌다. 그리고 깜짝 놀랐다.

상징을 두고 와버렸네. 큰일이다. 나도 일단은…… 리더인데.
【길 잃은 여관】에서 팬텀이 드롭한 여우 가면밖에 없잖아.

어쩔 수 없이 왠지 모르겠지만 짐 안에 들어있던 여우 가면을 꺼내 써보았다. 루시아에게 물었다.

"어때?"

"…………왜 그 가면을 쓰는 건데요! 아무리 생각해도 이상하잖아요!"

"그래도 그 가면보다는 디자인이 더 좋으니까……."

"······이 가면을 디자인한 사람은 오빠잖아요!"

음~, 맞는 말이긴 하지.

"······그 여우 가면은 앞이 보이나요?"

"어? 보일 리가 없잖아. 눈 부분에 구멍이 안 뚫렸거든."

루시아가 크게 한숨을 쉬었다. 하지만 오늘 나는 이럴 때를 대비한 비장의 수를 가지고 왔다.

일단 가면을 벗고 가져온 보구 콜렉션을 뒤졌다.

가방 안에서 꺼낸 것은———— 펜던트였다. 은 사슬에 커다란 눈을 본떠 만든 장식.

이것이 바로 최근에 손에 넣은 내 새로운 보구, 『서드 비전(제3의 시야)』이다. 이것을 통해 나는 두 눈이 막힌 상황에서도 보구의 눈으로 시야를 확보할 수가 있는 것이다!! 그렇다, 이제 시트리나 루시아가 손을 잡아주지 않아도 가면을 쓰고 돌아다닐 수 있다! (1억 5천만 길)

펜던트를 목에 걸고 여우 가면을 썼다. 두 눈이 막혀 있는데도 앞이 보였다.

신기한 기분이긴 하지만 앞이 보이지 않는 것보다는 훨씬 낫다. 나도 어느 정도는 성장하거든?

의기양양하게 돌아선 내게 손을 내밀려 하던 루시아가 재빨리 그걸 거두었다.

"이야기를 듣고 왔어요. 아무래도 '사람'인 것 같네요."

"사람이라············."

그나마 용이나 팬텀보다는 낫다는 생각이 드는 건 얼마 전에 험한 꼴을 겪었기 때문일까.

출입 수속을 하는 김에 정보를 수집해 온 시트리가 설명해 주었다.

"여행자 행세를 하고 들어온 도적들이 일제히 행동을 일으킨 모양이에요. 인원도 꽤 많은 걸 보니 조직적인 범행이겠네요. 하지만 마무리가 어설펐던 것 같아요."

시트리가 대체 어떤 시점으로 말하고 있는 건지는 모르겠지만, 이 도시는 그 온천 거리보다 훨씬 크다.

이런 곳을 습격한 걸 보면 혹시 그 도적단보다 거물인 것 아닐까?

루크랑 다른 사람들, 얼른 돌아오라고. 어디 간 건지는 모르겠지만.

"트레저 헌터도 잔뜩 있으니 터무니없는 짓이죠. 도시를 불태울 정도로 사람이 많다면 다른 방식도 얼마든지 있었을 텐데, 아쉽네⋯⋯."

"사람들을 해칠 목적으로 불을 지른 건 아닌 것 같네요⋯⋯."

"맞아요. 조직적인 범행인 것 같긴 한데, 수법이 너무 난폭해서———."

"응, 그래, 그렇지⋯⋯."

루시아와 시트리가 곧바로 의견을 교환하고 있었다. 왠지 이 애들, 엄청 익숙한 것 같은데⋯⋯.

비가 내리고 있긴 하지만 루시아가 마법으로 튕겨내 주고 있기 때문에 문제없다. 골목을 돌아다니며 리즈와 다른 일행들을 찾아보았다. 그때, 몇 미터 앞——— 큰길 쪽에서 파쇄음이 크게 울렸다.

나도 모르게 깜짝 놀라 몸을 떨었다. 앞에서 걸어가던 시트리가 멈춰 섰다.

마치 천둥 번개 같은 목소리가 하늘에 울려 퍼졌다.

"잔뜩 몰려들어서 꾸물대니 짜증 나는군! 겁쟁이들 주제에 이 《파완》 한네만을 막을 수 있을 것 같으냐!"

우와.

지면이 떨리고 귀가 따가울 정도로 큰 목소리가 울려 퍼졌다. 큰길의 돌바닥이 마구 망가지며 솟구쳤다.

그 중심에 있는 것은 안셈의 6할 정도나 될 만큼 덩치가 큰 남자였다. 손에는 거대한 금속 봉을 들고 있었다. 길이는 2미터 정도로 내 팔보다 두껍다. 봉이라기보다는 기둥에 가까운가?

저 사람은 마치 작은 나뭇가지처럼 휘두르고 있지만, 내 근력으로는 들지도 못하겠지.

곧바로 경비병들과 헌터들이 에워쌌으나 봉이 한 번 휘둘리자 날아가 버렸다. 아, 도적이었구나.

"《파완》…… 자칭이군요. 그런 별명을 지닌 사람은 없어요."

"루크가 예전에 자칭하고 다니던 《절대신검(테스타먼트 블레이드)》 같은 건가."

"루크 씨는 지금도 그렇게 생각하지만요……."

뭐가 마음에 들지 않는 건지, 자칭 《파완》이 몇 미터 앞에 멈춰서서 쇠기둥을 휘두르며 건물을 파괴하기 시작했다. 지금까지 도망치고 있었나본데 왜 내 눈앞에서 멈춘 거야? 정말 알 수가 없네.

그는 아직 이쪽을 보진 않았지만, 들키는 것도 시간문제일 것이다. 그리고 경험상, 들키면 분명히 험한 꼴을 당하게 된다. 왜냐하면 우리는…… 가면을 쓰고 있어서 수상쩍으니까. 예전부터 이 상징 때문에 잔뜩 습격당하기도 했고…… 대체 누구야? 이렇게 겁나는 가면을 상징으로 정한 녀석이.

"으랴, 으랴, 으랴! 덤벼라! 겁쟁이 놈들! 이 한네만의 적이 못 되는구나!"

저런 남자를 여행자로 착각하고 도시 안에 들여보냈다면 이 도시의 경비병에게도 책임이 있는 것 아닐까? 아니, 왜 나쁜 짓을 하면서 자기소개를 하는 건데?

이런, 이런…… 시트리와 루시아가 없었다면 곧바로 도망쳤을 거다.

보아하니 이렇게 날뛰고 있는 상황에서 정면으로 덤벼드는 건 불리하다고 판단한 모양인지 경비병들이 슬금슬금 자칭 《파완》을 포위했다. 왜 코앞에서 포위하는 거지? 그리고 자칭 《절대신검》은 아직 멀었나?

그런 생각이 든 순간, 갑자기 남자가 거센 빛에 휩싸였다. 거대한 몸이 쇠기둥과 함께 날아갔고, 자칭 《파완》은 엿보기 중이던 우리가 있는 골목 바로 몇 미터 옆에 내동댕이쳐졌다.

경비병의 표정이 얼어붙었다. 루시아가 오른쪽 눈썹을 찡그리며 조용히 내 앞으로 나섰다.

빗소리 속에서 조용한 발소리가 들렸다. 자연스럽게 그쪽으로 시선이 갔다.

나타난 사람은 키가 큰 청년 한 명이었다. 걸치고 있는 것은 검은 외투이며, 들고 있는 것은 신비한 지팡이.

거센 비조차 아랑곳하지 않고 마치 왕처럼 유유히 나타난 그 모습에 나도 모르게 깜짝 놀라 눈을 크게 떴다.

그리고 무엇보다 그 남자의 얼굴엔———.

"가면……?"

해골 가면이다. 《비탄의 망령》의 상징과 비슷하게 생겼지만 전혀 인상이 달라 보이는 건 그쪽 디자인 센스가 더 좋기 때문일 것이다. 게다가 눈 위치에 구멍도 제대로 뚫려있다. 솔직히 꽤 부럽다.

그리고 그 남자는 지팡이로 땅바닥을 세차게 내려치고는 빗속에서도 잘 들리는 목소리로 말했다.

"《파완》…… 겨우 그 정도냐. 이제 들리지도 않겠지만———기억해 둬라. 내 이름은 크라히 안드릿히! 《비탄의 악령》의 리더, 《천천만화(千天万花)》, 크라히 안드릿히다!"

모두가 그 모습에 압도당하고 있었다. 일격에 덩치 큰 남자를 쓰러뜨린 실력. 마치 왕 같은 태도에서 엿보이는 확실한 카리스마.

"설마…… 저게…… 소문난 《탄령(스트그리)》의 리더인가?" "항상 그림자 속에 숨어 좀처럼 모습을 드러내지 않는 제도 최강의 남자." "어째서 이런 도시에——— 진짜 맞나?!" "저쪽에 《천검》이 나타났다고 하던데."

경비병들이 떠들고 있었다. 나도 분위기에 휘말려 침을 꿀꺽 삼켰다. 나도 모르게 입 밖으로 말이 나왔다.

"저게………… 진짜《천천만화》?! 멋진 가면이네."

"?! ?? 어, 어어어어어………… 진짜로 있었어?! 진짜 싫다……."

루시아가 신기하게도 귀여운 목소리로 비명을 질렀다.

흥분한 우리를 내버려 두고 시트리가 냉정한 목소리로 말했다.

"《천천만화》…… 그런 별명을 지닌 사람은 없어요. 자칭이네요."

그렇게 마구 날뛰던《파완》한네만은 고작 일격에 의식을 잃었다.

이미 흥미를 잃었다는 듯이《천천만화》가 거창한 동작으로 외투를 펄럭이며 돌아섰다. 수많은 시선이 쏠리고 있는데도 불구하고 위풍당당한 모습. 만만한 상대가 아니다.

뭐라고 해야 하나, 일거수일투족이 세련되었고, 아무튼 멋지다. 하드보일드하다.

그때 나는 뒤늦게나마 눈치챘다. 크라히 안드릿히라면 에바가 보여준 리스트에 나온 사람 아닌가? 내 진짜가 여러 명 있을 리가 없으니 틀림없을 것이다. 신이 난다.

"《천천만화》…… 크라히 안드릿히. 혹시 무제제에 출장한다는 그……?"

"…………그렇죠~."

전설을 직접 보게 된 기분으로 멍하니 중얼거리는 내게 왠지 모르겠지만 시트리가 국어책을 읽는 듯한 목소리로 맞장구를 쳐주었다.

———그때, 크라히가 갑자기 이쪽으로 돌아섰다. 루시아가 부들부들 떨고 있었다.

가면 너머로 보이는 칠흑의 눈동자에 그와 똑같은 머리카락. 비에 젖었는데도 여전히 멋진 그 모습. 어느새 시트리와 루시아는 가면을 벗고 있었다. 긴장한 내게 크라히가 잘 들리는 목소리로 말했다.

"멋진 가면이구나, 청년."

보면 볼수록 진짜다. 군데군데 똑같은 요소가 있는데도 나보다 100배는 멋진 게 대단하다. 그러고 보니 세상에는 자신과 똑같이 생긴 사람이 세 명은 있다던데. 애초에 내가 그와 닮은 사람일 가능성이 더 클지도 모르겠다. 닮았다고 하는 것도 주제넘은 생각이겠지만. 크라히가 약간 미안하다는 듯이 말했다.

"훗…… 미안하군. 너희가 하는 이야기가 들리던데. 혹시 너희들…… 내 팬인가?"

"!! 맞아요, 기념으로 사인을 받을 수 있을까요?"

"어…………."

"물론이고말고!"

딱히 팬은 아니었지만, 나와 닮았는데 강한 사람이 있다니 팬이 될 수밖에 없다.

크라히는 의젓하게 고개를 끄덕였다. 나였다면 곤란하다는 듯이 미소만 지었겠지만, 역시 진짜는 격이 다르다. 품속에서 펜과 색지를 꺼내 술술 사인을 해주었다. 나는 그 당당한 모습을 보며 완전히 감탄하고 있었다. 너무 대단해서 본받아야겠다는 생각조차 들지 않는다.

"받아. 이 도시에 온 건 처음이라 말이지, 네가 이 도시의 팬 제 1호다."

"감사합니다! 사실 저, 이름이 크라이거든요."

시트리와 루시아가 눈을 크게 떴다. 크라이와 크라히, 기묘한 인연이다.

크라히 안드릿히는 내 말을 듣고 놀라고는———.

"그건——— 정말 신기한 우연이군!"

엄청나게 기뻐하는 것 같았다. 성까지 비슷하다는 사실을 알게 되면 그는 어떤 반응을 보일까?

"그래서 크라히 씨가 신경 쓰였고———."

"멋지군! 기묘한 인연에 건배다! 만난 김에 나와 닮은 팬인 네게 《비탄의 악령》 멤버들을 소개해주고 싶은데——— 안타깝게도 그들은 무제제 때문에 나보다 먼저 가 있거든."

"아쉽네요. 참고로 어떤 파티인가요?"

"그래. 동료들은 별로 이름이 알려져 있지 않지만——— 숨길 필요는 없겠지."

크라히는 턱에 손을 대고 하드보일드한 포즈를 취하고는 자신만만하게 말했다.

"우선 첫 번째로——— 매우 뛰어난 지성을 지니고 냉정하게 적을 몰아붙이는 검사, 《천견》 쿨 사이코…… 이 가면을 디자인한 파티의 두뇌이기도 하지."

나도 모르게 눈을 크게 떴다. 그건…… 루크의 상위호환인 건지는 제쳐두더라도 쿨하니 좋네.

시트리가 부들부들 떨고 있었다. 시트리의 이런 모습을 본 건 오랜만이다.

사실 시트리는 개그를 정말 좋아한다. 항상 냉정하게 보이지만 이상한 구석에서 웃음이 터지곤 한다.

한편, 루시아는 무뚝뚝한 표정을 짓고 있었다. 루시아의 이런 모습을 본 건——— 오랜만도 아니겠구나.

"두 번째는…… 머리 회전이 매우 빠르고 약간 잔머리를 굴리는 구석도 있지만 몇 번이나 파티를 구해낸 도적, 《절경》 엘리자베스 스먀트! 애칭은 즈리!"

스먀트…… 왠지 귀여운데, 그렇구나. 즈리란 말이지. 보아하니 나와 닮은 사람의 동료들도 닮은꼴인 모양이다. 엄청난 우연이긴 하지만, 비행선을 타고 날아가다 보니 보물전과 부딪히는 경우도 있으니까…… 그런데 절경이라니, 뭐가?

나는 옆에서 고개를 숙인 채 떨고 있는 우리 쪽 스먀트를 보면서 크라히 씨에게 물었다.

"그런데 연금술사도 있나요?"

"용케 알았구나, 물론 있고말고! 《최저산맥》 쿠트리 스먀트!"

눈을 크게 떴다. 뭐가 뭔지 모르겠지만 크라히 씨가 자신만만해하는 걸 보니 분명히 시트리와 비슷할 정도로 정말 착한 아이일 것이다. 쿠트리와 시트리란 말이지.

………………쿠⑼와 시⑷라. 나는 옆에서 떨고 있던 시트리의 어깨를 찔렀다.

"대단하네. 시트리, 이름만 놓고 봐도 네 두 배 이상이야."

"윽⋯⋯⋯ 《최저산맥》⋯⋯⋯ 더⋯⋯⋯ 잘 좀 해봐."

시트리가 살짝 쉬어 짜낸 듯한 목소리로 말하며 나를 때렸다. 그때, 훈남인 크라히 씨가 계속 무뚝뚝한 표정으로 입을 다물고 있던 루시아에게 다가가 몸을 살짝 숙이며 눈높이를 맞추었다.

"귀여운 아가씨, 긴장할 필요는 없어. 너희는 우리 팬 1호야. 사인해줄까?"

루시아는 말없이 주먹을 쥐고는 자연스러운 동작으로 루시아 펀치를 그의 얼굴에 때려 넣었다.

합류한 리즈와 다른 일행들이 우리가 체험한 재미있는 이야기를 듣고 이상한 목소리를 냈다.

"어어어어?! 그 녀석, 우리 팬이 아니었어어?!"

"칫. 너무 따분하길래 벨까 했는데, 리즈가 우리 하부 조직일지도 모른다고 하길래⋯⋯."

"⋯⋯⋯⋯으음."

루크가 안타깝다는 듯이 혀를 찼고, 우리 쪽 덩치가 큰 스먀트가 끙끙대는 듯이 낮은 목소리로 맞장구를 쳤다.

하부 조직 같은 걸 만들 리가 없잖아⋯⋯.

보아하니 도적의 목적은 도시의 박물관에 엄중히 보관하고 있던 보구였던 것 같다. 불을 질러서 도시가 매우 혼란스러워졌지만, 루크 일행(그리고 크라히 씨)이 참전했기에 죽은 사람도 없이 소동이 진정되었고 보구도 무사히 지켜낸 모양이었다. 도적들이 노릴 만한 보구니까 나중에 구경하러 가고 싶지만 그럴 시간은 없을 것이다.

그리고 계속 뛰어온 데다 전투까지 끌려갔던 황녀 전하와 호위들은 완전히 그로기 상태였다. 리즈는 그 사실을 완전히 무시하고 여전히 얼굴이 빨간 시트리를 보며 고개를 갸웃거렸다.

"그런데 시트, 너 왜 그래? 얼굴이 새빨간데."

"뭔가 웃음이 터져버린 모양이라……."

"아니…… 《최저산맥》이라니…………. 영문을 모르겠잖아요. 완전히 자포자기한 거잖아요. 대체 뭘 어떻게 하면 그런 별명이 붙는다는, 건가요!"

"응, 그래, 그렇지……. 보아하니 그 사람들은 우리하고 상성이 안 좋은 것 같아. 루시아가 다른 사람에게 그런 펀치를 날린 것도 처음 봤고……."

한네만을 쉽사리 쓰러뜨린 크라히 씨가 가녀린 루시아에게 맞고 날아가는 모습은 개그 같기만 했다. 갑작스럽게 때렸는데도 용서해준 걸 보니 크라히 씨는 정말 관대하다.

"그, 그게………… 그런 건 엉망진창이에요."

"아, 루시아랑 닮은 사람이 있는지 물어보는 걸 깜빡했네."

"…………크라이 씨, 루시아는 오빠를 정말 좋아하니까 그런 건 절대로 용납 못———."

체중이 실린 루시아 펀치가 놀려대던 시트리에게 꽂혔다.

넋이 나갈 정도로 멋진 펀치다. 왠지 볼 때마다 숙련도가 올라가는 것 같은데? 슬슬 세계를 노릴 수도 있을 것 같다.

떠들기 시작한 동료들을 머릿속에서 몰아낸 다음, 나는 크라히 씨를 흉내 내며 하드보일드하게 말했다.

"무제제에서 만나는 게 기대되네."

검은 외투. 평균적인 몸집에 여우 가면을 쓴 남자가 요주의 헌 터와 마주보고 있다.

그 모습을 본 순간, '칠미'――《도적왕》가프 셴펠더는 심장 이 멈추는 줄 알았다.

계획은 전부 순조롭게 진행되고 있었다. 양동 부대와 보구를 빼앗는 부대. 미리 내부에도 사람을 잠입시켰다.

만에 하나라도 실패는 있을 수 없는 일이다. 실제로 보구 탈취 는 완수했다.

한네만의 양동도 성공했기에 그들은 전시되어 있던 보구가 가 짜로 바꿔치기 당했다는 사실을 눈치채지 못했다.

그런데 어째서 저기 여우 가면이 있는 거지?

여우는 '아홉꼬리 그림자여우'의 상징이다. 그렇기 때문에 구성 원들 중 대부분은 자신의 여우 가면을 지니고 있으며 계획을 수 행할 때 그것을 쓴다. 하지만 최상위 간부―― 보스의 증거가 하얀 여우 가면이라는 사실을 아는 자는 별로 없다.

상급 구성원인 카프는 단 한 번 보스와 알현하며 그 가면을 실제로 본 적이 있었다.

조직이 만들어진 계기이자 신이 사는 보물전에서 받았다는 보스의 증거는 아름다웠고, 한 번 보기만 했는데도 오한이 들 정도의 박력이 느껴졌다. 그리고 좀 전에 그 청년이 쓰고 있던 것은 틀림없이 진짜였다.

말도 안 된다…… 어둠 속에 숨어 있어야 할 그들이 대낮에 당당하게 나오는 건 말도 안 되는 일이다.

작전 중에 그 이름을 알리기 위해 가면을 쓰는 것과는 전혀 다른 상황인 것이다.

작전을 결행하는 중에도 느끼지 못한 한기가 등골을 스쳤다. 짐작 가는 건 전혀 없다. 유일하게 있다고 한다면 도망칠 예정이었던 한네만이 붙잡혔다는 것이지만, 그것도 큰 문제는 아니다.

아니, 잠깐만……? 보스는 조직 내부에서도 위험시하고 있는 그 고레벨 헌터……《천변만화》와 이야기를 나누고 있었다. 《천변만화》. 《지수》와 《용을 부르는 자》가 패배한 원인으로 예상되는 위험한 남자다. 혹시 직접 천적의 실력을 확인하러 온 건가?

'여우'의 보스는 전투 능력도 뛰어나다. 최상위, 레벨10 헌터에 필적하는 실력을 지니고 있다는 소문도 들렸다. 너무나도 대담한 수법이지만, 전혀 말이 안 되는 건 아니다.

가프가 보기에 여우 가면은 빈틈투성이였지만, 오히려 강한 자신감이라고 볼 수도 있다.

한동안 그 모습을 관찰하고 있었지만 결론이 나오진 않았다. 보스는 당당하게 《천변만화》와 이야기를 나누고 있었고, 《천변만화》도 눈앞에 있는 남자의 정체를 눈치챈 것 같지는 않았다.

다행히 지금은 대규모 작전을 앞두고 있는 상황이다. 보스를 맞이할——— 확인할 수단도 확보해 두었다.

확인해야만 한다……. 눈을 감고 단숨에 사고를 전환한 다음, 가프는 재빨리 그곳을 떠났다.

역시 루크와 다른 파티원들이 있으니 안심감이 전혀 달랐다.

덤벼드는 마물 같은 평범한 문제를 해결하며 목적지로 향했다. 좋은 만남도 있었으니 이번에야말로 정말 운이 좋은 건지도 모르겠다. 혹시 뮤리나 황녀와 내가 함께 있으니 마이너스에 마이너스를 곱해서 플러스가…… 어라? 예전에도 이런 말을 했던 기억이 있는데?

덤벼든 늑대 비스무리한 마수를 목도로 베어 죽인 루크가 바깥에서 진지한 목소리로 말했다.

"역시 크라이가 있으면 다르구나……."

"?! 뭐가 다른데?"

"대단한 적은 아니지만, 무제제를 대비한 준비운동치고는 나쁘지 않네."

"……으음."

쿨하지 않은 우리 《천검》의 말에 안셈이 평소처럼 고개를 끄덕였다. 저기, 뭐가 다른데?

내가 없을 때 루크와 다른 파티원들이 어떻게 지내는지 좀 신경 쓰인다……. 그래도 다들 매번 모험을 떠날 때마다 같이 갈 생각 없냐고 물어보니까 그렇게까지 폐를 끼치는 건 아닐 것 같고.

"하, 하아아아아아아앗!"

"아무것도 생각하지 마! 너는 생각할 필요가 없어, 좀 더 파고들란 말이야! 얼른 죽이지 않으면 다른 녀석에게 뺏기잖아! 아무 생각도 하지 말고 눈앞을 가로막는 적을 처죽이라고!"

"뮤리나 님, 부디 신중히———."

리즈가 혼내는 소리에, 예전보다 훨씬 커진 뮤리나 황녀의 목소리. 호위들의 외침.

평화롭네………… 평화란 게 뭐지? 마물을 두고 경쟁하는 파티는 우리 파티 정도밖에 없을 거다.

《비탄의 악령》 멤버들은 과연 어떨까?

무제제는 지명도가 높은 축제다. 보물전에서 산출되는 자원을 중시하는 이 시대, 온갖 분야의 사람들이 보물전에서 보구를 가지고 돌아오며 강력한 팬텀이나 마수를 물리칠 수 있는 강력한 전사를 주목하곤 한다.

자연스럽게 그 활기는 제도의 경매조차 뛰어넘게 되었다.

국경을 넘어 도로를 따라가자 목적지가 같아 보이는 마차와 마주치는 경우도 잦아졌다. 무제제를 노리고 모여드는 건 헌터뿐만이 아니다. 귀족이나 상인 같은 사람들은 그나마 알아보기 쉬운 편이고, 헌터 못지않게 인상이 사나운 정체불명의 집단이나 아무리 봐도 일반인으로 보이는데 호위를 한 명도 데리고 있지 않은 무모한 마차 등, 보고 있자니 이 세상의 혼돈을 엿보고 있는 듯한 기분이 들었다.

그때 나는 마차 옆을 걸어가던 안셈에게 물었다.

"그러고 보니 안셈도 무제제에 나가?"

"............으음."

보구인 전신 갑옷을 걸치고 있어 믿음직한 성기사가 고개를 살짝 끄덕였다.

마차가 많긴 하지만, 지금 안셈은 눈에 띄지 않는다.

안셈 스마트의 키는 보구 갑옷, 『포리너 메일(변환자재의 요새)』의 힘으로 평소의 절반 이하——— 2미터 정도로 줄어든 상태였다. 갑옷을 풀페이스 투구까지 써야만 능력을 발휘할 수 있긴 하지만, 키를 자유롭게 바꿀 수 있는 힘은 내성을 지나치게 길러서 루시아의 마법조차 거의 통하지 않게 되어버린 그에게는 매우 귀중했다. 매우 답답할 것 같아도《비탄의 망령》에서 가장 상식인인 그는 주위 사람들을 혼란스럽게 만들고 싶지 않아 한다. 뭐, 2미터도 충분히 크지만 말이지.

"참가자가 아니라도 강한 녀석들이 잔뜩 오는 거잖아?"

"좋은 성적을 남기면 다들 눈독을 들인다고 하네요."

안셈과는 정반대로 혈기가 넘치는 루크의 말에 시트리가 불에 기름을 붓듯 대답했다.

세기말인가? 내가 관전하러 가자는 말을 꺼내긴 했는데, 혹시 무제제는…… 위험한 곳인 걸까?

레벨이 높은 헌터가 모두 호전적이지는 않다는 건 아크 같은 사람들을 보고 알게 되긴 했지만…… 냉정하게 생각해보니 일부러 실력을 경쟁하러 모여든 녀석들이 있는 곳이다. ……이번에는 최대한 얼굴을 가리고 다녀야겠다.

가면을 쓰고 다니는 사람들은 별로 없지만, 전혀 없는 건 아니다. 눈에 띄는 건 싫지만 얼굴이 팔리는 건 더 싫다.

───그리고 우리는 무사히 무제제 투기장, 검과 투쟁의 도시, '크리트'에 도착했다.

아직 무제제가 개최되기까지는 여유가 있을 텐데 도시 전체가 이미 기묘한 열기에 휩싸여 있었다. 중간에 들렀던 도시에서도 흥분되는 분위기가 엿보였지만, 진짜 개최 도시를 감싸고 있는 열기와는 비교도 안 될 정도였다.

도로는 역전의 용병들이나 헌터, 척 보기에도 폭력으로 먹고사는 듯한 험상궂은 사람들로 넘쳐났다. 제도에서도 이곳저곳에서 트레저 헌터들을 볼 수 있지만, 그런 수준이 아니다. 그래도 무제제의 출장자는 한정되어 있을 테니 그들 중 대부분의 목적은 나와 비슷하겠지.

자신의 힘에 절대적인 자신을 지닌 영웅들이 맞부딪히는 모습을, 최강인 무제의 탄생을 직접 보러 온 것이다. 평소에 각지에서 활약하고 있는 유명한 전사들이 한곳에 모일 기회는 별로 없다.

게다가 최강의 자리를 두고 경쟁한다니 남자라면 흥분할 수밖에 없다. 아~, 관객이라 정말 다행이다!

루크와 다른 파티원들에게 둘러싸인 채 가면을 쓰고 거리를 걸어갔다. 누가 볼지 모르는 상황이기에 황녀 전하도 후드를 깊게 눌러쓴 상태다. 그런데 사람들이 많아서 혼잡한 곳은 처음 와봤는지 왠지 안절부절못하는 것 같았다.

괜찮아, 선두에는 안셈이 있어. 불운도 도망칠 거라고.

"있지, 이번 출장자 중에 제일 강한 게 누구일까? 아, 나 말고 말이야."

"검을 든 드래곤 출장자야. 분명히 있을 거라고. 크라이가 있잖아, 분명히 나올 거야. 와라! 검을 든 드래곤 출장자, 와라!"

"음~, 그전까지 치른 전투에서 얼마나 힘을 소모했는지에 따라 승패가 갈리기도 하니 말이죠. 청렴결백한 사람들만 있는 것도 아니라 암투도 벌어지는 것 같고…… 전 무제제 우승자는 유력하겠지만요……."

시트리가 생각에 잠긴 듯한 표정으로 말했다. 차분한 것 같지만 그녀도 연금술사면서 무투 대회에 나가려 하고 있다는 사실을 잊어선 안 된다. 나는 주먹을 쥐고 일단 하드보일드하게 말했다.

"암투라…… 두근거리는데. 화살이든 총이든 드래곤이든 와봐라!"

"리더, 무슨 소릴 하시는 거예요……."

"아니, 다른 사람들한테 맞장구를 쳐볼까 해서."

거리는 축제가 진행 중인 것처럼 떠들썩했다. 노점도 잔뜩 나와 있었고, 이곳저곳에서 맛있을 것 같은 냄새가 나서 나도 모르게 눈길이 가버린다———. 그때, 나는 신경 쓰이는 노점을 발견했다.

초콜릿과 아이스크림으로 만든 드래곤을 잔뜩 늘어놓은 노점이다. 처음 보긴 했지만 초콜릿과 아이스크림의 조합이니 맛이 없을 리가 없다. 내가 멈춰서자 루시아가 눈을 흘겼다.

"? 왜 그러세요? 리더."

루시아는 금전 감각이 제일 정상적이다. 낭비를 할 때마다 잔소리를 한다.

응, 그래, 그렇지…… 빛이 있으니까 그렇겠지.

"…………자, 잠깐만 다녀올게. 여기서 기다려."

"어? 아, 네……."

뭐, 이러쿵저러쿵하면서도 용서해주니까 사러 가긴 할 거지만.

사람들을 피해 노점 쪽으로 신이 나서 다가갔다. 그때, 누군가가 내 옷자락을 잡아당겼다.

돌아보았다. 옷자락을 잡고 나를 멈춰 세운 사람은 신관이 입을 법한 법의를 두른, 단정하게 생긴 여자애였다. 긴 은발에——나이는 나보다 몇 살 어린 것 같지만 차분한 시선과 분위기가 왠지 초연한 듯한 느낌이 들었다. 물론 아는 사람은 아니다.

"왜?"

"이쪽으로."

"어?"

신관으로 보이는 소녀가 한 마디만 말하고는 혼란스러워하는 내 손을 잡아당겼다. 힘이 세진 않았지만, 내 힘은 더 세지 않았기에 곧바로 끌려가 버렸다. 당황하는 와중에도 그 소녀는 계속 사람들을 헤치며 나아갔고, 노점 앞을 지나 곧바로 좁은 골목으로 들어갔다.

마지막으로 돌아본 내 눈에 들어온 것은 멍한 표정으로 이쪽을 보고 있던 루시아였다.

유괴당하면 항상 이러쿵저러쿵 따지면서도 구해주던 루시아도 보아하니 이번에는 유괴라고 판단하지 않은 모양이었다. 유괴…… 아니, 별로 폭력적이진 않지만, 이거 유괴 아니야?!

아니, 유괴범이라기엔 너무 뜬금없는 경우이긴 하지만———.

"저기…… 다른 사람으로 착각한 거———."

"아뇨, 아뇨, 착각하지 않았습니다. 이쪽으로 오시지요."

분명히 착각한 것 같은데. 나는 기억력이 별로 좋지 않지만 이상한 녀석까지 잊어버리진 않는다.

하지만 눈앞에 있는 유괴범은 전혀 말을 들어줄 생각이 없는 것 같았다.

"…………드래곤을 먹고 싶었는데."

"……준비하겠습니다."

진짜……? 준비해준다고?

그러던 와중에 나는 건물과 건물 사이의 좁은 공간으로 들어가게 되었다. 좁은 골목은 시끌벅적한 큰길과는 달리 사람이 한 명도 없었다. 혼자 있었다면 아마 지나가지 않았을 그런 길. 하지만 수수께끼의 신관은 망설임 없이 나아갔다. 그리고 골목 중간 정도에 도착하자——— 갑자기 옆쪽이 열렸다.

나는 건물에 너덜너덜한 문이 달려 있다는 사실을 그제서야 눈치챘다. 열린 문 안으로 소녀가 매우 자연스럽게 들어갔다. 손을 잡힌 상태였기에 당연히 나도 들어가게 되었다.

"??????"

"이쪽으로 오시지요."

"?????"

폐허 같은 실내를 망설임 없이 나아간 뒤, 갑자기 나타난 지하 계단을 내려갔다. 그 뒤를 비트적거리며 따라갔다.

조명이 없긴 했지만 청소는 되어 있는지 신기하게도 기분 나쁜 냄새는 나지 않았다.

지하에 있던 것은 지금까지 지나온 통로를 봐서는 상상도 되지 않을 정도로 튼튼해 보이는 금속 문이었다.

수수께끼의 소녀가 조용히 문 너머로 뭔가 말했다. 철컥, 묵직한 소리가 들리며 문이 열렸다.

"이쪽으로 오시지요."

그 말에 따라 방 안으로 들어간 나는 펼쳐져 있던 광경에 무심코 눈을 크게 떴다.

넓은 방이었다. 수많은 촛불이 벽 쪽에 늘어서서 희미한 불빛으로 어둠을 비추고 있었다.

하지만 내가 무심코 멈춰버린 것은——— 방 안에 늘어서 있던 많은 사람들 때문이었다.

성별이나 나이는 알 수가 없다. 이렇게 잔뜩 있는데도 숨소리조차 들리지 않았고, 무엇보다 기괴한 것은——— 각자 여우 가면을 쓰고 있다는 것이었다. 시중에서 파는 물건 같아서 내가 가지고 있는 것과는 디자인이 달랐지만, 뚱뚱한 여우에 붉은 여우, 웃는 여우 등, 용케도 이렇게 다양하게 모았다는 생각이 들었다. 각양각색이라 조금 재미있었다.

대체 뭐 하는 단체지? 이해가 잘 안 되는데……. 지하실. 모두가 쓰고 있는 여우 가면. 나는 한동안 잠자코 생각하다가 하드보일드하게 말해보았다.

"역시 사람을 착각한 것 같군. 나는 여우 가면을 쓰고 있긴 하지만 여우 가면 동호회의 멤버가 아니다."

이 남자가 무슨 소릴 하는 거지……?

보스가 터무니없는 소리를 하자 가프가 여우 가면 너머로 눈살을 찌푸렸다. 각각 다른 여우 가면을 쓴 멤버들도 당황한 듯이 웅성대고 있었다. 여우 가면을 쓰는 것은 조직의 관습이다. 가프와 다른 사람들이 쓴 가면이 '진짜'는 아니지만, 그로 인해 여우 가면 동호회라는 야유를 들은 적은 지금까지 한 번도 없었다.

어깨를 으쓱이고 있는 남자는 전혀 대단해 보이지 않지만 그 가면만큼은 범상치 않은 기척을 뿜어내고 있었다. 야유당했는데도 동료들이 잠자코 있는 것은 그 가면이 지니고 있는 진짜 기척 때문일 것이다.

이 조직에서는 상위자가 하는 말이 절대적이다. 보스가 여우 가면 동호회라고 한다면 가프 일행은 강철의 의지를 품고 여우 가면 동호회가 되어야만 한다.

"아…………… 사진 찍어도 돼?"

여우 가면이 주머니에서 판자를 꺼냈다. 소문으로 들어본 적이 있는 스마트폰이라 불리는 보구다.

너무나도 경박한 태도라 보스 같지는 않지만, 저 사람이 보스인지 판단하는 건 가프가 아니다.

가프는 계획을 위해 불러낸 '여우신의 무녀'를 보았다.

여우신의 무녀는 조직에서도 특별한 입장인 존재다. 조직을 설립하게 된 계기인 여우신을 모시는 그자들은 철저한 비밀주의로 숨겨진 보스의 정체를 판단하는 재판관 같은 역할을 지니고 있다.

어떤 수단을 사용한 건지 찾던 사람을 재주 좋게 데려온 무녀가 눈을 감았다. 지금까지 무녀를 몇 명 만나봤지만 눈앞에 있는 무녀는 어렸다. 하지만 무녀들을 대할 때는 세심한 주의와 경의를 표하는 것이 조직의 규칙이다.

무녀는 눈을 반쯤 뜨고 트랜스 상태에 빠진 것 같은 눈빛으로 데리고 온 남자를 보았다.

잠시 침묵. 불안한 마음이 약간 남은 가프의 눈앞에서 무녀가 눈을 크게 뜨고는 엄숙하게 선언했다.

"느껴지는 신기는 의심할 여지가 없습니다. 무릎 꿇으세요. '흰 여우'님이십니다."

그 선언을 들은 가프는 곧바로 무릎을 꿇었다. 다른 사람들도 마찬가지였다.

'흰 여우'는 보스가 지닌 여우 가면에서 유래된 칭호다. 무녀가 그렇게 판단한 이상, 정체를 의심할 여지는 없어졌다. 조직 안에서 꽤 높은 지위인 가프도 보스를 이렇게 가까운 위치에서 만난 것은 처음이었다. 예전에 가프가 만난 상대는 아니었던 모양이지만, '흰 여우'라 불리는 보스가 한 명이 아니라는 건 공공연한 비밀이다.

일제히 무릎을 꿇은 가프 일행을 보고 보스는 매우 당황한 듯한 목소리를 냈다.

"?! 뭐야? 왜 갑자기 무릎을 꿇는 건데?!"

"지금까지의 무례를 용서하여 주십시오, '흰 여우'님."

"'흰 여우'라면 이 가면 말이야? 아니, 사람들이 무릎을 꿇을 정도로 희귀한 거였어?"

분위기가 팽팽해졌다. 진심으로 의아해하는 목소리지만, 진심일 리가 없다.

화가 났다. 틀림없다. 아마 가프 일행이 너무 늦게 알아차린 것이 심기에 거슬린 모양이었다.

가면이 진짜인지 의심했던 게 잘못이었다. 하지만 진짜를 알고 있는 가프가 의심할 정도로 그 '흰 여우'의 태도가 너무 느슨했기 때문이다. 항상 차분해 보이던 무녀의 표정도 약간 긴장한 것처럼 보였다.

"뭐, 그야 신기하기도 하겠지. 그런데 곤란하네. 상황을 전혀 이해할 수가 없어. 나는 여우 가면 동호회 회원도 아니고…… 그냥 무제제를 보러 왔을 뿐이라…….”

보스를 알아보지도 못하는 너희 따위는 필요 없다. 매섭게 비꼬는 그 말에 모두가 숨을 죽이고 있었다.

멤버 중에서는 가장 위치가 높은 가프가 말을 꺼내야만 했다. 필사적으로 혀를 움직여 의견을 냈다.

“보스, 이미 저희 ‘여우 가면 동호회’도 무제제 준비를 마쳤습니다. 혹시 생각이 있으시다면 안내해드리겠습니다.”

“보스……? 아, 그렇구나. 호의는 고맙긴 한데, 나도 동료랑 와서 말이지.”

가프는 몰랐지만 아무래도 별동대가 있는 모양이었다. 가프의 계획이 실패했을 때를 대비해 정예를 배치한 건가? 아니면 다른 계획이라도 있는 건가? 그것도 아니라면 최악의 경우…… 너희 계획은 다른 사람들에게 맡기겠다는 건가? 하지만 이대로 아무것도 하지 않는다면——— 아무리 ‘칠미’라 해도 숙청당할지 모른다.

“……대기하고 있겠습니다. 용건이 있으시다면 무엇이든 말씀해 주십시오.”

보스는 한동안 곤란하다는 듯이 눈을 깜빡이다가 마치 어쩔 수 없다는 듯이 고개를 끄덕였다.

'여우신의 무녀', 소라 조로는 처음 일을 맡게 되어 긴장으로 인해 굳어지려는 표정을 필사적으로 억누르고 있었다.

유서 깊은 신관 가문에 태어난 소라는 당연히 어렸을 때부터 무녀가 되기 위해 교육을 받았다.

여우신의 무녀는 조직이 설립되기 이전부터 존재하던 일족이다. 그 눈은 모시는 여우신과 인연이 있는 자를 간파할 수 있는 특별한 힘을 지니고 있으며 수련도 해왔다. 하지만 여우 가면의 진위를 판정할 기회가 별로 없다는 건 사실이다. 여우신은 하계에 내려오지 않고, 보스 또한 항상 자신이 머무르는 위치를 숨기고 있다. 일족 중에는 한 번도 보스를 보지 못하고 역할을 마치는 사람도 있을 정도였다. 신에게 선택받고 유물이 하사된 '아홉 꼬리 그림자여우'의 보스 앞에 서게 된 것은 매우 명예로운 일이지만, 이제 막 무녀가 된 소라에게 무거운 짐이라는 것도 사실이었다.

한순간 침묵해버린 것은 자신의 판단이 한없이 무거운 것이기 때문이었다. 조직 멤버들은 무녀의 말을 의심하지 않는다. 그렇기 때문에 모시는 신의 이름을 걸고 하는 진위 판정을 실수하는 것은 절대로 용납되지 않는다.

옆에 서 있던 청년의 가면은 틀림없이 진짜였다. 그건 사실 데리고 오기 전부터 알고 있었다.

소라의 눈은 마안이다. '흰 여우'의 가면을 착각할 리는 절대로 없고, 마안이 아니라도 가면에서 뿜어져 나오는 압박감은 범상치 않았다. 그러니 청년이 약해 보이는 건 상관이 없는 것이다.

몇 번을 다시 봐도 눈앞에 있는 청년은 지금까지 소라가 봐 왔던 사람들 중에서 눈에 띄게 최약이었다. 조직의 초대 보스는 여우신의 시련을 견뎌낸 결과 신에게 인정받아 가면을 손에 넣었다고 한다. 그 이후로 조직의 보스는 대대로 가장 강한 자가 이어받는다고 하는데, 만약 눈앞에 있는 청년이 실력을 감추고 있다면 은폐 능력이 얼마나 강한 걸까. 애초에 어째서 무녀의 눈까지 속일 필요가 있는 거지?

무녀의 역할은 따르며 모시는 것이다. 소라는 단련한 포커페이스로 표정을 고정하고는 엄숙한 목소리로 말했다.

"'흰 여우'님께서는 산 제물로 드래곤을 원하십니다."

"드래……곤……?!"

가프가 멍하니 중얼거렸다. 그가 눈짓하며 소라에게 진짜 의도를 묻고 있지만, 그런 건 알 수가 없다.

최강의 환수인 드래곤이라도 조직의 힘을 동원하면 사냥하는 게 어렵진 않다. 하지만 그것은 가까운 곳에 서식하고 있을 때 이야기다. 그러나 가프는 그런 무리한 요구에도 불평 한 마디 하지 않고 뒤쪽을 돌아보았다.

"이 근처에 드래곤 서식지가 있나?"

모두가 고개를 저었다. 심장이 얼어붙으며 포커페이스가 무너지려 했다.

큰일이다. 소라는 드래곤을 준비하겠다고 하며 '흰 여우'님을 모시고 왔다. 그때는 초조했기에 불가능할 경우를 고려하지 못했는데, 어떤 제재를 받게 되더라도——— 최악의 경우 살해당하더라도 이상할 게 없다.

주먹을 꽉 쥐는 소라에게 '흰 여우'님이 당황한 듯이 말했다.

"그, 그래, 어쩔 수 없지. 드래곤을 잡을 수 없다면 노점에서 팔던 초콜릿 아이스크림으로 만든 거라도 상관없어."

"지금 당장 사와라! 있는 대로 전부!"

가프가 명령하자 부하들이 급하게 뛰쳐나갔다. 보스가 놀린 거라고 생각해야 하나?

자신의 실수로 인해 굳어버린 소라 앞에서 가프가 큼직한 자루를 꺼내 '흰 여우'님께 내밀었다.

"아, 보스. 이것이 그 보구입니다. 받아주십시오."

"아, 돌아왔네."

무사히 지하실에서 귀환해, 시키는 대로 기다리고 있던 루시아 일행과 합류했다.

어두운 곳에서 갑자기 밝은 곳으로 나오긴 했지만 내 시야는 지금 『서드 비전』에 의존하고 있기에 눈이 부시진 않았다. 가면을 쓰고 다니는 경우가 별로 없어서 사용할 기회가 없었는데, 역시 비싸서 그런지 꽤 유용한 보구인 것 같았다.

루시아는 내가 들고 온 꾸러미를 보고는 눈살을 찌푸리며 말했다.

"어디 다녀오신 거예요……?"

"음………… 모르겠어."

"네에?"

루시아가 눈을 크게 떴다. 내가 지하에서 체험한 일에 대해 말하더라도 분명히 믿지 않을 것이다.

이 세상에는 다양한 동호회가 있구나……. 게다가 아무래도 희귀한 여우 가면을 가지고 있는 내가 그곳의 보스인 모양이었다. 아직 반쯤 여우에게 홀린 듯한 기분이다. 재미있는 경험을 해버렸다.

최근에는 묘하게 여우와 인연이 있네……. 뭐가 뭔지 잘 모르겠지만, 보구까지 받아버렸다. 지금까지 이런저런 일들이 있었지만, 모르는 사람에게 보구를 받은 건 처음이다. 뭐, 보구를 준다면 나도 동호회 보스를 할 거야.

그런데 드롭 아이템인 여우 가면을 눈여겨보다니, 그 사람들도 눈썰미가 꽤 좋네.

한동안 이곳에 머무른다고 하니 기회가 생기면 또 만날 수 있을 것 같다.

시트리가 크리트에서 거점으로 이용하기 위해 예약한 여관은 호화롭다기보다는 튼튼한 건물이었다.

건물 자체는 단순하게 생겼지만, 현관 앞만 봐도 완전무장한 기사들 여러 명이 경비를 하고 있는 시점에서 보통 여관이 아니다. 두꺼운 창문과 기묘한 광택이 있는 벽. 조심조심 들어가 얼핏 봤을 땐 평범한 것 같았지만, 눈에 띄지 않는 구석구석에 경비를 맡은 기사들이 서 있었다. 다른 손님들은 잘 차려입은 상인이나 시종을 잔뜩 거느리고 있는 귀족들뿐, 헌터 같은 사람들은 한 명도 없었다.

안내를 받아 간 곳은 위층, 여러 명이 숙박할 수 있을 정도로 넓은 방이었다. 리즈가 환호성을 지르고 곧바로 실내를 뛰어다니면서 침대 아래나 그림 뒤 같은 곳을 확인하고 있었다. 루시아는 큼직한 창문 너머로 바깥을 내다봤다.

왠지 모르겠지만 마치 노숙할 때와 비슷한 모습이다.

시트리가 뽐내는 듯이 나를 힐끔거리며 말했다.

"이번에는 가장 안전한 여관을 잡았어요. 크리트는 무제제 기간 동안 살벌하니까요."

어? 왜? 관광하러 왔을 뿐인데? 그야 이번에는 뮤리나 황녀도 있긴 하지만…….

입을 다물고 있던 내게 루시아가 크게 한숨을 쉬었다.

"저번 호위 때 '아홉꼬리 그림자여우'에게 시비를 건 직후니까요……. 조심하는 게 좋긴 하겠죠."

"몇 명이 올지 기대되는군. 주먹이 운다."

"으음."

"흥…… 귀족들도 머무르고 있는 여관이야. 위기관리도 잘 되어 있고. 괜찮은 선택이네. 그래도 굳이 말할 필요도 없겠지만, 방은 따로 쓸 거다. 뮤리나 님을 남자들과 같은 방에 재울 수는 없으니까."

루크가 팔을 마구 휘둘렀고, 안셈이 고개를 크게 끄덕였다. 카렌 씨가 거만한 태도를 보이며 고개를 끄덕였다.

보아하니 이해를 못 한 건 나뿐인 모양이었다. 이런 경우에 익숙하지 않았다면 풀 죽었을 것이다. 하드보일드한 미소를 짓고 있던 내게 루시아가 나무라는 듯한 말투로 말했다.

"리더, 우리는 원한을 샀고 적도 많으니까 조심하셔야 하거든요? 우리가 무제제에 출장한다는 정보는 이미 널리 퍼졌으니 각지에서 조직의 잔당들이 모여들 거예요."

전부 처음 듣는 소리다. ⋯⋯아니, 원한을 샀다는 것 정도는 알고 있긴 한데⋯⋯.

실내 조사를 마친 리즈가 버릇 나쁘게도 테이블에 걸터앉아 다리를 꼬았다. 여전히 자신만만하다.

"그런 거 귀찮아! 전부 확실하게 짓밟으면 되는 거잖아? 그치? 안셈 오빠."

"⋯⋯⋯⋯아니⋯⋯."

여동생에게 약한 안셈도 아니라는 말은 하는 모양이다. 그때 루크가 신기하게도 고개를 크게 끄덕였다.

"⋯⋯리즈, 지금 중요한 건 그게 아니야."

맞아, 그게 아니라고. 아니, 왜 반드시 습격당할 거라는 전제로 말하는 거야? 안 당할 거라니까!

───그리고 루크는 지금까지와는 달리 심각한 표정으로 말했다.

"중요한 건 9로 나눌 수 있는 인원이 오지 않으면 공평하게 분배가 안 된다는 거야! 그렇지? 크라이!"

"어?! 아…… 응, 그래, 그렇지."

"어~? 그래?!"

기세에 압도당해버린 나를 보고 리즈가 눈을 동그랗게 떴다. 루크의 기세에는 언제나 밀리기만 한다. 그 때문에 나는 아직 이렇게 헌터 일을 하고 있는 것이다. 은근슬쩍 뮤리나 황녀 일행까지 끼워 넣었고.

마차에서 가져온 큰 짐을 정리하고 있던 시트리가 이야기를 정리하려는 듯이 말했다.

"뭐, 우리를 습격한다면 인원이 꽤 많긴 하겠죠. 검사일지는…… 모르겠지만요."

"……우리가 그렇게 나쁜 짓을 했던가?"

"무제제 출장자를 피떡으로 만들면 이름을 떨칠 수도 있을 테니까요."

어쩔 수 없다는 듯한 표정을 짓고 있는데…… 이름을 떨치기 위해서 피떡으로 만든다니, 대체 도덕은 어디로 가버린 걸까.

"다시 말해, 그 녀석들을 해치워주면 훈련도 되고 명성도 되니 일석이조라는 거구나! 그렇지? 크라이!"

"…………루크는 머리가 좋네."

……뭐, 괜찮겠지. 솔직히 루크나 다른 파티원들은 엄청나게 강하니까.

"아, 얼른 와라. 팔이 여덟 개 달린 용족 검사 와라……."

"루크, 아직 그런 소릴 하고 있어? 그런 생물이 있을 리가 없잖아. ……안 그래?"

"응, 그래, 그렇지……."

실내에서 휘두르기를 시작해버린 루크를 보고 리즈가 크게 한숨을 쉬었다. 제노사이더인 리즈조차 루크와 비교하면 약간 얌전해 보이는 건 대체 무슨 마술인 걸까.

팔이 여덟 개 달린 용족 검사라. 뭐, 언더맨도 있으니까. 그 종족은 팔이 잔뜩 달려 있었고.

질색하며 여우 가면 동호회의 가프 씨에게 받은 보구를 꺼냈다.

내가 꺼낸 것을 보고 루크의 새빨간 눈이 빛났다.

"오오……! 검이잖아! 크라이, 나한테 줘!"

"다음에."

여우 가면 동호회에서 받은 보구는 검 형태였다. 기하학적인 문양이 들어가 있는 기묘한 자루. 칼집에 들어가 있긴 하지만, 그 칼집은 목제라 척 보기에도 특수한 자루에 비해 수수해 보였다.

"보아하니…… 롱 소드라고 하기에는 짧고, 숏 소드라고 하기에는 긴데요."

"보구인 건 틀림없는데…… 꽤 가볍네. 혹시 의례용인가?"

시트리가 흥미롭다는 듯이 검을 바라보며 말했다. 뭐, 어차피 나는 콜렉터다. 휘두르진 않을 테니 문제없다. 공짜로 준 거니 대단한 건 아닐 것이다.

살짝 칼집에서 칼날을 뽑았다. 칼날의 폭은 일반적인 직검과 비교하면 절반 정도에 불과했기에 무기로 쓰기에는 매우 불안했다. 양날에 구리 같은 광택이 보였고, 칼날 자체에도 세밀하게 파인 곳이 있어 기묘한 무늬가 보였다.

보구는 과거의 기억이 구현화된 것이기에 생김새와 성능이 맞지 않는 경우도 있지만, 그와 동시에 과거에 확실하게 존재했던 물건이기도 하기에 생김새는 능력을 유추하는 데 효과적인 재료가 되기도 한다.

그때 루시아가 눈살을 찌푸리며 검을 보고는 말했다.

"⋯⋯⋯⋯그거, 그 도시에서 도난당한 거 아닌가요?"

⋯⋯말도 안 되는 소리. 예상치 못한 말에 눈을 동그랗게 뜬 나를 보고는 루시아가 짐에서 신문을 꺼냈다.

"보세요, 도시를 떠나기 전에 산 신문에 사진이 나와 있어요."

루시아가 꺼내준 신문을 보았다. 1면 기사로 박물관에 도적이 침입했다는 내용과 무사히 격퇴했기에 피해가 없다는 내용, 기적적으로 죽은 사람이 없었다는 내용이 마치 자랑하는 듯이 적혀 있었다. 그 한복판에 인쇄된 흑백 사진. 거기에 나와있던 보구는 분명히 내가 지금 들고 있는 보구와 똑같은 것이었다. 아니⋯⋯ 잠깐만.

"칼집이 다르잖아."

"그러게요."

사진 속 보구는 칼날의 무늬가 똑같았지만, 칼집에도 무늬가 확실하게 새겨져 있었다. 똑같이 생기긴 했지만 내가 동호회에서 받은 보구와는 다르다. 애초에 도난은 막아냈다. 실행범도 대부분 체포당했다고 적혀 있다. 그때 나는 눈을 크게 뜨며 손가락을 튕겼다.

"알았다. 박물관의 보구는 칼집과 함께 나타났지만 이건 칼집이 없었던 거야."

보구는 대부분 세트로 나타난다. 검이라면 칼집도 따라붙고, 신발에는 끈이 따라붙는다. 스마트폰에는 상자와 설명서가 따라붙는다. 하지만 가끔 일부만 부족한 경우가 있다. 검 형태의 보구가 칼집 없이 발견되는 경우는 드물긴 하지만 전례가 있고, 반대로 칼집만 나타나는 매우 슬픈 경우도 있다.

"어어…… 그런 우연이 있을까요?"

"있지. 틀림없어."

애초에 같은 보구가 나타나는 건 드문 경우가 아니다. 예전에 유통되던 양에 비례해서 나타나는 양도 늘어난다는 게 일반적인 견해지만, 과거에 단 하나만 발견된 줄 알았던 물건이 두 개 이상 나왔다는 사례도 존재한다. 여우 가면 동호회가 악당이고 도시를 불태우며 박물관에서 물건을 훔쳤다고 생각하는 것보다 훨씬 더 자연스럽다. 다시 말해 도난당할 뻔한 물건과 똑같은 물건이긴 하지만, 도난당한 물건은 아니다.

여전히 의심스러워하는 눈초리로 보고 있는 루시아에게 신문을 툭툭 두드리며 계속 말했다.

"애초에 사진만 봐서 같은 물건이라고 판단하는 건 성급한 생각이고——— 아니, 잠깐만?"

"……뭐죠?"

나는 눈을 크게 뜨고 신문을 보았다. 신문 기사에 따르면 이 보구의 이름은 『대지의 열쇠』이며 국보 중 하나인 모양이다. 정말로 똑같은 보구인지는 제쳐두더라도, 칼집이 없다는 건 제쳐두더라도, 똑 닮은 보구를 하나 더 찾아냈다는 건 엄청난 소식 아닐까? 아마 이 보구를 가지고 가서 부탁하면 가까운 곳에서 박물관의 보구를 구경하게 해줄 것이다. 혹시나 만지게 해줄지도 모른다.

신문에는 보구의 능력이 적혀 있지 않지만, 그것도 가르쳐 줄게 틀림없다. 돌아가는 길에 반드시 들러야지.

마음속으로 결심하고 좀 전부터 기다리라는 말을 들은 강아지 같은 표정으로 검을 보고 있던 루크에게 보구를 건넸다.

"자. 사람을 베면 안 돼."

"우오오오오오오오오오오오오오오오오오오오오옷! 사람 말고, 사람 말고는 되는 거지?!"

검을 정말 좋아하는 루크는 검 형태의 보구도 정말 좋아한다. 너무 위험하기 때문에 평소에는 목검을 쓰게 하고 있지만, 내가 가지고 있는 검 형태의 보구는 대부분 시험해 보았다. 칼날을 살펴보던 루크가 침을 꿀꺽 삼켰다.

"이 칼날 길이, 무게, 모양은——— 크라이, 이 검——— 엄청 쓰기 불편해. 장난감 같아."

"응, 그래, 그렇지."

"게다가 아무리 마력을 충전해도 전혀 가득 차지 않아! 손맛이 달라. 나는 이 검을 충전할 수가 없어! 이거, 진짜 검 맞아?"

"응, 그래, 그렇지?"

루크는 검사지만 마력도 나보다 훨씬 많이 가지고 있어서 어지간한 검 형태의 보구의 힘이라면 끌어낼 수 있다. 그런 루크가 충전하지 못하는 걸 보니 저 보구는 상당히 연비가 안 좋은 것 같다.

완전히 신이 난 루크를 보고 루시아는 내가 충전을 부탁했을 때 같은 표정을 짓고 있었다.

"다시 말해…… 이 검을 충전할 수 있게 되었을 때, 나는 검사로서 한 랭크 위로 올라갈 수 있다. 그런 거구나? 크라이!"

"응, 그래…… 그렇지."

"……누구도 좀 저런 자세를 본받으면 좋을 텐데요."

루크 때문에 루시아가 보는 내 평가가 떨어져 버렸다.

뮤리나 황녀도 어린애 같은 스승님의 모습에 눈을 동그랗게 뜨고 있었다. 루크는 예전부터 정말 변한 게 없다.

"크라이, 이 검, 가지고 있어도 돼?"

"그래. 이 칼집은 보구가 아닌 것 같으니 네 칼집에 넣어두는 게 좋겠네."

루크가 가지고 있는 칼집은 검을 몇 자루나 넣어둘 수 있는 특별한 물건이다. 나는 얼마 전에 보물전 한복판에서 짊어지고 있던 검을 떨어뜨리기도 했으니, 내가 가지고 있는 것보다 루크가 가지고 있는 게 훨씬 안전할 것 같다.

여행지에 와서도 내가 할 일은 변함이 없다. 바깥이 위험하다면 더욱 그렇다. 밖이 보이는 테라스에서 스마트폰을 만지작거리며 여동생 여우에게 여우 가면 동호회의 사진을 보내면서 자랑하고 있자니 리즈가 문득 물었다.

"그러고 보니 크라이. 공주 훈련 말인데, 어떻게 할 거야?"

이제 그냥 공주라고 부르기로 한 모양이구나…… 불경죄가 되지 않으려나?

경의라고는 전혀 없는 호칭을 듣고 호위들에게 둘러싸인 채 소파에 앉아있던 공주가 겁먹은 듯한 눈빛으로 나를 보았다.

어떻게 하냐니, 그게 무슨 뜻이야? 이해를 잘 못한 내게 리즈가 말했다.

"훈련시킨다며? 맡겨준다면 해보겠지만——— 이미 알고 있긴 할 텐데, 공주는 더 이상 강해지지 못하거든? 이곳에는 마나 머티리얼이 없고, 좀 더 강하게 만들기에는 시간이 걸리고…… 크라이가 공주에게 뭘 시키려는 건지는 모르겠지만."

"어~? 그렇구나…………. 뭘 시키냐니, 그야 물론 무제제에 출장시키려는 건데."

"……?! ……………네?"

"?! 그, 그게 무슨 소리냐, 《천변만화》!"

뮤리나 황녀가 이쪽을 빤히 바라보았고, 카렌이 눈을 크게 뜨며 소리 질렀다.

"?! 오빠, 아무리 그래도 그건———."

"어~? 진짜로? 아무리 그래도 그건 너무 힘들 것 같은데…… 완전히 초짜고. 애초에 출장권도 없으니까."

미리 말했을 텐데 반응이 너무 심하네……. 그때 시트리가 손뼉을 치며 말했다.

"……그렇다면 도적들을 상대하게 하는 건 어떨까요? 실전 경험도 쌓을 수 있을 테니까요."

"시트?! 당신이 그렇게 오빠 응석을 받아주니까 오빠가─────."

"언니 말대로 뮤리나 전하의 능력을 단시간 만에 극적으로 키우는 건 힘들겠죠. 그렇다면 다른 관점에서 실력을 키워야 할 것 같은데요……. 지금 이 시기에는 그런 녀석들이 모여들고 있으니…… 무제제까지 얼마 남지 않은 기간 동안에는 이게 최선일 것 같아요. 출장할 수 있을지는 제쳐두더라도요!"

"그렇게 잔머리 굴리면서 조금이라도 크라이에게 접근하려는 자세는 어떤 의미로 존경해."

그렇구나…… 하긴, 팬텀을 상대하는 것과 인간을 상대하는 건 전투 방식도 달라지니 나쁘지 않은 방법일지도 모르겠다.

그래도 말이지…… 도적들하고 황녀를 싸우게 해도 되는 거야? 그 칠 드래곤을 물리쳤던 라드릭 황제도 도적들을 직접 박살 내러 나서진 않았을 텐데.

무엇보다 '드래곤 슬레이어'는 명예지만, 도적을 물리치는 건 그렇게까지 명예로운 일이 아니다.

시트리가 뽐내는 듯이 파일을 꺼냈다.

"필요할 것 같아서 정보상을 통해 이 도시에 들어와 있는 조직을 조사해 두었어요."

"시트, 너, 어디 갔나 싶었는데 그런 걸 하고 있었어……?"

"오, 대단하네! 나도 좀 보여줘!"

"안 돼요. 이건 크라이 씨에게 드리려고 조사한 거라고요~!"

뭔가 즐거워 보이는 것 같아서 다행이네. 정말.

시트리에게 받은 파일에는 도적들과 조직 리스트가 잔뜩 적혀 있었다. 상상했던 것보다 더 많다. 유명한 곳만 있는 건 아니지만, 각 조직에서 습격자를 한 명씩만 내보내도 군대를 만들 수 있을 것 같다.

"무제제에 출장할 만한 실력자들은 지명수배범인 경우도 많고 크든 작든 원한을 사뒀기 마련이거든요. 그밖에도 무제제에 출장하는 라이벌에게 앙심을 품은 사람이나, 표적을 노리기 위해 결탁한 여러 도적들 같은 게 있죠…… 그래서 무제제는 해마다 출장자 중에 결석하는 사람이 꼭 나와요. 승자를 몰래 기습하려는 사람도 있고——— 뭐, 대부분 오히려 당하곤 하지만요."

지옥인가? 화려한 무제제의 뒷모습을 본 듯한 기분이다. 나는 폭력이 싫긴 하지만, 말은 확실하게 할 거야!

"확실하게 괴멸시키지 않으니까 이렇게 되는 거라고!"

"조직의 원수를 갚겠다고 다른 조직이 노리는 경우도 있으니까요……. 제블디아를 지키는 기사단은 실력이 좋지만, 이 나라는 그렇지 않으니……."

평소에 험한 꼴만 당하는 모습만 봐서 실감이 들지 않았는데, 제블디아도 대단한 곳이었구나.

"……꽤 제멋대로 떠들고 있는데——— 자랑스러운 제블디아의 황족을 대체 뭘로 보는 거지? 공주님께서 도적들을 상대할 리가 없잖나!"

그때, 잠자코 있던 카렌 씨가 그럴싸한 말을 했다. 리즈와 다른 파티원들에게 협박 비슷한 짓을 당했는데도 아직 자기 의견을 말할 수 있다니, 정말 근위대의 충성심은 대단하구나.

100명에게 물어보면 100명이 옳다고 말할 듯한 의견인데도 시트리는 부드러운 미소를 지었다.

"그걸 정할 사람은 크라이 씨예요."

"?! ……음~, 숫자가 많으니까…… 아니, 어디 있는지도 모르는 거 아니야?"

"……그게 문제죠………… 시간만 있다면 조사할 수 있을 것 같긴 한데————."

싸우기만 하는 거라면 루크와 다른 파티원들을 붙여줘도 어떻게든 될 것 같다. 하지만 너무 위험부담이 크다.

상대방의 숫자도 많고, 함부로 손을 댔다가 덤벼들기라도 하면 골치가 아파진다.

결정을 내리는 걸 피하고는 큼직한 창문 쪽으로 다가가 바깥을 보았다. 고급 여관 위층이라 그런지 창문 너머로 크리트 거리가 한눈에 보였다. 잘 살펴보니 도시 이곳저곳에서 연기가 피어오르는 모습이 보였다.

저 연기 중 몇 개는 싸움의 흔적 같은 거 아닐까? 터무니없는 도시에 와버렸네.

"음~, 도적들, 도적들 말이지…… 어떻게 안 되려나."

그렇게 중얼거린 순간, 나는 얼어붙었다.

창문 밖 바로 옆에 새까만 옷차림의 여우 가면 남자가 달라붙어 있었다. 눈 쪽에 뚫린 구멍 너머로는 짐승처럼 번뜩이는 눈빛이 보였다. 너무 놀란 나머지 무표정해진 내게 남자가 마치 그곳에 있는 게 당연하다는 듯한 표정으로 말했다.

"보스. 필요하시다면 저희………… 여우 가면 동호회에게 명령을 내려주십시오."

?! ……스토커냐고, 이쯤 되면 무섭네! 대체 여우 가면 동호회라는 건 뭐 하는 조직이야!

깊은 지하에 있는 방에서 '칠미', 가프는 받아든 리스트를 확인하고는 끙끙대는 소리를 냈다.

"………………그렇군, 보스가 이걸. 보아하니…… 규모가 큰 싸움이 되겠어."

'여우'는 여러 하부 조직을 지니고 있으며 각 나라의 상층부에도 뿌리를 내리고 있다. 비밀 조직 중에서는 규모가 가장 큰 조직이다.

하지만 조직의 방침으로 인해 구성원은 소수 정예로 이루어져 있다. 한때 동격의 비밀 조직으로 존재하던 곳, 넓은 범위에 병사들을 잔뜩 거느리며 무력으로 군림하던 '뱀'과는 정반대다.

대규모 작전을 수행할 때, 여우는 하부 조직이나 협력 조직으로부터 사람들을 모은다. 중요한 부분은 조직 멤버가 담당하고, 많은 인원이 필요한 부분은 다른 조직에서 사람들을 모으는 것이다. 정보를 주지 않으면 누설될 염려도 없다.

이번 작전은 사상 최대 규모로 이루어진다. 전투원 소집은 가프가 맡게 되었다.

보스에게서 리스트를 받아온 첩보 능력이 뛰어난 동료에게 물었다.

"보스가 이렇게 많은 숫자를 동원하라고 했단 말이지?"

"그래. 어디 있는지 찾으라고 하셨지. 무리하지 않아도 된다고는 했지만———."

다시 리스트를 확인했다. 이번 작전은 실패가 용납되지 않을 정도로 중요한 작전이긴 하다. 하지만 인원수가 많다고 다 좋은 것도 아니다. 받은 리스트에 적혀 있는 인원수는 가프의 상식으로 볼 때 너무 많았다. 마치 지금 크리트에 들어와 있는 조직을 전부 조사한 것 같기도 했고———.

"아마 이 일은 원래 우리가 맡을 일이 아니었던 거겠지. 이번 작전을 입안한 사람은 보스다. 우리에게도 밝히지 않은 부분이 있다 해도 이상할 게 없어. 보스는 기대하고 있다."

그렇군, 충분히 그럴 수 있……나. 가프도 조직에서는 위치가 높긴 하지만, 상대방은 가장 높은 위치에 있는 존재다. 이번 계획도 정말로 중요한 부분은 아직 듣지 못했다. 극비 실행 부대가 별개로 있다 해도 이상할 건 없다.

그렇기 때문에 이번 일은——— 좋은 기회다. 조직은 항상 쓸 만한 멤버를 원하고 있다. 보스에게 잘 보인다면 앞으로도 가프의 승진은 틀림없을 것이다. 무리하지 말라고 해서 무리하지 않을 바보는 없다.

나는, 우리는——— 《지수》와는 다르다. 그 남자는 천재적인 마도사였지만 지휘 능력은 부족했다.

가프는 개인적인 전투 능력만 따지면 테름보다 뒤처질지 모르겠지만, 신뢰할 수 있는 수하가 잔뜩 있다.

"리스트의 조직을 소집해라. 멤버 전원을 동원해서."

"……하지만 멤버들은 사전 준비 중인데."

가프의 계획은 완벽하다. 작전을 성공시키기 위해서라면 대비를 게을리하지 않는다. 이번에도 도주할 때 사용할 탈출 경로를 확보하고 경비 쪽에 대처하기 위해 인원을 빼두었지만, 그런 말을 하고 있을 때가 아닌 모양이었다.

"어쩔 수 없지. 사전 준비가 없어도 계획은 돌아간다. 사소한 일에 집착하다가 큰 걸 놓치지 마라."

가프는 강렬한 미소와 함께 부하들에게 새로운 명령을 내렸다.

"강한 녀석을 찾으러 가자~!"

"오~!"

떠들썩한 크리트 못지않게 루크와 리즈는 매우 신이 나 있었다.

파티원 모두가 따라나서서 거리로 나왔다. 성격이 급한 그들에게는 말릴 사람이 필요하기도 하고, 크리트까지 왔는데 관광을 하지 않는 건 아깝다. 뮤리나 황녀는 공무가 있다고 해서 그쪽으로 갔기에 오랜만에 파티원들끼리 단란한 시간을 보내게 되었다.

무제제가 개최될 때까지는 아직 며칠 남았지만, 크리트는 이미 제대로 걸어 다니기 힘들 정도로 사람들이 많았다.

"오늘은 그 여우 가면 안 쓰시나요?"

"뭐, 그렇지."

시트리가 묻자 나는 손바닥으로 내 볼을 쓰다듬었다.

얼굴은 최대한 가리고 싶다. 가면도 쓰고 싶긴 하지만———아무래도 그 가면을 쓰고 있으면 여우 가면 동호회가 모여드는 것 같다. 방까지 따라올 정도니 사람들이 많은 곳에서 쓰면 얼마나 많은 사람들이 몰려들지 짐작이 안 된다.

루크와 다른 파티원들에게 보호를 받으며 거리를 걸어갔다. 귀를 기울여보니 소문 같은 이야기도 살짝 들렸다.

모두가 주목하고 있는 건 역시 누가 무제제에 우승할지에 대한 것이었다. 아직 출장자 정보가 공개되지 않았을 텐데 소문이 퍼진 건지 우승 후보로 루크나 안셈의 이름도 거론되고 있었기에 친구로서 약간 쑥스러웠다. 그리고 내 귀에 어떤 이름이 들렸다.

"《천천만화》…… 유명한 사람이었던 모양이네. 이거 열심히 응원해야겠어."

시트리가 한 말에 따르면 별명은 자칭인 모양이지만, 소문이 날 정도니 공식 호칭이 될 날도 멀지 않았을 것이다.

"아뇨, 방금 《천변만화》라고 했어요. 리더 이야기를 한 거라고요!"

"아니, 아니, 말도 안 되는 소리지."

선수도 아닌데 내 이름이 나올 리가 없잖아!

예전에는 사람들이 많은 곳을 돌아다니면 자주 시비가 걸리곤 했는데, 이번에는 시비를 거는 사람이 없었다. 리즈가 따분하다는 표정을 짓고 있지만 중요한 싸움을 앞두고 척 보기에도 강해 보이는 녀석들(특히 안셈)에게 시비를 걸 사람은 별로 없을 것이다. 한동안 돌아다니다가 루크가 혀를 세게 찼다.

"어쩔 수 없지, 술집으로 갈까?"

"찬성~!"

리즈가 쓸데없이 기뻐 보인다. 완전히 술이 아니라 시비를 받아주러 갈 듯한 표정이었다.

시트리와 루시아도 어이없어하는 것 같지만, 루크와 리즈는 기분파니까. 술을 마시면 금방 싸울 생각도 없어질 거다. 만에 하나 싸우려 할 경우에는 말리면 된다.

모두 함께 적당한 술집으로 들어갔다. 거리도 열기에 휩싸여 있었지만 술집은 그 열기에 술기운이 섞여서 그냥 가만히 있어도 머리가 어지러웠다. 어둑어둑하고 좁은 가게 안에는 험상궂은 사람들이 모여서 조용히 술을 마시고 있었다.

제도 술집보다 얌전한 건 여기서 함부로 시비를 걸면 큰일이 나기 때문인가?

"자~, 누구로 할까."

안으로 들어가자마자 루크가 눈을 번뜩이며 가게 안을 둘러보기 시작했다.

보아하니 시비를 받아주는 정도가 아니라 오히려 걸 생각이 가득 찬 모양이었다. 주의를 주려던 참에 루크가 눈을 크게 떴다.

"응……? 어라? 토우카잖아."

루크가 바라본 곳, 술집 한구석에 자리 잡고 있던 것은 독특한 적갈색 갑옷을 두른 무리였다.

통일된 색으로 장비를 갖추는 건 헌터들도 자주 하는 행동이다. 실제로 스벤이 이끌고 있는《흑금 십자가》는 흑금 장비를 전체적으로 갖추고 있다. 하지만 그 집단은——— 숫자가 달랐다.

같은 색 장비를 맞춘 험상궂은 사람들이 열 명 이상. 이렇게 많이 모이면 더 이상 파티라 할 수 없다.

용병단. 전쟁꾼. 보물전 탐색뿐만이 아니라 싸움 자체로 먹고 사는《발자국》제일의 무투파.

《등화기사단》.

토우카가 무제제에 참가한다는 이야기는 에바에게 듣긴 했는데——— 설마 이런 곳에서 만날 줄이야.

클랜 마스터인 나도 얼굴을 본 게 꽤 오랜만이다.

그때, 사람들 가운데 있던 흑발 여자——— 단장인 토우카가 문득 이쪽을 보았다. 토우카는 곧바로 들고 있던 잔을 테이블에 내려치고 일어선 다음, 잘 들리는 목소리로 말했다.

"전원, 기립!"

이상한 광경이었다. 갑작스러운 명령이었는데도 불구하고 좀 전까지 화기애애하게 이야기를 나누고 있던 멤버들이 일제히 일어섰다. 다들 이쪽을 바라보고 있었다. 술집에 있던 다른 손님들이 무슨 일인가 생각하며 이쪽을 보았다.

"우리의 고객(마스터)께, 경례!"

호령에 따라 《등화기사단》 사람들이 일제히 손을 들고 경례한 다음, 그대로 딱 멈췄다.

파티의 힘을 결정하는 요소는 크게 나누어 두 가지가 있다. 개인의 역량과 멤버들 사이의 연계다.

강인한 팬텀이나 일반인은 당해낼 수 없는 마물을 쓰러뜨리려면 끊임없는 단련으로 키운 개인의 힘을 연계로 끌어올려야만 한다. 일류 파티쯤 되면 당연히 개인의 역량과 연계가 높은 수준을 자랑하게 되지만, 《비탄의 망령》은 굳이 말하자면 개인의 힘에 의존하는 타입이고 《등화기사단》은 그 반대였다. 그녀들을 처음 만났을 때 받았던 충격은 지금도 기억하고 있다.

눈에 띄는 움직임은 마치 진짜 기사단처럼 세련되었다. 아니, 사람이 좀 늘었나?

많은 사람들의 시선 속에서도 꿈쩍도 하지 않는 강철 같은 의지. 나도 눈에 띈다는 사실을 눈치채고 급하게 말했다.

"자자, 보는 눈도 많고 하니 편히 쉬어."

"경례, 그만!"

애초에 그녀들의 고객은 내가 아니라 시트리다. 자금과 물자 쪽으로 보조해주고 있는 모양이었다.

이 기사단은 이치가 아니라 이익으로 움직인다. 그렇기 때문에 《시작의 발자국》 안에서 《등화기사단》의 위치는 좀 특이하고, 나를 대하는 태도도 좀 특이하다. 나를 따르는 건 내가 시트리의 소꿉친구이고 사이가 좋다는 사실을 알고 있기 때문이라서 어떤 의미로는 이상한 신뢰를 품고 다가오는 사람들보다 훨씬 대하기 편

한 상대다.

강한 녀석과 싸우는 걸 정말 좋아하는 루크가 눈살을 찌푸렸다.

"설마 토우카도 무제제에 나가는 거야?"

"으음…… 오퍼가 들어와서 말이지. 《천검》, 귀공도 나가나?"

무제제의 출장자는 정말 다양하다. 나라에서 보유하고 있는 기사단의 단장이 출장하는 경우도 있고, 이름이 널리 알려진 용병단의 멤버가 출장하는 경우도 있다. 《등화기사단》은 상회나 귀족들 사이에서 유명하기 때문에 그쪽 연줄일 것이다.

루크는 뭐라 말하기 힘들 정도로 미묘한 표정을 짓고 있었다. 망나니 같은 루크가 곧바로 토우카에게 검을 휘두르지 않는 건, 그녀가 무익한 싸움(말 그대로 돈이 안 되는 싸움이다)을 하지 않는 타입이라 좋은 의미로 루크와는 잘 맞지 않기 때문이다. 루크는 일방적으로 베고 싶은 게 아니라 싸움을 벌이고 싶은 거니까.

토우카가 시트리를 슬쩍 보고, 루시아와 다른 파티원들을 본 뒤 나를 보았다.

"미안하지만 마스터라도 봐줄 수는 없다. 그런 요금은 받지 않았으니까."

요금에 따라 봐줄 수도 있구나…… 아니, 토우카는 내가 출장한다고 착각하는 모양이다. 아마 소문을 들은 것 같다. 토우카, 여기서만 하는 이야기인데——— 그 《천천만화》는 사실 내가 아니거든.

그 녀석은——— 내 진짜야!! 분명히 크라히를 만난다면 항상 냉정하고 침착한 토우카도 눈을 동그랗게 뜰 것이다. 정말……

기대되네. 나는 하드보일드한 미소를 지었다.

"나야말로, 진짜 나는 봐주지 않을 거야. 진짜 나는 꽤 강해. 외투도 펄럭이고."

뭐, 가짜인 나도 틈만 나면 외투를 펄럭이곤 하지만.

내 말을 듣고 토우카가 쉽사리 눈을 동그랗게 떴다. 기대하던 반응을 벌써 뺏겨버렸다.

"그, 그래, 그렇군…… 외투?? 뭐, 잘 부탁하지."

"뭐, 이번에 나는 관전하러 온 거니까…… 진짜는 루크랑 다른 파티원들이야."

제대로 말해두었다. 나중에 출장하지 않은 걸 들켜서 혼나면 안 되니까.

《등화기사단》 멤버들은 여전히 범상치 않은 분위기를 풍기고 있었다. 《비탄의 망령》과 《등화기사단》은 사이가 좋지도, 나쁘지도 않다. 아니, 그녀들은 제도에 거의 머무르지 않기 때문에 엮이는 경우가 애초에 드물다. 하지만 《등화기사단》 쪽 반응은 호의적이었다.

권유를 받아 함께 앉기로 했다. 토우카를 비롯한 기사단의 주요 멤버들이 맞이해 주었다.

"여기서 만난 것도 인연이니 마음껏 드세요. 저희가 내겠습니다."

돈을 내는 건 결국 시트리다. 그녀는 《등화기사단》을 마음에 들어하는 것 같다.

아마 돈으로 해결할 수 있어서 편하기 때문일 것이다.

"그렇다는군. 고객(마스터)의 요청이다. 시트리의 호의를 저버리지 마라! 마셔라! 감사하는 마음을 잊지 마라, 이렇게까지 배포가 큰 고객은 거의 없다. 경례!"

"잘 먹겠습니다!"

모두 함께 다시 경례했다. 시트리가 멍하니 눈을 깜빡였다.

그들은 경례만 하면 된다고 생각하는 모양이다. 그리고 마스터라는 단어를 잘못 사용하는 것 같은데?

마시면서 토우카 일행의 근황에 대해 물었다. 보아하니 《등화기사단》은 늘 그랬듯이 지명수배범을 추적하거나 전투에 참가하며 각 나라를 돌아다닌 다음 무제제에 출장하기 위해 돌아온 모양이었다.

마을을 습격한 오크를 사냥하거나, 수인 도적단을 박살 내거나, 장난삼아 보물전으로 돌입하거나, 용케도 이런저런 일을 해온 것 같다. 하지만 냉정하게 생각해보면 그건 우리도 마찬가지다.

리즈가 《등화기사단》 멤버와 술 대결을 벌이고 루시아가 그 모습을 어이없어하며 보고 있었다. 루크는 표적을 다른 손님으로 돌린 모양인지 맹금류를 연상케 하는 날카로운 눈빛으로 술집 안을 둘러보고 있었다.

그리고 나는 《등화기사단》 사람들이 따라주는 술을 받으며 좀 전부터 계속 생각하던 것에 대해 물었다.

"그러고 보니 멤버가 늘었나?"

"음……?"

토우카의 눈빛이 날카로워졌다. ……내가 무슨 이상한 말이라도 했나?

《등화기사단》은 한곳에 계속 머무르지 않는 파티다. 각 나라를 여행하며 그곳에서 유망한 헌터를 발견하면 스카우트하는 경우도 있다. 그리고 원래는 소속 멤버가 멋대로 늘어나는 건 바람직하지 못한 일이나 《발자국》은 그런 것들을 허용해왔다. 인원수를 기억하고 있는 건 아니지만, 두세 명 정도 늘어난 것 같은데?

그랬는데 아무래도 착각한 모양이다. 뭐, 얼굴도 기억이 안 나니까…… 나는 둘러대는 듯이 웃었다.

"아하하…… 예전에는 좀 더 적었던 것 같아서 말이지. 그래…… 열 명…… 아니, 열한 명 정도 늘지 않았어?"

농담이다. 아무리 《등화기사단》의 인원이 많다 해도 열 명 이상 늘어날 리가 없다.

'아무리 우리 인원이 많다 해도 그렇게 늘어날 리가 없잖나. 마스터는 참 재미있군, 아하하하하', 이런 반응을 기대하던 나를 보고 토우카가 팔짱을 꼈다.

"흐음………… 여전하군, 마스터. 정확히………… 열한 명이 늘어났다."

어? 진짜로? 아니, 아니, 아니, 아무리 봐도 열한 명이 늘어난 것 같진 않은데. 이거…… 개그에 개그로 받아치면서 태클을 유도하는 건가? 음~, 아크였다면 태클을 걸었겠지만 토우카니까.

그때, 나보다 더 많은 사람들에게 술을 받고 있던 시트리가 주위를 두리번거리며 물었다.

"한 명도 늘어난 것 같지 않은데…… 새 멤버는 어디 있죠?"

"그렇다. 지금은 임무 중이지. 우리도 유명해졌어. 적도 많고.

보고가 늦어진 점은 사과하지."

토우카가 고개를 크게 숙였다. 어…… 어어어……? 그냥 약간의 조크였을 뿐이었는데. 게다가 이곳에 있던 멤버는 한 명도 늘어나지 않았던 거냐고! 여러 가지 의미로 어떻게 해야 할지 모르겠다.

"고개를 들어줘, 토우카. 너희가 인원을 늘리는 건 자유야. 그왜, 클랜에 참가해달라고 했을 때도 그런 조건이었잖아?"

"크라이 씨 말이 맞아요. 항상 도움을 받고 있으니 폐를 끼치지 않는다면 묵인할게요."

"《등화기사단》에게 도움을…………? 아, 응, 맞아. 항상 신세를 지고 있으니까 사람을 늘리는 것 정도라면 별것 아니지. 아하하하하."

그렇다, 기껏해야…… 에바가 곤란할 뿐이지. 클랜은 소속 멤버를 관리할 의무가 있으니까.

완전히 책임을 내팽개친 나를 보고 토우카가 납득한 듯이 고개를 끄덕였다.

"관대한 조치에 감사를 표한다. 무제제 기간은 우리도 돈을 벌기회지. 현상금이 걸린 자들도 여러 명 들어와 있으니까."

"응? 뭐야? 뭔가 재미있는 이야기를 하고 있는 것 같은데?"

"뭔데? 뭔데? 누구를 쳐죽이면 되는데?"

그렇구나, 무제제 때문에 모인 녀석들을 사냥해서 돈을 벌고 있는 거구나. 대회를 앞두고 있는데도 정말 일을 열심히 한다.

살벌한 이야기가 나오자 우리 파티의 살벌한 멤버 두 명이 끼어들었다.

리즈와 루크가 바라보자 토우카가 한숨을 크게 쉬고는 눈을 부릅떴다.

"그러고 보니 마스터. 이번에는 도적들의 움직임에 부자연스러운 점이 있더군. 예년보다 약간――― 움직임이 소극적이다. 그냥 감이긴 한데――― 기분 나쁜 예감이 든다. 뭔가 아는 것 없나?"

모른다고……. 소란스러운 거면 모를까 소극적인 거라면 좋은 거 아닌가? 그때 나는 좋은 생각이 들어 손가락을 튕겼다. 토우카(등불)가 이름 그대로 등불처럼 작은 빛이 깃든 두 눈으로 나를 바라보았다.

"그렇지. 나도 그쪽 방면으로 생각한 게 좀 있어서 어떤 사람들에게 협력을 요청했거든. 뭔가 알고 있을지도 모르니까 한번 만나볼래?"

"음……?"

여우 가면 동호회. 쓸데없이 강한 실력과 광신적일 정도로 여우 가면에 대한 사랑을 품고 있는 이상한 녀석들이다. 여우 가면을 쓰고 있기만 했는데 갑자기 데리고 가거나, 창문 밖에 달라붙어 있거나 하는 터무니없는 짓을 저지르긴 했지만 나쁜 사람들은 아닌 것 같았다. 실력자들도 있는 모양이었기에 그들에게는 시트리가 만든 리스트를 넘겨주고 도적들이 어디 있는지 찾아달라고 부탁했다. 보아하니 그들은 그쪽 방면에 대해 잘 아는 것 같았다.

일단 위험하니 절대로 무리하지 말라고 말해두긴 했지만, 아마 그 정도로 멈출 만한 녀석들은 아닐 것이다. 그런 점에서 토우카 일행이 참가하면 어느 정도는 안심할 수 있다. 무엇보다 그녀들은 여우 가면 동호회와는 달리 수많은 실적이 있는 프로다. 여우 가면 동호회 사람들도 강한 아군이 생기니 좋고, 《등화기사단》도 사람은 적은 것보다 많은 게 나을 테니 좋고, 그리고 나도 좋고. 그렇지, 리즈랑 루크 같은 사람들도 떠넘기고…… 하는 김에 뮤리나 전하도 떠넘겨야지. 토우카라면 재주 좋게 잘 처리해줄 것이다. 오늘 나는———— 머리가 잘 돌아간다.

그때 나는 중요한 것을 떠올렸다. 눈을 가늘게 뜨고 토우카를 보며 말했다.

"아, 그렇지. 우선 그걸 준비해야만 하거든———— 여우 가면! 희귀하면 희귀할수록 좋을 거야. 물론 장비에 맞춰서 붉은색으로 통일해도 괜찮을 것 같은데…… 준비할 수 있을까?"

플랜X. 보스의 명령을 수행하라. 비밀주의인 조직의 구성원들에게는 생각할 머리 같은 건 필요가 없다. 사고는 간부가 하고 지시를 내린다. 구성원들에게 허락되는 것은 그것을 충실하게 실행하는 것뿐이다.

전 《도적왕》, 가프 셴펠더는 계획 입안과 지휘 능력이 뛰어나다. '칠미' 중에서도 그 분야에서는 타의 추종을 불허할 것이다. 가프가 예전에 이끌던 도적단은 여행자나 도시를 습격하는 잔챙이가 아니라, 도시에 뿌리를 내리고 조금씩 지배를 확대해 나가던 부류였다. 그렇게 생각하면 가프가 신중에 신중을 거듭하며 행동하는 '아홉꼬리 그림자여우'에 스카우트된 것도 당연할 것이다. 그리고 지금도 그 수완은 여전했다.

'아홉꼬리 그림자여우'의 구성원은 각 나라에 존재하지만, 가프의 부하는 그 이상으로 넓은 범위에 잠입해 있었다. 여우에게 범죄 조직은 적이자 아군이기도 하다. 힘을 빌릴 경우도 있는 그런 조직에게 손을 써두는 것은 《도적왕》으로서 당연히 해두어야 할 대비였다. 하지만 그런 가프도 이번에 떠맡은 의뢰는 힘들었다.

보스에게 받은 리스트를 다시 확인하던 동료들이 끙끙댔다.

"하지만 이 숫자는…… 이 중에는 우리와 오랫동안 적대 관계였던 조직도 있는데……."

"교섭이 골치 아프겠어. 양보할 필요도 있을지 모르고."

"애초에 이 리스트에 있는 인원을 전부 데려가 버리면 플랜A의 성공도 위태로워."

동료들이 의문을 품을 만도 했다. 가프 일행이 이번에 실행할 예정이었던 작전은 치밀한 계산에 의해 이루어졌다. 이번 작전에 동원할 조직에 대해서도 미리 보고를 해두었다. 보스가 그 사실을 모를 리가 없어……지만, 보스는 그 조직도 포함해서 인원을 모으라고 했다.

가프도 보스의 생각을 확인하고 싶은 마음이 굴뚝 같은 건 마찬가지였다.

"……이럴 때는 철저한 비밀주의도 곤란하군."

동료들이 한 말을 듣고 가프도 어깨를 으쓱였다.

 여우가 이렇게까지 성장한 것은 철저한 비밀주의 덕분이다. 아무도 보스의 위치는 알지 못하고, 정보를 주고받을 때도 수속이 필요하다. 만약에 하위 구성원이 붙잡힌다 하더라도 그를 통해 조직의 중추에 손을 뻗을 수는 없다. 하지만 그것은 반대로 이상 사태가 발생했을 때 확인할 수단이 없다는 뜻이기도 했다.

 가장 위험한 것은 바꿔치기다. 여우의 구성원——— 그것도 가프 같은 상급 구성원이 정체를 캐낼 수 없는 간부로 바꿔치는 건 생각하기 힘든 일이지만, 가능성이 전혀 없는 것은 아니다.

 하지만 그 때문에 암호가 있다. 그리고 여차할 때를 대비해서 여우신의 무녀가 있는 것이다.

 "……그 보스는, 그…… 내가 알고 있던 모습이 아니었는데———."

 근처에 조용히 서 있던 젊은 여우신의 무녀를 힐끔 보았다. 무녀가 눈살을 찌푸리며 딱 잘라 말했다.

 "'흰 여우'님을 의심하시는 겁니까? 틀림없습니다."

 "……의심하는 게 내 일이라서 말이지."

 "저희는 신을 모시며 헌신하는 것에 대한 보상으로 특별한 눈을 받았습니다. 잘못 보는 일은 절대로 없습니다. 애초에 '흰 여우'님이 아니시라면 어째서 바깥에서 그런 가면을 쓰고 다니는 걸까요?"

 그 말이 맞긴 했다. 여우 가면은 항상 쓰고 다닐 물건이 아니고, 애초에 그 가면은 간단히 얻을 수 있는 것도 아니었다. 보스를 알아보는 데 여우신의 무녀를 이용하는 것은 조직의 규칙이다. 무녀는 조직에서 신성불가침의 존재이며 그 눈은 온갖 위장을 간파하고 신의 유물을 잘못 보는 경우는 절대로 있을 수 없는 일이라고 한다. 가프는 신 같은 걸 믿지는 않지만 무녀를 업신여겼다는 사실이 알려지면 '칠미'라 해도 파멸을 면할 수가 없다.

어차피 계획은 변경되지 않는다. 최악의 경우, 본부에 정기 연락을 할 때 확인하면 그만이다.

단순하게 생각하자. 수고가 약간 늘어날 뿐이다. 적대 조직과 화해하는 건 앞으로도 도움이 될 것이다.

지금 피해야 하는 건 보스가 명령한 플랜X를 실패하는 것뿐.

그때, 보스 근처에 대기시켜두었던 부하 중 한 명이 뛰어들어 왔다.

칠흑의 가면을 쓴 남자——— 특수한 척후 직업, '닌자' 능력을 수련했으며 실력이 매우 뛰어난 남자였다.

인식 저해의 힘을 지닌 보구를 두른 그 남자는 보스와 연락하기에 가장 적합했다. 실력이 좋은 척후를 정보 수집에 쓰지 못하게 되는 것은 아쉽지만, 다른 부하들도 맡을 수 있는 일이고 보스의 비위를 맞춰주는 게 더 중요하다.

남자는 카프 앞으로 다가와서는 감정이 느껴지지 않는 목소리로 말했다.

"가프 셴펠더. 보스께서 부르신다."

오, 진짜로 왔네.

여전히 창문 밖에 달라붙어 있던 여우 가면 동호회의 스토커 군에게 부탁한 다음 여우 가면을 쓴 채 떡 버티고 서 있자니 잠시 후 그 지하실에서 만났던 리더 같은 남자와 신관 여자애가 왔다.

리더는 몸집이 크고 다부진 체격이었다. 얼굴은 가면으로 가리고 있기 때문에 알아볼 수가 없지만, 척 보기에도 강할 것 같았다. 신관도 왠지 초연한 분위기를 풍기고 있었다.

"진짜로 부르면 오는구나. 성실해."

"칭찬해주셔서 감사합니다, 보스."

리더와 신관이 공손하게 제자리에서 무릎을 꿇었다. 충성심이 너무 강하다. 이 가면이 그렇게 귀한 물건인가? 내 입으로 보스라는 말은 한 적도 없는데…….

그때, 그 여우 가면에 뚫린 두 눈이 내 옆을 보았다. 내 옆에 서 있던 사람은 토우카와 뮤리나 전하였다. 토우카는 적갈색 갑옷과 허리에 차고 있던 칼은 그대로 가지고 있지만, 얼굴은 내가 말한 대로 진홍색 여우 가면으로 가렸다. 뮤리나 전하는 여우 가면을 구하지 못했기에 일단 근처에서 손에 넣은 너구리 가면을 쓰고 있었다. 아무튼 얼굴만 가리고 보자는 생각이다.

리더는 토우카를 보고 깜짝 놀란 듯이 눈을 크게 떴고, 뮤리나 황녀를 보고는 멍해졌다.

"???? …………으, 으음? 어, 어떻게 된 겁니까? 보스."

미안, 혼란스럽게 만들어서 정말 미안해.

"너희에게 부탁했던 그걸 도와줄까 싶어서 말이지. 터무니없는 부탁을 해버린 것 같아서 반성하고 있어. 그래서 부른 거야. 여기…… 그러니까…… 츠네코는 이래 봬도 실력이 좋거든. 부하도 잔뜩 있어."

"츠네……코?"

나중에 리즈나 루크 같은 사람들도 부하로 떠넘겨야지. 내가 그런 생각을 하고 있자니 토우카가 한 발짝 앞으로 나서서 당당한 태도로 입을 열었다. 배에서 나오는 멋진 목소리다.

"츠네코다! 보스의 명령에 따라 참전하긴 하겠지만, 귀공은 우리에게 명령할 권한이 없다. 어디까지나 협력자로 대해줬으면 좋겠군!"

토우카, 장난 아니네. 특히 이름 같은 건 미리 말해두지도 않았는데 맞춰주는 걸 보니 배짱이 정말 훌륭한 것 같다. 뭐라고 해야 할까…… 충실하다고 해야 하나?

"설마 이건…… 보스의 실행부대? 저 갑옷, 본 적이――― 설마―――."

역시나 열심히 영업을 하고 다녀서 그런지 유명한 모양이다. ……뭐, 정체를 들키더라도 딱히 상관없지만 말이지. 뮤리나 황녀의 정체를 들키면 꽤 곤란하지만, 그녀는 좀처럼 공식 석상에 참가하지 않았으니 아무도 눈치채지 못할 것이다.

"그리고, 옆에 있는 아이는…… 그래, 폰타야. 그, 특별한 지위에 있으니까 신경 써줘."

"폰타……."

어라? 이거 혹시…… 불경죄가 되려나? 폰타 전하도 멍하니 서 있었다. 황녀 전하의 수동적인 태도는 언제쯤 개선이 되려나……. 그렇게 생각하고 있자니 황녀 전하가 앞으로 나선 다음, 왠지 모르겠지만 우아하게 인사했다.

"포, 폰타, 입니다. 부디 잘 부탁드립니다."

오랫동안 이어진 제블디아의 역사 속에서도 황녀에게 폰타라고 자기소개를 하게 만든 사람은 나밖에 없겠지…….

나는 마음을 다잡고 여전히 츠네코와 폰타를 번갈아 가며 보고 있던 리더에게 말했다.

"어라? 마음에 안 들어?"

여우 가면 동호회도 쓸데없이 듬직한 것 같지만, 토우카는 강하니까 이득일 거야. 요금도 시트리가 내주고.

리더는 한동안 뭔가 생각하다가 잠시 후 공손하게 고개를 숙였다.

"…………아뇨, 그럴 리가요. 배려에 감사드립니다."

여우 가면 동호회 사람이 토우카와 뮤리나를 데리고 사라졌다. 나는 짊어지고 있던 짐을 내려놓은 기분으로 크게 기지개를 켰다.

"아, 잘됐네, 잘됐어…….."

모든 걱정이 단숨에 사라지는 완벽한 책략이었다. 이게 다 토우카에게 돈을 내고 있는 시트리 덕분이다. 나중에 고맙다고 해야겠다. 뮤리나 황녀의 실전 훈련도 완벽하다. 어둠 전골 작전이다.

몸을 가볍게 풀고 있던 내게 여우 가면 동호회의 신관 여자애가 엄숙한 말투로 칭찬해 주었다.

"'흰 여우'님. 훌륭하신 지시였습니다."

"······왜 남은 거야?"

"귀하신 몸을····· 곁에서 모시는 것보다 더 중요한 임무는 없습니다."

정말 진지하네, 여우 가면 동호회······. 뭔가 생각보다 엄격한가?

그래도 곤란하다. 이런 애를 데리고 가면 시트리나 다른 사람들이 뭐라고 할지····· 아니, 이 애는 몇 살일까?

대체 어떤 입장인 건지 유일하게 여우 가면을 쓰고 있지 않아서 표정도 보였다. 여자애는 약간 긴장한 모양이었다. 으음·······.

"저기·······."

"··········여우신의 무녀 중 한 명, 소라 조로입니다. 소라라고 불러주십시오."

소라라고 자기소개를 한 무녀가 한순간 입을 다물었다가 약간 기운이 빠진 듯한 목소리로 말했다.

여우신의 무녀····· 들어본 적은 없지만 혹시 그쪽 계열에서는 유명한 사람인지도 모르겠다. 그런데 여우의 신이라면 【길 잃은 여관】에 있던 그건가? 하하하, 그럴 리가 없잖아.

약간 창피하지만, 그래도 이번 기회에 제대로 확인해두는 게 좋겠다.

나는 살짝 헛기침을 하고는 부끄러움을 무릅쓰고 물어보고 싶었던 것을 질문했다.

"소라, 계속 신경 쓰이던 건데····· 이 가면이 그렇게 귀한 거야?"

"……………………네?"

【길 잃은 여관】의 팬텀이 드롭한 이 가면은 분명히 귀한 물건이긴 할 것이다.

하지만 보아하니 특수한 능력 같은 건 없는 것 같았다. 팬텀은 죽으면 옷조각조차 남기지 않고 소멸하지만, 극히 드물게 소멸할 때 장비하고 있던 아이템의 일부 같은 것들을 남기는 경우가 있다. 그 확률은 팬텀의 힘에 비례한다고 하는데, 그런 드롭 아이템은 보구와 비교해서 능력이 약한 경우가 많다. 팬텀의 드롭 아이템은 말하자면 팬텀의 찌꺼기 같은 것이다. 희귀한지 여부를 따지면 희귀하겠지만, 내가 보기에는 여우 가면 동호회 멤버들이 무조건 복종할 정도로 대단한 물건 같지는 않았다. 디자인 센스가 꽤 괜찮긴 하나 현대 기술로는 간단히 재현할 수 있을 테고, 여우 가면 동호회 사람들이 쓰고 있던 가면도 상당히 좋은 물건이었다.

───내 순수한 의문으로 인한 소라의 표정 변화는 극적이었다.

그녀는 지금까지 풍기고 있던 어딘가 신성한 분위기를 흩어버리고 눈을 마구 떨었다.

그리고, 뒤를 돌아봐 아무도 없다는 사실을 확인하고는 이쪽을 보고 떨리는 목소리로 말했다.

"무, 무슨 말씀을 하시는 건가요?'흰 여우'님. 농담도 참………."

"이 가면 말이야, 저번에 보물전에서 팬텀을 쓰러뜨리고 얻은 건데."

"????! ?! 흐엑?! ?! 네??? 네에에?!"

소라의 안색이 새파랗게 질렸다가, 새빨갛게 물들었다가, 다시 새파랗게 질렸다. 재미있네…….

그런데 소라랑 다른 동호회 사람들은 대체 이 가면을 뭐라고 생각한 거지?

가면을 벗고 다시 살펴보았다. 디자인이 훌륭하고 기묘한 분위기가 있긴 하지만, 어차피 가면이다.

어차피 가면이라면 이런 여우 가면 말고 변신 능력을 지닌 『리버스 페이스(전환하는 인면)』가 더 좋은데.

"네? 저기…… 으으으으음……?"

"있지, 혹시 이 가면을 비싼 값에 팔 수 있는 거야? 귀한 물건이야?"

"?! 파, 판다고요?! 그그그, 그러면 안 되는데요?"

팔짱을 낀 채 식은땀을 줄줄 흘리며 끙끙대던 소라가 굳은 표정을 지었다.

그렇구나…… 팔 생각은 하기도 힘들 정도로 귀한 물건이라는 뜻이구나. 그래도 말이지…… 나는 이 가면의 가치를 모르거든. 쓴 것도 얼굴을 가릴 수 있는 게 이것밖에 없기 때문이었고, 굳이 쓴다면 눈 부분에 구멍이 뚫린 가면이 더 좋은데. 보구가 없어도 앞이 보이니까.

그런 생각을 하고 있는데 소라가 슬쩍 다가왔다.

그녀는 나를 똑바로 바라보며 마치 비밀 이야기라도 하듯이, 심문을 하듯이, 목소리를 낮춰 말했다.

"그, 그러니까……… 당신께서는 이렇게 말씀하신 건가요? 나는 '흰 여우'가 아니고 이 가면은 보물전에서 손에 넣은 것이다, 라고요……?"

그녀의 절박한 목소리를 듣고 나는 그제야 눈치챘다. 예전에 눈치챘어야 했다.

"어라? 혹시 다른 사람이랑 착각한 거야?"

"윽……………… 이럴 수가아……… 말도, 안 돼요………."

소라가 가냘픈 비명을 지르며 마치 현실 도피라도 하는 것처럼 머리를 감싸 쥐고 몸을 비틀었다.

그 행동에서는 처음에 만났을 때처럼 초연한 분위기가 아닌, 나이에 맞는 어린 느낌이 들었다.

가면을 다시 쓰고 실수를 저질러버린 것 같은 소라를 위로해 주었다.

"뭐, 그런 일도 있는 법이야……."

"어째서 손을 잡았을 때 말하지 않은 건데요!!"

………그런 말을 해봤자 곤란한데. 갑자기 '이쪽으로 오시지요'라면서 나를 여우 가면 동호회의 집회 장소로 데리고 간 건 너잖아. 나는 처음부터 끝까지 당황하기만 했는데. 속일 의도나 이용할 의도도 없었다고.

"그, 그럼, 여우 가면 동호회라는 건요?"

"어? ………아니야? 다들 여우 가면을 쓰고 있는 것 같던데."

"윽……… 이럴 수가 있나? 이럴 수가, 있어? 보통 그런 소리를 하나? ……안 하지. 이런 건 못 배웠어!"

어떡하라고…… 그럼 그런 곳에서 내가 뭐라고 하는 게 정답이었던 건데.

난 이번만큼은 잘못한 게 없다. 소라가 잘못했다. 소라를 심부름 보낸 여우 가면 동호회(가칭)가 잘못했다.

하지만 소라에게 그렇게 따지는 것도 어른스럽지 못한 짓일 것 같다. 나는 하드보일드하게 어른스러운 여유를 보였다.

"자자, 솔직하게 말하고 사과하면 용서해줄 거야."

"윽?! 용서해줄 거라고요?! 용서해줄 거라고 하셨어요? 그럴 리가 없잖아요! 제가 말했거든요?! 말해버렸거든요?! 당신이 '흰여우'님이라고, 확실하게!"

"어어…………? 시금치는 확실하게 해야지. 시금치——— 시시때때로 보고, 금방 연락, 치명적일 경우에는 상담, 알아?"

"어째서어, 진짜 가면을 가지고 계셨던 건데요! 그건 여우신께 인정받은 신성한 '흰 여우'님만 가지고 있어야 하는 보스의 증거인데에!"

"어? 그냥 【길 잃은 여관】의 졸개가 드롭하는 아이템이야."

"?!"

뭐, 애초에 헤매다가 【길 잃은 여관】에 들어가 버린 사람이 몇이나 될까 싶지만, 이걸 드롭한 팬텀은 그냥 이야기를 나누기만 했는데도 소멸했다. 여러 개가 돌아다니더라도 이상할 건 없다.

"아니, 애초에 하얀 여우 가면이 보스의 증거라고? 그럼 제도자체가 이상한 거 아니야? 다른 사람이랑 착각할 수도 있을 테니 제도를 변경할 필요가 있을 것 같아. 건의해보지 그래?"

"윽────!!!"

내 지적에 소라가 귀를 막고 주저앉아버렸다.

흰 여우 가면 같은 건 얼마든지 있을 텐데. 가짜 가면도 얼마든지 만들 수 있을 것 같다.

"이번에는 우연히 다른 사람을 착각한 거지만, 악의를 품은 채 가면을 쓰고 접근하는 사람도 있을지 모르니까."

"다, 당신은 좀 조용히 있으세요!!"

"아, 네."

여우 가면 동호회(가칭)를 생각해서 제안한 건데, 아무래도 받아들일 생각은 없는 모양이다.

어쩔 수 없이 살짝 한숨을 쉬고 팔짱을 낀 채 소라가 결론을 내릴 때까지 기다리기로 했다. 이번에 나는 잘못한 게 없다. 얼굴을 가리기 위해 우연히 가지고 있던 여우 가면을 썼을 뿐이다. 정말, 새끼손가락 손톱만큼도 잘못한 게 없다. 하지만…… 왠지 골치가 아픈 일이 벌어진 것 같으니 혹시 사과할 필요가 있다면 사과를 할 수도 있다. 마구 부려먹기도 했고…….

"그렇다면?"

"다른 사람으로 착각했고?"

"하지만 가면은 진짜고?"

"그런데 '흰 여우'님이라고 잘못 판단했고?"

"그래도 신의 가면인 건 진짜고?"

"신관으로서는 잘못한 게 아닌가?"

"하지만 보스는 아니고?"

"조직 입장에서는…… 실수?"

"처음 맡은…… 일이었는데에."

마치 생각을 정리하는 듯이 중얼거리는 소라.

딱히 상관없잖아. 실수는 누구나 하는 법이야. 나도 항상 실수를 한다고.

중요한 건 미래야. 그 실수 때문에 죽는 사람이 생기는 것도 아니니까 마음 편히 생각하자고.

이윽고 생각을 정리한 건지 소라가 일어섰다.

그녀는 현기증이 난 건지 한순간 비틀거렸지만 곧바로 자세를 바로잡고는 나를 노려보았다.

눈가에 눈물이 맺혀 있었다. 투명한 눈동자가 여우 가면을 쓴 나를 비추고 있다. 그리고 소라가 말했다.

"당신은………… 당신은, 틀림없는 '흰 여우'님, 입니다."

"어?! 아니거든? 나는 가면을 우연히 손에 넣은 평범한 헌터야."

지금까지 뭘 들은 거야? 내가 대답하자 소라가 세차게 손가락을 들이댔다.

"맞습니다. 제가 정했습니다. 당신이야말로——— 여우신께서 인정하시고 신기를 내려주신 '흰 여우'님이에요!"

"어?! 아니라니까."

"애초에 가면이 진짜라는 건 쓰고 있는 사람도 진짜라는 뜻이죠! 저는 계속 그렇게 배워왔습니다! 저는 신관, 유서 깊은 여우신의 무녀. 제 눈을 속일 수는———— 없습니다. 절대로!"

"그렇구나. 그거………… 대단하네."

고집스러운 말이다. 유서 깊은 무녀라니…… 여우 가면 동호회
(가칭)는 대체 어떤 모임이지? 즐거운 모임인가? 나도 들어갈까?
아니, 그런데 여우 가면 동호회에 들어가면 '흰 여우'님? 이라는
사람에게 절대복종해야 하는 건가?

"다시 말해, 저는———— 실수하지 않았습니다."

"아니, 실수했잖아."

"조직에 해를 끼칠 의도도 없었습니다. 제가 실수했다고 하는
자가 있다면, 그자야말로 반역자입니다."

……어라? 설마…… 실수를 숨기려 하는 건가? 혹시 이 아
이…… 글러먹은 아이인가?

왠지 엄청난 동질감이 느껴진다. 막무가내로 대처하는 것만 놓
고 보면 나는 타의 추종을 불허한다.

"솔직하게 말하는 게 낫지 않을까? 정 뭣하면 나도 같이 사과
해줄 건데……."

내 제안을 들은 소라의 눈이 마구 돌아가고 있었다. 보아하니
받아들일 생각은 없는 것 같았다.

그녀에게서 땀이 줄줄 흐른다. 그리고 소라는 주먹을 쥐고는
힘차게 들어 올렸다.

"이렇게 된 이상 갈라설 수밖에 없습니다! 여우신님께 인정받은
새로운 '흰 여우'님을 정점으로 삼은 새로운 조직. 이름하여………
'열꼬리 그림자여우(텐테일 섀도우폭스)'. 꼬리가 하나 늘어났으니 우

리가 더 높아요!"

뭔가 터무니없는 말을 하고 있는데, 이 아이…… 정말 그래도 괜찮은 건가?

"아니, 아니, 아니, 그건 안 되지."

"네?!"

'열꼬리 그림자여우'. 왠지 더할 나위 없이 불길한 이름이다. 애초에 그 황제 호위 의뢰 때문에 여우라는 단어는 별로 좋은 이미지가 아니게 되었고, 그쪽이라고 오해를 살 가능성도 있다.

이름은 중요하다. 나는 우리 파티 이름을 《비탄의 망령》이라고 지은 것을 몇 번이나 후회했다. 지금은 익숙해졌기에 이제 바꿀 생각은 없지만, 헌터가 막 되었을 무렵에는 그 이름 때문에 범죄자(레드) 파티라고 착각한 사람들에게 쫓겨 다니기도 했다.

나는 어리석지만, 두 번 똑같은 실수를 할 정도는 아니다.

나는 눈을 동그랗게 뜬 소라에게 적당하기 짝이 없는 선언을 했다.

"이름이 별로 안 좋아. 우리는, 그래―――'열꼬리 유부(텐테일 프라이드두부)'다."

"?! 열꼬리, 유부우?!"

소라가 이상한 목소리를 내고 있지만, 나는 진심이다.

"그래. 열꼬리 유부. 유부는 좋아, 가끔 목숨도 구해주고, 이름처럼 맛있기도 하고."

실제로 그것 덕분에 싸움을 피한 적도 있다. 맛있다는 것도 좋다. 맛이 세계를 구하는 것이다.

"아니…… 비밀 조직의 이름이 '열꼬리 유부'라고요? 당신에게는 센스라는 게 없나요?!"

소라가 따지고 들었다. 비밀 조직? 비밀 조직이라고 했어?

"비밀 조직……? 아니, 비밀로 하진 않을 거야. 할 일은 맛있는 '유부초밥 도시락'을 만드는 거지. 전국 진출——— 세계 정복을 목표로 삼는다."

"?! ???! 지, 진심이신가요?!"

할 일은 유부를 만드는 것뿐이다. 맛있는 '흰 여우'표 '유부초밥 도시락'을 만드는 것이다.

물론 나는 참가하지 않겠지만, 【길 잃은 여관】의 팬텀은 유부를 정말 좋아하는 것 같았으니 딱 좋다.

오늘 나는 머리가 잘——— 돌아가지 않는 건지도 모르겠다. 뭐, 일단 할 수 있는 데까지는 해봐야지.

깨달음을 얻은 것 같은 표정을 짓고 있던 소라를 데리고 방으로 돌아왔다.

멋진 거실에서 책을 읽고 있던 루시아가 고개를 들고 이쪽을 보고는 눈을 크게 떴다.

"뭐, 뭔가요? 그 애는? 리더?"

뭐냐고 물어보면…… 뭐라고 대답해야 할지 모르겠다. 잘 모르겠다고 대답하는 게 제일 나을 것 같긴 한데, 그건 너무 무책임한 말이다. 뭐, 잘 모르는 건 맞긴 하지만…….

"뭐, 복잡한 사정이 있어서 말이지…… 나도 좀 곤란하거든."

소라는 완전히 무표정한 상태였다. 눈이 죽었다. 보아하니 집으로 돌아가고 싶지 않은 모양이었다.

혼나는 게 그렇게 싫은가…… 고집스럽게 '흰 여우님을 따라가는 것이 제가 할 일입니다'라고 우기기만 했기에 데리고 올 수밖에 없었다. 하지만 아무리 그래도 계속 돌봐줄 수는 없다.

나는 항상 잘 이해가 안 되는 일에 휘말리곤 하는데, 그녀에게서 비슷한 느낌이 든다.

역시 솔직하게 말하고 여우 가면 동호회(가칭) 사람들에게 사과하는 게 낫지 않을까?

"정말! 또 이해가 잘 안 되는 짓을…… 왜 리더는 항상 그런 식———."

"맞다, 루시아. 이 보구 충전 좀 부탁할게."

"?! 정말!"

여우 가면을 쓰려면 필수인 『서드 비전』과 어두운 곳을 내다볼 때 쓰는 『오울즈 아이(올빼미의 눈)』를 던져주었다.

루시아는 재주도 좋게 받아내고는 나를 노려보았다. 그때, 내 뒤에 숨어 있던 소라가 눈을 크게 뜨고 잠시 입을 다물고 있다가 작은 목소리로 물었다.

"이건…… 호, 혹시…… '흰 여우'님께서는 《비탄의 망령》이신가요?"

"아, 맞아. 용케 알아보네."

나는 그렇다 치더라도 루시아는 얼굴이나 이름이 유명하니까. 보아하니 여우 가면 동호회(가칭) 사람들도 알 정도로 지명도가 높은 모양이다. 소라가 땀을 줄줄 흘리면서 중얼거리고 있었다.

"…………괜찮아괜찮아괜찮아, 배신한 게 아니에요. 저는 무녀예요. 저는 옳아요. 저는 옳아요. 저는 옳아요. 제가 잘못한 게 아니에요. 여우신이시여, 부디 제게 가호를 내려주소서…………. 그래, 이건 잠입 수사………… 안 되겠어, 절대로 둘러댈 수가 없어. 역시 내가 옳은 거야!"

그 결론은 잘못됐잖아. 역시 솔직하게 말하는 게 제일 좋을 것 같은데. 괜찮아, 하늘이 무너져도 솟아날 구멍이 있다잖아. 어지간한 것들은 어떻게든 해결된다. 지금까지 내가 경험한 것들이 그렇게 말해주고 있다.

하지만 그렇게 초조해하는 모습에 공감이 안 되는 것도 아니다. 나는 큰 소리로 말했다.

"시트리, 미안한데 잠깐만 와봐!"

"네, 네, 무슨 일이신가요?"

있는지 없는지도 모르고 불러봤는데, 보아하니 침실에 있었던 모양이었다. 기분이 좋아 보이는 시트리가 나타났다.

레벨8의 막무가내 능력을 보여주지. 나는 한심한 미소를 지으면서 시트리에게 부탁했다.

"사실 유부초밥 도시락을 만들 조직을 꾸리고 싶거든. 우선 거점이 필요한데……."

"?! 네? 아, 유부초밥 도시락, 말인가요……?"

"리더, 갑자기 무슨 소릴 하시는 거예요. ……이상한 거라도 드셨어요?"

아무리 항상 도와주는 시트리라도 너무 터무니없는 부탁이었나…… 아니, 그녀라면 할 수 있어!

"어떻게 준비해볼 순 없을까?"

"저기…… 그러니까…… 외람된 말씀이지만 이유를 여쭤봐도 될까요?"

이유? 이유 같은 건 없어. 그냥 상황에 흘러가고 있을 뿐이지. 나는 진지한 표정으로 말했다.

"그건 물론 그거지. 저번에 말했던 그거 말이야."

그게 뭔데? 그야 물론 그거다.

시트리는 한동안 눈을 깜빡이고 있다가 천천히 미소를 지으며 손을 탁 쳤다.

"그렇군요………… 그거 말이죠! 알겠습니다, 준비해볼게요! 언제까지 필요하신가요?"

"지금 당장."

"지금…… 당장?! 무제제가 이제 코앞인데요———."

시트리가 눈을 더욱 크게 떴다. 동공에 당황한 기색이 보였다. 나는 밀어붙였다.

"그건 그 왜…… 저번에 말했던 그거라서."

시트리는 한동안 입을 다물고 있다가 알겠다는 듯이 고개를 끄덕였다.

"…………알겠습니다. 저번에 그거 말이죠. 잠깐 나갔다 올게요. 늦게 돌아올지도 모르겠네요."

시트리가 허둥지둥 빠른 걸음으로 방을 나섰다. 이제 밤이고……

내일 나가도 상관없을 텐데 말이지.

수상쩍은 것을 보는 듯한 눈초리로 지켜보고 있던 루시아가 나를 보며 물었다.

"리더…… 저번에 그거라는 게 뭐죠?"

"어? …………몰라."

"?! 오빠, 진짜로 언젠가 시트랑 결혼당한다니까요?!"

역시 시트리는 믿음직스럽다. 나는 예전부터 시트리 파였다. 잘 받아주기도 하고 성격도 잘 맞는다. 결혼은 안 할 거지만. 알겠어? 소라. 진짜 막무가내 대처는 이렇게 하는 거라고.

크게 하품을 한 다음, 몸이 가라앉는 것 같을 정도로 푹신푹신한 의자에 앉았다.

그렇지, 여동생 여우에게 자랑해야겠어…… 유부초밥 도시락을 제작하는 조직을 만들 거야, 라고.

소라는 돌아가는 상황을 완전히 따라잡지 못하고 있었다.

영문을 알 수가 없다. 유일하게 알 수 있는 건 자신이 어떻게 해볼 수도 없는 곤경에 처했다는 사실뿐이다.

조직의 정점인 '흰 여우'를 잘못 판단하다니, 터무니없는 일이다. 무녀의 존재 의의조차 위험해진다.

무녀는 조직에서 특별한 입장이지만, 딱히 대체가 불가능한 것은 아니다.

'흰 여우'의 가면은 진짜였다. 원래는 정상 참작의 여지가 있지만 그 상대가 '아홉꼬리 그림자여우'의 원수인 《비탄의 망령》이라면 이야기가 달라진다. 간단히 말해 소라는 속은 것이다. 첫 임무에서 교묘한 책략에 걸려들었다. 게다가 소라를 속인 남자는 그녀에게 솔직하게 털어놓으라며 도발하고 있다.

말할 수 있을 리가 없다. 틀림없이 살해당할 것이다. 만약에 살해당하지 않는다 해도 유폐당하는 건 확실하다. 그리고 유폐당하는 게 사형당하는 것보다 나을 거라는 보장도 없다. 무녀 일족도 실수를 저지른 소라를 구해주지 않을 것이다.

이미 소라는 올라탄 배에서 내린다는 선택지가 없었다. 소라는 아직 죽고 싶지 않다. 무녀로서 태어나 자라왔고, 아무런 잘못도 하지 않았는데 살해당한다는 건 있을 수 없는 일이었다.

무녀로서 해서는 안 되는 생각일지 모르겠지만, 가면은 틀림없이 진짜다. 소라는 잘못한 게 없다.

신의 가면을 지닌 자는 모셔야 할 대상이다. 그것은 여우신의 무녀에게 있어서 근본이다.

언제부턴가 의미가 역전되어 '아홉꼬리 그림자여우'를 모시게 되었지만, 애초에 그게 잘못이었던 것이다.

이것은 원점 회귀다. 원래의 마땅한 모습으로 되돌리는 것이 소라의 사명이다. 소라는 잘못한 게 없다.

마땅한 모습으로 되돌린다. 그렇다, 새로운 '흰 여우'님을 모시는 조직———'열꼬리 유부'로서 분부를 받들어 유부초밥을 전국에 진출시키는 것이다! 소라는 잘못한 게 없다!

"크라이 씨, 어떠신가요? 고생해서 마련했는데——— 저번에 말씀하신 그거예요."

"용케도 이렇게 단기간 만에 준비했네."

이 사람은 왜 바보 같은 작전에 온 힘을 다하는 건데?

소라의 마음도 모르고 《천변만화》는 밉살스러울 정도로 까불 대는 표정을 짓고 있었다.

하룻밤이 지나고 안내를 받아서 간 곳은 도시의 중심부에서 약간 떨어진 곳에 있는 작은 건물이었다.

원래 카페였던 건지, 제일 먼저 눈에 들어온 것은 어울리지 않게 멋진 부엌이었다. 2층에는 거주 공간. 가구 같은 것들도 어느 정도 갖춰져 있었기에 세상 물정에 어두운 소라도 이 건물이 장난삼아 마련할 만한 곳이 아니라는 것쯤은 알 수 있었다. 그 지시에 따라 움직인 시트리도 좀 이상하다.

우선 숨어서 살 수는 있을까? 복장과 헤어스타일을 바꾸면 약간이나마 속일 수 있을까?

가짜 '흰 여우'님——— 아니, 새로운 '흰 여우'님의 목적은 아마 크리트에서 진행되려 하는 작전을 멈추는 것일 텐데.

일개 무녀인 소라에게는 전체적인 내용을 가르쳐주지 않았으나 세계를 바꿀 정도로 규모가 큰 작전이라고 들었다. '칠미'가 지휘를 맡았으니 면밀하게 짜인 작전이겠지만, 보스를 착각한 시점에서 성공은 불가능이라 생각된다. 그런데 유부초밥 도시락을 만드는 조직이 그 목적에 어떻게 얽히는지도 모르겠고, 애초에 소라는 유부초밥을 실제로 본 적도 없다!

"유부를 만들 준비도 해두었어요! 이 근처에서는 거의 안 먹는 음식이라 정말 고생했죠!"

"어? 정말로 준비했어?"

"?!"

그래도, 움직여야만 한다. 이미 원래 소속되어 있던 조직에는 머무를 곳이 없다. 어떻게든 살아남아야만 한다——— 아니, 새로운 '흰 여우'님을 모시는 것이야말로 소라가 받은 천명인 것이다! 소라는 잘못한 게 없다!!

억지로 기운을 내고는 주먹을 쥐며 고개를 들었다. 결심하며 목소리를 냈다.

"새로운 '흰 여우'님, 무엇이든 명령해 주십시오. 저, 소라 조로, 무녀로서 분골쇄신할 각오입니다. 지켜주세요! 참고로, 저는, 요리를, 못합니다! 해본 적도 없어요!"

음식으로 세계 정복을 한다는 건 너무 터무니없는 생각 아닌가? 대체 무슨 생각을 하고 있는 걸까? 소라를 함정에 빠뜨릴 정도의 신산귀모가 바라보는 곳은 어딜까?! 너무 혼란스러워서 눈이 돌아가는 것 같았다.

뭐가 정답인지도 모르는 상황에서도 필사적으로 버티려 하는 소라를 보고 새로운 '흰 여우'님이 눈살을 찌푸렸다.

그리고 시트리가 곤란하다는 듯한 표정으로 말했다.

"크라이 씨, 제가 가장 싫어하는 것은…… 적자예요."

"……제일 좋아하는 건?"

"그야 물론………… 저번에 했던 그거죠. 크라이 씨는 좀 더 제 게 그걸 해주셔야 해요."

"하하하하하, 시트리는 농담도 잘한다니까."

"후후후후후…… 고생했어요. 이것도 그걸 위해서 준비한 거라 고요! 저번에, 그, 거, 요!"

'흰 여우'님의 표정에는 여우의 계획을 막으려는 각오나 의욕이 전혀 보이지 않았다.

애초에 이 '흰 여우'님은 가프의 작전에 '진짜'가 관여하고 있다 는 사실을, 그렇기 때문에 소라가 불려왔고, 이렇게 곧바로 찾아 올 수 있었다는 사실을 이해하고 있는 걸까?

소라는 한동안 토라진 표정을 지은 시트리를 미소로 흘려 넘기 는 '흰 여우'님을 보고 있다가 곧바로 생각을 포기했다. 어차피 일 개 무녀인 소라가 할 수 있는 건 아무것도 없기 때문이다.

수없이 자연적으로 발생하는 보물전에서 산출되는 부로 인해 번영을 맞이한 이 시대. 보물전에서 보구를 가지고 돌아오는 트 레저 헌터는 때때로 영웅이라 불리기도 한다. 트레저 헌터는 부, 명예, 힘, 모든 것을 손에 넣을 수 있는 가장 빠른 방법이며 그렇 기 때문에 지금 이 시기는 트레저 헌터의 황금시대라 불리고 있 었다.

어린 시절부터 탁월한 재능을 보인 크라히 안드릿히가 헌터가 된 건 이미 정해진 운명이었다.

어렸을 때는 동경했고, 철이 들었을 무렵에는 주위의 어른들도 크라히가 헌터로서 대성하리라는 사실을 의심하지 않았다. 몸집이 그렇게까지 크진 않았지만, 크라히에게는 뛰어난 전투 센스와 남자 같지 않을 정도로 강대한 마력 소질(원래 여자 쪽이 마도사에 더 적합하다고 한다)이 있었다. 무엇보다——— 트레저 헌터에게는 필수인 마나 머티리얼의 흡수 능력과 유지 능력이 뛰어났다.

그리고——— 크라히는 운명에 이끌리듯 트레저 헌터가 되었다.

하지만 그렇게 신에 축복받았다고 해도 과언이 아닐 정도로 강한 힘을 지니고 있는데도 보물전은 버거운 곳이었다.

고향을 떠난 뒤 크라히를 기다리고 있던 것은 가시밭길이었다. 정신없이 나아갔다. 수많은 보물전을 공략했다. 단련했다. 목숨을 잃을 뻔한 적도 있었고, 범죄 조직이 노린 적도 있었다.

여유는 없었다. 자는 시간도 아까웠다. 온갖 고난은 크라히 안드릿히에게 있어서 신의 시련이었으며, 그것을 뛰어넘는 것은 기쁨이었다.

그리고 정신을 차리고 보니——— 크라히의 이름은 널리 알려져 있었다.

아직 별명을 받진 못했다. 하지만 많은 헌터들이 크라히의 이름을 알고 있었다.

당당하게 자기소개를 하고 다닌 것이 좋은 결과를 불러왔다.

트레저 헌터의 별명은 기본적으로 탐색자 협회에서 정하는데, 꼴 사나운 별명이 붙으면 참을 수가 없다.

《천천만화》. 천 군데의 하늘을 누비고 만 송이의 꽃처럼 빛난다. 트레저 헌터인 크라히의 이상.

때로는 사람들이 이름을 잘못 알고 있는 경우도 있었지만, 그런 것들은 사소한 일에 불과하다. 때로는 레벨8로 착각하는 경우조차 있었지만, 그만큼 강한 힘을 지니고 있어서 그럴 것이다.

레벨8(로 보이는 실력을 지닌), 《천천만화》 크라히 안드릿히.

그리고 드디어 크라히는 무의 정점인 무제제에 참가할 권리마저 얻은 것이다!

만감이 교차하는 것 같았다. 지금 크라히에 대한 소문은 지나치게 퍼진 상태다. 크라히는 아직 레벨8도 아니고 별명도 없는 데다 거대한 범죄 조직을 괴멸시키거나 꽃밭을 보물전으로 바꾼 적도 없다.

하지만 그 소문은 분명히 기대감 때문에 퍼졌을 것이다.

크라히 안드릿히는 무제제에서 우승함으로써 드디어 소문보다 한 발짝 앞서게 된다.

출장자는 아마 강적일 것이다. 크라히보다 훨씬 전부터 무예의 길에 몸담고 있는 자들도 많을 테고.

하지만 지금 크라이의 컨디션은 최고다.

할 수 있다. 지금 크라히의 실력은 분명히 레벨8에 필적한다. 무엇보다 크라히에게는 동료가 있다. 처음에는 솔로였던 크라히의 이상을 받아들이고 함께 해준 소중한 동료들이.

무제제에서 동료들과 함께 싸울 수는 없지만, 동료가 있다는 그 사실이 크라히에게 힘을 주고 있다.

파티도 만들었다. 《비탄의 악령》이라는 이름을 처음 들었을 때, 그리고 가면을 상징으로 삼고 싶다는 이야기를 들었을 때는 놀라긴 했지만, 크라히에게는 동료들의 의견을 받아들이는 도량이 있었다.

"저기, 이거 위험하지 않아? 어쩔 건데, 쿨. 아무리 그래도 진짜를 이길 수는 없거든? 나."

"으음…… 큰일이네요. 설마 진짜가 나타나다니……."

무제제의 거점으로 삼기 위해 빌린 여관. 그곳 거실에서 《비탄의 악령》 동료들, 《절경》 엘리자베스 스먀트와 《천견》 쿨 사이코가 심각한 표정을 지으며 머리를 맞댄 채 의논하고 있었다.

엘리자베스 스먀트는 도적이다. 눈에 잘 띄는 형광 분홍색 머리카락에 거의 알몸처럼 드러낸 옷차림. 무엇보다 눈길을 끄는 것은 큼직하게 튀어나온 가슴이다. 《절경》이라는 별명은 그 가슴에서 유래된 모양이었다. 멍청한 별명 같은 데다 가끔씩 잔머리를 굴리는 게 옥에 티지만, 도적으로서의 실력은 나쁘지 않다.

쿨 사이코는 파티의 두뇌다. 안경을 끼고 있으며 항상 존댓말을 하는 게 특징이고, 검을 휘두른 적은 없는 것 같지만 왠지 모르게 검사를 자칭하고 있다.

전투 때는 거의 도움이 안 되지만, 리더로서 훈련을 받은 적이 없는 크라히가 파티를 만들고 지금까지 원활하게 행동해온 것은 그 《천견》 덕분이었다. 다른 멤버들도 약간 이상한 부분이 있긴 하나 지금까지 계속 솔로였던 크라히에게는 무엇과도 바꿀 수 없는 동료다.

"우리 파티는 크라히 씨 말고 다들 잔챙이니까……."

"그야…… 잔챙이가 아니었다면 '즈리(치사하다)'라고 부르게 내버려두지도 않았겠지."

"!! 그렇지 않아!"

그냥 넘어갈 수 없는 말이었기에 크라히는 무심코 끼어들었다.

어쩌다 보니 함께 다니게 되긴 했지만, 두 사람은 이미 같은 파티의 멤버다.

항상 말하는 거지만, 자기 평가가 낮은 게 크라히 파티 멤버들의 단점이었다.

"쿨, 즈리. 너희가 없었다면 나는 이런 무대에 서지도 못했을 거야. 고마워."

진지한 표정으로 말하는 크라히를 보고 즈리가 정색하는 표정을 지었다. 쿨도 곤란한 듯한 표정이었다.

"어째서…… 이 녀석, 이렇게 강한 건데……. 설마 무제제에 출장할 줄이야――."

"그야 크라히는 계속 솔로로 싸우면서 살아남았고, 크라히만큼은 '고의'가 아니니까요."

그렇다. 누구라 해도 상관없다. 상대가 누구라 해도 지진 않을 것이다. 누구든 덤벼라!

내가 바꾼다. 내 이름뿐만이 아니라 《비탄의 악령》이라는 이름을 널리 떨칠 것이다.

그것이 지금 크라히가 품고 있는 또 하나의 꿈이었다.

크라히는 새롭게 결심하고는 불타오르는 눈동자로 조용히 창밖을 보았다.

무제제를 앞두고 거리가 조금씩 활기를 보이고 있다. 문득 크라히는 생각했다.

그러고 보니 나와 이름이 비슷한 그 청년은 응원하러 와줄까?

제3장   천변만화의 책략술

해마다 그렇지만 무제제 개최를 앞둔 크리트의 활기를 보고 거크는 마차 안에서 눈을 크게 떴다.

큰길이든 골목이든 사람들로 넘쳐났고, 도시의 문은 뒤늦게 온 여행자들로 인해 혼잡했다. 다양한 나라에서 헌터가, 상인이, 관광객이 찾아오는 이 시기는 1년 중에 크리트가 가장 활기찬 시기다. 그와 동시에 치안이 악화되기도 하기에 주민들 중에는 일부러 이 시기에 도시를 떠나는 사람들도 있다.

"여전히 소란스러운 곳이로군. 나는 이렇게 쓰레기처럼 혼잡한 사람들을 보면 소각해버리고 싶어진단 말이지."

마차 맞은편 자리에서 바깥을 바라보고 있던 사람, 《심연화멸》이라 불리며 두려움을 사고 있는 늙은 마도사가 코웃음 쳤다. 앙상한 손가락에 홀쭉한 볼. 하지만 그 새빨간 홍채는 지옥의 업화와도 같이 눈부시게 빛나고 있었다. 단순한 광역 섬멸 능력만 놓고 보면 타의 추종을 불허하는 제블디아 최강의 마녀다. 그리고 그녀는 예전에 무제제에서 관객석을 지키고 있던 결계를 날려버려 출장 금지 처분을 받은 여자이기도 했다.

"농담이 심하군, 로제마리."

"하나, 크크큭…… 이렇게 싸움을 앞둔 분위기는 나쁘지 않아. 최강을 목표로 삼는 것은 전사의 본능이고. 출장자의 질도 예전보다 올라갔겠지? 세계를 순환하는 마나 머티리얼의 총량이 늘어났다고도 하니 말이야."

"⋯⋯마도사 중 대부분은 연구직일 텐데?"

"그건 편견이야, 지부장. 전장에 나가서 좀 태우는 게 연구도 더 잘되니까. 나도 출장 금지만 당하지 않았어도 나갔을 것을⋯⋯⋯ 탐협의 항의가 너무 부족했던 것 아닌가?"

나이를 생각하라고, 할멈. 거크는 그렇게 생각하며 한숨을 쉬었다. 물론 소리 내어 말하진 않았지만⋯⋯.

무제제에서 손에 넣을 수 있는 것 중 가장 가치 있는 것은 '명예'다. 레벨8 헌터쯤 되면 그 이상의 명예는 필요가 없을 것이다. 지금까지 출장한 적이 없다면 모를까, 어떤 의미로 전설까지 만들어놓고 여전히 싸우려 하다니 어이가 없다. 예전과 비교하면 눈앞에 있는 여마도사도 많이 너그러워졌지만, 어디까지나 '예전보다는'인 것 같다.

"걱정할 필요는 없다, 로제마리. 굳이 나서지 않더라도⋯⋯ 그 힘이 필요할 때가 올 테니까."

"크크큭⋯⋯⋯⋯ 무제제라. 그렇게 큼직한 안건을 노리다니 녀석들도 드디어 제 실력을 발휘할 모양이야. 태울 보람이 있겠어. 테름, 그 바보 녀석이 없다는 게 안타깝다만———."

탐색자 협회에서 신중하게 조사한 결과, '여우'의 다음 계획의 단서를 알아낸 것은 불과 얼마 전이었다.

테름과 케챠챠카의 거점을 수사하고, 케챠챠카를 리스트에 넣은 직원을 찾아내고, 귀중한 보구를 써서 암호화된 문서를 해독

했다. 지금까지 계속 숨겨져 왔던 여우의 계획을 알아낼 수 있었던 것은 아마 그 작전이 지금까지와는 달리 훨씬 규모가 컸기 때문일 것이다. 탐협과 제국이 알아낸 정보는 계획의 극히 일부에 불과했지만, 움직이기에는 그것만으로도 충분했다. '여우'는 이미 황제 암살 미수 사건을 일으켰기 때문이다.

손에 넣은 키워드는 두 개. '무제제'와 '대지의 열쇠'. 전자는 유명하고, 후자는 들어본 적이 없는 단어였다. 하지만 제블디아는 그렇지 않은 모양이었다. 보고를 들은 제국의 행동은 너무나도 신속하게 이루어졌다. 탐색자 협회에도 정식으로 협력 의뢰가 들어왔다.

하지만 크리트는 제국의 영지가 아니다. 아무리 대국이라 해도 할 수 있는 건 제한되어 있다.

크리트의 신문을 바라보던 로제마리가 입가에 미소를 드리웠다.

"보라고, 거크 꼬맹이. 크리트의 범죄 건수가 예년보다 꽤 줄어든 모양이야. 수상쩍군. 평소와 다르다는 건 바람직한 경향이 아니야. 폭풍이 몰아치기 전에 고요한 상태지."

그리고 로제마리는 한층 더 강렬한 미소를 지으며 거크를 노려보았다.

"그런데 그 꼬맹이, 설마 나와 한 약속을 내팽개치다니. 정말 매번 건방진 짓을 해주는군. 그 애송이가 제도에 온 뒤로 내가 너 그리워졌다는 말까지 들을 정도야. 정보를 공짜로 내놓으라고 할 생각은 없었다만, 급하게 무제제 개최지로 향하다니——— 언제 정보를 손에 넣은 건지 확실하게 확인해야겠어."

타이밍이 안 좋기는 했다. '여우'를 타도하자고 뭉친 직후에 혼자서만 여우의 계획이 진행되고 있는 무제제 개최지로 향하다니, 너무나도 의리 없는 행동이다. 하지만 거크는 크라이의 마음도 이해할 수 있었다.

어떻게 정보를 알아냈는지는 제쳐두더라도 책략이 특기인 크라이와 뭐든지 태워서 해결하는 로제마리의 상성은 최악이다. 게다가 그녀에게는 이제 말려주는 역할을 맡고 있던 《지수》도 없다.

"그 남자에게는 그 남자의 생각이 있을 거다."

"흥………… 갑자기 태우지는 않을 거다. 애송이에게는 그 브라콘 여동생도 있으니 말이야. 대마도사 루시아 로제와 《마장》이 싸우는 건 좋지 않아. 우리 클랜에는 루시아를 따르는 녀석들도 많이 있거든."

루시아…… 너, 엄청난 험담을 듣고 다니는구나.

로제마리는 한동안 타오르는 눈동자로 거크를 바라보다가 잠시 후 어깨를 으쓱였다.

"뭐, 녀석에게는 테름 건으로 빚이 있으니 말이야. 짜증 나지만 이번만큼은 따라주도록 하지."

"…………로제마리, 너 그러워졌나?"

"히히히…… 말은 잘하는구나, 거크 꼬맹이."

마차 밖에서 소란스러운 소리가 들려왔다. 로제마리는 거크에게서 눈을 돌려 창밖을 보았다.

"헌터에게는 특기 분야가 있다고. 그리고 그 애송이의 권모술수는 약간── 보통이 아니야. 실력이 좋은 동료가 있다거나 그런 수준이 아니란 말이지. 그렇다고 해서 미래를 보는 것도 아니고. 정말 신기한 일도 다 있구나 싶다만………… 괴물 같은 재능을 지닌 녀석들은 아무도 이해해주지 못하는 법이니까."

그 말은 마치 자기 자신에게 하는 듯한 느낌이었다.

먹구름이 피어오르는 무제제는 아직 그 징조를 겉으로 드러내지 않았다.

"프로로군. 풍기는 분위기가 약간 살벌하긴 한데…… 저런 인재를 어디서 찾아낸 거지?"

여우 가면 동호회(가칭)와 함께 행동한 감상에 대해 묻자 토우카가 캐묻는 듯한 눈초리로 나를 보며 말했다.

토우카의 평가는 한없이 냉철하다. 그녀는 레벨8이라는 평판을 있는 그대로 받아들이지 않는 몇 안 되는 친구다. 여우 가면 동호회. 역시 꽤 강한 사람들인 것 같다. 내 보는 눈도 꽤 괜찮네.

"뭐, 이런저런 일이 있었거든. 잘 지낸다면 다행이고."

"오늘 싸운 적이 내일 아군이 될 경우도 있다. 그 반대도 마찬가지. 때로는 범죄자 같은 녀석들을 써먹을 때도 있다만———미리 말해주지 않으면 곤란하지."

말이 너무 심한 것 같은데. 그 녀석들이 엄청나게 수상쩍긴 하지만…….

뭐, 험상궂은 사람들인 것 같고, 그래서 소라도 미안하다는 말을 꺼내지 못하는 거겠지. 껄끄러운 것에서 눈을 돌리는 구석은 매우 친근감이 드는데. 연상으로서 어떻게든 해줘야 할 것 같다.

"자자, 토우카 씨. 그런 부분에 대해서는 미리 말씀드렸잖아요. 크라이 씨는 아무렇지도 않게 범죄자를 자유자재로 다루세요. 그걸 전제로 행동해주셔야죠——— 이건 계약 범주 안에 있는 내용이에요."

"음…………"

시트리의 말에 토우카가 입을 다물었다. 시트리는 대체 그녀에게 돈을 얼마나 쏟아부은 거지?

그리고 범죄자를 자유자재로 다루는 크라이 씨는 어디 사는 크라이 씨야? 나는 조종당하는 쪽이라고.

"뭐, 알겠다. 돈을 위해서라면 뭐든지 하고, 써먹을 수 있는 것은 써먹는 게 우리의 방침이다. 《천검》과 모의전은 돈을 아무리 많이 줘도 안 할 테지만."

루크…… 미움을 샀구나. 루크는 상대방의 실력이 좋으면 좋을수록 신이 나서 힘 조절을 못하게 되니까. 딱히 갑자기 화를 내지도 않는데 리즈와 비슷할 정도로 두려움을 사는 시점에서 뻔하지.

참고로 지금은 여관에 틀어박혀 있는 걸 참지 못하고 리즈, 안셈, 공주 일행과 함께 거리로 나가버렸다. 아마 누군가를 두들겨 패러 갔을 것 같은데. 은근슬쩍 공주를 데리고 가지 말라고! 그러지 말란 말이야!

"이번에는 주요 멤버들과 대면하기만 했다. 다음에는 파티를 데리고 가서 자세한 이야기를 들어볼 생각이다. 그쪽 움직임에 맞추라고 하던데——— 뭔가 원하는 게 있나?"

"그러게…… 다음에는 루크랑 리즈도 데리고 가줄래?"

"…………그건 혹시, 이번 천 개의 시련인가?"

엄청나게 싫은 듯한 표정을 짓고 있네. 그리고 '천 개의 시련'이라는 건 얼마나 퍼진 거야?

"애초에 그 폰타라는 건 뭐지?"

"어? ……제블디아의 황녀."

"……뭐? ……………무슨 농담 같은 건가?"

토우카의 얼어붙은 눈빛을 보니 심장이 따끔거리며 아파졌다. 고객에게 보여줄 만한 표정이 아니다.

뭐, 만에 하나 황녀 전하에게 무슨 일이 생기면 큰일이니까. 잘 부탁할게!

그때, 시트리가 화제를 돌리려는 듯이 손바닥을 짜악, 마주쳤다.

"그런데 토우카 씨. 의뢰한 정보는 들어왔나요?"

"정보……?"

"무제제 출장자에 대해 조사를 의뢰했거든요. 제가 우승을 노리려면 최선을 다해야만 하니까요."

역시 목표를 높게 잡았구나. 루크나 루시아도 출장하고, 일반적으로는 비전투 직업인 연금술사가 우승하긴 힘들 것 같은데도 그런 건 대충 할 이유가 안 되는 모양이다.

독기가 빠져나갈 것 같은 미소를 보고 토우카가 신기하게도 쓴 웃음을 지었다.

"정말. 나도 출장할 텐데———."

"비즈니스와 그건 별개죠."

"맞는 말이다. 돈을 제대로 지불해주는 고객은 정말 고마운 존재지."

사이가 좋네………… 그런 사교성을 다른 녀석들에게도 나누어주고 싶다. 리즈나 루크는 아예 말도 안 되고, 루시아도 사실의외로 낯을 많이 가리는 편이다.

토우카는 몸가짐을 바로잡고는 동료에게 파일을 가져오도록 시켰다.

그리고 테이블 위에 그것을 펼쳐놓고는, 마치 비밀 이야기라도하는 듯이 목소리를 낮추며 말했다.

"우선, 그래……. 제일 흥미로운 이야기부터 하도록 하지. 보스——— 당신 가짜가 나왔다."

"…………아니, 그건 가짜가 아니라 내 진짜야."

"?!"

내가 기대했던 대로 토우카가 눈을 동그랗게 뜨며 동료들과 서로 얼굴을 마주 보았다.

크리트의 여관은 쾌적했다. 방에는 냉방도 잘 돌아가고 있고, 밥도 맛있다. 목욕탕도 크고, 거실도 깔끔하다. 몸이 가라앉는 것같은 소파에 몸을 기대고는 서비스로 배달된 신문을 바라보며 크게 하품을 했다. 왠지 평소보다 평화롭네…….

이 시기에는 살벌하다고 들어서 분명히 휘말릴 것 같았는데 아무래도 이번에는 운이 꽤 좋은 것 같다. 그 때문에 우리 파티의 망나니가 자기 몸을 주체하지 못하고 있다.

"우오오오오오오오오오오오오오, 이게 내 신기술, 분열검이다! 죽어어어어어어어어어어어어어!"

"잠깐, 위험하잖아! 검이 부러졌다고! 루크, 그건 목도로 못 쓴다니까아!"

루크와 리즈가 거실이 넓다는 구실로 모의전을 벌이고 있었다.

검이 공기를 가르며 터무니없는 소리를 내고 있었지만, 발소리 같은 건 나지 않았다. 처음에는 우당탕탕 시끄러워서 근처에 있는 사람들에게 폐가 되고 방이 망가지니까 하지 말라고 했는데, 그런 부분을 배려하며 모의전을 벌이기 시작한 것이다. 게다가 조용히 온 힘을 다하는 특훈이라는 말까지 하기 시작했다.

뭐든지 즐길 수 있는 건 좋은 거지만, 내가 하고 싶은 말은 그런 게 아니다. 아무리 넓다고 해도 굳이 실내에서 모의전을 할 필요는 없을 텐데, 어째서 밖에서 하지 않는 걸까.

"히익!"

휘말린 공주님이 필사적으로 공격을 피하고 있었다. 보아하니 황녀도 조금씩 리즈와 루크의 터무니없는 행동에 적응해나가고 있는 것 같다. 움찔거리는 건 여전하지만, 황녀의 몸놀림이 아니었다.

호위로 따라온 두 사람은 이제 루크와 리즈를 포기한 모양이었다. 보아하니 짐승에게는 사람의 말이 통하지 않는다는 사실을 이해한 것 같았다. 뭐니 뭐니해도 아직 황녀가 큰 부상을 입지 않았다는 것도 그 이유 중 하나일 것이다. 그냥 결과론인 것 같지만 말이지!

"앗!"

그때, 리즈가 짤막한 목소리를 냈다.

날카로운 소리. 부러진 목검이 꽂히자 내 눈앞에 있던 유리창이 산산조각 났다.

뭐가 뭔지 알 수가 없었기에 나는 미소를 지을 수 밖에 없었다.

궤도조차 보이지 않았다. 리즈의 움직임은 눈에 보이지도 않는데, 그건 루크와 다른 사람들도 마찬가지다. 만약에 세이프 링이 자동 기동되는 보구가 아니었다면 나는 분명 실수로 친구에게 살해당했을 것이다.

아니, 방금은 세이프 링이 기동되지 않았는데? 루크와 리즈, 그리고 창문 사이에는 내가 있다. 어떻게 해야 나를 다치지 않게 하면서 창문을 깨는 재주를 부릴 수 있는 거지?

그때, 나와 마찬가지로 소파에서 책을 읽고 있던 루시아가 고개를 들고 소리질렀다.

"야! 아무리 심심해도 실내에서 바보짓을 하면 안 되지!"

"내 분열검을 튕겨냈다, 고?! ……꽤 하는구나, 루시아!"

"꽤 하는구나는 무슨! 꽤 하는구나는 무슨!"

아, 루시아가 마법으로 튕겨낸 거구나. 나는 전혀 눈치채지 못했는데, 지연 시간이 전혀 느껴지지 않는 발동 속도는 틀림없이 루크와 다른 파티원들 사이에서 단련해온 성과일 것이다. 절차탁마라는 게 이런 건가?

"리더도! 어째서 검이 날아오는데 멍하니 있는 건데요!"

"…………멍하니 있고 싶으니까?"

"……정말!"

아니, 루시아…… 혹시 좋은 승부를 벌일 수 있는 거 아닌가?

부드러운 미소를 짓고 있던 내게 카렌 씨가 말을 걸었다.

"크라이 공…… 폐하께서 호출하셨다. 뮤리나 님을 데리고 가도 문제가 없을까?"

"……그래, 물론이지. 훈련도………… 내 계획대로 진행되고 있어."

계획 같은 건 딱히 없지만 말이지. 실전 훈련은 아직 시작하지 않았지만…… 될 대로 돼라!

뭐, 루크나 다른 파티원들하고 놀 수 있는 사람은 별로 없거든? 티노도 비명을 지를 정도니까.

"흐음…… 솔직히 지금까지 함께 지내면서도 크라이 공의 의도를 전혀 파악하지 못했다만…… 그렇게 전달하도록 하지."

왠지 이 사람도 처음 만났을 때보다는 꽤 너그러워졌네.

"그건 그렇고~, 다른 사람을 가르치는 건 힘드네. 강해질 때까지 시간이 꽤 걸릴 것 같기도 하고……."

"뭐, 지금까지 공주가 루크를 피해서 도망쳐다녔으니까. 나는 티가 있으니 익숙해졌지만———."

뮤리나 황녀를 바래다주고 돌아가는 길. 루크가 감정을 담아 말하자 리즈가 맞장구를 쳤다. 익숙해졌다고 하지만, 힘 조절을 하는 것 같진 않던데요…….

"그래도 나는 역시 사람을 베는 게 더 좋아~. 가르쳐줄 때는 힘 조절을 해서 베어야만 하니까~."

"루크 씨는 딱히 가르치지도 않았잖아요!"

"…………이제 곧 마음껏 싸울 수 있을 테니 워밍업이라고 생각해."

아니, 가르칠 때도 베긴 했구나. 황녀를 베지 말라고!

"시트도 이상한 걸 가지고 와서 뭔가 하고 있는 것 같고, 리더는 항상 그랬듯이 아무 말도 없이 제멋대로 굴고, 항상 나랑 안셈씨만 피해를 보니까……."

어? 시트리가? 그 정보는 뭐야? 처음 듣는데. 그리고 나를 리즈랑 루크 쪽으로 끼워 넣은 이유를 모르겠네.

잡담을 하며 넷이서 걸어가다 보니 문득 사람들 속에서 낯익은 얼굴을 발견했다.

검은색 의상. 키는 트레저 헌터의 평균을 고려하면 큰 편은 아니지만, 특이한 지팡이를 들고 있는 데다 잘생겼기에 그냥 있기만 해도 다른 사람들의 눈길을 끈다.

내 진짜. 《천천만화》 크라히 안드릿히. 뜻밖의 재회에 나도 모르게 손을 크게 흔들었다.

설마 이렇게 사람이 많은 곳에서 만날 줄이야, 운이 좋다. 나를 기억하고 있을까?

"이봐요~! 크라히 씨! 오랜만이에요!"

역시 진짜다. 크라히 씨가 넋이 나갈 것 같을 정도로 하드보일드하게 이쪽을 돌아보았다.

그는 나를 보고 눈을 크게 뜨고는 미소를 지었다.

"!! 너는——— 정말로 이 도시에 와 있었구나!"

"아~, 저게 시트가 말했던……."

리즈와 다른 파티원들에게는 미리 실례가 되는 말을 하지 말라고 해두었다. 이름이 좀 비슷하다고 해서 가짜라고 하면 안 된다. 아니, 나 자신만 놓고 보면 분명히 저 사람이 더 강하니까!

루시아가 불쾌한 듯한 표정으로 크라히를 노려보고 있지만, 그것까지는 말릴 수가 없다.

사람들이 자연스럽게 갈라졌다. 이게——— 진짜의 카리스마인가? 이렇게 하드보일드할 수가.

"신기한 우연이군! 마침 나도 다시 만날 수 있을까 생각하던 참이었어!"

크라히는 방긋방긋, 사람이 좋아 보이는 미소를 지으며 다가와서는 밝은 목소리로 말했다. 마치 10년 지기 친구를 만난 듯한 태도였다. 분명히 커뮤니케이션 능력도 뛰어날 것이다. 흠잡을 데가 없다.

…………그런데 팔에 달라붙어 있는 여자애는 누구지?

크라히의 팔에 10대 중반쯤 되어 보이는 여자애가 달라붙어 있었다. 길고 까만 머리카락을 양갈래로 묶고, 검은색 고깔모자를 쓴 데다 짤막한 지팡이를 들고 있었다. 그 부분만 보면 마도사겠지만 치마에는 프릴이 달렸고, 옷도 멋지게 차려입어서 인상이 뒤죽박죽이었다. 크라히가 곤란하다는 듯이 소녀를 보며 소개해

주었다.

"아, 이 아이는 루샤 안드릿히야. 마도사이고·····················
저기····· 의붓여동생? 그리고 내 제자이기도 해. 아직 별명은 없
지만, 재능도 그럭저럭 있어."

······그러고 보니 별로 닮은 구석은 없지만, 특징만 놓고 보면
똑같네.

루시아는 아무런 말도 하지 않았다. 그저 볼이 움찔거리기만
했고, 눈빛이 싸늘해졌다.

그거, 뭐라 해야 하나····· 엄청나게 신기한 우연이네. 우리 루
시아는 제자가 아니지만.

뭐, 그런 일도 있을 수 있겠지. 얼른 떠나고 싶긴 하지만, 인사
도 안 하고 가면 실례다.

나는 마음을 다잡고 크라히의 팔을 끌어안고 있던 루샤에게 말
을 걸었다.

"그렇구나, 잘 부탁해. 나는····· 너희 오빠의 팬이야."

내 말을 듣고 루샤가 활짝 웃었다. 그리고 매우 달콤한 목소리
로 말했다.

"아~, 네에~, 당신이 가짜군요! 저느은, 오빠의 연인이자아,
나중에 부인이 될, 루샤, 입니다아~!"

나도 모르게 이상한 목소리가 나올 것 같아서 혀를 깨물며 참
았다. 뒤쪽을 보니 루시아가 정색하고 있었다.

이런, 루시아의 이성이 죽는다. 리즈도 표정이 굳어 있지만, 이
쪽은 웃음을 참고 있는 거다.

루샤는 마치 가슴을 밀어붙이는 듯이 크라히의 팔을 끌어안고 신이 난 목소리로 말했다.

"오빠느은, 당신 같은 사람한테, 절대로 지지 않을 테니까아! 오빠는, 멋지고, 강하고, 머리가 좋고, 게다가 정말 자상해서어…… 내가 마도사로서 일류가 되고오, 강해지며언, 결혼해준다고 했어어!"

엄청난 캐릭터네. 개인적으로는 싫진 않지만, 루시아의 표정이 분노에서 무(無)로 바뀌었다. 큰일이다.

크라히가 당황한 표정을 지으며 매우 질색하는 듯이 루샤를 나무랐다. 그 표정에는 부끄러운 기색 같은 게 보이지 않았다.

"이, 이 녀석. 미안해, 루샤는 항상 이렇거든. 멋대로 여동생이라고 자칭까지 하고………… 그, 그래도 특이하긴 하지만 나쁜 녀석은 아니야. 자, 루샤, 사과해. 너무 실례잖아."

여동생이 아닌데 멋대로 여동생을 자칭한다는 게 무슨 소리야?

우리 여동생이었는데 여동생이 아니게 되어버린 여동생은 완전히 열받았다. 리즈는 열받으면 1인칭이 바뀌는데, 루시아는 열받으면 아무 말도 하지 않게 된다. 이제 루샤의 목숨은 풍전등화나 마찬가지다.

크라히에게 혼난 루샤는 한순간 멍해졌다가 잠시 후 눈가에 눈물을 머금었다.

"죄, 죄송해요. 전 오빠가 정말 좋아서…… 그래서 금방 폭주해 버리니까……."

그녀는 크라히를 힐끔힐끔 보고 있었다. 전혀 반성하지 않은 것 같은데.

구석으로 루시아를 데리고 가서 달래주었다. 루시아는 얼굴을
새빨갛게 물들인 채 부들부들 떨고 있었다.

"자자, 진정해. 그냥 우연이야."

"우연?! 그런 우연이 어디 있어요!!"

"참 재미있다, 그치? 루시아!"

"재미없어어~!"

리즈가 그렇게 말하자 루시아는 왠지 모르겠지만 나를 노려보
며 발을 동동 굴렀다. 예전에는 얌전히 내 뒤를 타박타박 쫓아오
던 루시아도 시트리나 리즈의 영향 때문에 완전히 공격적으로 변
했다.

"루샤가 특이하긴 하지. 그래도 악의는 없었을 거야."

"악의가, 없다고요?! 악의 100퍼센트잖아요! 악의가 없다면 그
게 더 문제라고요! 저는, 그런 말, 안 해요!"

그런 말을 안 한다고? 그런 건…… 이제 와서 굳이 말할 필요
도 없는 거잖아. 비슷한 건 이름뿐이니까.

게다가 크라히는 나보다 강하지만, 루샤가 루시아보다 강할 가
능성은 거의 없다. 루시아보다 강했다면 이미 별명을 지니고 있
었을 것이다.

"응, 그래, 그렇지. 루시아는 예전에도 그렇게까지 찰싹 달라붙
지 않았어. 어렸을 때라면 모를까, 어른이 그러는 건 좀 아니지."

"어……? 그 정도는 하지 않았나? 그치? 루시아. 그렇게 귀여

운 옷을 입진 않았지만 말이지."

"윽⋯⋯⋯⋯ 으으윽⋯⋯⋯⋯."

루시아가 얼굴을 새빨갛게 물들인 채 머리를 감싸 쥐었다. 특징만 놓고 보면 루시아와 똑같다는 게 골치 아프다.

아직 별로 유명하진 않은 것 같지만, 지명도가 올라가면 우리와 비교당하게 될 것 같다.

그때, 지금까지 흥미진진하게 루샤를 보고 있던 루크가 말했다.

"이봐, 크라이. 루시아는 됐고, 내 가짜는 아직 멀었어? 내 몫은?"

"가짜가 아니라니까――."

그때, 멀리 떨어진 곳에서 루샤와 찰싹 붙어있던 크라히가 혼잡한 사람들을 재주도 좋게 뚫고 다가왔다.

그는 얼굴이 새빨갛게 물든 루시아를 보고는 걱정스러운 듯이 말을 걸었다.

"괜찮니? 몸이 안 좋은 것 같은데⋯⋯ 혹시 필요하다면 포션을 줄 수도 있어."

"아니, 괜찮아. 사람이 너무 많아서 그럴 거야."

강하고, 카리스마가 있고, 배려심도 있다. 내 진짜는 정말 스펙이 높네⋯⋯ 본받고 싶다.

루샤가 크라히의 팔에 달라붙으며 왠지 뽐내는 듯한 목소리로 말했다.

"말은 그렇게 해도오, 저랑 오빠의 러브러브한 모습 때문에 그런 거 아닌가요오?"

"아앙?!"

안 되겠다, 루시아가 리즈처럼 째려보고 있다.

좀 더 이야기를 나누고 싶긴 하지만, 루샤와 루시아의 상성이 너무 안 좋다. 나중에 토라진 루시아에게 보구 충전을 부탁하게 될 내 입장도 생각해줬으면 좋겠다.

"미안한데, 우리는 좀 급한 일이 있어서……."

"음, 이거 안타깝군. 우리 파티를 소개할까 했는데……."

이럴 수가…… 정말 소개받고 싶었다. 예전에 말했던 스마트 같은 사람도 만나보고 싶었는데.

크라히가 루샤를 매단 채 사람들을 둘러보며 살짝 한숨을 쉬었다.

"뭐, 조심히 가도록 해. 무제제 기간 동안 크리트는 살벌한 모양이니까……. 특히 무제제 출장자를 노리는 녀석들이 많은 모양이더군."

"뭐어? 조심하라고? 너, 무슨 소릴 하는 거야. 크라이가 도적들 따위에게 당할 리가 없거드은? 이미 이쪽에서 손을 써두었으니까!"

"……? 손을 써?"

크라히의 말에 리즈가 따지고 들었다. 손을 써두었다고 해야 하나, 그냥 떠넘겼을 뿐인데———.

크라히 씨는 쓸데없이 의미심장한 미소를 짓는 나를 빤히 보고 있다가 잠시 후 고개를 크게 끄덕였다.

"그렇군…… 사정이 있는 모양이야. 이것도 인연이겠지. 혹시 나도 돕게 해줄 순 없을까?"

"대체 어떻게 된 거지? 소라. 보스는 무슨 생각을 하고 있는 거냐?"

"?! …………모든 것은 '흰 여우'님의 분부대로……."

부하의 보고를 듣고 크리트 가장자리에 있는 건물로 들어가자 여우신의 무녀, 소라 조로가 하얀 앞치마를 입은 채 요리를 하고 있었다. 그 모습에서는 법의를 입고 있었을 때 느꼈던 신비로운 분위기가 전혀 느껴지지 않았다. 널찍한 부엌은 고소한 향기로 가득 차 있었고, 구석에는 나무상자가 쌓여 있었다.

"'흰 여우'님의 명령으로…… 유부를 제조하고 있습니다."

"??? 무슨………… 소릴 하는 거지? 유부? 유부가 무슨 상관 이 있다는 거냐?!"

"…………모든 것은 '흰 여우'님께서만 알고 계십니다."

무녀의 눈은 완전히 죽어 있었다. 대체 어떻게 된 거지……?

이해할 수가 없었다. 여우는 비밀 조직이다. 명령의 의도가 수 하들에게 완전히 전달되는 경우는 없다. 가프도 지위가 낮았을 때는 아무것도 모르고 혹사당했지만, 그럼에도 불구하고 명령에 의문을 품은 적은 없었다.

왜냐면 그런 명령들이 전부 명확한 파괴 공작이었기 때문이다. 그런데─── 유부 제조?

"독을…… 넣는 건가?"

"…………넣지 않을 겁니다. 맛있게 만들라는 명령을 받았습니다."

"……보스는 뭘 할 생각인 거지?"

"좀 스스로 생각하세요! 가프 센펠더! 그건 '흰 여우'님에 대한 반역입니까?!"

소라가 집게손가락으로 가프를 가리키며 질책했다. 그 표정은 가프가 지금까지 본 적이 없는 표정이었다. 어떠한 상황에서도 안색 하나 바뀌지 않았던 그녀의 볼에는 식은땀이 흐르고 있었고, 목소리도 거칠어졌다.

"윽…… 아, 아니…… 모든 것은 보스의 분부대로."

그렇게까지 말하니 가프도 입을 다물 수밖에 없었다. 크리트에 이런 거점이 있었다는 사실은 처음 알았는데, 갖춰진 부엌은 새 것인 것 같았다. 무녀에게 생활력이 있을 것 같지는 않으니 조직에서 자금이 투입되었을 것이 분명하다. 그때, 소라가 조심조심 물었다.

"그런데 가프. 이건 그냥 흥미가 있어서 물어보는 겁니다만…… 어떻게 이곳을 알아냈지요?"

"흥…… 바보 취급하는 거냐? 조직의 눈은 어디에나 있다."

"그렇게 눈치가 빠르면서 왜――― 아니."

소라가 고개를 크게 저으며 물기를 없앤 두부를 프라이팬으로 튀기기 시작했다.

"모든 것은, 모든 것은 '흰 여우'님의 뜻입니다. 보세요, 가프.

유부는──── 두부로 만드는 겁니다. 두부는 일단 시중 제품을 쓰고 있지만 나아가서는 처음부터 만들게 될 겁니다. 모든 것은 '흰 여우'님의 명령, 이니──── 앗 뜨거·········· 전 요리를 해본 적이 없습니다."

어째서 사람을 고용하지 않는 거지? 어째서 신성하며 조직 내부에서도 특별한 입장인 무녀에게 유부를 만들게 한 거지? 의아해서 견딜 수가 없었지만, 가프는 더 이상 생각하는 것을 포기했다.

이것도 보스의 명령이라면 아마 숭고한 목적이 있을 것이다.

고생하고 있는 소라를 바라보고 있자니 갑자기 문을 노크하는 소리가 들렸다. 이곳은 조직의 은신처다. 조직의 은신처에 손님이 올 리는 없다. 자연스러운 동작으로 자세를 취한 가프 앞에서 문이 열렸다.

"소라~, 부탁할 게 좀 있는데······."

사고가 멈췄다. 들어온 사람은 흑발 청년이었다.

하지만 가프가 얼어붙은 이유는 그게 아니었다. 그 목소리가──── 보스의 목소리였기 때문이다.

"?! ???! 보······스?"

그가 가프를 보았다. 프라이팬을 들고 있던 소라의 표정도 완전히 얼어붙었다.

"음······ 아, 마침 잘됐네. 당신한테 볼일이 있었거든."

"보스, 가면! 가면은 어쩌셨습니까?!"

말도 안 된다. 여우는 비밀 조직, 보스는 정체를 숨기는 법이다.

실제로 가프가 만난 적이 있는 간부급 인물들도 모두 가면을 쓰고 있었다. 적이 많은 보스의 민낯을 알고 있는 사람은 조직 내부에서도 몇 명 안 될 것이다.

보스는 가프가 지적하자 멍한 표정을 보이며 쓴웃음을 지었다.

"아, 그래…… 아니, 오늘은 덥기도 하고, 그 가면이 꽤 걸리적거려서 말이지. 용서해줘. 아무리 그래도 항상 쓰고 다닐 수는 없잖아."

"?! ??? 당신은 무슨———."

그 모습은 너무나도 자연스러웠다. 부하의 배신 따위는 전혀 두려워하지 않는 초연한 태도.

지금까지 만났던 간부들은 다들 강자의 분위기를 풍기고 있었지만, 눈앞에 있는 보스가 풍기는 분위기는 이상했다.

폰타는 그렇다 치더라도 보스가 소개해준 츠네코. 그 녀석은 틀림없이 유명한 파티———《등화기사단》의 리더일 것이다. 강력한 마물이나 지명수배범을 추격하며 각지를 돌아다니는 순수 전투 집단이다. 적갈색 장비는 파티의 상징이며, 리더인 콘고인 토우카는 지금까지 여우의 말단 조직을 여러 개 뭉개버린 진짜배기 원수로 알려져 있다. 여우 가면을 쓰고 있긴 하지만, 그 정도로 가프의 눈을 속일 수는 없다.

그 사실은 조직의——— 보스의 끝없는 능력을 나타내주고 있었다.《등화기사단》은 돈으로 움직이는 용병이지만, 이해관계는 철저하게 파악하고 있다. 아무리 많은 돈을 준다 해도 범죄 조직에 가담하진 않는다. 그럼에도 불구하고 가면을 쓴 채 보스 직속으로 따르고 있다. 토우카는 조직 내부에서도 현상금이 걸린 상대지만 그것도 허위 정보였을 것이다.

보스가 지닌 힘은 의심할 여지가 없다. 하지만 아무리 그래도 이번에 보스가 한 행동은———.

청년은 빈틈투성이인 뒷모습을 드러내며 가프 옆을 지나친 다음 프라이팬을 들여다보았다.

"좋은 향기네…… 잘 하고 있어."

"네, 네. '흰 여우'님! 모든 것은 '흰 여우'님의 분부대로! '흰 여우'님의!"

소라가 자세를 바로잡고는 땀을 뻘뻘 흘리며 떨리는 목소리로 외쳤다.

보스는 진지한 눈초리로 프라이팬을 바라보고는 눈살을 찌푸렸다.

"안 되겠어, 소라. 이런 유부로는——— 후후…… 세계를 노릴 수 없거든."

"?!"

충격적인 진실에 가프는 무심코 목소리가 나오려는 것을 아슬아슬하게 억눌렀다.

역시 유부로 세계를 노릴 셈인가?! 어떻게?

"죄, 죄송합니다. 다시 만들겠습니다!"

"아니, 됐어. 천천히 하자고. 괜찮아, 누구나 처음에는 잘할 수 없는 법이야."

"네, 네에……."

물어보고 싶지만, 물어볼 수 있을 리가 없다. 보스의 정체는 조직의 최고 기밀이다. 이렇게까지 대놓고 민낯을 드러내고 있는 보스의 얼굴이 아직 알려지지 않은 것에는 반드시 이유가 있을 것이다. 아무리 얼굴을 봤다 해도 함부로 태도를 바꾼다면 가프가 입막음을 당할 수도 있다.

보스는 주머니에서 스마트폰을 꺼내 유부를 촬영하고는 가프를 돌아보았다.

"맞다, 마침 잘됐네. 그 건 말인데…… 증원을 또 데리고 왔어. 토우…… 츠네코를 통해 대면시킬 생각이었는데, 문제는 없겠지?"

"으…… 분부대로."

제자리에 무릎을 꿇었다. 보스의 명령은 절대적이다. 애초에 배신할 생각도 없다.

"……그렇게 예의를 차릴 필요는 없어. 이봐~, 들어와."

보스가 가벼운 목소리로 말했다. 입구에서 몇 명이 우글우글 들어왔다.

들어온 사람들은 가면을 쓰고 있지 않았다. 세련된 분위기의 흑발 청년과 여마도사. 핑크 블론드 도적과 적발 검사. 다들 마나 머티리얼을 흡수한 자 특유의 분위기를 풍기고 있었다.

반사적으로 머릿속에 들어있던 강자의 데이터베이스를 뒤져보았다. 그리고 가프는 깜짝 놀랐다.

적발 검사가 방안을 둘러보고 담금질한 검 같은 빛을 띤 눈을 가늘게 떴다.

"그래서, 내가 벨 상대는 어디 있는데? 거기 있는 여자야?"

"비탄의…… 망령……?"

틀림없다. 가프의 머릿속에는 동서고금, 거의 모든 강자들의 정보가 들어있다. 《절영》도, 《천검》도, 《만상자재》도. 그리고 눈앞에 있는 흑발 청년은 『대지의 열쇠』를 바꿔치기했던 그 도시에서 보스와 마주 보고 있었던 청년——— 유명한 《천변만화》가 분명했다.

"아…………… 혹시 알고 있었어?!"

"네, 네. 물론, 입니다……."

믿기지 않는다. 있을 수 없는 일이다. 하지만, 눈을 몇 번 깜빡여봐도 눈앞의 진실은 변함이 없었다.

《비탄의 망령》은 조직이 가장 경계하고 있는 파티다. 실제로 하부 조직 몇 군데가 그들에게 당했고, 여우의 라이벌이었던 '뱀'을 박살 낸 것도 이 파티라고 한다. 특히 《천변만화》는 보구 탈취 작전을 방해한 상대다. 절대로 아군일 리가 없지만, 이제 그런 상식은 통하지 않는다.

적을 속이려면 우선 아군부터. 어떤 것까지가——— 허위 정보였던 거지? '뱀'을 박살 낸 것은 조직의 명령이었나?

테름은 어떻게 된 거지? 혹시 그가 배신해서 숙청당한 건가? 케챠챠카는?

다양한 추측이 머릿속에서 소용돌이쳤다. 모르겠다. 너무나도 완벽한 은폐다. 하지만 이 멤버가 아군이라면 뭐든지 할 수 있다. 탐색자 협회도 설마 《비탄의 망령》이 배신자라고는 생각하지 못할 것이다.

그리고——— 보스는 대체 이렇게 강한 멤버들을 모아서 뭘 할 셈인 거지?

전율이 멈추지 않는 가프에게 보스가 방긋 웃었다. 그리고 더 더욱 믿기지 않는 말을 했다.

"그럼 잘 좀 부탁해. ……아, 그렇지. 일이 잘 풀리면 그 가면, 당신에게 줄게."

내 말을 들은 가프 씨는 계속 넋이 나간 듯한 표정을 짓고 있었다.

보아하니 정말…… 희귀한 가면을 가지고 싶었던 모양이다. 흐느적거리며 꿈을 꾸고 있는 듯한 가프 씨를 루크와 리즈, 크라히가 따라갔다. 남은 사람은 호위 대신 함께 있는 루시아와 나뿐이다.

소라는 마치 현실도피를 하듯 정신없이 프라이팬을 움직이고 있다가 유부를 다 튀긴 다음에야 불을 끄고 다가왔다. 잘 살펴보니 얼굴이 새파랗게 질린 상태였다.

"무, 무슨 생각을 하시는 건가요?! 그 신성한 가면을 계승하신다고요?!"

"아니, 딱히 필요도 없고……."

"윽…… 설, 마…… 이런 짓까지 해놓고, 저를, 배신하실 생각이신가요?!"

……그런 말을 해도 곤란한데. 그건 내게 어차피 추억의 물건일 뿐이다. 가치를 알아보는 사람이 가지고 있는 게 나을 테고. 가면을 넘김으로써 발생하는 진짜 '흰 여우'님과의 충돌? ……그런 건 내 알 바 아니야.

애초에 상황이 복잡해진 이유는 여우 가면 동호회(가칭)의 제도 때문이다. 우연히 같은 가면을 가지고 있던 것이 마치 죄인 것처럼 말해도 곤란할 뿐이다. 그리고 솔직하게 사과하자는 제안을 내친 건 소라다. 뭐, 사과로 끝난다면 사과할 수도 있지만 말이지.

팔짱을 끼고 토라진 듯한(항상 그랬듯이) 표정으로 소라를 보고 있던 루시아가 살짝 한숨을 쉬었다.

"리더, 이번에는 무슨 짓을 저지른 거죠?"

"아직 아무것도……."

"이제부터?! 이제부터 뭘 하실 생각이신가요?! '흰 여우'님!! 당신은 신이십니다! 신이시여! 아아아아아아아아아아아아아아아아!"

"뭔가 티 같은 소릴 하고 있는데요……."

머리를 감싸 쥐고 마치 어린애처럼 떠들어대는 소라를 보고도 루시아는 안색이 전혀 변하지 않았다. 계속 문제가 발생하는 곳 한복판에 있었기에 완전히 익숙해졌다. 자랑은 아니지만, 나는 어느새 이해가 잘 안 되는 상황에 처하는 것만 놓고 보면 타의 추종을 불허하고, 루시아는 바로 곁에서 그 모습을 봐왔다.

소라가 나를 손가락으로 가리켰다.

"결심했습니다! '흰 여우'님께서 그렇게 말씀하신다면 저는 다른 무녀들을 아군으로 끌어들이겠습니다!"

"으, 응, 그래, 그러게?"

"이렇게 된 이상, 모두 길동무로 삼겠어요! 놓치지 않을 겁니다! 가면의 계승 같은 걸로 도망치게 두진 않을 겁니다! 누가 뭐라 해도 당신은 진짜입니다! 저는 확실하게 배운 대로 했을 뿐이에요! 그렇다면 이 세계가——— 잘못한 거겠죠!"

"종교는 무섭구나……."

자기가 잘못했다는 것 정도는 알고 있을 텐데, 둘러대는 방식이 크레이지하다.

아니, 그 무녀라는 게 진짜로 무녀인가? 내가 아는 무녀와는 전혀 다른데…… 괜찮은 거야?

네가 잘못한 거 맞아. 그리고 나는 잘못한 게 없고. 어떻게 하면 원만한 느낌으로 상황을 수습할 수 있을까?

"지켜봐 주세요, '흰 여우'님! 저, 소라 조로가 당신의 파벌을 늘려 보이겠습니다! 당신의 명령에 따라 다 함께 유부를 튀기겠어요!"

음~, 수습이 안 되네. 역시 드롭 아이템인 여우 가면에 저주가 걸려 있었나?

그런 생각을 하고 있자니 문이 소리를 전혀 내지 않고 조용히 열렸다.

"?! 아니…… 어……?"

소라가 얼어붙었고, 루시아가 눈을 크게 떴다. 사고가 얼어붙었다.

발소리도 내지 않고 방에 들어온 건―― 트아이잔트에 두고 왔던 여동생 여우였다.

그녀는 곧바로 방안을 둘러보며 확인했다. 그리고 나, 소라, 루시아를 빤히 보고는 딱히 아무런 말도 없이 옆을 지나 부엌으로 다가간 뒤 달구어진 프라이팬을 들여다보았다.

여동생 여우가 망설임 없이 손가락을 뻗어 반쯤 탄 유부를 집고는 조용히 먹은 다음 말했다.

"…………너무 탔어. 80점."

아, 메일로 보낸 사진을 보고 온 거구나…… 팬텀 주제에 움직임이 너무 잽싼데.

고민하느라 제대로 잠들지 못하고 밤을 보낸 결과, 소라는 결국 여우신의 무녀로서의 긍지를 선택했다.

여우신의 무녀는 원래 여우신, 그리고 여우신에게 인정받은 자를 섬기는 존재다. 지금까지 그 대상은 조직의 보스밖에 없었지만, 세습으로 가면을 이어받은 자보다 직접 손에 넣은 자를 섬기는 게 더 이치에 맞다. 그는 소라를 속였나 싶더니 곧바로 손바닥을 뒤집어서 보스와 이야기를 하려 했다. 항상 냉정할 수 있게끔 단련한 소라를 이렇게까지 휘두르다니, 새로운 '흰 여우'님은 정말 무시무시한 상대였다.

하지만, 그럼에도——— 새로운 '흰 여우'님이 보스를 이길 수 있을 것 같지는 않았다.

어떤 이야기를 나누려는 건지는 모르겠지만, 조직은 정보의 유출을 일절 용납하지 않는다. 보스 행세를 하려 했던 《천변만화》를 그냥 보내줄 리가 없다. 새로운 '흰 여우'님은 비밀결사를 얕보고 있다.

그렇기 때문에 아직 상황이 들키지 않은 지금, 손을 써야만 했다.

소라는 무녀다. 특별한 위치에 있는 신관이다. 보스를 잘못 판단한 사실이 알려지면 지위를 잃겠지만, 지금은 아직 권력이 있다. 아직 할 수 있는 일이 있다.

예전에 모시던 신이 이질적이었기에 박해당하던 소라의 조상은 여우 가면을 지니고 있던 당시의 보스와 만나게 되었고, 함께 행동하기로 결심했다고 한다. 그 이후로 '흰 여우'님은 소라 같은 여우신의 무녀의 길잡이였다.

조직에는 '흰 여우'의 가면을 지닌 자가 몇 명 있다고 한다. 하지만 지금 여기 새롭게 여우신에게서 가면을 받은 자가 나타났다. 아마 이것은——— 역사의 전환기일 것이다.

모실 상대를 잘못 선택해서는 안 된다. 그것이 아무리 무시무시한 결과를 불러온다 하더라도, 만약에 일족이 모조리 죽게 된다 하더라도, 그것이 신의 의지라면———.

———그리고 그 신념은, 각오는 '진짜'를 본 순간 쉽사리 무너져내렸다.

"?!"

그것을 본 순간, 뇌가 이해를 거부했다. 그것은 틀림없이 진짜 가면이었다.

심장이 한순간 확실하게 멈췄다. 숨이 막히고 온몸이 저렸다. 그 소녀에게서 눈을 뗄 수가 없다.

가면은 진짜였다. '흰 여우'님이 쓰고 있던 것과 똑같은 진짜 가면. 하지만 느껴지는 압박감은 '흰 여우'님이 뿜어내던 것과는 비교조차 되지 않았다. 한눈에 알아볼 수 있었다.

신—— 아니, 괴물이다. 팔다리가 말을 듣지 않았다.

보스는 하얀 법의를 입은 소녀 모습이었다. 몸집은 소라보다 작지만, 그야말로 격이 달랐다.

어리석었다. 소라는 어리석었다. 무지했다. 저것이—— 진짜 보스다.

저것이, 저 인간을 벗어난 듯한 기척이 바로 '흰 여우'님의 증거라면 잘못 판단한 것은 무능하다는 사실일 수밖에 없다. 여우신에게 선택받는다는 것은 이런 것이다. 그리고 새로운 '흰 여우'님은 역시 가짜—— 가짜 여우님이었다.

진짜 보스가 이쪽을 보았다. 형태는 비슷하지만, 같은 인간 같지가 않았다.

살해당하더라도 이상할 게 없다. 소라의 머릿속을 주마등이 또렷하게 스쳐 지나갔다.

보스는 조용히 방안을 둘러보고 소라, 루시아, 가짜 여우님을 본 다음, 손가락 하나 꼼짝하지 못하는 소라를 향해 천천히 다가왔고——— 그대로 지나쳤다.

곧바로 부엌으로 간 다음, 프라이팬 안에서 유부를 집어 입에 넣고는 짤막하게 말했다.

"…………너무 탔어. 80점."

이번에야말로 소라의 머릿속에 혼란의 폭풍이 휘몰아쳤다. 상황을 전혀 이해할 수가 없었다. 진짜 보스의 갑작스러운 방문은 백 보 양보해서 그럴 수 있다고 치자. 애초에 올 예정이었으니까.

하지만——— 이건 아니다. 곧바로 보스가 소라를 보고 혼이 얼어붙을 것 같을 정도로 싸늘한 목소리로 말했다.

"맛이 없어. 좀 더 맛있는 유부를 주지 않으면 공격할 거야."

이 보스가 무슨 소릴 하는 거지? 이래선 가짜 여우님하고 똑같잖아.

대답을 해야 하지만, 압박감 때문에 몸이 움직이지 않았다. 하지만 그런 소라의 마음도 아랑곳하지 않고 원래 이런 상황에서 가장 초조해야만 할 가짜 여우님이 어이없다는 듯이 말했다.

"에휴…… 왜 온 거야…………. 아니, 어떻게 왔어? 트아이잔트는 어쩌고?"

"……이제 질렸어. 요청은 충분히 들어줬어. 그곳 유부는……85점."

"……너, 여전히 유부를 정말 좋아하는구나. 평가가 너그럽네."

어? 뭐야? 뭔데? 친구? 친구야? 가짜와 진짜가 친구라고? …………어째서어?

척 보기에도 두 사람은 적대시하지 않는 것 같았다. 지금 가짜 여우님은 가면을 쓰고 있지 않지만, 이야기를 나누는 걸 보니 원래 알고 지내던 사이인 것 같았다. 이제 됐어. 뭘 믿어야 할지 모르겠다.

제가 어떻게 해야 되는 건가요? 당신은, 당신들은 뭘 하고 싶은 거죠?

보스가 가슴을 펴고 가짜 여우님을 올려다보며 감정이 느껴지지 않는 목소리로 말했다.

"맛이 없어. 들었던 이야기랑 달라. 좀 더 맛있는 유부를 주지 않으면 공격할 거야."

가짜 여우님은 씨익 웃으며 받아쳤다.

"정말 그래도 될까? 우리는 여우표 유부초밥 도시락 컴퍼니를 만들어서 세계를 정복할 생각이야. 너는…… 그래, 유부의 싹을 짓밟으려 하고 있어! 책임자는 여기 있는 소라다!"

보스가 그 말을 듣고 굳었다.

어? 어어? 그 계획, 진짜로 뭔가 의미가 있었던 거야? 분명히 적당한 말을 늘어놓으면서 가지고 노는 건 줄 알았는데. 일단 따랐던 것은 소라가 무녀였기 때문이고, 거기에 의지가 개입할 여지는 없었다.

"…………크흑."

마치 악몽이라도 꾸고 있는 듯한 기분인 소라 앞에서 갑자기 보스가 피를 토했다.

소라는 자기 안에 있던 무언가가 소리를 내며 무너지는 것을 느끼고 있었다.

《천변만화》에게 맡겨진 뒤 뮤리나가 보낸 나날에는 격동이라는 말이 딱 어울렸다.

보물전에서 했던 훈련은 지옥이었다. 그리고 크리트에 따라온 뒤에도——— 하루도 평온한 날이 없었다. 모의전이라는 명목으로 《절영》에게 얻어맞고, 《천검》에게 베이고, 피를 뽑히고, 마물과도 싸워야 했다. 공주, 너 이 자식, 의욕이 있긴 한 거냐? 라는 매도를 뒤집어쓰고, 불손한 호칭으로 불리고, 잡일까지 떠맡게 되었다. 창문 밖으로 내던져지고, 재능이 없다고 조롱당하고, 의식을 잃을 때마다 물을 뒤집어썼다.

제블디아의 황족은 다들 사람을 이끌기 위한 교육을 받지만, 이렇게까지 과격한 훈련을 받은 사람은 없을 것이다. 호위 겸 시종인 두 사람도 처음에는 항의했지만, 시간이 지나자 통하지 않는다는 사실을 알고 포기해버렸다. 그 두 사람을 원망할 생각도 들지 않는다. 왜냐하면 뮤리나도 항의하는 것을 포기했으니까.

황족의 위세조차 전혀 통하지 않는 《비탄의 망령》에게 있어서 뮤리나는 그저 의뢰의 표적이었다. 의뢰 내용이 육성이었기에 아직 죽지는 않았지만, 암살이었다면 예전에 죽었을 것이다.

그리고 뮤리나는 정신을 차리고 보니——— 강해져 있었다. 지금 뮤리나는 마나 머티리얼과 지옥 같은 훈련 덕분에 예전과는 전혀 다른 힘을 지니고 있다. 체력이나 스태미너도 그렇지만, 무엇보다 죽을힘을 다해 무언가를 한다는 것을 알고 있다. 불운 때문에 괴로워하던 시절에 꾸던 악몽도 이제 꾸지 않는다. 꿈을 꿀 여유 같은 것도 없고, 고민할 여유 또한 없다. 지금 뮤리나는 공격 마법이나 신성 계열 마법을 사용할 수 있다. 그것들은 원래 양립시키는 것이 힘들다고 했지만, 보물전에서 죽을힘을 다해 단련한 것은 잘못된 방향이 아니었던 모양이었다. 마나 머티리얼이 본인의 의지에 따라 성장시켜준다는 사실은 이미 알고 있었지만, 모든 능력을 죽을 만큼 원하면 전부 얻을 수 있다는 것도 이치에 맞는 것 같긴 했다.

혹시나 마나 머티리얼에 행운을 원하면 불운이 사라지지 않을까? 그런 생각도 들지만 그래선 안 된다! 운명은 스스로 헤쳐나가는 것이다. 마음 편히 보호받는 것만 원하다간 죽어버리게 된다.

가장 중요한 것은──── 기합이다. 살면 죽지 않는다! 통증이나 피로로 인해 움직이지 않는 몸이 정신력에 따라 움직인다는 사실을 뮤리나는 알게 되었다(참고로 한번 멈추면 다시 움직일 수 없게 된다).

그리고 뮤리나는 오랜만에 드레스로 갈아입고 아버지와 만났다.

"뮤리나, 잘 돌아왔다. 건강히 지내는 것 같아 다행이구나."

"네, 아버님."

지금까지 뮤리나는 다른 사람의 눈을 보고 말하거나 어른 앞에 나서는 것을 껄끄러워했다.

지금은 그렇지 않다. 어른 앞에 나서는 것 따위는 식물 팬텀이 공중에 매다는 것과 비교하면 아무것도 아니다.

"카렌과 신디도 뮤리나를 돌봐주느라 수고가 많았다. 열심히 단련한 모양이로구나. 보물전에서 단련을 마치고 온 뒤에도 느꼈다만——— 인상이 전혀 다르니."

"황송한 말씀입니다, 폐하. 하나 저희는 아무것도 한 게 없습니다. 전부 뮤리나 님께서 노력하셨기 때문입니다. 그 남자의 단련은 제0기사단의 단련과는 질이 전혀 다른 것, 진흙투성이가 되는 듯한 단련이었으니까———."

진흙투성이 같은 수준이 아니다. 최근에는 그러지 않았지만, 보물전에서 단련할 때는 정말로 진흙을 먹곤 했다.

"프란츠 경에게도 감사하도록 하거라. 이 남자는 호위 중에 그랬던 것처럼 보구를 써서 대미지를 대신 입으려 했다. 그래선 훈련이 안 될 테니 막았다만 말이다."

"그 남자는 무슨 짓을 할지 모르니까요……. 괜한 걱정이었던 모양입니다만. 제도로 돌아오셨을 때는 지독한 표정이셨습니다만, 이번에는 바람직한 단련을 하신 모양이로군요."

"그러셨군요. 감사합니다, 프란츠 경."

그야 그렇다. 쉬지도 못하고 잠들지도 못했던 저번과는 달리 이번에는 적어도 재워주긴 하니까. 훈련이라는 명목으로《절영》과 다른 파티원들이 억지로 데리고 거리를 돌아다닌 것이 관광처럼 기분 전환이 되기도 했다.

"불운은 극복하였는고?"

"네…… 우발적인 사고나 도적들 따위는 《비탄의 망령》이나 팬텀에게 휘둘리는 것에 비하면 아무것도 아니에요!"

"?! 그, 남, 자…… 전하께 대체 무슨 짓을———."

어째서 나는 그런 자그마한 불운 때문에 고민했던 거지? 지금 뮤리나는 인간의 생명력이 얼마나 대단한지 몸소 깨달아 알게 되었다. 고개를 숙이고 살다 보면 정면에서 날아드는 공격을 피할 수가 없다.

그때 지금까지 몰래 신경 쓰던 것에 대해 물어보았다.

"아버님, 한 가지만 질문하게 해주십시오. 《천변만화》가…… 저기…… 저를 무제제에 출장시킨다고 했습니다만, 그게 사실인가요?"

"? 무슨 소리지? 뮤리나의 훈련을 의뢰할 때 무제제 참가권을 보수로 주긴 했다만."

"그, 그 남자가 무제제에 출장할 수 있는 수준까지 단련시킨다고 말하긴 했습니다만——— 전하, 무제제는 그런 대회가 아닙니다. 그것은 사망자도 잔뜩 나올 정도로 경기성이 희박하고 위험한 대회입니다."

"그, 그쵸~!"

"?!"

뮤리나가 무심코 가벼운 말투로 말하자 라드릭과 프란츠가 깜짝 놀라며 그녀를 보았다.

하지만 뮤리나는 최근에 품고 있던 불안한 마음이 사라져서 당장에라도 춤을 추고 싶은 듯한 기분이었다.

예전보다 훨씬 강해지긴 했지만, 아무리 그래도 무제제는 아니다. 천 개의 시련이 힘들다고는 들었으나 그와 동시에 죽을힘을 다해 노력하면 돌파할 수 있다고도 들었다. 그러나 무제제에 나가면 그냥 죽어버릴 것이다.

"그런데, 뮤리나. 크라이 안드리히는 뭔가 기묘한 움직임을 보이지 않더냐?"

갑작스러운 질문을 들은 뮤리나는 자세를 바로잡고 딱 잘라 말했다.

"네! 아버님, 《천변만화》는 이상한 행동만 합니다!"

"그, 그런가……."

《천변만화》는 뮤리나가 보기에도 엉망진창이다. 틈만 나면 자리를 비우고, 뭘 하는 건지 알 수가 없다. 너구리 가면을 쓰고 여우 가면을 쓴 녀석들에게 폰타라고 자기소개를 했다는 사실을 아버님은 상상하지도 못할 것이다. 다음에 에크렐을 만나면 반드시 이야기할 생각이다.

"역시 여우 쪽 안건 때문에 움직이고 있는 거겠지요. 무제제 참가권을 요구했을 때부터 이미 시작되었던 것 같습니다. 그 남자는 이상한 행동을 통해 《지수》를 휘두른 전과가 있습니다. 신산귀모라고 부르는 것은 불쾌합니다만———."

"흐음…… 어디서 우리보다 먼저 정보를 얻었는지 알 수가 없다만, 틀림없겠지."

여우…… 여우 가면…… 여우 가면 동호회. 머릿속이 욱신거리자 뮤리나는 재빨리 머리를 눌렀다.

뭐지? 머리가 아파…… . 기분 나쁜 예감 때문에 구역질이 나왔지만, 겨우 참았다.

"응? 왜 그러느냐?"

"아뇨………… 아무것도 아닙니다, 아버님."

이제 곧. 이제 곧 훈련이 끝난다. 그러면 뮤리나도 당당하게 성으로 돌아갈 수 있다.

돌아가면 제대로 된 스승에게 가르침을 받는 것도 좋을 것 같다. 바깥으로 나가는 것도 좋을 것 같다.

"그래서, 단련은 전부 마쳤고? 뮤리나. 슬슬 무제제도 개최될 시기다만———."

아버지가 한 말을 듣고 뮤리나는 눈을 마주 보며 단호하게 고개를 저었다.

"…………아닙니다, 아버님.《천변만화》의 훈련이 아직 끝나지 않았습니다."

"그렇구나…… 보아하니 계속할 생각이로군."

지금까지 지옥 같은 훈련을 받아왔다. 여기서 그만둔다는 건 뮤리나의 자그마한 자존심이 용납하지 않는다.《천변만화》가 시키는 실전 훈련이라는 게 얼마나 치열한 건지는 모르겠지만, 이것은 뮤리나에게 있어서 졸업 시험이나 마찬가지다. 그것을 마치게 되면 이번에야말로 가슴을 펴고 성으로 돌아갈 수 있다.

뮤리나의 대답을 들은 아버지는 오랜만에 활짝 웃으며 말했다.

"보아하니 잠깐 못 본 사이에 강해진 모양이로구나. 그런데《천변만화》가 어떤 훈련을 시킨다고 하던가?"

"네, 네! 아버님! 도적들을 찾아내서 모조리 처죽——— 베는 겁니다!"

뮤리나는 활짝 웃으며 대답했다.

적당히 둘러댄 대가는 항상 갑작스럽게 찾아온다. 여동생 여우와의 만남(과 설득)을 마치고 여관으로 돌아오자 추격자 두 명이 여관 1층에 딸린 응접실에서 일반인 같은 표정으로 기다리고 있었다.

하지만 역시 《심연화멸》과 전《전귀》. 그 위압감은 숨길 수가 없다.

태우는 할멈이 나를 번득이는 눈으로 노려보았다.

"이제야 왔구나, 애송이."

"야, 얏호~, 기다렸어?"

"다섯 시간 기다렸다."

"어? 혹시 한가해?"

"리더, 그 쓸데없는 말을 하는 버릇은 어떻게 좀 안 되나요?"

나를 보는 거크 씨의 눈초리는 마치 범죄자를 보는 듯했다. 할멈의 표정에는 그렇게까지 큰 변화가 나타나지 않았지만, 나는 이 할멈이 자기 기분에 따라 주위를 불태우는 방화범이라는 사실을 알고 있다.

죽지만 않으면 무슨 짓을 해도 되고, 죽여버린다 해도 아무것
도 남지 않으면 된다고 생각하는 모양이다.

루시아 혼자서 두 사람과 맞서 싸울 수 있을까? 아무리 그래도
여관 안에서는 싸우지 않겠지?

왠지 배와 머리와 심장이 아프다. 몸이 무겁다. 토할 것 같다.

"크크큭…… 크라이, 여전한 모양이구나? 아무런 말도 없이 이
야기를 나누자는 약속을 무시하고 무제제에 오다니."

"…………굳이 말하지 않아도 알 것 같아서."

"어떻게 알아! 멍청아! 다들 너 같을 거라고 생각하지 마라!"

억지로 한 변명을 듣고 거크 씨가 소리를 질렀다. 카이나 씨는?
카이나 씨는 어디 있지?

우아한 동작으로 찻잔을 기울인 《심연화멸》이 쉰 목소리로 말
했다.

"뭐, 됐다. 우리도 무제제를 방해할 생각은 없으니까. 피가 끓고
살점이 튀는 축제다. 나도 예전에는 마음껏 힘을 경쟁하곤 했지."

"이야기는 들었습니다, 《심연화멸》. 광역 섬멸 마법으로 결계
를 날려버린 이후로 출장 금지 처분을 당하셨다고요."

뒤에 서 있던 루시아가 담담하게 말했다. 이 할멈은 리미터가
없나…… 진짜 우리 리즈나 루크가 차라리 낫네. 우리 리즈와 루
크는 범위 공격 수단이 없으니까 말이지!

할멈이 루시아를 째려보다가 곧바로 다시 나를 보았다. 이 할
멈은 같은 마도사라 그런지 루시아한테는 약간이나마 자상하단

말이지. 뭐, 고향에 있을 무렵에도 루시아는 인기가 많았지만.

"……뭐, 좋다. 방치당한 건 용서해주지. 오늘도 너를 방해하러 온 건 아니다. 우리도 그렇게까지 한가하진 않아. 크크큭, 빚도 졌고 말이지."

용서해주는 건 좋은데, 왜 당신들의 회의에는 항상 거부권이 없는 건데?

하지만 어차피 도망쳐봤자 쫓아올 테니까. 루시아가 있을 때 이야기를 나눌 수 있는 것만으로도 다행일지도 모르겠다. 이번 기회에 결판을 제대로 내주도록 하지. 나는 하드보일드하게 말했다.

"나도 이런저런 일이 있어서 말이지……. 그래서, 여우 이야기였던가?"

"멍청아, 이런 곳에서 그 이름을 말하지 마라! 어디에 듣는 귀가 있을지 모른다."

귀찮네…… 애초에 여우란 게 뭔데? 이런 상황에서도 나는 중요한 부분에 대해 별로 아는 게 없었다. 물어보자는 생각은 항상 하고 있었지만, 껄끄러웠기에 나중으로 미뤘기 때문이다.

황제 암살을 시도할 정도로 머리가 이상한 조직이라는 것 정도는 알고 있고, 테름과 케챠챠카가 그 조직의 수하라는 것도 알고 있긴 한데, 지금까지도 비밀 조직이나 범죄 조직과 잔뜩 싸워왔고, 너무 많아서 별로 위험성이 느껴지지 않을 정도다. 아니, 동호회도 있고, 보물전도 있고, 요즘 여우가 유행하는 건가? 조직이 대체 몇 개나 있는 거야? 좀 더 알아보기 쉽게 해달라고.

알아서 찾아내서 태우면 되잖아. 나한테 뭘 하라는 거지?

아, 나도 알아. 싫다고 해도 도와달라고 할 거지? 거크 씨하고 할멈만으로는 보조 역할(서포터)이 부족할 테니 안셈을 빌려줄게. 금방 돌려줘야 해.

"미안한데, 이곳에 여우는 여우 가면 동호회하고 먹보밖에 없어."

"뭐어? 너, 무슨 소릴 하는 거야."

"무슨 소릴 하는 거예요? 리더."

루시아, 넌 대체 누구 편이니……. 그때, 《심연화멸》이 한숨을 크게 쉬었다.

"하찮은 농담에 어울려 주기 위해 온 게 아니다. 이번 건에서 먼저 움직였던 건 너였던 모양이로군. 나도 도리 정도는 이해하고 있다. 이번에는 공을 돌리마, 《천변만화》. 애초에 나는 생각하는 것하고 잘 맞지 않아서 말이지……."

"어떻게 네가 나나 제국보다 먼저 정보를 손에 넣었는지는 모르겠다만——— 우리에게도 체면이라는 게 있다. 알겠지? 크라이."

"응, 그래, 그러게……?"

이 할멈하고 영감은 무슨 소릴 하는 거지? 이번 건이라니 무슨 건인데? 루시아를 돌아보았지만, 쿨한 여동생은 어깨를 으쓱일 뿐이었다. 시트리였다면 설명해줬을지도 모르는데.

무슨 이야기를 하고 있는 건지 모르겠고, 체면이고 먼저 움직인 거고 상관없으니까 그냥 알아서 해달라고 하고 싶다. 나한테 폐를 끼치지 않는 범위 내에서.

"마음대로 해. 나는 이미 해야 할 일을 전부 마쳤어."

적당히 말하며 둘러대려는 나를 보고 거크 씨가 눈살을 찌푸리면서 몸을 앞으로 내밀었다.

"…………그렇다면 녀석들이 병기를 손에 넣고 이 도시에서 저지르려 하는 일을 확실하게 이해하고 있다는 거겠지?"

진짜, 끈질기다고…… 내가 할 수 있는 말은 아무것도 없어.

"응, 그래, 그렇지………… 응?"

뭔가 방금 그냥 넘길 수 없는 말을 들은 것 같은데…….

내가 눈을 깜빡였을 때는 이미 거크 씨가 혀를 세게 차며 다시 앉아 있었다.

"진짜, 크라이, 넌 어디서 정보를 손에 넣은 거냐? 우리는 몇 년이나 걸렸는데도 전혀 얻지 못했고 최근에야 겨우 정보의 단편을 손에 넣었는데……."

"어?! ………………에바……?"

미안, 에바…… 입이 멋대로…… 그래도 계속 나한테 캐물으면 골치 아프니까. 진짜 미안해.

"아앙? 아무리 너희 정보망이 뛰어나다고 해도 우리가 몇 년에 걸쳐 겨우 알아낸 정보를 그리 쉽게 손에 넣을 수 있을 리가———."

"미안, 사실 슬슬 볼일이 있거든. 이제 됐지? 해야 할 일이 이것저것 많아서———."

"아앙?! 젠장!"

미안하지만 나는——— 들통나기 전에 도망칠 거야.

최근에 눈치챈 건데, 이 사람들은 볼일이 있다고 하면 그렇게까지 세게 나오진 않는 것 같다.

아까 해야 할 일은 전부 했다고 해놓고 곧바로 그 말을 뒤엎었는데 신경 쓰지 않는 모양이다. 설마 이것이 소문난 내 신산귀모인가?

일어선 순간, 갑자기 눈앞에서 치이익, 무언가가 증발하는 소리가 들렸다.

《심연화멸》이 앙상한 손가락을 이쪽으로 내밀고 있었다. 손가락 끝이 몇 번 깜빡였다. 날아든 섬광이 눈앞 몇 센티미터 거리에서 연속으로 증발했다. 세이프 링의 반응은 아니니 루시아가 막았을 것이다.

《심연화멸》은 연기가 피어오르고 있는 손가락 끝에 숨을 내쉬더니 일어섰다. 늙은 나이 같지 않을 정도로 쭉 뻗은 등. 키도 나보다 약간 더 커서 젊었을 무렵에는 정령인으로 착각당하기도 했다고 들었다.

눈과 눈이 마주쳤다. 불꽃이 타오르는 듯한 작은 눈이 나를 내려다보고 있었다.

《심연화멸》은 그 메마른 입술로 괴물처럼 강렬한 미소를 지은 다음, 쉰 목소리로 말했다.

"이번에는 네게 맞춰주마. 하지만 이건——— 축제다. 때가 되면 신호를 보내라, 《천변만화》. 나는 늙은 몸에 채찍질을 하며 이렇게 먼 곳까지 왔다. 테름의 보복도 해야 한다. 알겠지?"

"아, 네."

그 목소리에는 열량이 담겨 있었다. 함부로 따지지 못하게 하는 박력이 담겨 있었다.

눈이 리즈처럼 빛나고 있다. 이미 나이도 꽤 들었을 텐데, 언제 은퇴하는 거지?

"칫. 야, 크라이. 무제제 쪽도 대충하지 말고 제대로 해라. 우리 지부에서 우승자가 나오면 나도 자랑스러울 테니까."

재빨리 나가는 할멈을 거크 씨가 혀를 차며 쫓아갔다. 마치 폭풍 같은 할멈이다.

저렇게 제멋대로 행동할 수가 있나…… 거크 씨가 완전히 들러리였다. 보통 헌터가 보복 같은 소릴 하나?

나는 그저 루시아가 저렇게 되지 않기만을 바랄 뿐이다.

"……리더, 볼일이라는 게 뭐죠?"

거크 씨를 보낸 다음 한동안 조용히 있던 루시아가 약간 차가운 목소리로 물었다.

그야 물론………… 그거지.

"마스터어, 루시아 언니……! 응원하러 왔어요!"

"여, 크라이. 나도 왔다."

그때, 《시작의 발자국》 심볼을 단 멤버들——— 티노나 스벤 같은 사람들이 현관으로 줄줄이 들어왔다. 무제제 개최식이 얼마 남지 않아서 응원하러 와준 모양이었다.

루시아가 눈을 깜빡이고 이마에 주름을 새기면서 엄청난 표정으로 나를 보고 있었다.

"그래, 잘 왔어. 물론 준비는 완벽하지!"

당연히 의도한 것은 아니었지만, 나는 타이밍 좋게 나타난 동료들을 미소로 맞이했다.

"그래서, 상황은 어때? 제블디아 출신은 여기선 원정 나온 거나 마찬가지니까⋯⋯."

"걱정할 필요 없어. 리즈나 루크가 그런 걸 신경 쓸 것 같아? 기운이 너무 넘쳐서 곤란할 정도라고."

스벤이 한 말에 어깨를 으쓱이며 대답했다. 스벤은 여전히 매우 기운이 넘치는 것 같았다.

항상 내가 부탁하면 싫어하는 표정을 짓는 주제에 응원해주러 온 걸 보니 유대감이 느껴진다.

"아니⋯⋯ 너는 어떤데."

"스벤. 마스터가 압박감에 질 리가 없어."

티노가 나 대신 딱 잘라 말했다. 그리고 널찍한 로비를 두리번거리며 다시 확인하고는 나와 옆에서 호위 대신 함께 있던 루시아를 보고 말했다.

"마스터어, 저는——— 마스터어에게 걸기 위해서 저금했던 돈을 전부 찾아왔어요!"

그러고 보니 도박판도 열린다고 했던가? 나는 티노의 개그를 듣고 무심코 웃었다.

"아하하하하, 고마워. 나도 이번에는 좀 힘을 내볼까!"

뭐, 출장하지 않는 나한테 걸 수는 없겠지만.

"네, 힘내세요! 저도 열심히 배우겠습니다!"

티노가 반짝이는 눈으로 나를 올려다보았다. 좋아, 좋아. 리즈와 다른 파티원들을 보고 배우도록 하거라.

"진짜, 이 혼잡한 사람들은 뭐냐, 입니다! 완전히 질색이라고,

입니다! 이렇게 고생해서 응원하러 왔으니까, 지기라도 하면 용서하지 않을 거다, 입니다!"

"우승밖에 인정 못 한다는 거야?"

크류스도 평소와 마찬가지구나. 오랜만에 친구들에게 둘러싸여 있자니 마지막으로 에바가 다가왔다.

클랜 멤버들을 인솔하고 왔을 텐데도, 얇은 안경 너머로 보이는 이지적인 눈동자에는 한 치의 빈틈도 없었다.

"마스터, 뮤리나 황녀 건은 어떻게 되었나요?"

"음~, 그래, 전부 문제없어. 아마도…… 손을 다 써두었으니까."

"그렇군요. 제가 할 수 있는 일이 있나요?"

"아, 고마워. 무슨 일이 생기면 의논할게."

비슷한 제안인데도 《심연화멸》과 에바는 어째서 이렇게 인상이 다른 걸까.

치유받고 있는데 주변을 두리번거리던 스벤이 말했다.

"음~? 루시아밖에 없네. 루크랑 다른 사람들은 어디 있어?"

"루크 씨와 다른 사람들은 따로 행동하고 있어요. 저는 리더를 돌봐드려야 해서요."

"아니, 그야 뭐…… 여관에서 습격당할지도 모르니까…….."

"……습격당할 짓을 하니까 그렇지."

스벤이 미묘한 표정으로 말했다. 정말 터무니없는 비방이다. 티노를 봤지만 그녀는 재빨리 눈을 피했다.

"아니, 아니거든? 딱 잘라 말할 수 있어. 나는 아무것도 안 했다고. 아무것도 안 했는데도 발생하는 게 습격이란 말이지."

"··········에휴우."

루시아가 한숨을 크게 쉬었다. 그녀는 내가 무해한 사람이라는 사실을 알고 있을 테니 분명 가만히 있기만 해도 불행한 일을 당하는 나를 보고 포기한 한숨일 것이다.

하지만 이번만큼은 괜찮다. 여우 가면 동호회도 있고, 토우카 일행도 있다.

사막에 버리고 왔던 여동생 여우가 와버리긴 했지만 그녀는 유부에 푹 빠진 상태다.

그때, 나는 분위기를 바꾸기 위해 아껴두었던 이야깃거리를 선보이기로 했다.

"맞다, 스벤. 실은 이 도시에——— 내 진짜가 있거든."

"······뭐어?"

"아니, 세상엔 자기랑 똑같은 사람이 세 명 있다고 하잖아? 만난 순간에 팬이 되어버렸어. 게다가 말이지, 동료도 똑같다니까."

"?! 오빠?! 저는! 그런 말! 안 해요!"

루시아가 얼굴을 새빨갛게 물들인 채 부정했다.

"하긴, 루시아가 더 낫지. 러브러브한 모습은 밀리지만 실력이 달라. 그쪽은 별명도 없다고 했고, 루시아가 더 미인이야. 러브러브하진 않지만, 주먹도 멋지고."

"윽?! 으으·········· 후~, 후웃~!"

"우와····· 루시아 언니, 얼굴이 새빨개요·······."

주먹을 꽉 쥐고 뭔가 견디는 듯이 떨고 있는 루시아를 보았다. 물론 오빠로서 편애하는 눈초리가 들어갔을지도 모르겠지만, 여동생 승부는 우리 루시아의 승리다.

"아무튼, 스벤도 꼭 만나보도록 해. 나한테 이야기를 들었다고 하면 흔쾌히 사인을 해줄 거야, 분명히! 가는 김에 다른 멤버들도 보고 와줬으면 하는데."

"…………마스터어, ……어째서 그렇게 기뻐하시는 건가요……."

티노가 어이없다는 표정으로 말했다. 그야…… 티노도 자기랑 닮은 사람을 만나면 무심코 웃어버릴 게 분명하니까. 그리고 보니 티노랑 닮은 사람은 없었네.

자, 모든 게 갖춰졌다. 고민거리도 전부 해결되었다. 이제 무제제가 시작되기만 기다리면 된다.

"캬하하하하하하하하, 그러게, 이건 틀림없이 진짜야."

"스벤, 그렇게 웃어대면 실례잖아."

이게 어떻게 된 걸까. 자칭《천견》쿨 사이코는 예상치 못한 상황에 당황을 금할 수가 없었다.

옆에서는 자칭《절경》즈리도 마찬가지로 당황하고 있었다.

《천변만화》는 젊은 나이에 레벨8에 도달한 천재라는 측면 말고도 대규모 클랜,《시작의 발자국》의 마스터라는 직책을 지니고 있다. 그리고 갑자기 찾아온 그 무리는 그 클랜의 멤버였다.

쿨 사이코는 파티의 두뇌다.《비탄의 악령》을 결성할 때《비탄의 망령》에 대한 정보는 확실하게 조사해 두었다. 선두에 서 있는 키가 큰 남자. 흑금색 장비를 착용한 헌터는 《남격》이라는 별명을 지닌 스벤 앵거가 틀림없다.

트레저 헌터에게 이름이란 긍지다. 비슷한 별명을 자칭하는 행위는 매우 불쾌할 테고, 상대방이 성격 급한 헌터라면 살해당한다 해도 이상할 게 없다.

하지만 이 반응은 뭐지? 클랜 마스터를 사칭한(사실, 크라히는 사칭하지 않았지만) 남자를 보고도 화를 내지 않고 오히려 손뼉을 치며 기뻐하고 있다.

"진짜? 무슨 소릴 하는 거지? 나는——— 틀림없는 진짜인데."

"형씨 진짜 멋진데! 최고야! 진짜보다 진짜 같아!"

크라히가 당당하게 말했다. 그 모습에는 분명 진짜(바보)만이 보여줄 수 있는 영웅의 품격이 있었다.

그 태도를 보고 크라히가 가짜라는 사실을 알면서도 크라히에게 심취한 루샤가 환호성을 지르며 그의 팔을 끌어안았다. 스벤 옆에 서 있던 붉은 리본을 단 도적 소녀가 눈을 슬쩍 피했다.

"루시아 언니…… 가엾어……."

"응? 나한테 무슨 말 했어어?"

"안 했어!"

목숨 아까운 줄도 모르고 진짜에게 시비를 건 모양인 루샤를 보고 도적 소녀가 스벤 뒤로 숨었다.

크라히가 지팡이를 한 손으로 들고는 의젓하게 그 무리를 둘러보았다.

"그래서, 너희는 뭐지? 보아하니 범상치 않은 자들인 건 자명하군. 내 눈은 속일 수 없다!"

크라히의 약점을 한 가지만 들자면, 주위를 전혀 보지 않는 것이다. 오랫동안 솔로로 계속 싸워온 크라히는 다른 헌터에 대해 거의 알지 못한다. 《천변만화》도 몰랐고, 《비탄의 망령》도 모른다는 사실을 알았을 때는 정말 놀랐다.

크라히 안드릿히는 본명이다. 호적도 확실하게 존재하니 완전히 우연이다.

그런데 진짜는 대체 무슨 생각을 하고 있는 거지? 크라히가 진짜와 만났다는 이야기를 들은 순간, 쿨은 이제 물러날 때라고 생각했다. 하지만 진짜는 크라히를 혼내주기는커녕 그냥 보내준 모양이었다.

《천변만화》는 신산귀모를 자랑한다고 한다. 크라히가 사칭하고 있다는 사실을 인식하지 못한다는 것을 꿰뚫어 보고 관대하게 봐준 건지도 모르겠지만——— 크라히처럼 실력자들은 다들 특이한 사람들인 건가?

폼을 잡는 크라히에게 스벤 앵거가 진지한 표정으로 말했다.

"우리는——— 당신이 만든 클랜 멤버다."

"뭐…………라고?!"

뭐라고는 무슨, 바보 같으니. 당신은 클랜 같은 걸 만들지도 않았잖아요! 분명 재능이 있는 헌터의 소문이 금방 퍼지긴 한다. 평판이 제멋대로 부풀려질 경우도 있고, 멋대로 호칭이 붙거나, 팬클럽이 생기거나, 지명수배범이 되기도 하지만, 만들지도 않은 클랜의 마스터가 되는 건 있을 수 없는 일이다.

하지만 크라히는 자신의 손바닥을 내려다보고는 중얼거렸다.

"내가…… 어느새 클랜을 만들었나?"

"어?! 어어?! 오, 오빠, 대단해~!"

봐요, 루샤까지 당황했다고요!

크라히는 지금까지 가끔 진짜 크라이 안드리히로 착각당하곤 했다. 이룬 적이 없는 공적으로 칭찬받는 건 익숙하고, 탐협이 착각한 적조차 있을 정도다. 가짜 같지 않은 진짜배기 품격과 실력이 의문을 품게 하지 않았던 것이다. 게다가 스스로 자신을 진짜라고 생각하고 있으니 더 악질적이다.

"그래, 사진! 기념 촬영을 하자고. 마리에타, 카메라 가져와!"

"스벤, 장난이 너무 심하잖아…… 정말."

보아하니 진짜는 쿨 일행이 그냥 장난치는 팬 그룹이라고 생각한 모양이었다. 그야 그렇겠지.

크라히가 만든 기억도 없는 클랜 멤버들에게 둘러싸인 채 시원스럽게 웃고 있다. 거물이다.

그때, 스벤이 쿨을 보았다. 그 맹금류를 연상케 하는 날카로운 눈초리에 무심코 깜짝 놀랐다.

"이봐, 너, 루크지? 시트리는 어디 있어?"

"…………쿠트리라면 나갔습니다. 연금술사라서요."

분명 지금쯤은 가짜 포션을 속여서 팔아넘기고 있을 것이다. 《최저산맥》은 최저다.

"안셈은?"

안 되겠다. 전부 들통났다. 쿨이 크라히를 속여서 파티를 만든 것도 들켰을지 모른다. 쿨 사이코는 심문당하는 도적 같은 기분으로 대답했다.

"…………현재, 모집 중입니다."

"잘했다. 이 정도면 보스께서도 만족하시겠지."

아홉꼬리 그림자여우가 지니고 있는 거점 중 한 곳에서 가프는 부하의 보고를 듣고 만족스러운 듯이 고개를 끄덕였다. 연달아 일어난 소동으로 인해 야성미가 넘치던 그의 얼굴에는 지친 기색이 역력했지만, 눈만큼은 번쩍이며 빛나고 있었다.

보스가 내린 특별 지령. 적대 조직을 포함한 여러 조직의 회유. 골치 아프겠다고 생각하긴 했지만, 그 임무는 상상했던 것보다 더 힘들었다. 애초에 철저한 비밀주의를 내걸고 있는 여우가 인원을 대량으로 모집하는 것은 그 주의에 어긋나는 행동이다. 최소한의 인원으로 해결하기에 비밀이 지켜지고 있는 것이다.

이미 여우의 이름은 암흑사회에 퍼져나갔지만, 비밀주의를 내걸고 있기 때문에 함께 어울릴 수 없는 조직이 몇 군데나 있었다. 자신의 정보를 밝히지 않는 것은 신뢰하지 않는다는 증거이며, 큰 조직일수록 협력 관계를 맺는 것이 힘들어진다. 암흑사회에는 암흑사회의 규칙이 있다. 하지만 가프는 해냈다.

온갖 수단을 동원해서 보스가 원하는 조직과 접촉했다. 돈, 도량, 힘을 보이며 교섭했다. 그와 동시에 여러 조직에 접촉했다는 것을 통해 여우가 뭔가 큰일을 벌인다는 사실을 알게 해주고 양보를 이끌어 냈다. 스스로 생각해봐도 반해버릴 정도로 뛰어난 솜씨다. 그 철저한 실력은 범죄 조직 중 대부분과 협력 관계를 맺게 되어 해마다 이 시기의 크리트에서 발생하던 피비린내 나는 사건이 거의 발생하지 않게 될 정도였다.

지금 이 도시의 '음지'는 전부 여우의 영향 아래 있다고 해도 과언이 아니다. 이만큼 인원을 갖추었으니 보스의 작전이 어떤 것이라 해도 문제없이 실행할 수 있을 것이다.

그리고——— 보스가 맡긴 강력한 직속 부대. 정체는 듣지 못했지만 본인들이 감추지 않기에 이미 짐작하고 있다.《비탄의 망령》과《등화기사단》. 현역 고레벨 헌터로 이루어진 부대는 비장의 수다. 보스의 부대가 겉, 가프가 회유한 멤버가 속. 겉과 속을 동시에 무너뜨릴 수 있는 이 구성은 그야말로 반석이다.

보스는 이 작전을 성공시키면 가프에게 가면을 계승하겠다고 했다. 거짓말은 아닐 것이다.

가프는 이 생애 최고의 책략을 통해 조직의 정점 중 한 사람이 되는 것이다!

"흐응~, 음침한 곳이네."

"피비린내가 난다…… 가슴이 설레는데. 그래서, 뭘 베면 되는 거야?"

"멋진 곳이잖아요. 저는 좋은데요. 무슨 짓을 하더라도 들키지 않을 것 같아서…….”

대충 여우 가면을 쓴 보스 직속 멤버가 제멋대로 떠들어대며 방으로 들어왔다. 말투는 가벼웠지만 다들 용솟음치는 듯한 마나 머티리얼을 내뿜고 있었다.

마지막으로 왠지 모르겠지만 여우가 아니라 악귀 가면을 쓴《천변만화》와 폰타가 들어오자 문이 닫혔다.

“흐음. 흥미롭군, 설마 크리트에 이런 곳이 있었을 줄이야. 피가 끓는군…… 이《천천만화》에게 걸맞은 전장이 있다면 좋겠다만———.”

이 녀석…… 별명을 숨길 생각이 없군. 레벨8이 이렇게 바보였나?

“좁아터진 건 참아줘, 많은 사람들이 모일 만한 곳이 별로 없거든.”

“아뇨, 아뇨. 신경 쓰지 마세요. 그런데…… 당신은 ‘그분’과는 어떤 관계죠?”

그때, 선두에 서 있던 울상 여우 가면을 쓴 로브 차림의 여자가 물었다.

말투는 부드럽지만, 뚫린 눈구멍 너머로 보이는 눈동자는 웃고 있지 않았다. 젠장, 보스가 자세한 이야기를 하지 않은 건가? 어렴풋이 짐작은 되었지만, 아무래도 정말 까다로운 분인 것 같다. 가프는 헛기침을 했다.

“보스께서 이번 작전을 맡기신———‘칠미’, 가프 셴펠다. 물론 보스 직속인 제군의 지휘권은 없다. 제군은 제군의 작전을 우선시해도 상관없다."

"'칠미'……………… 그렇군요? 잘 알겠습니다. 저는…………
보스의 부인인 쥬트리입니다."

"?! 뭐라고?!"

"?! 본인이 없는 곳에서 헷갈리는 말 하지 마!"

"푸헥?!"

《절영》이 쥬트리의 머리를 세차게 때렸다. 폰타가 몸을 움찔 떨
었다.

심장이 멈추는 줄 알았는데, 그냥 농담이었던 모양이다.

가프는 쥬트리가 고개를 들 때까지 기다렸다가 심호흡을 한 번
한 다음 계속 말했다.

"지하에 넓은 공간이 있다. 조직의 숫자가 많아서 전원까지는
안 되고 주요 멤버를 소집했다. 우리 지시에 따르게끔 이야기를
해두긴 했지만, 원활한 지휘를 위해 대면하도록 하지."

트레저 헌터에게는 늘 갑작스러운 사고가 따라붙기 마련이다.
과거 기억의 재현인 보물전은 무슨 일이 일어나더라도 이상할 게
없는 마경이고, 목숨을 걸고 그곳을 탐색하는 헌터는 자연스럽게
무슨 일이 일어나도 동요하지 않는 정신을 얻게 된다. 그런 헌터
중에서도 《비탄의 망령》은 특히 터무니없는 상황에 익숙했다.

누구도 이해할 수 없는 신산귀모는 소꿉친구들에게도 마찬가지였다. 사전 정보가 없는 게 당연하고, 그로 인해 강해진 미지에 대한 도전 의식이 파티 멤버가 강해진 비결 중 하나이기도 했다.

가프 셴펠더를 따라 지하로 이어지는 긴 계단을 내려갔다.

멤버는 시트리, 루크, 리즈, 뮤리나, 토우카, 크라히로 여섯 명. 메마른 발소리만이 울리고 있고 대화는 없었다. 하지만 선두에서 걸어가던 시트리는 대충 짐작하고 있었다.

보아하니 이 상황을 이해하고 있는 사람이 아무도 없군요?

갑자기 오게 된 시트리와 크라히는 당연하고, 토우카나 뮤리나 황녀도 아마 아무런 정보도 가지고 있지 않을 것이다. 이런 상황에 처했을 때 시트리의 역할은 생각하는 것이다. 언니나 루크는 굳이 말하자면 감각파고, 루시아나 오빠는 이번에 오지 않았다. 표정에 드러내지 않으며 계속 생각했다.

꽤 깊은 계단……… 크리트에 이 정도 지하가?

크라이는 시트리가 알아낸 조직 일람을 토대로 위치 정보 조사를 의뢰했다고 했다. 그러니 파견되었을 때는 그 작업을 돕게 될 줄 알았는데, 지금은 분명히 그런 상황이 아니다. 애초에 범죄 조직의 행방 같은 것은 일반인이 손에 넣을 수 있는 정보가 아니다.

눈앞에 있는 가프 셴펠더라는 남자 역시 척 보기에 범상치 않았다. 상당한 양의 마나 머티리얼을 흡수한 자 특유의 기척. 발놀림이나 몸놀림은 풍부한 전투 경험을 가진 자라는 느낌을 주었고── 결정적인 것은 얼굴을 가리고 있는 여우 가면이다. 가프의 부하로 보이는 남자들도 다들 디자인이 각각 다른 여우 가면을 쓰고 있다.

크라이는 여우 가면 동호회라고 했지만, 시트리는 그 소꿉친구가 《천변만화》라는 별명이 붙을 정도로 대단한 유머 감각을 가지고 있다는 사실을 알고 있었다. 하지만 그와 동시에 그 소꿉친구에겐 자주 장난을 치며 시트리를 놀려대는 장난기도 있다. 몇 번이나 허탕을 쳤는지도 모르겠다.

시트리가 여우 가면을 보고 연상한 것은 두 가지. 【길 잃은 여관】의 팬텀과 《지수》가 만들어낸 분신이다.

《지수》가 만들어낸 분신은 여우 가면을 쓰고 있었다. 하지만 그것만으로 단정하기에는 정보가 부족하다.

'아홉꼬리 그림자여우'라는 조직에 대해서는 '아카샤의 탑'에 몇 년 동안 관여해왔던 시트리조차 거의 아는 게 없다. 손을 뻗으려 해도 단서조차 없다. 그 조직은 그런 존재였다. 그녀는 《지수》의 정체도 의심하지 않았고, 크라이가 그 구성원을 손바닥 위에서 놀아나게 만들었다는 사실을 알았을 때는 반신반의했다.

태연한 척하고 있긴 하지만, 지금 시트리의 마음속에서는 두 시트리가 싸움을 벌이고 있다. 크라이를 믿으라고 속삭이는 크라이 정말 좋아 시트리와 또 놀림당하는 것뿐이라며 포기한 크라이 정말 좋아 시트리가. 그리고 본체의 생각으로는 후자가 더 우세했다. 상황을 봐서는 있을 수 없는 일이지만, 크라이가 시트리를 파견한 이상 여우 가면 동호회가 정말로 여우 가면 동호회일 가능성도 꽤 있는 것이다.

나는 조개, 나는 돌, 나는 기쁨이나 절망과는 인연이 없다…….

자기암시를 통해 심장 고동을 제어하고 있던 와중에 가프가 멈춰 섰다. 최하층에 도착한 것이다.

"일단 말해두는 거지만, 오늘은 대면만 할 거다."

가프가 철제문을 열었다. 싸늘하고 곰팡이가 핀 듯한 공기가 흘러들어왔다.

그리고 눈앞에 펼쳐진 광경을 보고 시트리의 심장이 크게 뛰기 시작했다.

웅성거리는 소리가 파도처럼 밀려들었다. 수많은 시선이 시트리 일행을 꿰뚫었다. 검밖에 흥미가 없는 루크가 눈을 크게 떴고, 토우카가 한순간 주먹을 쥐는 모습이 보였다.

널찍한 방에서 기다리고 있던 것은――― 무장한 사람들, 수없이 많은 사람들이었다. 하지만 평범한 사람들은 아니었다.

문 근처에 서 있던 덩치 큰 남자가 이쪽을 노려보았다.

"이런, 이런, 이제야 납셨나. 기다리다 목이 빠지는 줄 알았다고."

"'여우' 형씨. 아무리 그래도 이런 대접은―――."

호기심, 적의, 호의가 담긴 시선이 밀려들자 가프가 어깨를 으쓱였다.

"미안하지만 이미 알고 있듯이 우리 방식은 비밀주의라서 말이야."

―――이 사람들, 내가 조사했던 일람에 나와 있던……!

한순간만에 상황을 정확하게 파악한 언니가 눈을 깜빡이고는 어이가 없다는 듯이 말했다.

"어? 진짜로? 그런 거야아? 혹시나 싶긴 했는데. 대체 무슨 수를 쓴 건데??"

"응? 뭔데? 이 녀석들을 베면 되는 거야?"

이렇게 된 이상 틀림없다. 나도 모르게 몸에서 힘이 빠져나갔다. 가슴이 벅차올랐다.

놀림당한 게 아니었다. 크라이 정말 좋아 시트리가 옳았던 것이다!

차분해졌던 심장 고동이 단숨에 커졌다. 믿고 있었어요! 크라이 씨!

"꽤 많군. 무슨 집단이지?"

"이건………… 예상치 못했는데. 계약 위반이야, 어떻게 해야 하지…………."

크라히가 신기하다는 듯이 주위를 둘러보고 있었다. 문제는 토우카다.《등화기사단》은 항상 정의의 편에 서며 청렴결백을 내세우고 있다. 시트리는 토우카가 날뛰기 전에 살며시 움직였다.

"토우카 씨………… 두 배로 낼게요."

"…………."

그녀의 눈이 시트리를 비난하고 있었다. 토우카는 수전노이지만, 결벽증이기도 하다. 아무런 말도 하지 않는 건 사정을 봐주고 있기 때문일 것이다. 분위기를 파악해주고 있는 것이다. 그런 구석도 시트리의 취향에 딱 맞았다.

"세 배로 낼게요."

"…………."

"……보스는 장난꾸러기지만, 문제가 되게끔 하진 않을 거예요.

알고 계시죠? 음모는 싫어하시나요?"

위화감을 품지 않도록 조심스레 고른 말에 토우카가 살짝 끙끙
대며 대답했다.

"…………큭, 귀공의 승리다. 마음껏 칭찬받도록 해라, 쥬트리."

"……아핫."

칭찬을 받는다니, 말도 안 된다. 오히려 시트리가 고마워해야
한다. 여우는 시트리가 손대고 싶어 하던 조직 넘버원이다. 테름
을 보물전에 가두었을 때는 실망했지만──── 모든 고생이 보답
받았다는 느낌이었기에 시트리는 지금 당장에라도 크라이를 끌
어안고 고맙다는 말을 하고 싶은 기분이었다.

"의뢰받은 리스트에 나와 있던 조직과는 전부 협력 관계를 맺
었다. 보스께는 준비가 완벽하고 언제든 움직일 수 있다고 전해
다오. 지휘권에 대해 뭔가 들은 말 있나?"

가프가 시트리에게 말했다. 의젓한 모습에서 강한 자신감이 엿
보였다.

이 정도로 많은 조직을 회유했으니 상당히 고생했을 게 분명
하다.

"네, 기대 이상이네요, 가프 씨. 보스께 확실히 전해드리죠."

이제 알겠다. 지금 시트리는 크라이가 무슨 생각을 하고 있는
지 확실히 알고 있다.

크라이가 하는 행동에는 전부 의미가 있다. 그 의도를 파악하
는 것이 시트리의 특기이자 가치다.

아직 제대로 이해하지 못한 부분도 있긴 하지만, 시트리는 해

야 할 일을 착각하지 않는다. 시트리는 방에 들어온 뒤로 계속 부들부들 떨고 있던 폰타의 어깨를 붙잡고는 가프 앞으로 내밀며 말했다.

"지휘권은 저희 중에서 표면적인 지위가 가장 높은 폰타가 담당할 겁니다. 이래 봬도 지휘 능력은 천재적이거든요."

"?! ??? 네에에에?!"

폰타의 이상한 목소리가 높은 천장까지 울려 퍼졌다. 시트리는 소리 없이 폰타를 응원했다.

마지막 단련 과목은 지휘 능력이에요. 열심히 하세요!

대면을 무사히 마치고 해산했다. 외부인이 모두 떠난 방에서 가프는 눈을 감고 있었다.

그 방 안에 있는 사람은 가프의 부하들뿐. 때로는 조직보다 가프를 우선시할 정도로 강한 유대감으로 이어져 있는 멤버들이다.

"대면도 무사히 마쳤다. 지시만 내려오면 언제든 움직일 수 있지. 그런데…… 이해가 안 되는군."

조직에는 절대적인 상하 관계가 존재한다. 간부의 명령은 반드시 따라야 하며, 만약에 거역한다면 상급 구성원이라 해도 숙청을 면할 수 없다. 조직은 엄격한 규율로 인해 이루어져 있는 것이다.

하지만 그와 동시에, 조직에는 암묵적인 양해라는 것도 존재한다.

"사람들을 모은 건 나다. 지휘권을 양도하는 건 공을 양도하는 셈이 되지. 평소 조직의 방식과는 다르군."

가프가 지휘권에 대해 물어본 건 그냥 관습에 가까운 것이었다. 원래는 멤버들을 모은 가프가 지휘권을 받아야 했다. 만약 양도하게 되더라도 이유 정도는 가르쳐줘야 한다.

무엇보다 이번 작전이 성공하게 되면 가프는 보스 중 한 명이 된다. 그런 작전의 지휘권을 양도하라는 것은 너무나도 부자연스러웠다.

"본부에 확인할 수도 있겠지만——— 그 폰타라는 여자는 대체 정체가 뭐지? 《비탄의 망령》은 아닌 것 같다만."

멤버들을 둘러보며 물었다. 하지만 모두가 고개를 젓고 있었다. 그 여자에게는 고레벨 헌터 특유의 패기가 없다. 마나 머티리얼 흡수량도 다른 멤버들에 비해 분명히 뒤처졌다. 처음에는 신입인가 했는데, 쥬트리가 한 말이 진실이라면 선택한 데도 뭔가 이유가 있을 것이다.

그때, 부하 중 한 명이 방금 생각났다는 듯이 말했다.

"그러고 보니⋯⋯ 본부에서 정보가 들어왔었지. 《천변만화》가 황제의 의뢰를 받아 제블디아의 황녀를 훈련시키고 있다고."

"⋯⋯⋯⋯말도 안 돼, 있을 수 없는 일이다. 황녀는 《지수》가 진행했던 작전의 서브 타깃이라고."

뮤리나 아트룸 제블디아. 제블디아 제국의 황녀. 중요 인물이긴 하지만, 제국 내부에서는 존재감이 거의 없는 황녀다. 그리고 《지수》 테름이 암살에 실패한 사람 중 한 명이기도 했다.

"외모의 특징은 일치한다. 머리카락의 색, 키. 권력은 없지만 지위는 높아."

"…………아직 우리에게 알리지 않은 정보가 있다는 건가."

적을 속이려면 우선 아군부터. 강대한 제블디아 제국은 현재 '여우'의 가장 큰 적 중 하나다.

하지만 견고한 조직도 내부의 공격에는 약한 법이다.

거대한 음모의 일부를 접한 느낌이 들었고, 오싹오싹해지는 무언가가 등골에 치솟았다.

"황녀를 아군으로 끌어들이는 게 가능한 일인가? 역시 《지수》의 임무가 실패한 게 의도적이었을 가능성도 있나? 황녀가 여우의 산하로 들어온다면 굳건한 제블디아도 흔들리긴 하겠다만, 그건 너무나도———."

제블디아의 황족을 끌어들임으로써 생기는 이익은 굳이 생각해볼 필요도 없이 엄청나게 크다. 그리고 그녀에게 지휘를 맡기는 것도 황녀가 산하로 들어왔다는 사실을 널리 알리는 시위 행위가 된다.

무제제에서의 작전은 세계에 선전 포고를 할 발판이 될 것이라 들었다. 그와 동시에 황녀의 배신을 알리게 되면 더욱 큰 충격이 세계를 뒤흔들 것이다. 제국을 고립시킬 수 있을지도 모른다.

그리고 그 지휘권은, 새로운 보스인 가프 셴펠더가 쥐게 될 것이다.

"··········재미있군. 이거, 역사의 전환기가 되겠어."

큰직한 일이다. 보스의 작전은 아직 전부 드러나지 않았다. 하지만 이 정도도 눈치채지 못하면 가면을 계승하기에 걸맞지 않는다는 뜻일지도 모른다. 폰타의 정체도 외모의 특징을 통해 뻔히 알 수 있으니 알아보지 못하면 무능한 거라고 할 수도 있다.

무시무시하다. 나름대로 상위 구성원인 가프도 지금까지《비탄의 망령》이나《등화기사단》이 동료였다는 정보는 들어본 적이 없었다. 황녀가 동료라는 사실도 몰랐다.

이건——— 비장의 수다. 정체를 들키면 이제 통하지 않게 된다. 써야 할 상황을 착각하면 오랫동안 해온 노력이 허사가 된다.

"본부에 확인할 필요는 없다. 지휘는 명령대로 폰타에게 맡긴다. 언제든 움직일 수 있게 해둬라! 우리는 플랜A를 진행한다."

이제 얼마 남지 않았다. 세계가 바뀐다. 그런 예감이 들어 음침한 미소를 짓고 있자니 정보를 주고받는 일을 맡겼던 부하가 뛰어들어 왔다.

"가프, 본부에서 연락이 왔다. 플랜A의 그 물건은 어떻게 되었냐는데."

예상치 못한 연락에 가프는 눈살을 찌푸렸다. 플랜A는 어떤 아이템을 전제로 하고 있다. 그것은 제국의 박물관에 엄중히 보관되어 있던 물건이고, 그것을 탈취하는 것이 플랜A의 1단계였다.

"『대지의 열쇠』는 예정대로 이미 보스에게 넘겼다. 정보가 뒤처지고 있군······."

첩보 기관이 기원인 여우는 정보에 힘을 들이고 있다. 몇 시간 정도라면 모를까, 며칠 단위로 정보가 뒤처지는 경우는 드물다.
설마 보스가 깜빡 잊고 전달하지 않았을 리도 없을 텐데———.

제4장   진짜 보스

"음~, 뭔가 상상했던 거랑은 다르네. 그야 공주한테는 좋을지도 모르겠지만, 베지도 못하는 범죄자는 범죄자가 아니야."

루크는 달그락달그락, 심심하다는 듯이 내가 맡겼던 『대지의 열쇠』를 만지작거리며 말했다.

"그치~. 엄청 두근거리긴 했지마안, 실력 시험은 안 된다고 해야 하나아."

"저저저, 저한테 무슨 짓을 시킬 생각이시죠?"

심심한 듯한 루크. 불만인 듯한 리즈. 평소 모습 그대로인 뮤리나 황녀. 돌아온 세 사람이 보여준 반응은 제각각 달랐다. 그런데 보아하니 셋 다 마음에 들지 않는 모양이었다.

"저기…… 응, 그래, 그렇지."

하지만 신문을 보니 역시 크리트에서 일어난 사건 숫자는 줄어든 모양이었다. 결과가 좋으면 다 좋다지만——— 루크랑 리즈 같은 사람들이 움직이지도 않았는데 왜 습격 사건이 줄어든 거지? 내가 원했던 건 루크 일행의 불만 해소 겸 습격자들에 대한 선제공격이었는데. 뭔가 신기한 힘이 발동되기라도 한 건가?

"크라이 씨, 유명한 케이크를 사 왔어요!"

눈살을 찌푸리고 있자니 시트리가 티 세트와 상자가 담긴 쟁반을 가지고 왔다.

루크나 리즈와는 정반대로 시트리는 정말 기분이 좋아 보였다. 최근에는 거의 본 적이 없을 정도였다. 표정은 여전히 미소를 짓고 있긴 하지만, 눈에 깃들어 있는 빛이 다르다. 소꿉친구인 나는 알고 있다. 감정을 억누르지 못하는 것이다.

"……뭔가 좋은 일이라도 있었어?"

"아뇨, 아뇨, 무슨——— 차를 따라드릴게요."

시트리가 안절부절못하며 차를 따라주었다. 정말 무슨 일 있었나?

그녀는 항상 나를 신경 써주지만, 케이크까지 가져다주는 경우는 별로 없다. 아니, 무슨 일이 있었을 때만 내주는 비장의 수 같은 느낌이다. 그녀 나름대로 신호를 보내는 것 같다.

재빠르게 내 앞에 차 세트를 준비해 주고는 케이크 상자를 뜯는 것도 잊은 시트리가 내 뒤로 돌아왔다. 그녀는 곧바로 내 목덜미를 싸늘한 손으로 만졌다. 잘 살펴보니 겉옷을 입고 있지 않았다.

"어깨 주물러드릴게요."

어깨를 주무른다고 해놓고, 정작 시트리는 내 앞으로 팔을 뻗어 두른 다음 몸을 기댔다. 꾸욱꾸욱 눌러대는 가슴을 통해 심장 고동이 느껴졌다. 귓가에 들뜬 듯한 목소리가 들렸다.

"크라이 씨…… 돈 빌려드릴까요?"

"…………."

굳어있는 나를 보고 시트리가 그제야 본론으로 들어갔다.

"그 대신에 그거, 저한테 주세요. 주실 거죠? 믿고 있거든요?"

줄 수 있는 거라면 뭐든지 주고 싶긴 한데…… 무섭다고. 짐작가는 게 전혀 없어서 무서워. 시트리가 손으로 내 몸을 슬쩍슬쩍 만지면서 귀 뒤쪽에 입술을 가져다 댔다. 공포 때문인지 쾌감 때문인지, 등골이 오싹해졌다.

"있잖아요, 언제 손에 넣으셨나요? 어떻게 손에 넣으셨어요? 저를 위해서 그러신 거죠?"

"…………무슨 소리야?"

"저번에 그거 말이에요. 있잖아요, 반드시 소중하게 쓸게요. 저한테 주세요. 네? 크라이 씨. 컹컹."

사실 부끄러움을 많이 타는 시트리가 이렇게까지 할 줄이야…… 진짜 무서운 건 무슨 소릴 하는 건지 전혀 모르겠다는 거다. 뭔가 손에 넣은 게 있던가? 그것도 부자인 시트리가 욕심낼 만한 거.

"좀 떨어져, 쥬트리! 너무 흥분했잖아아!"

"?!"

"…………으음."

그때, 날카로운 소리가 들렸다. 리즈가 던진 꽃병이 시트리의 머리에 제대로 맞은 것이다. 겁을 먹은 시트리의 목덜미를 어느새 뒤쪽으로 다가와 있던 안셈이 붙잡아서 들어 올린 다음 떼어놓았다.

그런데 쥬⑽트리는 뭐야? ……쿠⑼트리보다 더 높네.

"싫어어! 나, 크라이 씨랑 결혼할 거야아! 이거 놔줘, 오빠!"

"으음……."

시트리가 유아 퇴행 현상을 보이고 있네…… 줄게. 내가 줄 수 있는 거라면 줄 테니까 진정해.

매달린 채 몸을 비틀고 있는 시트리를 보고 리즈가 어른스럽게 한숨을 쉬었다.

"루시아가 있었다면 꽁꽁 얼려버렸을 텐데……."

"으음……."

"안셈 오빠, 휙. 던져. 휙. 머리를 좀 식히게 해줘야지…… 흥분해서 머리가 좀 이상해졌으니까."

"으음……."

안셈이 창문을 연 다음, 날뛰고 있던 여동생을 휙 내던졌다. 시트리의 비명이 멀어졌다.

여긴 4층인데…… 뭐, 헌터라면 괜찮겠지? 그런데 시트리는 대체 왜 저러는 거야?

"안 되겠어…… 크라이. 몇 번을 시도해도———— 충전이 안 돼!"

루크가 머리를 감싸 쥐며 소리친 것은 해가 진 뒤였다. 시트리도 어느 정도 제정신으로 돌아와서(계속 추파를 던지고 있긴 하지만) 겨우 한숨 돌렸는데, 정말 소란스러운 소꿉친구들이다.

루크가 내게 내민 것은 저번에 맡겨두었던 검 형태의 보구———— 『대지의 열쇠』였다.

루크는 순수한 검사다. 검사이긴 하지만, 마력이 전혀 없는 건 아니다.

그는 내가 가지고 있는 검 형태의 보구 콜렉션을 거의 다 체험해 보았다. 그리고 나와는 달리 루시아에게 의존하지도 않기 때문에 어지간한 검 형태의 보구는 충전시킬 수 있는 마력을 지니고 있다. 아니, 그 시점에서 지니고 있지 않더라도 수련해서 손에 넣는다. 그것이 루크 사이콜이라는 남자다.

한없이 검을 사랑하는 루크가 포기하다니, 드문 일이다. 전혀 충전이 끝나지 않는다는 걸 보면 꽤 힘든 모양이다. 그가 내민 검을 받아든 다음, 살짝 들고 살펴보았다.

"…………대지의 열쇠, 대지의 열쇠란…… 말이지?"

자로 재서 만든 것처럼 올곧은 칼날은 무늬도 들어가 있어 신비로운 느낌이었다. 루크가 포기할 만큼 많은 마력을 필요로 하다니, 대체 무슨 능력을 지니고 있는 거지? 신문에는 나와 있지 않았지만, 이름은 그 존재를 나타내주는 법이다.

루크가 주먹을 꽉 쥐고는 마치 선언하듯이 소리쳤다.

"크윽………… 검도 마음대로 다루지 못하다니, 수행이 부족해! 하지만 이제 벨 녀석이 없어!"

또 이해가 안 되는 소릴 하기는. 나는 폼을 잡으며 말했다.

"아니, 이건 열쇠야. 검이 아니라고."

"?!"

자세를 바로잡고 루크의 눈을 똑바로 보며 진지한 표정으로 그럴싸하게, 적당한 말을 늘어놓았다.

"루크, 열쇠에 필요한 게 뭔지 알겠어? 답은 의외로 간단한 법이야."

그는 초일류 검사고 상식을 제외하면 거의 모든 면에서 나보다 뛰어나지만, 보구의 지식은 내가 더 많다. 루크는 잠시 생각에 잠기더니 자신 없다는 듯이 말했다.

"열쇠에 필요한 것………… 열쇠 구멍, 인가?"

"…………."

내가 하려던 말을 먼저 해버리네. 나는 크게 한숨을 쉬고는 둘러댔다.

"다시 말해…… 이건, 그래. 미래로 이어지는 문의 열쇠! 악의 손아귀에 넘어가게 되면 엄청난 일이 벌어지게 돼."

"뭐……라고?! 악의 손아귀?! 악의 손아귀라는 게 뭔데?!"

"그야 뭐…… 그게…… 뭐라고 해야 하지? …………그래, 세계의 적이야."

"세계의…… 적?! 어디 있는데?! 베어도 되는 거야?!"

어째서 그렇게 신이 난 건데…… 적당히 말한 거라고. 적당히 네가 좋아할 만한 말을 하고 있는 것뿐이라고.

조용히 책을 읽고 있던 루시아가 어이없다는 듯이 이쪽을 보고 있다.

적당한 말이지만 너무 심하게 해서 루크가 진짜로 그런 마음을 먹으면 곤란하겠지. 어떻게 대답해야 할까…….

나는 한동안 고민하다가 조심조심 말했다.

"그건………… 그 왜, 자연재해 같은 거."

"자연……재해인가아…………."

"…………하지만 최강의 검사라면 재해도 벨 수 있지!"

"!!"

실망했다가 정신이 번쩍 들었다가, 루크는 참 바쁘구나.

보구를 맡게 된 건 그냥 착각 때문이다. 돌아가기 전에 돌려줘야만 할 텐데. 그래도 모처럼 맡게 되었으니 돌려주기 전에 한 번 정도는 시험해 보고 싶다. 어차피 무제제까지 할 일도 없으니까.

나는 살짝 하품을 하고는 말없이 루시아 앞에 대지의 열쇠를 내려놓았다.

보스, 흰 여우님은 무시무시한 사람이다. 계속 그렇게 배워왔다. 수업할 때도, 날마다 기도할 때도, 어릴 때 들었던 자장가로도.

힘, 지혜, 운과 카리스마, 용의주도함. 그리고——— 신에 필적하는 잔혹성.

지금은 망해서 사라진 나라의 첩보 기관에 기원을 둔 그 조직은 대대로 보스의 더할 나위 없이 뛰어난 수완을 통해 커져 왔다.

싸우고, 지배하고, 회유하고, 각 나라에 뿌리를 내리며 몰래, 그러면서 확실하게.

여우 가면은 단순한 상징이다. 처음에 보스가 가지고 돌아온 가면은 소라 같은 사람들, 여우신을 모시는 사람들에게 특별한 물건이었다. 보스에게는 조직을 한데 뭉칠 깃발이 필요했다. 그리고 '아홉꼬리 그림자여우'가 완성되었다.

신에게 받은 하얀 여우 가면이 바로 보스라는 증거. 보스는 세습제가 아니다. 조직 내부에서는 항상 치열한 경쟁이 이루어지며,

그렇기 때문에——— 보스는 조직에서 가장 강하다. 조직이 가진 돈이, 권력이, 기술이, 보스를 최강으로 만들어주는 것이다. 마나 머티리얼을 흡수한 고레벨 헌터도 당해내지 못할 정도의 무시무시한 존재로.

———하지만, 그럼에도 불구하고 소라는 지금 그렇게 무시무시한 보스의 명령에 따라 정신없이 유부를 만들고 있었다.

"얼른, 다음, 만들어."

"네, 네………… 보스."

영문을 알 수가 없었다. 이제 이 기분은 혼란스럽다는 말로 표현할 수준이 아니다.

모든 것이 뜻밖이었다. 진짜와 가짜가 서로 아는 사이였다는 것도 뜻밖이었고, 똑같은 명령을 내린 것도 뜻밖이었다.

누가 적이고, 누가 아군이고, 뭐가 올바른 거고, 소라는 지금 뭘 해야 하는 걸까?

보스는 척 보기에도 어려 보이는 소녀 모습이었다. 어떠한 섭리인 건지, 공중에 둥실둥실 뜬 채 소라의 손 근처를 관찰하고 있었다. 소라는 그 앞에서 정신없이 손을 움직이며 기름 안에 두부를 넣어갔다.

심장이 터져버릴 것 같을 정도로 크게 뛰고 있다. 영문을 알 수가 없긴 하지만, 손을 멈추면——— 살해당한다. 그 시선에는 그 정도로 강한 압력이 담겨 있었다. 지금 생각해보니 가짜 여우님은 꽤 자상했다. 소라에게 명령하긴 했지만, 억지로 시키진 않았고 위압감도 없었다. 하지만 진짜는 달랐다. 완성된 유부는 차례

차례 '흰 여우'님의 입속으로 사라졌고, 멈추지 않았다. '흰 여우'님은 꼼꼼하게 접시를 핥고 나서 소라를 노려보았다.

"이런 걸로는 세계를 노릴 수 없어. 다음."

돌아와 주세요, 가짜 여우님!

하는 말은 가짜와 완전히 똑같지만, 이번 '흰 여우'님은 의심할 여지도 없이 분명히 진짜다.

"저, 저기⋯⋯ 유부로 어떻게 세계를———."

"⋯⋯⋯⋯위기감 씨에게 들었을 텐데. 유부초밥 도시락을, 만들 거야."

"노, 농담이시죠?"

"얼른, 다음. 얼른 만들지 않으면 너를 유부로 만들⋯⋯⋯⋯ 가능성을 부정할 수 없어."

그 목소리에는 진심이란 걸 알 수 있을 정도로 엄청난 압박감이 담겨 있었다.

이런 건 이제 못해, 따라갈 수가 없어. 결국 누가 잘못한 건데요? 애초에 도시락으로 세계를 정복하는 건 불가능하다고요! 당신이 모조리 먹어치우니까 하나도 완성하지 못했잖아요!

'흰 여우'님이 어디에선가 소파를 꺼낸 다음, 다리를 흔들며 스마트폰을 만지작거리기 시작했다.

의욕이 전혀 느껴지지 않는다.

"얼른, 보고 있지만 말고, 만들어."

"저기⋯⋯ 보스, 작전 때문에 오신 것 아닌가요?"

크리트에서 진행될 작전에 대해 소라가 가지고 있는 정보는 너무나도 적다. 하지만 바쁜 보스가 올 정도이니 상당히 중요한 작전일 것이다. 한눈팔고 있을, 아니, 한 입만 달라고 하고 있을 때가 아니다.

극히 소수의 힌트를 토대로 조심조심 물어보는 소라에게 '흰 여우'님이 진지한 표정으로 말했다.

"그런 건, 아무래도 상관없으니까, 만들어."

"?! ??? 조직의 장래가 달린 중요한 작전 아니었나요?!"

"·······················낼름. 이 유부, 83점."

이 사람은 안 되겠다. 가짜보다 더 말이 안 통한다.

분명 무시무시한 분이긴 하다. 이런 분이 어떻게 조직을 이렇게까지 성장시킨 거지? 대체 어째서 유부인 거지? 어째서 신관인 소라에게 만들라고 하는 거지? 대체 얼마나 만들면 되는 거지? 혹시 이건 벌인가? 속아서 유부를 만들게 된 소라에게 영원히 유부를 만들게 하는 벌. 그야말로 이 세상의 지옥이다. 만약 처형할 생각이라면 그냥 단숨에 끝내줬으면 좋겠다.

영문을 알 수가 없어서 그런 생각을 하고 있자니 문이 세차게 열렸고, 원흉이 뛰어들어 왔다.

가면을 쓰고 있지 않아서 이제 여우조차 아니지만 그런 건 상관이 없다.

"!! 가짜 여우님! 기다리고 있었습니다아·············!"

"?! 뭐야, 왜 그래?"

이제 아무래도 좋다. 가짜가 더 좋다. 이런 유부 중독 보스는 싫다. 기름때에 찌든 무녀는 무녀 실격이다. 소라가 달려들자 가짜 여우님은 얼빠진 표정을 짓고 있었다.

처음으로 가짜 여우님을 존경하게 된 것 같았다.

혼이 얼어붙을 듯한 위압감을 내뿜고 있는 진짜 여우님과 항상 멍한 가짜 여우님의 승부는 단 한 마디에 결판이 났다.

"내게 대들다니, 위기감 씨는 위기감이 없어."

"소라에게 계속 두부를 튀기게 하다니, 너무 가엾잖아! 애초에 그렇게 먹고 싶으면 자기가 튀기든가!"

처음에 튀기라고 한 건 당신이잖아요?!

"…………!!"

'흰 여우'님은 손을 탁 치고는 소라를 밀쳐내고 재료 상자에서 두부를 꺼내 직접 튀기기 시작했다.

잘 살펴보니 그녀의 엉덩이에서 부드러워 보이는 꼬리가 뻗어 나와 있었다. 좀 전까지는 없었던 것 같은데, 보스에게는 가면뿐만이 아니라 꼬리도 있는 건가? 슬쩍슬쩍 흔들리는 꼬리를 보니 피로가 확 밀려왔다.

가짜 여우님은 방안으로 들어와서는 이마에 난 땀을 닦으며 한심한 듯한 미소를 짓고는 말했다.

"잘됐네. 이걸로 한 건 해결됐어."

"당신, 대체 뭐죠?"

"아니, 맛집 리뷰 같은 유부 평가를 계속 보내길래……."

보아하니 '흰 여우'님이 스마트폰으로 대화를 주고받던 대상은 가짜 여우님이었던 모양이다.

아니, 당신들 진짜 사이좋네요?! 대체 무슨 관계인데요?!

"그런데 너, 언제 돌아갈 거야?"

"⋯⋯⋯⋯질리면."

작전이 끝나면, 이어야죠! 그런데 이 상황을 가프에게 뭐라고 설명해야 하지?

마침 그때, 품속에 넣어두었던 공음석이 떨리기 시작했다. 여우신의 무녀는 다들 총본산에서 교육을 받는다. 공음석은 무슨 일이 생겼을 때를 대비한 핫라인이다. 아마 소라가 걱정되어 연락한 모양이다.

존재 자체를 완전히 잊고 있었다. 이런 상황에 대해서는 배운 게 없다. 바로 지금이 무녀의 힘을 한데 모을 때다.

'흰 여우'님을 힐끔 보았다. 그런 와중에도 진짜와 가짜가 나란히 서서 두부를 튀기고 있었다.

"그런데 너, 언제부터 보스가 된 거야?"

"⋯⋯⋯⋯맛없어."

가짜 여우님이 눈살을 찌푸리자 '흰 여우'님이 직접 튀긴 유부 접시를 낼름낼름 핥으며 말했다.

소라는 몰래 방구석으로 간 다음, 공음석을 발동시켰다.

총본산에 근황을 보고했다. 원래 소라에게 주어지는 정보는 기밀이라 다른 사람에게 누설하는 것은 용납될 수 없는 행위지만, 상대가 같은 무녀일 경우에는 예외다.

"네? 다시 한번? 그러니까, 틀림없이 진짜라고 생각했던 보스가 진짜 가면을 쓰고 있던 가짜였고, 가짜인 줄 알았는데 진짜 보스하고 친구인 것 같고, 게다가 둘 다 조직을 통해 유부초밥 도시락을 만들어서 전국에 진출하자고 큰소리를 치고 있다고요! 무슨 말인지 모르겠다고요? 그런 건 저 말고 보스에게 말씀하세요! 이제 난 몰라아!"

떼를 쓰는 소라에게 예전에 소라의 교육을 담당해준 선생님이 진정하라며 타일렀다.

『소라, 진정하거라. '흰 여우'님께서는 지금 그쪽으로 가고 계실 것이다.』

"그러니까, 벌써 오셨다고요! 와서, 저한테 갑자기 유부를 튀기라고———."

『아무리 '흰 여우'님의 의지가 인지를 초월한 영역에 있다 하더라도 그렇게 말도 안 되는 소릴 할 리가 없지. '흰 여우'님의 목적은——— 파괴, 세계의 파괴와 재생이다! 조직의 목적은 발족 이후로 변함이 없다!』

소라도 그렇게 생각한다. 그렇게 생각했다. 하지만 아니다. 그게 아니다.

뒤쪽을 돌아보며 프라이팬을 진지한 표정으로 바라보고 있던 '흰 여우'님에게 물었다.

"…………'흰 여우'님, 유부와 세계의 재생, 어느 쪽이 더 중요하신가요?"

대답은 짤막한 한마디뿐이었다. 이쪽을 보고 싸늘한 목소리로 건넨 한마디.

"…………뭐?"

"히익…… 보, 보세요! 역시 유부가 더 중요하시다네요! 선생님 때문에 '흰 여우'님께서 기분이 상하셨어요!"

『진정하거라, 소라. 심호흡을 하거라. '흰 여우'님께서 그런 태도를 보이실 리가 없잖느냐!』

"안 됩니다. 이건 신탁이에요. '흰 여우'님께서는 유부초밥 도시락으로 세계를 통일하라고 하셨어요!"

어째서 이해해주지 않는 걸까. 눈물 섞인 목소리로 외치는 소라에게 선생님이 끈기 있게 말했다.

『진정하거라, 소라. 좋다, '흰 여우'님과 이야기를 하게 해다오. 나는 '흰 여우'님과 면식도 있다.』

"그럴 수는……."

저렇게 무시무시한 '흰 여우'님께 공음석을 받아보라는 말을 할 수는 없다. '흰 여우'님이 소라를 보는 눈초리는 완전히 쓰레기를 보는 듯한 눈초리다. 방심하면 진짜로 튀겨버릴지도 모른다.

"왜 그래?"

안절부절못하고 있자니 가짜 여우님이 소라의 시선을 눈치챘다. 아무래도 진짜보다는 가짜가 더 친근감이 있는 것 같다. 역시 소라는 이쪽을 섬길 수밖에 없다. 진짜는 소라에게 너무 부담된다.

"…………제 상사가 보스와 이야기를 하고 싶다고 하시네요."

"오~, 공음석이네. 좋은 아이템을 가지고 있어. 나는 더 좋은 스마트폰을 가지고 있지만 말이야!"

가짜 여우님은 친근하게 공음석을 받아들고는——— 진지하게 프라이팬을 들여다보고 있던 '흰 여우'님의 귀를 잡아당겼다. 말도 안 되는 행동에 오히려 소라의 심장이 멈출 것만 같았다. '흰 여우'님이 가짜 여우님을 노려보았다.

"⋯⋯⋯⋯뭐?"

그 순간, '흰 여우'님의 몸에서 기절해버릴 것 같을 정도의 살의가 뿜어져 나왔다. 하지만 가짜 여우님은 여전히 방긋방긋 웃고 있었다.

처음부터 대충 짐작하고 있긴 했지만, 이 사람은 긴장감이 너무 없다.

"네 부하에게서 연락이 왔대."

"⋯⋯⋯⋯."

"자, 프라이팬은 내가 봐줄 테니까."

'흰 여우'님이 대놓고 싫다는 표정으로 공음석을 받았다. 돌에서 선생님의 목소리가 들렸다.

『'흰 여우'님. 오랜만입니다. 부족한 제자가 실례를 범했습니다. 그런데 뭔가 이상한 말씀을 하셨다고요——— 유부로 세계를 구하신다고.』

단도직입적인 질문이다. '흰 여우'님은 조리대에 걸터앉고는 다리를 꼬았다.

늘어진 하얀 꼬리가 희미하게 빛났다. 그리고 '흰 여우'님이 목을 살짝 울리며 말하기 시작했다.

"오랜만이구나, 영감. 그 말이 맞다. 우리는 유부로 세계를 파괴하고 재생시키기로 했다. 이것은 여우신의 의지이다."

"?!"

그 입에서 나온 목소리는 좀 전까지 들었던 늘어지는 듯한 목소리와는 전혀 달랐다.

　조용하고, 힘차고, 정체를 알 수 없는 매력을 지닌 청년의 목소리였다.

　가짜 여우님도 눈을 동그랗게 뜨고 있다. 프라이팬은 전혀 안 보고 있다.

　『?! '흰 여우'님?! 하나, 그건⋯⋯ 오랫동안 이어져 내려온 조직의 지침과는 너무나도————.』

　"두 번 말하진 않겠다. 우선 조직을 유부 제조에 적합한 형태로 바꾸겠다. 반항하는 자는 숙청한다."

　『하나 그것은 다른 '흰 여우'님께는———— 아, 아닙니다. 그, 그럼 저희는 어떻게 할까요?!』

　'흰 여우'님이 문득 프라이팬을 보고는 급하게 조리대에서 뛰어내렸다.

　"유부를 튀겨라."

　『?!』

　마지막 목소리만은 원래 목소리였지만 당황한 선생님은 과연 그 사실을 눈치챘을까. 공음석을 소라에게 휙 던진 다음, '흰 여우'님은 프라이팬에서 너무 지나치게 튀겨버린 유부를 슬픈 듯한 표정으로 집었다.

　안 되겠다. 이제 조직은 끝장이다. 선생님도 이제 소라가 잘못하지 않았다는 사실을 알게 되었을 것이다.

결국, '흰 여우'님이 멈춘 것은 가짜 여우님이 마련한 두부가 바닥난 뒤였다.

  참고로 성과물은 완성되자마자 '흰 여우'님이 다 먹어버렸기 때문에 아무것도 남지 않았다. 게다가 기름때로 찌든 소라가 질색하고 있는 것과는 달리 '흰 여우'님은 약간 아쉬운 듯한 표정을 보이고 있었다.

  보아하니 수십 인분을 먹어놓고 아직 부족한 모양이었다. 유부초밥 도시락으로 지배한다고 하던데, 그냥 대놓고 유부를 먹고 싶은 것뿐이었다. 침묵을 견디지 못하고 '흰 여우'님에게 말을 걸었다.

  "'흰 여우'님께서는………… 유부를 좋아하시는군요."

  "…………별로."

  '흰 여우'님이 새침한 태도로 말했다. 그만큼 먹어놓고 용케도 그런 소릴…… 대충 봐도 몸집 크기보다 먹은 부피가 더 크다. 그 가녀린 배는 먹기 전과 마찬가지로 여전히 납작했다.

  그 이후로 계속 입을 다물고 있는 '흰 여우'님. 무슨 말을 해야 할지 망설이고 있자니 '흰 여우'님이 입을 열었다.

  "10초 이내에 유부를 주지 않으면 너를 죽———."

  "저기, '흰 여우'님께서는 그 가짜 여우님——— 《천변만화》와 어떤 관계이신가요?"

  "………………………"

  위험했다. 보스가 무시무시한 분이라는 이야기는 들었지만, 이 '흰 여우님'은 너무나도 프리덤하다.

두근거리는 심장을 억누르고 있자니 '흰 여우님'이 조심조심 입을 열었다. 그 꼬리가 희미하게 빛났다.

"위기감 씨는——— 컨설턴트다. 우리 조직을 유부 제조에 특화시키기 위해 고용했어."

?! 말도 안 되는 소리. 애초에 비밀 조직에서 유부를 제조하는 이유를 전혀 알 수가 없다. 다른 '흰 여우'님들도 알고 있는 걸까? 아니, 위기감 씨는 또 뭐지?

"물론, 다른 자들도 알고 있어. 위기감 씨는 《천변만화》의 별명. 우리는 그렇게 불러."

"으······."

마치 마음속을 읽고 있는 듯이 정확한 대답이 돌아왔기에 무심코 눈을 크게 떴다.

다른 보스들까지 알고 있다니, 무시무시한 이야기다. 대체 조직에 무슨 일이 벌어진 거지? 조직은 어떻게 되어버리는 거지? 유부로 세계를 노린다고 했는데, 비밀결사란 그런 게 아니다. 아무리 상부의 명령에 절대복종하는 이 조직이라도 다른 멤버들이 기꺼이 따를 리가 없다.

그야 우두머리가 규칙을 정하는 게 이 조직이긴 하지만, 비밀결사는 유행에 안 맞는다는 말이라도 할 생각인가? 애초에 유부를 이용한 파괴와 재생이라는 게······ 뭐지? 소라에겐 알 권리가 없는 건지도 모른다.

대답이 없는 사고가 머릿속을 빙글빙글 맴돌고 있다. '흰 여우'님은 꼬리를 흔들면서 말했다.

"규칙은—— 내가 정해. 비밀결사 같은 건 요즘 유행에 안 맞아. 파괴와 재생에 대해서는 네게 알 권리가 없어."

"그, 그렇……군요."

할 말이 없게 만드는 대답이었다. 역시 보스, 소라의 마음 따위는 훤히 들여다보고 있다는 건가?

자기도 모르게 몸을 부르르 떤 소라를 보고 왠지 모르겠지만 '흰 여우'님이 만족스럽다는 듯이 고개를 끄덕였다.

"그런데 '흰 여우'님………… 유부로 파괴와 재생을 한다 하더라도 본부에서 정식 지령이 내려오진 않은 것 같습니다. 조직의 구성원들이 혼란스러워하지 않을까요?"

소라도 그렇지만, 꽤 상위 구성원인 가프도 그 새로운 방침은 알지 못하는 것 같았다. 비밀주의라 해도 지금까지는 이런 일이 없었을 텐데. 그때, '흰 여우'님이 처음으로 소라에게 물었다.

"…………소라, 너는 어떻게 생각해?"

그야…… 우선 보스가 지니고 있는 연락망으로 부하들에게 연락을 해야 할 것이다. 급하게 진행할 필요가 있었던 걸지도 모르지만, 그래도 지금 같은 방식은 조직으로서 너무나도 부자연스럽다. 여우의 통솔력은 꽤 강하다. 평상시의 명령 계통으로 명령을 내린다면 위화감이 있더라도 뭔가 이유가 있을 거라며 납득시킬 수 있을 것이다.

하지만 '흰 여우'님이 그런 사실을 모를 리가 없다.

'흰 여우'님이 흔들고 있던 꼬리를 딱 멈췄다. 그리고 작은 목소리로 물었다.

"참고로, 만에 하나를 대비해서 묻는 건데——— 소라, 너는…… 내 명령 계통에 대해 알고 있나?"

"아, 아뇨………… 그럴 리가요. 일개 신관이 그런 걸……."

무슨 의도지? 보스의 명령 계통을 소라가 알 리가 없잖아!

"그래…………."

'흰 여우'님은 뭔가 생각에 잠긴 듯이 입을 다물었다. 그때, 누군가가 문을 조심조심 노크했다.

"보스, 계십니까?"

"자, 잠깐만요!"

가프의 목소리다. 가프는 이 '흰 여우'님과는 초면이고, 게다가 가짜 여우님이 가짜라는 사실도 눈치채지 못했다. 그런 부분은 이미 해결이 되었지만, 이대로 가다간 소라의 실수가 들통나게 되어버린다.

"'흰 여우'님, 이번 작전의 책임자입니다. 어떻게 할까요?"

"들여보내도 돼."

허가를 받았기에 어쩔 수 없이 문을 열었다. 뒤를 돌아본 다음——— 소라는 깜짝 놀랐다.

그곳에 서 있던 것은——— 좀 전까지는 분명히 없었던 가짜 여우님이었다.

불과 몇 초 전까지 소라와 이야기를 나누었던 '흰 여우'님은 흔적조차 보이지 않았다. 그리고 가짜 여우님도 평소와는 달라 보였다. 키나 얼굴은 똑같지만 평소보다 표정이 자신 있어 보이고, 몸에서 뿜어져 나오는 압박감이 달랐다. 가프가 지금까지와는 전혀 다른 가짜 여우님을 보고 새파랗게 질렸다.

"이, 이건…………. 바, 방금 돌아왔습니다."

가짜 여우님이 의젓하게 고개를 끄덕이고는 조리대에 걸터앉아 다리를 꼬고 당당하게 말했다.

"잘 돌아왔다, 가프. 아무런 말도 할 필요는 없다. 그 표정———내 명령을 완수한 모양이로군."

"네………… 황송한, 말씀이십니다———."

굳어버린 가프를 보고 《천변만화》가 눈썹을 살짝 움직이고는 미소를 지었다.

"지금까지와는 다르다고 생각하는구나? 지금까지 보여준 태도는 그저 연기에 불과했다. 일부러 그렇게 꼴사나운 모습을 보이며 너를 시험했던 것이다. 네놈의 조직에 대한 충성, 확실하게 지켜보았다."

"!!"

가프의 표정이 압도적인 격의 차이로 인해 굳어졌다. 그리고 그때, 소라는 눈치챘다.

《천변만화》의 엉덩이에——— 하얀 꼬리가 달려 있었다.

매우 기분 나쁜 예감이 들었다. 가짜 여우님이 씨익 웃고는 엎드린 가프에게 말을 걸었다.

"그렇게 겁내지 마라. 약속은 지킬 테니. 네놈에게——— 이 가면, 그리고——— 향후의 지침을 내려주마."

"지침……?"

그리고 '흰 여우'님을 연기하는 가짜 여우님이 전혀 가짜 같지 않을 정도로 당당한 목소리를 내며 딱 잘라 말했다.

"현재 수행 중인 플랜A——— 무제제 습격 및 섬멸 작전은 사정으로 인해 중지한다. 자원을 전부 사용해 유부를 튀겨라. 네놈의 명령 계통을 통해 네놈의 부하들에게 전달해라."

팬텀이란 마나 머티리얼이 재현한 과거의 기억이다. 생물이 아니기 때문에 생물적인 욕구로부터 해방되었으며, 개별적인 존재의 개성도 역사에 기반하고 있다.

그리고 그것은 팬텀으로서는 믿기지 않을 정도로 강한 힘을 자랑하는 【길 잃은 여관】의 '요괴 여우'에게도 마찬가지로 적용되는 법칙이다.

움직이지 않을 수가 없었다. 팬텀은 식사를 할 필요가 없다. 그리고 그 위기감 씨를 도와주려는 것도 아니다. 하지만 존재 자체에 깊게 새겨진 습성이 유부라는 물체를 애타게 갈구하고 있는 것이다.

그리고——— 여동생 여우에게 있어서 사람과 지혜 대결을 벌이거나 장난을 치는 것은 존재 이유 그 자체다.

"희, '흰 여우'님, 정말로 괜찮은 거죠?!"

무녀 차림의 여자가 주방에 앉은 여동생 여우에게 물었다.

이제 몇 번째인지 셀 수도 없는 그 물음에 여동생 여우는 싸늘한 목소리로 대답했다.

"괜찮아. 모든 것은 치밀한 계산으로 이루어진 것. 전부 알고 있어."

"네, 네……. 이건…… 이건 보스의 명령. 보스의, 명령———."

사람들의 삶 따위는 흥미가 없다. 여동생 여우는 신의 권속으로 만들어진 팬텀이다. 다시 말해, 신이다.

신은 제멋대로인 법이다. 신은 인간 따위는 거들떠보지도 않는다.

위기감 씨가 한 말에 따른 것은 교섭한 결과다. 사람이 수천 명 죽든, 조직이 박살 나든——— 여동생 여우는 여우다. 마음을 좀 읽고 홀린 것만으로도 속은 쪽이 잘못한 것이다.

위기감 씨를 본받아라. 그 인간은——— 약간 믿기지 않을 정도로 생산적인 생각을 하지 않는다. 처음부터 계속 자발적으로 홀린 거나 마찬가지다. 어머니가 진 것도 이해가 된다. 지혜 대결은 보통 저런 상대가 제일 골치 아프기 마련이다. 여동생 여우도 어떻게 해야 좋을지 몰랐다.

하지만 보물전에 살고 있을 때는 사람을 홀릴 기회가 거의 없었다.

무심코 튀어나와 버린 꼬리를 기분 좋게 흔들고 있자니 신관에게서 빼앗은 공음석이 떨렸다.

받았지만 목소리가 들리지 않았다. 고개를 갸웃거리며 잠시 돌을 바라보고 있자니 갑자기 목소리가 들렸다.

『너는——— 누구냐.』

"…………."

실수했다는 사실을 깨달았다. 여동생 여우의 힘에도 제약이 있다. 뭐든 다 할 수 있는 것도 아니고, 강점이나 약점도 있다.

멀리 있는 상대를 홀리는 건 잘하지 못한다. 특히 이번 상대는 정신적인 방어 능력도 꽤 강한 것 같다. 머릿속을 거의 읽을 수가 없다. 그 목소리에는 힘이 있었다. 자랑스러운 대요괴조차 위협할 수 있을 정도로 강한 힘이.

자, 누구로 둔갑할까……. 소라? 가프? 소라의 선생님?

상황 같은 건 아무래도 상관이 없지만, 상황을 전혀 모르는 건 아니었다.

꼬리를 쓰다듬으며 생각했다. 그때, 좋은 생각이 났다. 오늘 나는——— 머리가 잘 돌아간다.

여동생 여우는 위기감 씨 목소리를 내며 말했다.

"처음 뵙는군, 보스. 아니, 처음이라고 하면 이상하려나? 나는 계속 너를 보고 있었으니까. 나는《천변만화》——— 위기감이 없는, 네 적이다."

여관에서 하루 종일 빈둥거리며 시간을 보냈다. 뭐라고 해야 하나, 이번에 나는 정말 컨디션이 좋다.

바캉스를 갔을 때는 지저인에게 습격당했고, 호위 의뢰를 맡았을 때는【길 잃은 여관】과 마주쳤던 내게도 드디어 행운이 찾아온 모양이다. 소파 위에서 초콜릿을 먹고 있자니 시트리가 조용히 다가와서 속삭였다.

"있잖아요, 크라이 씨. 그거어…… 언제쯤 될 것 같으세요?"

"…………그게 무슨 소리야?"

창문 밖으로 내던져져서 흥분이 가라앉긴 한 것 같지만, 아직 신이 난 상태다. 대체 무슨 일이 있었던 거지?

시트리는 볼을 붉히며 내 손을 잡고 말했다.

"또 그러시네요, 크라이 씨……. 여, 우, 말이에요. 여, 우. 저, 사실…… 여우를 맡겨주시면 해보고 싶은 게 잔뜩 있거든요."

"…………아, 그거 말이구나…….."

짐작 가는 게 전혀 없지만 일단 고개를 끄덕였다. 최근에는 여우와 인연이 정말 많긴 했는데, 문맥으로 봤을 때 시트리가 말한 여우는 동호회일 것이다. 그러고 보니 그 모임의 정식 명칭은 뭐지? 뭐, 상관없긴 하지만.

초콜릿을 입에 넣고 시트리에게 말했다.

"안 줄 거야."

"……?! 네……? 저기…… 그게…… 농담이시죠?"

"애초에 원래 내 것도 아니니까…….."

"어…… 설, 마…… 거짓말! 저한테 거짓말하신 건가요?! 크라이 씨?!"

깜짝 놀라며 숨을 들이키는 듯한 소리가 들렸다. 거짓말이라고 해야 하나, 준다고 말을 한 기억이 없는데.

"이미 잔뜩 저질러 버렸으니까……."

손가락을 꼽으며 세어 보았다. 황녀를 리즈와 다른 파티원들에게 떠넘기고? 가프 씨와 토우카에게 루크와 리즈를 떠넘기고? 여동생 여우를 소라에게 떠넘기고? 소라에게 유부까지 만들게 했잖아? 전부 어쩌다 보니 그렇게 되었지만, 너무 적당히 행동했던 것 같다.

가면 하나로 용서해주면 좋을 텐데…… 어쩌다 이렇게 된 거지? 신기하네.

"저도! 저도 그런 짓을 하고 싶었는데!"

목덜미에 가슴을 밀어붙일 듯한 기세로 내 어깨를 마구 흔들어 대는 시트리의 입가에 초콜릿을 집어 들고 가져다 댔다. 시트리는 싫다며 고개를 저었다. 또 유아 퇴행 현상을 보이고 있네…….

그런 짓을 하고 싶었다니, 나는 그런 짓을 할 생각이 없었다고! ……그런데 그런 짓이라는 게 뭐야?

"크라이 씨! 너무해요! 나한테 빚도 진 주제에! 유부를 만들기 위해서 부엌까지 사들였거든요?!"

"아하하하…… 시트리는 착하네에."

"저를 울리는 게 뭐가 그렇게 재미있는데요!"

"시트리는 우는 시늉을 잘하네에……."

아니, 진짜. 예전부터 우는 시늉을 하는 시트리에게 매번 당해 왔다. 세 남매 중 막내라 그런지 시트리는 처세술이 뛰어났다.

그녀가 내 위에 올라타듯이 엉겨 붙었지만, 시트리는 가벼우며 몸매도 좋고 힘조절도 해주기 때문에 전혀 아프지 않다. 오히려 돈을 받을 수도 있을 것 같은데? 이거.

시트리와 놀고 있자니 문득 시야에 그늘이 졌다. 뭔가하고 생각할 틈도 없이 눈앞에 단검이 불쑥 튀어나왔다. 루시아다. 무슨 일이 있었던 건지 유령처럼 핏기가 없는 표정으로 노려보고 있었다.

"오, 빠, 아! 제에가아, 이런 꼴이 되었는데에!!"

"왜왜, 왜 그러는 거야? 몸이 안 좋아보이는데…………."

"루시아! 지금 크라이 씨랑 교섭하고 있으니까 방해하지 마!"

시트리가 울상으로 따진다……. 교섭? 나 교섭당하고 있었어?

루시아는 시트리의 말을 무시하고 매우 나른하다는 듯 말했다.

"허억, 허억, 대지의 열쇠 충전, 겨우 끝났어요……. 지금까지 충전했던 것들 중 손꼽힐 정도로 마력이 많이 필요했다고요. 루크 씨였다면 10년이 걸렸더라도 끝내지 못했겠죠. 이 보구는 대체 뭔데요?"

"오, 오……! 고마워! 덕분에 살았어."

그제야 루시아가 내 눈앞에 들이대고 있던 단검이 보구라는 사실을 눈치챘다. 솔직히 날 죽이려나 싶었거든.

시트리를 떼어내고 재빨리 루시아가 충전해준 보구를 들어 올렸다.

루시아의 마력량은 오랫동안 보구를 충전해 오면서 정령인조차 능가하게 되었다. 내가 가지고 있는 세이프 링을 전부 충전하고도 멀쩡한 그녀가 새파랗게 질리게 될 줄은 예상치 못했다.

"위력은 충전량에 비례할 텐데……. 음~, 플로트(공중요새) 정도의 위력이려나."

"……농담이죠? 그거, 검 형태인데요?!"

이 세계에서 마력을 가장 많이 쓰는 보구 이름을 말하자 루시아가 인상을 찌푸리며 떨리는 목소리로 말했다.

보아하니 충전하느라 꽤 무리한 것 같았다. 안색도 창백하고, 이런 모습을 본 건 오랜만이다. 무제제를 앞두고 있는데 나쁜 짓을 해버린 것 같다. 일단 대지의 열쇠를 벨트에 차고 제안했다.

"침대에서 좀 누워있어. 자, 데려다줄게."

"꺄악?! 괘, 괜찮아요. 혼자서 갈 수 있어요!"

팔을 뻗어서 부축해 주었다. 내 근력은 일반인 수준이지만, 루시아는 날씬하고 몸무게도 가벼워서 문제가 없다.

루시아는 꺅꺅 소리를 질러댔지만, 내가 물러나지 않을 거라는 사실을 알고 얌전해졌다. 아무리 적당히 사는 나도 여동생을 부려먹고 아무렇지 않은 건 아니다.

침대에 눕혀주자 모자란 오빠에게 도움을 받은 게 한심한 건지 입을 다물어버린 루시아에게 말했다.

"루샤처럼 응석을 부려도 되거든? 그쪽하고는 다르게 우리는 남매니까."

"네? 맞을래요?!"

아니, 그렇게까지 찰싹 달라붙으면 나도 정색하겠지만 말이지…………

루시아는 이불 속으로 파고든 다음 웅얼거리는 목소리로 빠르게 말을 늘어놓았다.

"……쓸데없는 소리 하지 말고 얼른 돌아가지 그래요? 저는 괜찮아요. 마력 고갈 현상이 나타난 것뿐이니까 오히려 더욱 성장할 테고요. 고마워요. 오빠는 아직 할 일이 남았잖아요?"

"딱히 할 일은 없는데…….."

"……………자기 전에, 옷을 갈아입을 거니까 나가라고~!"

으음…… 오랜만에 오빠다운 행동을 한 줄 알았는데, 꽤 까다롭다.

그런데 시트리는 어떻게 설득해야 할까. 타이밍이 안 좋게도 리즈랑 안셈도 없고━━━. 아니, 혹시 천적이 없는 타이밍을 노린 건가? 정말 똑똑하네.

거실로 돌아오자 좀 전까지 우는 시늉을 하고 있던 시트리가 왠지 수상쩍은 미소를 지으며 기다리고 있었다.

"루시아는 괜찮던가요?"

"……그래, 매번 있던 그거야. 쉬면 괜찮아지겠지. 그냥 마력 고갈 현상이니까."

지금 부탁하는 건 좀 껄끄럽지만, 정 뭐하면 시트리에게 마력 회복약을 처방해달라고 하는 방법도 있다.

"그거 다행이네요! 그~런~데~요~, 사실 저도 생각난 게 있는데………… 크라이 씨에게 선보이고 싶었던 비장의 서프라이즈가 있어요!"

"…………어?"

"게다가 대지의 열쇠에 필적하는 그거예요! 이걸 보면 크라이 씨도 저한테 여우를 줘도 될 것 같다고 생각하실 게 분명해요!"

꽤 자신이 있어 보인다. 시트리가 입가를 손으로 가리고는 크흐흐, 하고 웃었다.

뭘 내놓더라도 내 것도 아닌 여우 가면 동호회를 시트리에게 줄 수는 없는데————.

별로 기대하지 않고 있던 내 앞에서 시트리가 손뼉을 두 번 쳤다.

문이 세차게 열렸다. 뛰어들어 온 것은 저번에 단식한 영향으로 아직 홀쭉한 상태인 시트리의 파트너, 키르키르 군이었다. 부메랑 팬티와 뒤집어쓴 종이봉투는 여전했는데, 등에 어린애가 한 명 정도 들어갈 만한 자루를 짊어지고 있었다. 신기하게도 숨을 헐떡이는 중이었다.

…………일단 생물이긴 하구나. 그런 생각을 하고 있던 내게 시트리가 변명하듯이 말했다.

"지금 당장 오라고 불러냈거든요! 거리가 좀 있어서요."

"너무 무리시킨 거 아니야? 아니, 데리고 왔었나 보네? 마차에도 없길래 이번에는 두고 왔나 싶었는데."

"무제제 때 써먹을 먹거리하고 아카샤 골렘도 옮겨야만 해서 그쪽 일을 좀…… 탈리아에게 부탁하긴 했는데 혼자서는 일손이 부족했거든요."

……얘, 무제제에서 먹거리하고 골렘을 써먹을 생각이었나? 무제제는 지옥이야?

"자, 봐 주세요! 이게 최근의 연구성과이고, 크라이 씨의 요청을 확실하게 이루어드릴 거예요! 있죠, 이걸 보시고도 저한테 여우를 주지 않겠다는 심한 말을 하실 수 있을까요?"

키르키르 군이 자루를 뒤집었다. 알맹이가 융단 위로 데굴데굴

굴러 나왔다.

　정체가 너무 뜻밖이었기에 내 사고가 얼어붙었다. 자루 안에 들어있었던 것은——— 어린애였다.

　하늘색 머리카락에 알몸인 여자애. 그 애는 아무렇게나 내동댕이쳐졌는데도 비명조차 지르지 않고 천천히 고개를 들었다.

　그 얼굴을 보고 나는 한순간 심장이 멈추는 듯한 느낌을 받았다. 그 여자애는——— 뮤리나 황녀 전하였다.

　다른 사람과 착각할 리가 없다. 제대로 손질한 비단실 같은 머리카락에 똑똑해 보이는 눈. 왠지 덧없어 보이는 분위기. 닮은 사람 같은 게 아니라 완전히 본인이다.

　이게 뭐지? 이것도 훈련의 일환이야? 아니, 아니, 아니——— 황녀가 알몸이면 안 되지! 죽을 만큼 힘든 훈련을 시키는 건 백 보 양보해서 그럴 수 있다고 쳐도, 부메랑 팬티를 입은 날씬한 근육질이 짊어지고 온 자루에서 나온 건 그럴 수 있다고 쳐도, 알몸은 절대로 용납될 수가 없다. 프란츠 씨에게 살해당할 거다. 아니, 왜 황녀 전하는 아무 말도 안 하는 건데? 뭐야? 합의된 거야? 황녀가 선물이라고? 이걸 본 내가 어떻게 하면 되는데?

　다시 태어나게 된다면 다음에는 돌이 되고 싶다.

　"어떠신가요? 어떠세요? 제 최고 걸작——— 키르키르 군 2호입니다!"

　다시 말해, 저를 KILLKILL하기 위해 만들어낸 건가요?

　"만족하셨나요? 크라이 씨! 보시면 아시겠지만, 뮤리나 황녀와 똑같아요!"

"아, 아니, 뮤리나 황녀잖아."

"네! 채취한 혈액을 통해 만들었답니다. 마침 연구 중이긴 했지만, 고생했어요. 시간도 별로 없었고, 진짜 훈련도 시켜야 했기 때문에 자는 시간도 아껴가면서 열심히 노력했죠. 돈도 많이 들었고요! 그래도 크라이 씨가 무제제 참가자 수준으로 만들라고 하셨으니 이 방법밖에 없겠다 싶어서———."

"?! ???! 만들었다고?"

이런, 아까 먹은 초콜릿이 입으로 나올 것 같다. 심장이 기분 나쁜 느낌으로 뛰고 있다.

키르키르 군 2호는 보면 볼수록 황녀 전하 그 자체였다. 하지만 잘 살펴보니 키가 약간 큰 것 같기도 하고, 무엇보다 이런 상황인데도 태연한 게 이상하다. 무엇보다 이상한 건 나 때문이라고 말하는 건데………… 혹시 시트리는…… 머리가 최저산맥인가?

진짜 본인이었다는 상황과 비교하면 어느 쪽이 더 나을까? 지극히 혼란스러워하던 내게 시트리가 말했다.

"실제로 뮤리나 황녀는 무제제 수준에 도달하지 못했어요. 하지만 그런 일도 있을까 해서——— 이 키르키르 군 2호를 쓰면 완벽하죠! 어떠신가요! 저는, 당신의 시트리는 터무니없는 부탁을 완전히 들어드리기 위해, 사랑하는 크라이 씨를 위해, 새로운 마법 생물까지 만들어냈답니다! 그런데 크라이 씨는 정말로 제게 여우를 주지 않겠다고 하시는 건가요?!"

"?! 시트리, 설마 나를 협박하는 거야?!"

"어?"

"어⋯⋯?"

시트리가 눈을 동그랗게 떴고, 나도 무심코 눈을 동그랗게 떴다. 키르키르 군 2호는 조용히 눈을 깜빡이며 나를 보고 그 가련한 입술을 벌렸다. 그리고 방울을 울리는 듯한 아름다운 목소리로 말했다.

"키르키르⋯⋯."

아니, 아니, 일반적으로 보면 말이지. 무제제에 대역을 내보내는 것도 아웃이고, 애초에 황녀 전하의 피를 원료로 분신을 만드는 건 무조건 문제가 될 거 아니야? 대체 뭔데? 호기심만으로 살아가는 거야? 혈액을 채취했다는 말을 들었을 때는 깜짝 놀라서 그냥 넘기긴 했는데, 황녀를 만들 거라는 상상을 할 수 있겠냐고?! 기술력이 대체 어떻게 된 거야!

머릿속으로 끊임없이 태클을 걸고 있자니 황녀 전하가 타박타박 내 앞으로 다가와서 마치 명령을 내리기를 기다리는 듯이 대기했다. 보아하니 키르키르 군 1호와 마찬가지로 충성심이 넘치는 것 같았다.

"⋯⋯⋯⋯⋯."

침묵이 방안에 가득 차 있었다. 키르키르 군도, 키르키르 황녀도, 시트리도 꿈쩍하지 않았다.

생각해라, 신산귀모의 크라이 안드리히. 너라면 할 수 있다! 어떻게 만회하지? 이런 상황에서도 신산귀모라면─── 아니, 아무리 내가 진짜 신산귀모였어도 이건 안 돼. 크라히라도 안 될 거라고!

이런, 머리가 전혀 돌아가지 않는다. 나는 전혀 움직일 기색이 없던 입을 억지로 벌렸다.

"············당첨이네. 한 명 더?"

"크라이 씨, 저기······ 제 실험이 성공했잖아요. 칭찬해 주세요."

"············시트리는 대단하네에."

머리가 눈앞에 슥 다가오자, 나는 거의 반사적으로 시트리 칭찬 머신이 되었다.

예쁘게 생긴 머리, 부드러워 보이는 머리카락을 손으로 빗어주다가 이럴 상황이 아니라는 생각에 촙을 날렸다. 시트리가 기쁜 듯이 꺅, 소리를 냈다. 꺅꺅거리고 싶은 건 나라고. 이 최저산맥의 머리 같으니!

"참고로 생성할 때 전하께서 세 분 정도 희생되셨습니다."

나는 시트리가 한 말을 머릿속에서 지우고 계속 생각했다.

잠깐만······ 위장 대역······ 위장 대역 같은 걸로 써먹을 순 없을까? 하지만 이 키르키르 군 2호──── 키르키르 쨩은 '키르키르'라는 말밖에 못한다. 훈련의 일환이라고 밀어붙일 순 없을까? 되겠냐고!

"시합이 시작되기 전에 완성시킬 수 있었어요. 후후············ 시합 때 선보이는 게 기대되네요!"

아니, 아니, 그건 안 되지. 선보이면 안 된다고. 심장이 강철이야?

평소에는 믿음직한 시트리도 이제 의지할 수 없다. 생각해라. 어떻게든 둘러댈 방법을 생각하는 거야.

"뭔가 또 하고 있는 모양이네요………. 에휴."

신문을 읽고 상회의 동료를 통해 최근 정보를 파악한 다음, 에바는 한숨을 크게 쉬었다.

크리트는 평화로웠다. 이 시기치고는 부자연스러울 정도로. 하지만 원인을 알 수가 없다.

출장자 습격은 단골손님이나 마찬가지다. 크리트의 운영 측도 그것 때문에 해마다 골치 아파했지만 효과적인 대책을 마련하지 못하고 있었다. 그런데 올해는 아무것도 하지 않았는데도 평화가 유지되고 있다.

올해는 평화로워서 좋다고 하는 사람도 있고, 폭풍이 몰아치기 전의 고요한 상태라고 하는 사람도 있다. 이것이 정말로 크라이의 책략 때문일지, 대체 뭘 어떻게 하면 동기나 범인이 제각각 다른 다수의 습격자들을 억누를 수 있는 건지 전혀 알 수가 없지만, 보아하니 이번에도 에바가 도와줄 일은 없는 것 같았다.

그렇게나 명예욕 같은 건 전혀 없는 것 같던 크라이가 무제제에 출장하겠다는 말을 꺼냈으니 또 뭔가 일이 생길 줄 알았는데, 설마 이번에는 정말로 무제제가 신경 쓰였을 뿐인 걸까? 지금까지의 경험으로 미루어 봐도 전혀 알 수가 없었다. 《천변만화》는 몇 년을 함께 해도 천변만화인 것이다.

·········안 되겠다, 일단 진정하자. 도움이 필요하다면 그쪽에서 이야기할 것이다.

신문을 테이블에 내려두고 크게 심호흡을 했을 때, 갑자기 문을 쾅쾅 두드리는 소리가 들렸다.

"도와줘, 에바!!"

"?! 그, 그 생각을 하긴 했지만! 너무 빠르잖아요!"

무슨 일이 있을 거라고 생각하긴 했지만, 아직 마음의 준비가 전혀 되지 않았다.

문을 열자 평소처럼 맥이 빠진 듯한 표정인 클랜 마스터가 뛰어들어 왔다.

뒤에는 커다란 자루를 짊어진 시트리를 데리고 있었다.

크라이는 방안을 둘러보고 에바 혼자밖에 없다는 사실을 확인하고는 크게 심호흡을 했다.

"······그래서, 왜 그러시죠? 도와달라뇨. 아직 상황을 파악하지 못하겠는데요."

크라이가 에바에게 도움을 청하는 건 처음이 아니다. 그리고 대부분 교섭이나 뒤처리 등, 어렵지는 않지만 골치 아픈 일들뿐이었다. 보아하니 아무렇지도 않게 큰 사건을 해결하는 이 클랜 마스터에게도 약점이 있는 것 같았다.

이번에도 아마 그런 일일 것이다. 긴장한 에바에게 크라이가 다짐을 받으려는 듯이 말했다.

"도와줄 거야?"

"·········뭐, 제가 할 수 있는 일이라면———."

실력과는 다르게 항상 자신 없는 듯한 표정을 짓고 다니는 클랜 마스터는 에바의 말에 안심한 듯이 다시 한번 숨을 쉬고는 집게손가락을 펴고 목소리를 낮춰서 말했다.

"우선, 이걸 봐줬으면 해."

시트리가 자루를 열고 알맹이를 바닥에 내놓았다. 나온 것을 보고 에바의 사고는 완전히 얼어붙었다.

나온 것은 헐렁한 외투를 입은 제블디아의 황녀, 뮤리나 아트룸 제블디아였다. 무뚝뚝한 표정을 짓고 있긴 하지만 잘못 볼 리가 없다. 지금은 크라이가 훈련시키고 있을 상대다.

"?! 잠깐, 이, 이게 무슨—— 어째서 자루 안에—— 어째서 이런 차림으로…….."

"사실 얘는—— 가짜야. 진짜는 훈련 중이고. 옷은 입고 있지 않길래 내 옷을 빌려줬어."

"???!"

깜짝 놀란 에바와는 달리 황녀 전하는 에바의 시선을 느끼고도 꿈쩍하지 않고 그저 천천히 눈을 깜빡이고 있었다. 그제서야 얼어붙었던 사고가 서서히 움직이기 시작했다.

아무리 봐도 황녀 전하로밖에 보이지 않았지만—— 이렇게 바보 같은 상황에 곧바로 적응할 수 있었던 것은 분명 지금까지 바보 같은 상황에 휩쓸려 왔기 때문일 것이다.

과호흡 증세를 일으킬 것 같은 몸을 달래며 에바는 크라이와 비슷한 크기로 목소리를 낮춰 물었다.

"이게………… 어떻게 된 거죠?"

"얘, 만들어진 존재야. 위험하다고."

"만들어진, 존재……?"

천천히 그 말을 곱씹었다. 그건———— 위험하다. 이 클랜 마스터는 별것 아닌 일로도 위험하다는 말을 하지만, 이번에는 정말로 위험하다.

다시 한번 눈앞에 있는 가짜 전하를 살펴보았다. 머리카락 색도, 눈의 색도, 몸집도, 모든 것이 황녀 전하와 똑같다. 유일하게 다른 점이 있다면 표정 정도. 에바가 알고 있는 황녀 전하는 항상 울음을 터뜨릴 것 같거나 불안해 보이는 표정만 짓고 있었지만, 눈앞에 있는 가짜는 무슨 생각을 하고 있는지 알아볼 수 없을 정도로 여유로운 표정이다.

위장 대역 수준이 아니다. 변장 같은 수준이 아니다. 쌍둥이라는 수준이 아니다. 사람의 얼굴을 기억하는 것이 특기이고 어느 정도 변장까지 간파할 수 있는 에바마저 알아볼 수 없을 정도로 진짜와 똑같은 것이다.

에바의 뇌가 그제야 움직이기 시작했다. 생각한다. 생각한다. 생각한다. 그 사실이 지닌 의미에 대해 생각한다. 만든 목적은? 위장 대역? 비인도적이다. 애초에 위장 대역이었다면 크라이가 위험하다고 할 리가 없다.

아니, 애초에 만든 게 누구지? 황녀와 똑같은 인간을 만들다니, 제블디아가, 그 황제가 허가할 리가 없다. 멀쩡한 연구소 같은 곳에서 그럴 수 있을 리가 없다. 기술적으로도, 윤리적으로도.

오한이 들었다. 음모 냄새가 풍겼다. 황녀 그 자체를 만들어낼 수 있는 자가 있다면 그것은——— 암흑 조직 중에서도 규모가 매우 큰 조직일 것이다.

불과 얼마 전에 큰 사건을 일으켰던 '아카샤의 탑'이나 크라이 가 저번 호위 의뢰 때 싸웠다는———.

그때, 점과 점이 이어졌다. 레벨8. 어떤 상황에서도 태연하던 크라이를 초조하게 만들만한 존재가 그렇게 많을 리가 없다. 조심조심 말을 꺼냈다.

"설마, '아홉꼬리 그림자여우'——— '여우'의 소행인가요?"

"윽?!"

크라이가 눈을 크게 뜨며 경악한 표정을 지었다. 이렇게 얼마 안 되는 정보를 통해 맞힐 줄은 예상하지 못했던 건가?

에바도 괜히 오랫동안 함께 지내온 게 아니다. 하지만 지금은 기뻐하고 있을 때가 아니었다.

"상황은 대충 이해했습니다. 여우의 손아귀에서 구해오신 거 군요?"

".........................응."

역시 에바가 상상했던 게 맞았다. 여우는 황제의 암살을 시도 하려다 실패했다고 들었다. 하지만 여우는 큰 조직이니 체면도 있을 것이다. 황제의 암살에 실패한 조직이 다음에는 황녀 전하를 노린다 해도 이상할 게 없다. 크라이는 분명히 여우가 가짜 황녀를 만들고 있다는 사실을 알아내고 구해왔을 것이다.

아니, 혹시——— 크라이가 황녀의 지도 의뢰를 받은 이유도 그것 때문인가?

역시 이런 상황에서는 크라이도 여유를 보일 수가 없는 건지 볼에 땀을 뻘뻘 흘리고 있었다. 에바도 귀를 막고 싶어졌지만, 마스터가 위기에 처했을 때야말로 클랜 부마스터가 냉정해져야 한다.

"진정, 하세요. 가짜는, 한 명뿐인가요?"

"…………시, 실패작이, 세 명 있었어. 하지만, 성공작은, 이 애뿐이야. 그렇지? 시트리."

"…………네, 맞아요. 여우, 이 나쁜 놈들."

현장이 정말 처참했던 건지 비틀대던 크라이를 뒤에 있던 시트리가 부축해 주었다.

마스터의 약한 모습을 보자 투지가 솟구쳤다. 에바는 크라이의 눈을 똑바로 보며 말했다.

"황제 폐하께서도 무제제를 견학하러 와 계실 겁니다. 연락하시죠."

"어……?!"

역시, 혼자 해결할 생각이었구나.

"크라이 씨, 이 문제는 우리들만으론 해결할 수 없습니다. 다행히 해결한다 해도――― 가짜가 있는 시점에서 황녀 전하께서 위험합니다. 아무리 단련시켰어도 연락은 해야 해요."

"………………………그렇긴 하지. 전부 여우 잘못이야. 역시 에바는 믿음직스럽네."

이러고 있을 때가 아니다. 가짜 황녀라는 카드는 너무나도 강력하다. 상대방도 틀림없이 되찾으러 올 것이다――― 한시도 낭비할 시간이 없다. 가짜 황녀를 직접 여우와 싸우고 있는 크라이

곁에 두는 건 위험하다.

다행히 이 여관에는《발자국》멤버들이 모여 있다. 비교적 안전할 것이다.

"제블디아에 연락할게요. 우선 이 여자는 저희가 맡아두겠습니다. 스벤 씨가 있으니 그쪽에 호위를 의뢰하시죠. 크라이 씨는 여우와 싸우시고———."

"아, 응…………."

어떤 싸움이 벌어지고 있는지 에바는 알지 못한다. 하지만 할 수 있는 일은 완벽하게 해내야 한다.

그때, 크라이가 조용히 중얼거렸다.

"여우하고 싸워야겠지. 나쁜 쪽 여우하고———."

"? 좋은 쪽 여우도 있나요?"

혹시 조직 내부에 협력자라도 있는 건가? 그 여우에?

에바가 묻자 여전히 별로 믿음직스럽지 않은 표정으로 클랜 마스터가 말했다.

"…………조금 있긴 해."

에바와 의논했다. 왠지 모르겠지만 시트리가 한 짓이 전부 비밀결사 때문인 것으로 되었다. 위험한데.

에바가 가짜 황녀를 데리고 빠른 걸음으로 방을 나섰다. 그 진지한 모습을 보니 나 같은 잔챙이 클랜 마스터가 할 말은 없었다. 쾅당, 문이 닫히자 시트리가 볼을 부풀렸다.

"모처럼…… 대대적으로 선보이고…… 제블디아와 교섭할 생각이었는데…………."

전혀…… 전혀 반성하질 않았다. 무슨 교섭을 할 생각이었던 건데?

그러고 보니 예전에 리즈가 말했었다. 시트리는 모든 일을 무난하게 해내지만——— 정기적으로 큰 실수를 저질러버리는 모양이다. 리즈는 그중 한 가지 예로 집단 탈옥 사건 방조 혐의를 내세웠다. 지나친 생각인 줄 알았는데, 혹시 사실이었을지도 모르겠다. 대체 어떻게 할 거냐고………… 이거.

시트리는 한동안 마치 따지는 듯한 눈초리로 이쪽을 보고 있었지만, 곧바로 마음을 다잡았다.

"뭐, 그래도 나름대로 나쁘지 않은 방법이네요. 여우가 당당하게 항의할 수 있을 리도 없으니까요!"

긍정적인 건 좋은데 전환이 너무 빠르다. 도적들이 항의할 가능성이 별로 없긴 하지만, 만에 하나 들키기라도 하면 끝장인데——— 똑똑하고 귀엽고 믿음직스러운 내 시트리는 어디 간 거야!

평소에는 가장 믿음직스럽던 시트리가 눈을 반짝이며 늘 그랬 듯이 손을 마주 모았다.

"그렇지! 하는 김에 몇 가지 덤까지 떠넘기죠! 손에 넣을 수 없다면——— 죽어버려!"

"이놈! 누구 때문에 내가 이렇게 곤란해하는 줄 알아!"

"꺄악?!"

시트리는 내가 어깨를 붙잡을 줄 몰랐던 건지 비틀거리며 쓰러졌다. 내 몸을 던져 밑에 깔린 건 거의 우연이었다. 시야 가장자리를 화려한 색의 액체가 담긴 병이 가로질렀다.

"아……."

시트리가 멍한 목소리를 냈다. 유리가 깨지는 작은 소리가 들렸다.

그리고 세계가 엉망진창이 되었다. 마치 갑작스럽게 폭풍 속에 내던져진 것 같았다.

뒤쪽에 생겨난 소리, 충격, 열기를 발동된 세이프 링이 막았다. 발치가 무너졌다. 재빨리 시트리를 껴안자 시야가 반전되었다. 낙하와 동시에 다음 세이프 링을 발동시켰고, 바닥 위에 곤두박질쳤다.

하지만 머리로 떨어지든 다리로 떨어지든, 세이프 링은 완벽하다.

급하게 일어섰다. 천장에는 큰 구멍이 뚫려 있었다. 적인가? 자연재해인가? 체감으로는 폭탄이 폭발한 듯한 느낌이었지만, 그을린 흔적은 없는 것 같았다. 혼란스러워하던 내게 품속에 있던 시트리가 작은 목소리로 말했다.

"아아……."

"뭐야?! 대체 무슨 일이?! ??! 어?!"

"진정하세요. 그냥——— 익스플로전 포션 개량형이 슬쩍 떨어

제4장 진짜 보스 333

졌을 뿐이에요."

"?! ?"

어? 포션? ┄┄┄┄┄┄아┄┄┄┄┄.

다행히 아래층 방은 빈방이었던 모양이다. 하지만 위쪽 방, 반쯤 무너졌는데┄┄ 위험하지 않나?

세이프 링이 없었다면 분명히 죽었을 것이다. 왜 그렇게 위험한 물건을 가지고 다니는 거야┄┄.

"괜찮아?"

"물론이죠. 크라이 씨가 지켜주셨으니┄┄ 멀쩡해요!"

그 크라이 씨가 없었다면 방이 날아가지도 않았겠지┄┄.

이제야 심장이 입 밖으로 튀어나올 것 같다. 세이프 링이 공격을 막아주긴 하지만, 아무것도 못 느끼는 건 아니다.

너무 지독한 참사라 약간 토할 것 같다. 이래선 가짜 황녀를 만들었다고 시트리를 혼낼 수도 없잖아.

그때, 위쪽 방에서 후다닥, 소리가 들렸다. 문이 열리는 소리가 들리고 에바가 구멍을 통해 이쪽을 내려다보았다.

"앗?! 이게―― 대체 무슨 일이 있었던 거죠?!"

"저기┄┄."

힘든 일을 떠넘겨버린 직후인데, 뭐라고 변명을 해야 하나┄┄.

그때, 시트리가 내 목덜미에 한순간 입술을 가져다 대고는 일어서서 당당하게 잡아뗐다.

"괜찮아요, 에바 씨. 저희는 무사해요. 그냥―― 여우가 습격했을 뿐이에요."

?! 혹시 나…… 여우였나?!

에바가 새파랗게 질린 표정으로 깜짝 놀랐다. 시트리가 내 손을 잡아 일으켜 세워주었다. 다리가 후들거리긴 했지만, 금방 힘이 돌아왔다. 불행인지 다행인지 사고에 익숙하기 때문이다.

"문제없습니다, 이건——— 원격 공격이에요. 범인은 이미 크라이 씨에게 겁을 먹고 도망쳤겠죠. 작전을…… 세워야겠어요. 지금 당장 황제 폐하께 연락해주세요!"

소꿉친구의 멘탈이 너무 튼튼해서 큰일이다. 마치 익숙한 것 같다.

소리를 들은 건지 다가온 스벤이 구멍 너머로 얼굴을 내밀었다.

"오~, 화려하게 당했잖아."

"……멀쩡해. 하지만 바닥이나 가구는 나만큼 튼튼하지 않으니까……."

나는 꺾일 것 같은 마음에 채찍질을 하며 있는 힘껏 하드보일드한 척했다.

크리트 중심부의 큰 저택에서 오랜만에 프란츠 씨와 만났다.

황제 폐하와 다시 만나는 건 에바의 뛰어난 수완 덕분에 쉽사리 실현되었다. 상황 설명까지 대신 해줄 정도로 유능하다. 만약에 설명 내용이 거짓말만 아니었다면 더욱 완벽했을 것이다.

역시 프란츠 씨도 냉정하지 못한 건지 창백한 표정이었다.

"으으음………… 이건, 참으로 위험한 사태다. 조사한 것 말고도 뭔가 있으리라 생각했다만, 설마 여우에게 이런 기술이 있을

줄이야. 네놈이 갑자기 전하를 데리고 제도를 떠났다고 들었을
때는 찢어 죽일까 싶었다만…….”

“…………나도 이건 예상하지 못했어. 깜짝 놀랐다고.”

어째서 시트리는 위험한 연구만 하는 걸까. 이미 충분히 열심
히 했으니 좀 더 페이스를 떨어뜨려도 되거든? 아니…… 떨어뜨
리지 않으니까 일류인 건가?

프란츠 씨 태도도 너무 심해진 거 아니야? 유서 깊은 제블디아
의 귀족이 할 말 같지는 않은데.

가짜 뮤리나는 프란츠 씨 앞에서도 전혀 동요하지 않았다. 그
저 제자리에 가만히 서 있기만 하는 모습은 왠지 키르키르 군과
비슷해 보였다. 그것 말고 1호와 2호의 공통점은 없지만…….

“정말…… 여우…… 무시무시한 조직입니다.”

눈앞에서 시트리가 팔짱을 낀 채 뻔뻔하게도 떠들어대고 있다.
이 애는 이제 못 믿겠네. 제도에서 교활한 연금술사나 상인들 때
문에 고생하면서 그렇게 된 거겠지만, 죄책감 같은 건 없어?

“변장이라고 할 수준이 아니다. 한시라도 빨리 이 사실을 폐하
께 전해야만———.”

“게다가 그들은 팬텀을 믹서기에 넣어 마나 머티리얼을 추출하
는 실험까지 하고 있었습니다! 저는 보았습니다! 으득으득 갈려
가는 팬텀의 비명과 추출된 마나 머티리얼 액체를!”

“뭐…… 뭐…… 뭐라……고?!”

에바가 핏기 가신 얼굴로 나를 보았다. 프란츠 씨도 시트리가
아니라 나를 보았다. 왠지 모르겠지만 시트리도 나를 보았다. 뭐

라고? 그런 말을 하고 싶은 건 나라니까.

시트리는 주먹을 꽉 쥐고는 눈물을 머금고 더욱 큰 목소리로 말했다.

"그리고 기어코 그들은 범죄자의 뛰어난 부품만 이어붙여서 마법 생물을 만들기까지———— 여우 이놈들!"

잠깐만! 더 이상 이해가 잘 안 되는 무서운 말은 하지 마!

나는 그쯤에서 시트리의 머리에 손을 얹고 말을 하지 못하게 막았다.

"———뭐, 그런 건 어찌 되든 상관없어."

"그런 거, 라고?! 마나 머티리얼 추출 실험도, 위험한 마법 생물의 창조도 결코 용납될 수 없는 행동이다! 보복당해놓고 용케도 태연한 태도를 보이는군! 그 위력은 네놈이 아니었다면 죽었을 거다!"

아, 응…… 그렇지. 역시 시트리가 고레벨 팬텀과 싸우기 위해 만들어낸 포션이야.

나도 아무것도 모른 채 그냥 넘어갈 수 있다면 얼마나 마음이 편할까.

"…………………응. 그래도 뭐, 습격당하는 건 익숙하니까."

그리고 물론, 실수하는 것도 익숙하다. 왠지 지금 나는 엄청 엎드려 빌고 싶은 기분이다.

프란츠 씨는 한동안 팔짱을 낀 채 가짜 황녀 앞을 어슬렁거리고 있다가 잠시 후 내 앞에 멈춰서서 나를 내려다보았다. 우락부락한 얼굴. 그 이마에 주름이 잡혀 있었다.

"연구소는 파괴했습니다. 더 이상 가짜 황녀 전하를 만들 수는 없을 겁니다."

"흥…… 최악의 경우는 피했다는 거로군. 만약에 새로 가짜를 만들더라도 미리 알고 있다면 대책도 마련할 수 있다. ……그런 데 이 가짜 황녀 전하는 말을 못 하는 건가?"

"……아마 함부로 말하게 두면 곤란하기 때문이겠죠."

"자신이 만든 것조차 믿지 못하는 건가………. 쓰레기 같은 녀석 같으니."

프란츠 씨가 내뱉은 욕설을 듣고도 시트리는 방긋방긋 웃고 있었다.

그만해. 시트리를 욕하지 말아줘! 머리가 조금 이상할 뿐이고 나쁜 애는 아니라고!

"아직 입력하기 전이었던 모양입니다. 보시면 아시겠지만 해를 끼치지 않는 한, 위험하진 않습니다."

"…………꽤 잘 아는군."

"……저는 연금술사입니다. 이런 마법 생물 쪽에는 나름대로 지식이 있습니다."

용케도 그렇게 거짓말이 술술 나오는구나. 프란츠 씨가 크게 한숨을 쉬었다.

"뭐, 됐다. 가짜 황녀는 우리가 맡도록 하지. 네놈들이 파괴한 연구소라는 곳에 대해서도 나중에 듣도록 하마. 곧바로 조사를 하고 싶지만 지금은 일손이 부족하다. …………이런 말을 하는 건 마음에 안 들지만, 크리트에서 진행될 작전에 대처하는 것만으로도 벅차다. 다른 나라에서는 너무 대놓고 인원을 들여올 수가 없으니까."

보아하니 프란츠 씨도 매우 바쁜 모양이다. 그의 표정에도 분명히 지친 기색이 드러나 있다.

황제 호위 때도 그렇고, 권력이 있는 것도 힘든 거구나.

"호오~, 크리트에서 진행될 작전 말이지. 무슨 내용인데?"

"……무슨 소릴 하는 거냐, 탐협에서 전달했을 텐데. 『대지의 열쇠』가 얽힌 작전에 대해서."

프란츠 씨가 이마에 주름을 잡으며 이쪽을 바라보았다. 그러고 보니 여우가 또 뭔가 꾸미고 있다고 했었지…… 자세한 이야기는 못 듣긴 했는데………… 웅? 대지의 열쇠……?

"그러고 보니, 네놈은 보구 콜렉터였지. 뭔가 아는 것 없나?"

그 말을 듣고 허리에 차고 있던 대지의 열쇠를 뽑아 빛에 비춰 보았다.

기하학적인 무늬가 들어가 있는 검은 전투용인 것 같진 않지만 매우 멋지다.

"음~, 나도 잘 모르겠네. 박물관에서 보관하고 있던 것 같으니 그쪽에 물어보지 그래?"

"…………?!"

보구 콜렉터라고 인정받는 건 기쁘지만, 보구라는 건 정말 심오한 물건이다. 이렇게 들어봐도 일반적인 무기가 아니라는 것밖에 모르겠다.

그때, 프란츠가 눈알이 튀어나올 정도로 눈을 크게 뜬 채 이쪽을 바라보고 있다는 걸 눈치챘다.

보구를 움직이자 프란츠 씨의 시선도 그쪽으로 움직였다. 나는
보구를 집어넣고 미소를 지었다.

"나도 잘 모르겠네. 박물관에서 보관하고 있던 것 같으니———."

"어, 어어어…… 어째서, 네놈이 가지고 있는 거냐아아아아아
아아아아아아아!!"

내가 다시 말하려던 참에 프란츠 씨가 머리를 감싸 쥐며 소리
를 질렀다.

오래전부터 사회의 음지에서 착실하게 힘을 길러오던 조직은
지금, 창립 이후로 처음 맞는 혼란에 휩싸여 있었다.

철저한 비밀주의를 내걸고 있는 그 조직은 구성원들에게 거의
정보를 주지 않는다. 각지의 구성원들로부터 보고를 받고, 본부
에서 자세히 검토한 뒤 적절한 정보를 공유한다. 그것이 여우의
시스템이다.

연락은 기본적으로 공음석으로 이루어지며, 구성원은 본부의
위치조차 모른다. 철저한 비밀주의가 지금까지 조직이 온갖 수사
의 손아귀에서 벗어나 발전해온 원인 중 하나였지만, 지금은 그
것이 오히려 문제가 되고 있었다.

여우 내부에서는 실행부대가 재량권을 지니고 있다. 본부와 연

락하려면 복잡한 절차를 여러 개 거칠 필요가 있기에 연락은 사고가 발생하지 않는 한 최소한만 하게 되어 있다.

"유부 제조? 무슨 작전이지?"

"가프는 작전이 문제없이 진행되고 있다고 보고를———."

"다른 조직과 접촉하고 있다는 정보가. 적대 조직과도 교섭을 진행했다고———."

"작전 행동의 일환이겠지. 그 남자는 용의주도해. ……그런 것치고도 지나치긴 했지만."

제도 제블디아를 중심으로 넓은 범위의 작전을 담당하고 있는 작전 본부에서는 지금 전문 멤버들이 각지의 협력자들이 보내온 정보를 정리하느라 바쁘게 움직이고 있었다.

"여우가 《시작의 발자국》이 들어간 여관을 폭파했다는 정보가 들어왔다. 어떤 부대가 한 짓이지?!"

"제블디아 황녀의 가짜가 나타났다고……?"

애초에 어느 정도 정보가 들어맞지 않는 것은 고려하고 있다. 하지만 이번에 새로 들어온 정보는 그 범위를 넘어섰다. 그쪽에서 보고가 들어오지 않는 이상 작전에는 문제가 생기지 않았겠지만, 이번 계획의 규모는 여우가 과거에 진행했던 것들보다 훨씬 크다. 만에 하나라도 실패한다면 앞으로 예정되어 있는 계획에도 영향을 미치게 된다.

여관 폭파나 다른 조직의 회유는 그렇다 치더라도 가짜 황녀와 유부? 이런 것은 그냥 넘어갈 수가 없다.

"부대를 보내라. 무슨 일이 생겼을 가능성이 있다. 그리고 연구

부문에 가짜 황녀를 만든 바보가 있는지 확인해!《지수》가 실패해서 정보가 새어 나간 것부터 예상치 못한 상황이었다. 더 이상 실수는 용납될 수 없어!"

그 말에 긴장감이 돌았다. 그때, 연락을 맡고 있던 사람들 중 한 사람이 일어섰다.

"보스에게서 긴급 연락이 왔다. 크리트 부대에 적의 개입이 예측된다고!"

"뭐……라고……?!"

갑작스럽게 들어온 최악의 뉴스에 멤버들의 표정에서 핏기가 사라졌다. 좀처럼 믿기 힘든 이야기였다.

여우는 구성원을 선정하는데 매우 신경을 쓰고 있다. 가프는 경험이 풍부하고 힘, 지휘 능력, 카리스마도 부족함이 없는 남자다. 약간 야심이 있긴 하지만 치밀하고 신중하게 움직이기에 임무 수행률이 매우 높았고, 그것이 큰 무대의 지휘관으로 뽑힌 이유이기도 했다. 게다가 이번에 그의 팀에는 여우신의 무녀까지 있다.

"그 녀석은 배신할 만한 남자가 아니다. 설마 가프의 눈을 속이고 안으로 파고들었다는 건가?"

절대로 그런 일은 있을 수 없다. 그 남자는 외부의 인간을 믿지 않는다. 믿는 건 조직의 인간뿐이다. 생각해보니《지수》가 실패했을 때부터 위화감이 들었다. 그 남자의 암살 능력은 알지 못한 상태에서 피할 수 있는 게 아니었고, 진정한 힘은 같은 클랜 동료에게도 숨기고 있었다. 나오는 결론은 단 한 가지뿐이다.

"――――설마…… 그렇다면……… 내부에 배신자가 있는 건가?!"

그 말에 실내가 잠시 조용해졌다. 기밀이기 때문에 조직에서도 그 사실을 아는 사람은 많지 않지만, 여우 가면을 지닌 최고 간부―――― 보스는 여러 명 존재한다. 각자 범위가 넓은 구역을 지니고 있으며 보스들끼리는 정기적으로 연락을 주고받으면서 조직의 지침을 정하는 모양이었다. 그 신중파인 가프나 레벨7 헌터인 테름이 당했다. 한 명이라면 모를까 두 명이라면 뭔가 이유가 있을 것이다. 그리고 외부의 적을 경계하고 있었을 그들이 패배했다면 내부에서 움직임이 있었을 거라는 생각밖에 들지 않았다.

그리고 '칠미'인 상급 구성원에게 의심을 품게 하지 않고 명령을 내릴 수 있는 자는 얼마 없다.

이번 작전은 조직의 운명이 달려 있을 정도로 규모가 크기 때문에, 성공한다면 제국 방면 보스의 권력이 매우 강해지게 된다. 동서고금, 조직에 권력 다툼은 항상 따라붙는 법이다. 지금까지 여우와는 인연이 없는 말이었지만―――.

"어쩌지?"

"윽………… 우리가 어떻게 해볼 문제가 아니다. 보스도 눈치채고 있을 거야."

상상한 게 맞다면 이번 일은 가프의 책임이 아니다. 보스의 정체는 기밀이며, 그 권력은 여우 내부에서만은 절대적이다. 거역할 수는 없다. 지금까지 조직은 그렇게 발전해 왔기 때문이다.

"보스는 어떻게 해서든 『대지의 열쇠』만은 되찾으라는데."

"윽?! …………젠장, 가프에게 지금 당장 전해라. 진실은 숨겨.

우리가 눈치챘다는 사실을 들키지 마라. 아직 어떻게든 될지도 몰라!"

『대지의 열쇠』가 없으면 이번 작전은 성립되지 않는다. 되찾지 못하면 작전은 실패다.

내부 항쟁이 벌어지면 조직의 기능이 마비되고 시체가 산더미처럼 쌓이게 될 것이다. 하지만 이미 막을 방법은 없다.

얼어붙었던 멤버들이 다시 움직이기 시작했다. 하지만 떠돌던 분위기는 크게 바뀌었다.

피로 피를 씻는 전쟁이 지금, 코앞으로 다가와 있다.

오랜만에 만난 황제 폐하——— 줄여서 오황은 프란츠 씨의 보고를 듣고 눈썹을 움찔거리며 말했다.

"『대지의 열쇠』를 손에 넣었다고. 소문 이상의 실력이로구나. 가짜 뮤리나도 그렇고, 정말 상황을 따라잡을 수가 없어."

"그건…… 그저 우연입니다, 폐하."

프란츠 씨가 쓸데없는 말은 하지 말라는 듯이 노려보고 있지만, 완전히 진심이다.

"뮤리나의 훈련도 그렇고, 감사해야겠구나. 지금은 그럴 상황이 아니다만, 어느 정도 정리가 되면 따로 상을 내려주도록 하마."

"…………따, 딱히 한 게 없습니다."

…………진짜로 딱히 한 건 없지. 진짜로 큰일을 저질러버린 건 시트리니까.

대단해, 시트리. 황녀의 피를 뽑거나, 가짜를 만들어서 칭찬받은 건 너밖에 없을 거야!

죄책감을 잔뜩 느끼고 있자니 시트리가 한 발짝 앞으로 나서서 의젓한 태도로 딱 잘라 말했다.

"저희는 제블디아에서 헌터가 된 자, 큰 은혜를 입은 제블디아를 위해 헌신하는 것은 당연한 일입니다."

혀를 뽑아주고 싶다. 오늘 시트리에게는 아무것도 맡길 수가 없어.

그럴싸한 말을 진지한 목소리로 말한 시트리에게 황제 폐하의 시선이 옮겨갔다.

"그렇군…… 네놈은 시트리 스마트인가? 연금술사로서의 실력이 대단한 모양이더구나."

"영광입니다, 폐하. 하나 제 기술 따위는 크라이 씨와 비교하면 자랑할 것도 되지 못합니다."

그만해. 나를 위해서 그렇게 말해주는 걸지도 모르지만, 딱히 의미도 없이 추켜세우는 거 진짜로 그만해.

"흐음…… 그런데 네놈과 《천변만화》는 무슨 관계지?"

"부인입니다."

나는 거의 반사적으로 시트리의 뒤통수를 따악, 때렸다.

프란츠 씨가, 황제 폐하가 깜짝 놀란 듯이 눈을 크게 떴다.

아차…… 아니, 아니, 그래도. 아까부터 거짓말만 하잖아!

나는 최대한 멋진 표정을 지어내며 둘러댔다.

"농담은 여기까지만 하시고, 본론으로 들어가시지요, 폐하."

"…………그래, 그랬지. 프란츠."

프란츠 씨가 한 발짝 앞으로 나섰다. 머리를 얻어맞은 시트리는 이미 아무 일도 없었다는 듯이 진지한 표정으로 서 있었다. 프란츠 씨가 설명을 하기 시작했다.

"처음부터 설명하지. 그『대지의 열쇠』는 비밀리에 제1급으로 지정된 병기다. 보구 발견 당시에는 능력이 알려지지 않아 박물관에 기증되었지만, 나중에 보구의 문헌이 발견되자 정체가 판명되었다."

1급 지정 병기 보구…… 진짜 위험한 물건이잖아. 보구는 수없이 존재하지만, 병기로서 1급으로 지정된 물건은 거의 없다. 진짜로 '플로트'와 동격이다. 이래서 보구를 끊을 수가 없다니까.

이런 보구는 너무 위험하기 때문에 대부분 정보를 공개하지 않는다. 플로트는 너무 커서 완전히 숨기지 못하고 있지만…………그래도 그런 보구를 박물관에 두지 말라고.

"정체가 판명된 뒤에도 박물관에 보관해두고 있던 것은 이 보구가 너무나도 막대한 마력을 필요로 하기에 아무도 충전시키지 못했기 때문이다. 한 자루가 더 나타나면 큰일이고, 이런 보구는 눈에 띄지 않게 다루는 게 정석이니 말이지. 녀석들은 대체 어디서 그 보구의 정보를 알아낸 건지……."

"……어? …………아무도, 충전시키지 못한다고?"

"그렇다. 문헌에 따르면 대지의 열쇠가 존재하던 시대에는 힘을 축적시키기 위한 도구가 존재했다는군. 양만 따져도 사람의 손으로 다룰 수 있는 힘이 아니다."

조합해야 진가를 발휘하는 보구가 한쪽만 나타난 패턴이구나. 뭐, 그럴싸하긴 한데, 솔직히 그 힘을 축적시키는 도구가 나타난다 해도 제대로 써먹을 수 있을지는 수상쩍네. 어찌 됐든 보구라는 건 과거의 도구가 있는 그대로 나타나는 게 아니다. 원본인 도구 중 대부분은 기동시키는데 마력이 필요하지 않았던 모양이고, 충전 보구가 나타난다 하더라도 그것을 발동하기 위해 대지의 열쇠를 충전시키기 위해 필요한 양과 동일한 마력이 필요하다는 주객전도 같은 사태도 있을 수 있다. 아마 그런 것까지 고려해서 박물관에 소장하고 있었던 것일 테고.

그래도 루크가 충전시키지 못한 것도 이해가 되네. 나는 그럴싸하게 말하며 고개를 끄덕였다.

"……………………그렇군."

큰일이다. 루시아가 충전시켜버렸는데. 시트리가 눈을 반짝이며 작은 목소리로 말했다.

"루시아가 제 포션을 연달아 마시면서 필사적으로 충전시키던데요."

그런 정보는 지금 듣고 싶지 않았는데.

그때, 뭔가 눈치챈 건지 프란츠 씨가 지옥 밑바닥에서 울리는 듯한 목소리로 말했다.

"서, 설마………… 네놈…… 충전, 시킨, 건가?"

"?! 그런 말 안 했잖아?!"

"젠장, 그렇게 보란 듯이 식은땀을 흘려대면서———— 나를 바보 취급하는 거냐?! 아앙?"

성난 목소리가 고막을 울리며 뒤흔들었다. 그렇게 따져봤자———.

기세를 이기지 못해 나를 붙잡으려 나선 프란츠 씨를 옆에서 뻗어 나온 하얗고 자그마한 손이 막았다.

프란츠 씨가 깜짝 놀랐다. 손을 뻗어 프란츠 씨를 말린 사람은 가짜 황녀였다.

시트리가 만든 것들은 다들 충성심이 강하네. 하지만 이 타이밍이다!

"뭐, 프란츠 씨, 진정하라고. 충전시키긴 했지만, 이미 해버린 건 어쩔 수 없잖아."

"?! 해, 해버린 거냐…… 어떻게!"

"애초에 보구가 있으면 충전시키는 건 당연한 거야. 아놀드도 그럴 거고, 아크든, 《심연화멸》이든, 누구나 그럴 거라고! 그래…… 트레저 헌터라면 말이지!!"

"뻐뻐, 뻐, 뻔뻔하게 굴지 마라!"

그러니까 나는 잘못한 게 없어. 잘못한 건…… 모든 트레저 헌터의 본성이라고!

얼굴을 새빨갛게 물들인 프란츠 씨에게 필사적으로 정당성을 호소했다.

"보구를 충전시키는 건———— 위법이 아니야."

"네놈은 나라를 멸망시킬 셈이냐?!"

"……그렇게 위험한 거였다는 사실은 몰랐다고."

"거짓말하지 마라! 신산귀모의 《천변만화》! 미래 예지에 가까운 힘을 지니고 제국 전토에 정보망을 지닌 네놈이 모를 리가 없잖나! 충전량이 이상하다는 시점에서 눈치채라고! 네놈, 적당히 하지 않으면 진짜로 감옥에 처넣어버릴 테다!"

"우와…… 프란츠 씨는 나를 엄청 좋게 봐주네."

"윽!! ―――윽!!! 아아아아아아아아아아아아악!"

무심코 튀어나온 진심을 듣고 프란츠 씨가 얼굴을 새빨갛게 물들인 채 소리 질렀다.

제국의 귀족까지 그렇게 황당무계한 소문을 믿으면 곤란한데. 나는 황녀보다 운이 안 좋거든?

정서가 불안정한 모습을 보이는 프란츠 씨 때문에 당황하고 있자니 황제 폐하가 미심쩍어하는 표정을 지었다.

"하나 그것은 정령인 마도사 100명도 충전시키지 못한 물건일 터인데. 어떻게――― 혹시 보충용 보구를 손에 넣은 것은 아니겠지?"

"…………네?"

내가 눈을 크게 뜨자 내 표정을 본 황제 폐하가 눈가를 눌렀다.

"설마…… 정말로 열쇠를 사람의 손으로 충전시킨 것인가. 가능하단 말인가. 이럴 수가……."

"폐, 폐하, 이 남자는 특별합니다!"

프란츠 씨가 당황하며 말했다. 흐음, 흐음, 그렇군…… 무인으로도 이름난 황제 폐하가 듣기만 했는데도 눈가를 누를 만한 사태. 보아하니 진짜로 위험한 물건인 모양이다.

진짜, 여우 가면 동호회(가칭)는 이렇게 위험한 물건을 어디서 손에 넣은 거지? 다음에 가프 씨를 만나면 가르쳐 줘야겠다. 나는 보구를 정말 좋아한다. 모으는 것도, 사용하는 것도 정말 좋아하고, 그것을 위해서라면 시트리에게 돈을 빌리는 것도 아랑곳하지 않는다. 하지만 내게도 위기감 정도는 있다고 생각한다.

　나는 적당한 칼집에 넣어서 허리 옆에 차고 있던 『대지의 열쇠』를 들고 프란츠 씨에게 내밀었다.

　"알았어. 줄게. 그쪽에서 보관해도 돼."

　"윽?!"

　대지의 열쇠를 본 순간, 황제 폐하가 뒷걸음질 쳤고 프란츠 씨가 황제 폐하를 감싸려는 듯이 앞으로 나섰다.

　시트리가 눈을 동그랗게 떴으며 가짜 황녀 전하는 작은 목소리로 또렷하게 키르키르라는 울음소리를 냈다. 나만 뒤처졌다.

　"어?!"

　"이, 이놈, 폐하 앞에서 무슨 짓을———."

　"준다니까———."

　"이쪽으로 내밀지 마라! 폐하, 만에 하나를 대비하여 방 밖으로 나가시지요! 이 괘씸한 놈!"

　순식간에 방 밖에서 기사들이 몰려들었다.

　잠깐만, 괘씸한 놈이라니, 그게 무슨 소리야?!

　"열쇠를 만지지 마라! 발동되면 이 나라는 끝장이다! 붙잡아라!"

　어어……? 나보고 대체 어쩌란 거야.

역시 인간계는 최고다. 생겨난 이후로 보물전 밖에 나온 건 이번이 처음이지만, 본능으로 알 수 있다.

　인간이란 여동생 여우 같은 【길 잃은 여관】의 팬텀에게 있어서 하등 종족임과 동시에 사랑스럽고 어리석은 자들이라는 것을.

　물론 홀릴 수 있는 상대 한정이긴 하지만, 여동생 여우가 홀리지 못할 정도의 영웅(또는 바보)은 거의 없다. 실제로 트와이잔트에서나 이 부엌에서 여동생 여우는 공물을 받는 입장이다.

　여동생 여우에게 속은 가프의 명령을 받고 험상궂게 생긴 어른들 여러 명이 죽은 듯한 눈으로 프라이팬을 잡고 있다.

　하얀 법의를 입은 소녀가 걱정스러운 듯한 표정으로 여동생 여우를 보고 있었다. 보아하니 그 여자는 어머니를 신으로 섬기는 무녀 같은 입장에 있는 인간인 모양이었다. 그런 존재는 처음 알았는데, 어리석은 인간들이 하는 짓이니 여동생 여우와는 상관이 없다.

　아무래도 눈앞에 있는 자들은 비밀결사의 멤버 같고, 중대한 임무가 있는 것 같지만, 여동생 여우는 그런 것에 흥미가 없었다. 홀려서 얻은 유부를 먹는 것은 식욕과 본능을 충족시켜주는 극상의 기쁨이다.

　문이 노크와 동시에 열렸다. 그때 여동생 여우의 모습은 이미 그 남자가 떠받들고 있는 '위기감 씨'로 바뀌어 있었다.

요괴 여우의 권능은 다양하지만, 상대방이 생각한 것으로 둔갑하는 것은 여동생 여우의 특기다.

변신하는 것은 단순한 위기감 씨가 아니다. 가프가 생각한 최강의 위기감 씨다. 손가락으로 근처에 있던 유부를 변화시켜 만든 여우 가면을 만지작거리며 초연한 태도로 가프를 내려다보았다.

"무슨 일 있나?"

"네. 임무는 순조롭습니다, 보스. 그런데 본부가 기묘한 말을 하고 있어서———."

여우신의 권속으로 만들어져 지혜를 기른 여동생 여우의 지능 지수는 인간을 훨씬 뛰어넘는다. 언어도 자유자재로 구사하며, 하등 종족을 이해하는 것 또한 간단하다.

그 지성만 있다면 위화감 없이 상대방을 홀리는 것 따위는 별것 아니다. 여동생 여우는 가슴을 펴고는 딱 잘라 말했다.

"……하찮군. 보스는 나, 위기감이다. 명령을 내리는 건 본부가 아니라 나다."

"위기감……?"

"하지만 뭘 원하는지는 알고 있다. 본부가 달라고 하면 줘라. 이런 건 사실 그냥 예비에 불과하다."

여동생 여우는 뒤로 손을 슬쩍 뻗어 접시 위에 있던 따끈따끈한 유부를 집은 다음, 그것을 한순간에 가프가 원하는 물건———뜨거운 『대지의 열쇠』로 바꾸었다. 던진 대지의 열쇠를 급하게 받아 든 가프가 살짝 비명을 질렀다.

"앗 뜨거…… 이게 뭐지———."

"열기를 너무 담아버렸군. 가져가도록 해라. 그러면 본부도 만족하겠지."

가프가 한순간 수상쩍어하는 표정을 지었지만, 곧바로 인사를 하고는 방에서 나갔다. 역시 인류는 어리석다.

가프는 인간 중에서 꽤 실력이 좋은 것 같지만, 유부와 보구를 구별하지도 못하고 있다. 여동생의 환상은 상황에 따라 세계조차 홀릴 수 있는 정확도를 자랑하나 그와 동시에 그에 맞는 힘이 있다면 간파할 수 있는 것에 불과하다.

시간이 지나면 위화감도 강해지긴 하겠지만, 홀린다는 것은 상대방이 홀렸다는 사실을 눈치채야 비로소 완성되는 것이다. 여동생 여우는 하등 종족의 어리석음과 자신의 둔갑술 실력에 만족스러워하며 코로 숨을 내쉬고는 공중에 드러누워 스마트폰을 꺼낸 다음 눈을 반짝였다. 그러고 보니 그 위기감 씨는 아직 유부 포장지로 만든 스마트폰을 정상적으로 쓰고 있는 것 같은데, 언제쯤 환상이라는 걸 눈치채는 거지?

어쩌라는 거냐고. 무거운 몸을 질질 끌 듯이 걸어갔다.

황제와의 알현은 내가 전혀 원하지 않는 결과로 끝났다. 대지의 열쇠를 떠맡게 되어버린 것이다.

그렇게 위험하다고 해놓고 내게 떠넘기다니, 영문을 알 수가 없네. 레벨이 높다는 건 정말 손해다.

한편, 인상을 찌푸리고 있던 나와는 달리 옆에서 걸어가던 시트리는 신이 났다.

"크라이 씨에게 맡기는 건 주제를 잘 파악한 거니까 정말 괜찮은 판단 같네요! 실험체 123호도 신속하게 맡길 수 있었고, 제 연구가 크라이 씨에게 도움이 되면 좋겠는데요……."

……시트리에게 연금술사가 되라고 제일 먼저 아무런 생각도 없이 조언해준 녀석은 대체 누구야!

시트리의 눈은 너무나도 천진난만했다. 드리운 표정 때문인지 평소보다 몇 살 더 어려 보였다.

이건 프란츠 씨가 아니라 다른 사람이었더라도 속았겠네. 펀치를 날리고 싶지만, 기뻐할 것 같아서 그럴 수가 없다.

"으음……."

"뭔가 고민하시는 게 있다면 이야기를 들어드릴까요?"

고민이 너무 많아서 고민 바겐세일이라고. 그중 하나가 당신이고요.

하지만 지금 가장 큰 고민은 비밀 조직이 노리고 있는 것 같은 『대지의 열쇠』다. 오던 도중에 박물관이 습격당했던 것도 그 때문인 것 같다. 다행히 박물관은 무사했고 내가 두 자루째 열쇠를 가지고 있다는 사실을 아는 사람도 별로 없긴 하지만, 여기에 있는 동안만이라도 지켜내라고 해도 어떻게 해야 할지 모르겠다.

그때, 시트리가 입술에 손가락을 대고 생각에 잠긴 듯한 표정으로 말했다.

"그건 그렇고 재앙을 부르는 검이라니…… 여러모로 써먹을 데가 있을 것 같네요."

『대지의 열쇠』. 신문에는 능력이 나와 있지 않았지만, 프란츠 씨와 황제 폐하는 알고 있었다.

에너지 방출 계열 보구. 단적으로 설명하자면 그것이 대지의 열쇠의 정체다. 아크가 지니고 있는 보구, 『히스토리아(역사를 새기는 자)』는 힘을 집약시키고 해방함으로써 무시무시한 위력을 발휘하는데, 대지의 열쇠는 위력이 아니라 효과 범위가 두드러진다. 검 형태의 보구 중에는 그런 보구가 드문 게 아니지만, 문헌에 따르면 대지의 열쇠가 발동되었을 때, 땅이 갈라지고 하늘이 찢어지며 섬이 가라앉는 모양이었다. 믿기 힘든 이야기다.

"정 뭐하시면 제가 보관해둘까요?"

시트리가 방긋방긋 웃으며 말했다. 시트리는 말도 안 되고, 다른 동료에게 맡길 수도 없다. 리즈 같은 경우에는 '호오, 그렇게 위험하구나. 어떻게 쓰는데? 이렇게? 이런 느낌으로?'라고 하면서 휘두를 것 같다.

한숨을 쉬며 걸어가다 보니 사람들 속에서 낯익은 장년 남자가 보였다.

가프 씨다. 오늘은 여우 가면을 쓸 기분이 아닌 건지 가면을 쓰지 않았다.

그는 나와 눈이 분명히 마주치자 금방 피해버렸다. 나는 손을 들었다.

"이봐~, 가프 씨. 여기야, 여기!"

가프 씨가 눈을 크게 뜨고는 움찔거리며 떨었다. 그래도 계속 손을 흔들자 얼어붙은 듯한 표정을 지으며 다가왔다. 가프 씨가 내 앞으로 다가와서는 목소리를 낮추며 말했다.

"보스, 바깥에서 접촉하는 건———."

"마침 잘됐네. 이 열쇠 말인데———."

"?! 어, 어째서 그 보구를?! 그건 반납했을 텐데———."

? 가프 씨는 어떻게 내가 열쇠를 반납하려고 했던 사실을 알고 있는 거야……? 뭐, 상관없지.

"이유는 잘 모르겠는데, 돌아와 버려서……. 소중하게 보관하라고 하던데, 내가 가지고 있어도 될까?"

"돌아……왔다고요……? 아, 아뇨…………. 그, 그건…… 물론입니다만……."

가프 씨가 당황한 듯이 눈을 깜빡이며 내 얼굴을 바라보고 있었다.

그때, 나는 손을 탁 치고는 품속에서 여우 가면을 꺼냈다.

"아, 그렇지. 좋은 타이밍이야, 가프 씨. 약속한 대로 이걸 줄게."

"윽?! ????!"

예상하지 못한 건지 가프 씨의 얼굴이 완전히 얼어붙었다. 애초에 이 가면은 드롭 아이템이다. 귀한 물건인 것 같긴 하지만, 나는 가치를 잘 모른다. 그렇다면 가프 씨가 가지고 있는 게 가면도 더 행복할 테고.

가프 씨의 얼굴에서 핏기가 사라졌다. 호탕하게 생겼는데, 의외로 소심한 사람인가?

"그, 그건――― 하, 하지만, 저는 아직 이어받기에 합당한, 일을, 아직 진행 도중이고―――."

혼란스러워서 그런 건가, 무슨 말을 하는지 잘 모르겠다. 하지만 나는 하드보일드하게 적당한 말을 늘어놓았다.

"아니…… 충분해! 가프 씨는 이것을 이어받기에 충분한 재능을 보여줬어!"

가프 씨는 멍하니 서 있었다. 지금 생각해보니 이 가면 때문에 쓸데없는 일이 따라붙기 시작한 것 같다.

나는 여우 가면 동호회와 관계를 맺어선 안 되었던 거다. 그랬다면 대지의 열쇠도 내 손에 없었을 테고, 시트리가 가짜 황녀를 만들지도 않았을 것이다. 루크가 무차별적으로 사람들을 베지도 않았을 테고, 재능이 없는데도 헌터를 하게 되지도 않았을 테고, 티노가 리즈에게 험한 꼴을 당하지도 않았을 게 분명하다.

"앞으로도 여우 가면 동호회를 위해 열심히 노력해줬으면 해! 그 가면도 원하는 자가 가지고 있어주는 게 더 행복할 거야! 나는 그저 우연히 가면을 손에 넣은 남자지만, 선대로서 네가 힘을 다하는 걸 기대하도록 하지!"

"하, 하지만―― 향후 지침이나 인수인계는―――."

"지침…… 인수인계―― 아니…… 앞으로는 네가 지침이다!!!"

"?!"

눈을 한없이 크게 뜨고는 깜짝 놀란 가프 씨. 나는 이제 싫어. 조금이나마 족쇄에서 해방되고 싶다고.

내가 무슨 짓을 했다는 거야. 어? 아무것도 하지 않은 게 잘못이라고? 하하…….

"이다음부터는…… 뭔가 곤란한 일이 생기면 소라에게 의논하는 게 좋지 않을까."

내가 가짜라는 사실을 알면서도 진짜라고 우겨댔으니까 그 정도는 책임을 지도록 하라고.

뭐, 그래도…… 뭐라고 해야 하나. 적어도 뭐가 뭔지 잘 모르는 내가 우두머리인 것보다는 나은 거 아닐까? 결국 마지막까지 그들이 무슨 활동을 한 건지 전혀 몰랐지만…….

가프 씨는 말없이 한동안 나를 보고 있다가 잠시 후에 고개를 크게 끄덕였다.

"삼가──── 명을 받들겠습니다. 보스."

이제 한 건 해결됐다. 이제 루크와 다른 파티원들에게 둘러싸인 채 대지의 열쇠를 지키고, 나라의 준비가 끝나면 반환하기만 하면 된다. 나쁜 쪽 여우는 태우는 할멈이 반드시 태워줄 테고.

"보스는…… 이제 어떻게 하실 건지요?"

"그러게…… 아직 일이 남아 있긴 한데──── 느긋하게 관전이라도 해볼까."

황녀 전하가 얼마나 강해졌는지는 모르겠지만 나는 최선을 다했다. 크라히와 루크, 토우카 같은 사람들의 활약도 기대된다. 티노와 함께 팝콘이라도 먹으면서 관전해야겠다.

가프 씨가 납득했다는 듯이 고개를 크게 끄덕였다. 그때, 그는 옆에서 방긋방긋 웃으며 조용히 있던 시트리를 보았다.

"그런데…… 외람된 말씀입니다만, 옆에 계신 분과는 어떤 관계신지?"

그러고 보니 도적들의 위치를 찾아낼 때 맡기긴 했는데, 소개는 하지 않았었지.

망설이고 있자니 시트리가 활짝 웃으며 손뼉을 치고 말했다.

"부인이에요."

이제 그냥 맞고 싶어서 그렇게 말하는 거지?

"설마 가프가 그렇게 어리석었을 줄이야……. 《지수》도 그렇고, 정말 기대를 저버리는군."

어이없어하는 것 같기도 하고 비웃는 것 같기도 한 목소리가 어둑어둑한 방 안에 울려 퍼졌다. 크리트의 어떤 곳. 여우 내부에서도 극히 일부만 알고 있는 은신처에 여우 가면을 쓴 사람 몇 명이 모여 있었다.

그 중심에 앉아 있던 것은 어둠에 녹아들 것 같은 로브에 하얀 여우 가면을 쓴 청년이었다.

자연스러우면서도 빈틈이 없는 모습. 체격이 결코 크지는 않지만 그 모습을 보면 자연스럽게 엎드리게 될 정도로 기묘한 카리스마가 있었다. 그리고 실제로 그 남자는 조직의 정점에 서 있는 사람들 중 한 명이기도 했다.

"보스, 그 남자는 실력이 좋긴 하지만 어차피 도적단의 두목입니다. 약한 마음을 파고들었겠죠. 아무런 승산도 없이 보스를 배신할 정도로 어리석지는 않을 겁니다."

"하찮군. 조직의 운명을 결정할 작전을 실패하다니——— 아니면 '적'이 한 수 위였나?"

"…………."

보스의 싸늘한 목소리를 듣고 심복 중 한 명이 입을 다물었다. 신중한 가프를 속인 데다 보고까지 방해하려면 뛰어난 화술과 겉으로 드러나지 않은 조직 내부의 정보가 반드시 필요하다. 분명히 이상 사태인 것이다.

'칠미'라는 지위에 오른 가프를 믿게 만들기 위해서는 그에 맞는 것을 보여주어야만 한다. 그것이 무엇인지는 알 수가 없지만, 모든 것이 끝나면 가프를 붙잡아서 심문해야 한다.

"가프의 부하들은 계획에 없던 작전을 몇 가지 실행한 뒤 누군가의 명령에 따라 유부를 튀기고 있다. 본부는 혼란에 빠졌고 다른 '흰 여우'의 개입까지 의심되는 사태다. 정말, 어이가 없군."

말로는 동료를 믿고 있는 것 같았지만, 그 목소리는 싸늘했다.

"불행 중 다행인 건 대지의 열쇠가 돌아온 것뿐인가. 흥…………최소한의 조건은 만족시켰다는 거로군."

"가프 부대의 지원은 기대할 수가 없겠습니다만…………."

"……작전을 변경한다. 이렇게까지 모욕을 당했는데 그냥 물러날 수는 없다."

정신없이 유부를 튀기게 하다니, 대체 누가 생각해낸 걸까. 바보 취급하는 것도 정도가 있다.

그리고 어떠한 경위로 그렇게 했든지 그런 명령을 받아들인 가프도——— 이제 필요 없다.

"상대방은 방심하고 있다. 수비는 버린다. 주변의 부대를 전부 모아 가프 일행을 구속해라. 저항한다면——— 죽여라. 어리석은 부대 따위 내 부하로 필요 없다."

여우는 소수 정예다. 한 부대를 버린다는 것은 몸의 일부를 떼어내는 것이나 마찬가지다.

지금까지 받은 적이 없었던 명령을 듣고도 보스 앞에 모인 부하들은 동요한 기색을 보이지 않았다.

보스의 명령은 절대적이다. 건의할 수는 있어도 명령을 어길 수는 없다.

대지의 열쇠가 담겨 있는 상자를 바라보며 보스가 조용히 말했다.

"무제제 쪽은 내가 맡겠다. 지원은 필요 없다. 그 전력으로는 예정대로 제블디아에게 보복을 집행해라. 《천변만화》…… 무슨 생각을 하는 건지는 모르겠다만, 우리와 맞선다는 것이 무슨 뜻인지 가르쳐주마."

대체 어떻게 속인 건지도, 공음석을 받아 건방지게 자기소개를 한 남자가 본인인지도 알 수가 없지만, 《지수》와 《용을 부르는 자》가 실패한 주요 원인이 그 남자라는 건 분명하다.

레벨8 헌터, 《천변만화》. 지금 여기서 박살 내지 못하면 앞으로도 조직의 적이 되어 앞을 가로막을 것이다. 직접 박살 낸다. 화려한 무대에서 제블디아에게 보복한다. 오명을 씻지 못하면 영향력을 잃게 된다.

"비원의 순간이 왔다. 우리에게 저항하는 제블디아와 헌터, 그리고 여전히 우리를 알지 못하는 자들도 모두 여우의 이름을 그혼에 새기게 될 것이다. 가거라! 나의 정예들이여! 무제제에 여우의 각인을 새겨주자꾸나."

방에 들어서서 제일 먼저 느낀 것은 달라붙는 것 같기도 하고, 기름진 것 같기도 하고 고소한 것 같기도 한 공기였다.

시트리가 마련해준 부엌은 이제 완전히 유부 공장으로 바뀌어 있었다.

설마 이렇게 될 줄이야⋯⋯ 내가 부탁해놓고서도 이건 예상하지 못했다. 부엌에는 나무상자가 한가득 쌓여 있었다. 처음에 쓴 소재는 시트리가 마련해 주었는데, 그때보다 훨씬 많았다. 옆에 있던 시트리를 보니 그녀가 고개를 저었다. 보아하니 소라 일행은 이렇게 짧은 기간 만에 재료를 구입할 곳까지 찾아낸 모양이었다.

프라이팬을 들고 있던 소라는 우리가 도착한 것을 눈치채고 이쪽을 보았다. 눈이 완전히 죽은 상태였다.

"가프의 지시에 따라 확장했습니다. 가프의 부하들은 두 번째, 세 번째 부엌에."

수…… 수습이 안 된다. 그냥 별생각 없이 시작한 거였는데……
대체 뭐야? 너희들은 브레이크가 없어?

……그건 그렇고 뭔가 공중에 여우 가면을 쓴 내가 떠 있는데,
태클을 걸어도 되는 건가?

시트리가 미소를 지은 채 굳어있다. 소라가 내 시선을 눈치채
고 공중에 떠 있던 나를 보고는 깜짝 놀랐다.

내가 온 것을 눈치챈 나는 여우 가면을 벗고 나보다 훨씬 멋지
게 비꼬는 듯한 미소를 지으며 말했다.

"……이런, 이런…… 누구냐고는 묻지 않겠어. 내 가짜. 지금까
지 멋대로 행동하고 다녔던 모양인데."

뭐……라고? 나도 모르게 두 손을 펴고 내려다보았다.

"나는……………… 가짜였나?"

"이쪽이 진짜예요! 꺄악~!"

시트리가 신이 나서 나를 끌어안았다. 멋진 나는 눈을 크게 뜨
고는 그 모습을 한동안 지켜보고 있다가 잠시 후 토라진 듯이 무
릎을 끌어안았다. 뭐가 뭔지…… 모르겠다.

뭔가 골치 아플 것 같았기에 더 이상 물어보지 않기로 하고 소
라를 돌아보며 바로 본론으로 들어가기로 했다.

"소라, 그 가면, 가프 씨에게 줘버렸어."

"???? ……………………네?! ??? 어, 왜…… 어? 어째서어?!"

소라가 매우 혼란스러워하고 있다. 나와 무릎을 끌어안은 나를
번갈아 가며 보고 있는 그 모습을 보니 상황을 전혀 파악하지 못
했다는 사실을 알 수 있었다. 그래도 괜찮아, 나도 전혀 모르니까.

"가지고 싶어 하는 것 같길래. 나는 이제 필요가 없고…………뭐, 그런 느낌이니까 이제 잘 부탁해."

"?! 어……."

파견한 토우카와 다른 사람들은 알아서 잘할 것이다. 나는 제일 먼저 빠진다! …………거, 거짓말이야. 내가 떠넘긴 루크랑 다른 사람들은 어떻게든 할 테니까 그렇게 울상 짓지 말라고!

그때, 옆에서 무릎을 끌어안고 있던 진짜 내가 말했다.

"………………나도, 이제 돌아갈래."

"네?!"

눈 깜짝할 새에 그 모습이 무릎을 끌어안은 여동생 여우로 변했다. 그렇구나, 여우라서 둔갑 같은 건 식은 죽 먹기구나…….어째서 나로 둔갑했던 건지는 모르겠지만.

소라가 볼을 움찔거리며 이상한 소리를 냈다.

"어?! 잠깐만, 기다려요! 어, 어째서죠?!"

"………………질렸어."

"?! ?! ?! 질렸, 다고…………? 질렸다고?! 이, 이제부터, 저, 저는 어떻게 해야 하죠?!"

애원하는 듯한 그 목소리를 듣고 여동생 여우는 나른하다는 듯이 크게 한숨을 쉬었다.

"분위기를 파악 못 해. 의욕이 떨어졌어. 이제 못해. 관광하다가 돌아갈래. 유부, 잘 먹었어."

이렇게까지 시켜놓고 정말 책임감이 없는 녀석이네.

…………그래도, 가끔 잊어버리곤 하지만, 애초에 이 여우 소

녀는 팬텀이었지.

소라가 멍하니 서 있던 동안에 여동생 여우가 사라졌다. 나중에 형씨에게 따져야겠어······.

"이럴 수가················ 대체 뭔데요?!"

"정말, 제멋대로 구는 녀석이란 말이지. 그래도 여동생 여우는 팬텀이니까······."

"················네······?"

어째서 나만 이런 꼴을······. 소라는 지금 완전히 궁지에 처해 있었다.

영문을 알 수가 없었다. 소라가 상황을 완전히 이해하려면 시간이 조금 더 필요했다.

저기······ 그러니까················ 팬텀이라니······ 어? 그 '흰 여우'님도······ 가짜······?

최악의 예감에 심장 고동이 빨라졌고, 머리 뒤쪽이 오싹거렸다.

말도 안 돼, 말도 안 돼, 말도 안 돼. 진짜 가면이 대체 몇 개나 있는 거야! 이런 이야기는 들어본 적이 없다.

대체 언제부터 잘못한 걸까? 《천변만화》가 가면을 가지고 있어서? 소라가 가면을 본 것만으로 보스라고 판단해버려서? 아니면 중간에 실수한 것을 자백하지 않아서?

답은…… 한 가지다. 아무도 남지 않게 된 방에서 소라는 떨리는 목소리로 자신을 타이르듯이 소리쳤다.

"저, 저는, 잘못하지 않았어요! 가슴을 펴고, 말할 수 있어요! 보스이신 '흰 여우'님께서 유부를 튀기라고 명령하셨기에 유부를 튀긴 거예요! 보스가 도시락으로 세계를 노린다고 하면 그 명령을 따르는 것이 신관으로서의 의무! 보스가 하는 말은 절대적! 의심하는 것은 용납될 수 없는 겁니다! 저는 할 수 있는 일을 다 했어요! 그러니까 저는 잘못한 게 없어요!"

가짜 여우님은 그 소녀가 팬텀이라고 했다. 그 말이 나타내는 의미는 단 한 가지. 그냥 가면을 이어받은 게 아니라, 진짜 여우신의 권속이라는 것이다. 가끔 꼬리가 삐져나오던 것도, 인간을 뛰어넘은 압박감도, 진짜 여우라면 당연한 것이다. 원래라면 신의 권속과 마주친 것을 기뻐했겠지만, 지금은 그럴 때가 아니었다.

대체 이제부터 어떻게 해야 하는 걸까? 가짜가 가지고 있던 가면을 물려받은 가프는 보스인가? 아니면 보스가 아닌가? 그냥 생각하면 보스가 아니다. 그 소녀가 조직의 보스였다면 그나마 어떻게든 수습이 되었을지도 모르겠지만, 그 소녀도 보스가 아니었다. 사태는 매우 긍정적으로 봐도――― 최악이다. 특히 그 소녀는 공음석으로 조직과 멋대로 연락을 취했다! 수습이 절대 안 된다.

뭔가 조직에 큰 변화가 일어난 것이 느껴졌다. 소라는 그저 변화에 휘말린 것에 불과하다.

하지만 주사위는 이미 던져져 버렸다. 여우신의 무녀는 총명하고 실수를 저지르지 않는 신비로운 존재여야 할 의무가 있다.

보스를 잘못 판단하는 무녀 따윈 쓸모가 없다. 그러니 소라는 절대로 실수하지 않고, 절대로 사과하지 않는다.

이제 와서 도망칠 수는 없다. 소라는 가진 돈도 없고, 세상 물정도 모른다. 끝까지 도망칠 수 있을 리가 없다. 이렇게 된 이상——— 신께서 분부하신 대로 움직일 수밖에 없다.

정신없이, 우직하게, 유부를 계속 튀기는 것이다. 신께서는 그것으로 세계를 노리라고 하셨다. 이제 어떻게 되든 상관없다. 소라는 신을 모시는 신관이지 조직의 운영에 관여하는 리더가 아니기 때문이다.

문 너머로 발소리가 들렸다. 왠지 자신감에 찬 발소리다. 소리는 슬쩍 코웃음 쳤다.

이 발소리는 분명히 가프다. 가짜 보스에게서 진짜 가면을 이어받은 불쌍한 가프의 발소리다.

어떤 의미로 그는 소라보다 더 심한 피해자다. 왜냐하면 그는 그 청년이 진짜 가면을 가지고 있던 가짜라는 사실을 알지 못한다. 소라 이상으로 지금 상황을 이해하지 못할 것이다. 하지만 진짜 가면을 손에 넣은 시점에서 가프는 이미 보스다. 그 책임이 있다. 이 조직은 그런 식으로 이루어져 있다. 의문을 제기할 여지는 없다.

문이 열렸다. 여우 가면을 쓴 가프가 들어왔다. 소라는 크게 심호흡을 하고는 오랜만에 신관의 원래 역할을 수행하기 위해 무릎을 꿇고는 엄숙하게 입술을 벌렸다.

"'흰 여우'님. 명령하신 대로 유부 생산 체제를 갖춰가고 있습니다. 이제부터…… 어떻게 할까요?"

'흰 여우'님은 무녀가 신앙을 바칠 대상. 허락 없이 고개를 드는 건 용납되지 않는다.

고개를 숙인 소라를 보고 불과 얼마 전까지 도적왕이었던 '흰 여우'님은 몇 초 정도 입을 다물고 있다가 묵직한 목소리로 말했다.

"…………잘했다. 향후 계획은 이해하고 있겠지?"

"……네, 확실하게 마음에 새겨두었습니다. 유부초밥 도시락을 만들어 세계를 지배하는 것."

"뭐라고?! …………아, 아니…… 아무것도 아니다. 그 의도는 이해하고 있겠지?"

"………………'흰 여우'님의 생각을 이해하는 것은 도저히 일개 무녀가 할 수 있는 일이 아닙니다."

"말도 안 돼."

보아하니 새로운 '흰 여우'님도 그냥 떠맡기만 한 모양이다. 하지만 소라는 모르는 척했다.

가면을 계승한 시점에서 가프가 보스다. 가프는 한동안 침묵한 다음, 조심조심 말했다.

"…………………우선, 한 번 움직이기 시작한 계획을 멈출 수는 없겠지?"

"…………모든 것은 '흰 여우'님께서 원하시는 대로."

"나는 '흰 여우'다. 모든 지휘권은 내게 있다."

"그렇습니다. 그 가면은 틀림없는 여우신의 대행자라는 증거.

무녀로서 따르겠습니다."

조심조심 선언했다. 하지만 그 말을 들은 가프도 나와 비슷할 정도로 당황한 것이 느껴졌다.

지금, 소라와 새로운 보스의 마음은 아마 일치할 것이다.

"얼마 전, '흰 여우'님께서는 명령하셨습니다. 새로운 조직을 만들겠다. 그 조직의 이름은 '열꼬리 유부'라고."

여우신의 무녀가 공손하게 가프를 향해 무릎을 꿇고 있다. 하지만 그녀가 한 말은 너무나도 뜻밖이었다.

"?! 으, 으음……."

모처럼 보스 자리를 이어받았는데 이렇게 상황을 이해할 수 없는 건 조직에 들어온 이후로 처음이었다. 보스는 소라에게 자세한 이야기를 들으라고 했는데, 보아하니 이 무녀도 아는 게 전혀 없는 모양이었다.

보스인 '흰 여우'가 여러 명 존재한다는 사실은 상급 구성원들에게는 공공연한 비밀이다. 다시 말해 그것은 보스라는 입장이 된다 해도 안심할 수 없다는 사실을 나타내고 있다. 신속하게 구역을 장악하지 못한다면 다른 '흰 여우'가 개입할 가능성도 있을 것이다. 인수인계가 전혀 이루어지지 않은 것은 뜻밖이지만, 그 정도는 해낼 수 있어야 보스에 걸맞은 인재라는 건지도 모르겠다.

소라의 눈엔 완전히 힘이 들어가 있었다. 보아하니 무녀로서 곱게 자라온 그녀도 나름대로 각오를 다진 모양이었다. 그렇다면 가프도 새로운 보스로서 각오를 다져야 할 것이다.

우선 상황 파악부터——— 그렇게 생각했을 때, 갑자기 품속에 넣어두었던 긴급 연락용 공음석이 떨렸다.

혹시 인수인계를 하려는 건가? 한 줄기 희망을 품고 돌을 귓가에 가져다 댔다.

『'칠미' 가프 셴펠더. 네놈에게는 적의 간계에 빠져 휘둘리며 조직에 손해를 끼친 용의가 있다. 현 시각 부로 네놈과 부하의 모든 임무를 해임한다. 사자를 보내겠다, 지시에 따를 것.』

"?!"

그 연락은 가프에게 청천벽력과도 같았다. 따지기도 전에 통신이 끊겼다.

카프는 소라를 보았다. 소라가 얼어붙은 표정으로 눈을 피했다.

"·················."

"······그 가면은 틀림없는 진짜입니다! 무녀의 눈은 속일 수 없습니다, 당신은 '흰 여우'님이십니다!"

야, 이봐, 잠깐만, 이게 대체 무슨 일이냐! 마마마마마마마, 말도 안 돼. 간계라고?!

가프는 여우의 충실한 구성원이다. 충실하기 때문에 보스의 부자연스러운 명령도 전부 수행했다. 무녀처럼 떠받들지는 않았지만 여우의 일원이라는 사실은 가프에게도 도적단을 이끄는 것보다 훨씬 이익이 되었고, 보스와 여우가 얼마나 무시무시한지는 정확하게 이해하고 있다. 지금까지 임무를 수행하면서도 눈에 띄는 실수를 저지르지는 않았다.

식은땀이 마구 흐르고 있었다. 당장에라도 해명하러 가고 싶지만——— 이건, 큰일이다.

연락이 제대로 온 거라면 이번 일은 실수 같은 수준이 아니다. 여우는 어설픈 조직이 아니다. 만약에 가프에게 반역할 의지가 없다 하더라도, 가프가 실수하지 않았더라도——— 숙청을 면하지는 못할 것이다. 이 실수는 테름의 암살 실패 따위와는 비교도 안 될 정도로 큰 실수이고, 테름이 실패한 뒤이기 때문에 더더욱 위험하다.

극도로 혼란스러운 와중에 뇌를 움직였다. 최선의 수를 생각했다. 보스, 조직, 가프, 소라의 입장을 생각하고, 지금 가지고 있는 패를 고려해서——— 이 궁지를 벗어날 방법을. 저항도 하지 않고 숙청당하는 건 사양이다.

선택지는——— 하나밖에 없다. 무엇보다 중요한 것은 속도다. 조직은 당장에라도 행동에 나설 것이다.

가프는 각오를 다지고는 소라에게 말했다.

"보아하니 본부는 혼란스러운 것 같군. 보스인 증거를 가지고 있는 내게 용의자라니."

"……그런 것 같습니다."

"보아하니 조직 내부에 배신자가 있는 것 같다. 누군지는 모르겠지만 싹을 뽑아두어야겠지."

"…………그런 것 같습니다."

이 여자………… 보아하니 대충 짐작하고 있었구나. 젠장.

가프의 감이 말해주고 있었다. 방금 그 본부의 연락은———

진실이다. 그 보스는 가짜였다. 어쩐지 뭔가 이상한 것 같았다.

나이가 어린 소라가 무녀로 파견된 시점에서 교체를 요구해야 했

었다.

하지만 후회해봤자 이미 늦었다. 다행인 건 가면이 진짜라는

점이다. 정보가 퍼지기 전이라면, 가프가 시간을 들여 인원을 배

치한 이 크리트라면, 아직 가프의 영향력이 남아있다.

가라앉는 배라는 사실이 들통나기 전에 모두를 끌어들인다. 승

산은 별로 없지만, 방법은 그것밖에 남지 않았다.

"내가, 지침이다. 근처에 있는 모든 멤버들을 모아라, 녀석들과

맞서 싸운다!"

"분부하신 대로!!"

소라가 눈을 크게 뜨고 대답했다. 두들겨 패고 싶지만, 그럴 수

는 없다.

무녀의 권위가 남아있는 동안——— 가프와 소라는 운명공동

체다.

범죄 조직들과는 협력 관계를 맺어두었다. 아군이 수적으로 우

세하다. 상황이 들통나기 전에 모조리 써먹어야 한다!

"거역하는 자는, 다른 쪽에 붙는 자는, 명령에 따르지 않는 자는,

숙청한다! 수행 중인 작전은 전부 중지, 전투 준비를 시켜라! 이것

은 지극히 중요도가 높은 전투다. 패배하면 끝장이다! 내가———

지침이다. 누구도 방해하게 두진 않겠다! 물러서지 마라! 싸워라!

괜찮다, 우리에게는 여우신의 가호가 있다!"

본부는 혼란스러워하고 있을 것이다. 그 허를 찌른다. 가프의 정의를, 충성을 전면에 내세워 타협을 끌어내는 것이다.

뮤리나를 써먹으면 제블디아를 아군으로 끌어들일 수 있을지도 모른다. 아직 졌다고 확정된 게 아니다. 죽을지 나아갈지, 선택지는 이미 그 두 가지밖에 없다.

드디어 무제제가 다음날로 다가오자 거리에는 더욱 뜨거운 열기가 소용돌이치고 있었다.

하품을 억누르며 항상 그랬듯이 신문을 보다가 단숨에 졸음이 가셨다.

"으응…… 어라? …………오늘은 꽤 살벌하네."

지면에는 어젯밤 크리트에서 발생한 사건에 대해 **빽빽하게** 적혀 있었다. 이 거리에 온 이후로 계속 평화로웠기에 안심하고 있었는데, 이 시기에 살벌하다는 건 역시 사실이었던 모양이다.

그렇게 밸런스를 맞출 필요는 없잖아. 축제가 시작될 때까지 참지 못한 건가?

기사 내용을 보고 당황해하고 있자니 완전히 회복되어서 오늘 분량의 보구 충전을 하고 있던 루시아가 말했다.

"그거, 뮤리나 황녀도 참가했을 거예요, 아마. 루크 씨랑 다른 사람들이 엄청 신이 나서 나갔거든요."

"어……? …………대체 왜…….."

기사 내용에 따르면 발생한 사건은 조직 규모의 충돌일 가능성이 큰 것 같다. 루크는 싸움을 정말 좋아하는 데다 최근에는 불만이 잔뜩 쌓여 있었기 때문에 아무런 상관도 없는 싸움에 뛰어들더라도 이상할 게 없긴 하지만, 어째서 황녀가…… 혹시 루크와 리즈에게 악영향을 받았나? 키르키르 황녀보다 호전적인 거야?

"드디어 내일부터 무제제가 시작될 텐데 기운도 좋네…… 준비는 다 마친 건가?"

준비운동이라기엔 너무 거친 거 아니야?

내가 어이없어하고 있자니 루시아가 한숨을 쉬고는 화려하게 장식된 팸플릿을 내밀었다.

"그건 제가 할 말이고요. 오빠, 오빠는 첫 번째 시합이거든요? 알고 있긴 해요?"

"……어?"

팸플릿을 내려다보았다. 페이지에 적혀 있던 것은 무제제의 토너먼트표였다.

나는 눈을 깜빡이며 루시아가 손가락으로 가리킨 곳에 적힌 대진표 내용을 읽었다.

"…………크라히 안드릿히 VS 크라이 안드리히?"

…………나랑 동성동명인 사람이 대체 몇이나 되는 거야?

"크라히 씨, 정말 조심해야 합니다."

걱정이 많은 두뇌——— 쿨 사이코의 말에 크라히는 평소처럼 조용히 고개를 끄덕였다.

"그래, 나도 알아."

이쪽을 보고 있는 파티 멤버들의 표정도 평소와는 달리 불안해 보인다. 다리를 꼬고 거만하게 앉아 있던 독설가 연금술사, 《최저산맥》 쿠트리 스먀트가 담배 연기를 내뿜으며 그녀답지 않게 달래는 듯한 말투로 말했다.

"이제 그냥 도망쳐도 되는 거 아니야? 무제제 참가자로 등록한 것만으로도 명예는 충분하잖아. 당신이 간단히 질 것 같진 않지만, 자칫하다가 다치기라도 하면 안 되잖아. 만약에 그대로 출장한다면 나는 상대방 쪽에 걸 거야."

"뭐어?! 오빠가 그런 녀석에게 질 리가 없잖아?! 그리고 파티 멤버는 리더에게만 걸어야만 한다는 부정행위 방지용 규칙이 있으니까———."

"그러니까 넌 어설픈 거라고. 방법은 얼마든지 있어. 그리고 만에 하나 이겨서 원한이라도 사게 되면 골치 아플 거 아냐! 크라히는 상대방보다 강할지도 모르지만, 루샤, 너는 이길 수가 없잖아."

쿠트리의 직설적인 말에 루샤가 충격을 받은 듯이 눈을 크게 뜨고는 앙칼진 목소리로 말했다.

"윽…… 그렇지 않거든! 애초에 쿠트리도 시트리보다 못하잖아!"

"그건 상관없어. 연금술사에게 중요한 건 지식량뿐만이 아니거든. 나는——— 최저니까."

쿠트리는 음침한 미소를 드리웠다.

무슨 말을 하고 있는 거지…… 이해가 잘 안 되긴 하지만 그들이 크라히가 이해하지 못하는 독자적인 동료 의식 같은 것을 품고 있다는 사실은 눈치채고 있다. 파티 멤버들이 사이좋게 지내는 것은 바람직한 일이니 그런 부분에 대해 참견할 생각은 없지만, 이것만큼은 말해두어야만 한다.

"쿠트리, 나는 도망칠 생각이 없어. 편하게 이기고 올라갈 수 있을 것 같진 않지만, 그래도 트레저 헌터니까. 미지를 앞두고 물러선다면 트레저 헌터 실격이야."

짜고 치는 건 말도 안 된다, 크라히에게도 긍지가 있다. 만약 무제제에서 죽게 되더라도 후회하진 않을 것이다.

크라히가 힘주어 한 말을 듣고 쿠트리는 혀를 찼다.

"칫, 그렇게 말할 줄 알았지. 마음대로 하라고. 하지만 당신이 지게 되면 나는 빠지겠어."

"에휴…… 이 녀석은 여전히 진지하네. 우리는 스먀트라는 이름까지 내걸고 다니는데."

"케케케…… 오빠를 찾아다니는 시점에서 이미 늦었다고, 마이 시스터."

"쿠트리의 최저 이미지가 너무 어설퍼."

즈리가 지친 듯한 목소리로 말했다. 큰 무대에 서게 되는 건 크

라히뿐이지만, 보아하니 파티 멤버들 또한 태연하게 있을 순 없는 모양이다. 무제제에서 승리하게 되면 명성이 생긴다. 하지만 만약에 무제제에서 크라히가 무참하게 패배하는 꼴을 보이게 되면 파티 멤버들도 비웃음을 사게 될 것이다.

이런 모습은 분명히 크라히가 리더로서 믿음을 주지 못했다는 것을 나타내고 있었다.

"문제없어. 어제 전투를 통해 준비도 확실히 마쳤으니까. 지금 나는——— 지금까지 중에서 가장 강해."

그건 대체 뭐였던 거지? 알 수가 없다. 갑작스럽게 호출을 받고 나서 벌이게 된 거친 전투는 지금까지 크라히가 경험해보지 못한 것이었다. 이쪽 숫자는 많았고, 적의 숫자 또한 많았다. 다대다 전투는 처음이었기에 몇 번 식은땀을 흘리기도 했지만, 격전을 뛰어넘은 지금이기에 크라히의 힘은 강해졌다.

그때, 토너먼트 대진표를 내려다본 크라히의 표정이 바뀌었다.

"그런데, 설마——— 크라이, 네가 무제제에 출장할 줄은……
아무 말도 안 하다니, 섭섭하잖아."

이름이 비슷한 남자와 1회전에서 맞붙는다. 크라히는 마치 운명과도 같은 무언가를 느낄 수밖에 없었다.

토너먼트 대진표를 정하는 것은 무제제의 운영 측이다. 크라이가 출장하는 건 그렇다 치더라도 1회전에서 크라히와 맞붙게 될 확률이 얼마나 될까? 신기한 남자였다. 허약하다는 느낌만 드는데도 다방면에 연줄이 있고, 강자들과 친하게 지내고 있었다. 말하자면 그는——— 크라히와 정반대다.

쿨과 다른 파티원들의 이야기를 들어보니 그에게는 별명도 있다고 한다. 그것도 크라히와 매우 비슷한 별명이.

"후후…… 안드리히…… 이상한 성이야. 《천변만화》라는 건 나를 흉내낸 건가?"

"……저기, 쿨, 이 녀석, 정말 괜찮은 거야?"

"크라히 씨는 무인이고, 다른 사람에게 별로 관심이 없으니까요……."

크라히가 이렇게까지 다른 사람에게 관심을 가진 것은 오랜만이었다. 마나 머티리얼의 기척이 느껴지지 않는 그 남자가 얼마나 강한 힘을 지니고 있을지, 크라히는 짐작도 되지 않았다.

하지만 아무리 알고 지내는 사이라 해도, 아무리 상대방이 내 팬이라 해도 봐주진 않을 것이다.

온 힘을 다하는 것이 예의라고 믿기 때문에———.

크라히는 자신이 어느새 미소를 짓고 있다는 사실을 눈치채고는 더욱 활짝 웃었다.

정말, 인간들이 사는 곳은 매우 소란스럽다. 사막 마을도 보물전에서 태어나 자란 자에게는 소란스러운 곳이었지만, 축제를 앞둔 이 도시의 소란스러움은 그곳을 훨씬 뛰어넘었다.

지나다니는 사람들이 많았지만, 아무도 그 사람에게 눈길을 주지 않았다. 분명히 존재하고 있는데도 아무도 눈치채지 못했다.

【길 잃은 여관】에 사는 여우 팬텀에게 있어서 사람을 홀리는 것은 존재를 증명하는 행위이기도 하다. 이 도시에서 노는 건 이제 끝이다. 인간을 속여서 유부를 튀기게 했고, 잘 모르는 인간 조직도 손바닥 위에서 놀아나게 만들었다. 대량의 유부가 아쉽긴 하지만, 나중에 또 먹고 싶어지면 똑같은 방법을 쓰면 그만이다.

신의 권속은 변덕스럽다. 인간에게 관여하고 싶을 때만 관여한다.

자, 이제 어떻게 할까. 【길 잃은 여관】으로 돌아가야 할까, 아니면 사막 마을로 다시 한번 가줘야 할까. 콧노래를 흥얼거리면서 걸어가다 보니 문득 땅바닥에 떨어져 있던 종이 쪼가리가 여동생 여우의 눈에 들어왔다.

그것은 내일 개최될 무제제의 토너먼트 대진표였다.

무제제. 여동생 여우에게 인간계의 상식은 별로 없지만, 이미 인간들의 대화를 통해 어느 정도는 파악하고 있었다.

무력을 경쟁하는 축제다. 가장 강한 자는 당연히 어머님일 텐데 하등 종족들끼리 무력을 경쟁하다니, 인간은 정말 어리석다. 그때, 여동생 여우의 눈에 문득 낯익은 이름이 들어왔다.

"크라이 안드리히 VS 크라히 안드릿히······?"

크라이 안드리히. 인간의 이름 따위에는 흥미가 없는 여동생 여우도 잊을 수가 없는 이름이다.

아니──── 그는 【길 잃은 여관】 자체에게 있어서 천적이다.

예전에 【길 잃은 여관】의 팬텀은 그 남자와 지혜 대결을 벌여서

졌고, 보물전의 본체라고도 할 수 있는 꼬리를 빼앗겼다.

여동생 여우는 교묘한 함정에 걸려 공격을 금지당하는 규칙까지 정해져 버렸다. 악연으로 얽힌 상대다.

그 남자에겐 여동생 여우에 대한 경의가 부족하다. 패배한 채 가만히 있는 것은 신의 계보의 자존심이 용납할 수 없지만, 혼자 맞서기에는 너무나도 위험한 상대. 그렇게 생각하고 있었다.

한동안 토너먼트 대진표를 보고 있던 여동생 여우가 중얼거렸다.

"…………재미있네."

그렇게 중얼거렸을 때는 이미 고도의 지성이 다음 작전을 짜고 있었다.

이제 돌아갈까 싶었지만, 이거라면 이번에야말로 그 위기감 씨에게 한 방 먹여줄 수 있을 것 같다.

직접 공격할 수는 없지만, 인간을 속일 방법 같은 건 얼마든지 있다. 이번에야말로 그 남자에게 쓴맛을 보여줄 것이다. 속이고, 엎드려 빌게 하고, 꼬리를 빗질하게 만들어주지.

최강의 헌터. 레벨8. 인간계에서의 평판에 흠집을 내주마.

제5장　　　무제제

그리고 운명의 날이 왔다. 아침부터 배가 아팠지만, 루시아가 나를 억지로 깨웠다.

"자, 정신 차리세요! 그래서 싸울 수 있겠어요? 상대방도 실력이 좋거든요?!"

"…………보구 충전이 안 됐으니까 못 싸워."

"해뒀어요."

완전히 수면 부족 상태였다. 모든 원흉은 살벌한 토너먼트 대진표다. 나는 나가지 않을 거다. 처음부터 끝까지 나가지 않을 거라고 했고, 나가고 싶다고 말한 적도 없다. 하지만 나도 동성동명인 사람이 있을 가능성이 크지 않다는 것 정도는 알고 있다. 다시 말해 이건………… 제국 쪽에서 수속을 잘못 밟은 거 아닌가? 지금 당장 돌아가고 싶다.

축 처져 있는 나를 보고 아침부터 루크와 모의전을 벌이고 있던 리즈가 의아하다는 듯이 말했다.

"크라이, 정말 몸이 안 좋아 보이네. 평소에는 무슨 일이 생기더라도 태연했는데……."

평소에도 몸이 안 좋다고! 겨우 몸을 일으키자 시트리가 방긋방긋 웃으며 손을 마주 모았다.

"자자, 크라이 씨. 토너먼트 대진표에 나온 크라이 씨가 크라이 씨가 아닌 크라이 씨라면 크라이 씨가 크라이 씨 크라이 씨………."

시트리에게 버그가 생겼네……. 혹시 머리를 너무 세게 때렸나? ……보아하니 어지간히 태클이 마음에 든 모양이다. 시트리는 곧바로 방긋방긋 웃으며 내 앞에 포션을 늘어놓기 시작했다.

"이게 회복, 이게 폭발, 이게 독, 이게 마비, 이게 수면, 이게 마력 회복약———."

머리에 버그가 생겼는데도 기능이 남아있네…….

아니, 아직 몰라. 아직은 모른다고. 아직 출장자 일람에 나와 있는 내가 다른 사람일 가능성이 있어.

많이 닮은 사람이 있으니까 진짜가 있더라도 이상할 게 없잖아 (의미불명).

답이 없는 긴장감과 초조한 느낌 때문에 토할 것 같다. 루시아가 어이없다는 듯이 말했다.

"에휴………… 무제제에 출장하기 싫으면서 왜 티켓 같은 걸 받아온 건데요…….."

"관전하고 싶었으니까."

"아니, 그러니까 계속 말했잖아요! 참가 티켓이라고!"

크윽, 속 편하게 지내던 과거의 나를 때려눕히고 싶다…….

애초에 내가 출장하면 공주님이 출장하지 못하는 거 아니야?! 아니, 공주가 안 보이는데, 혹시 도망쳤나?

"뮤리나 황녀라면 귀빈석에서 관전하실 거예요…… 황족이니까."

…………괜찮아. 괜찮다고, 나는 참가하지 않아. 참가하지 않

을 거야. 그러니까 아무것도 두려워할 필요는 없어.

아직 느슨해진 나사가 조여지지 않은 시트리에게 물어보았다.

"참고로, 그냥 물어보기만 하는 건데, 무제제에서 항복도 할 수 있어?"

"저기…… 일단 제도는 있을 거예요."

"뭐라고?! 그렇게 하찮은 짓을 하게 내버려 둘 순 없지! 그런 짓을 하는 녀석이 있다면 항복하기 전에 내 검의 녹으로 만들어 주겠어!"

"루크, 몰라서 그러는지는 모르겠지만——— 목도는 녹슬지 않거든?"

"…………에휴."

루크와 다른 사람들이 이야기를 주고받는 모습을 보면서 루시아가 크게 한숨을 쉬었다. 큰일이다. 루크의 목검의 녹이 되어버리겠어.

하지만 나와는 정반대로 루크와 다른 파티원들은 이상하게도 기운이 넘친다. 안셈이나 루시아도 싸울 의욕이 넘치는 것 같다.

"완벽해! 준비운동도 최고였으니까. 크라이도 참 밉살스러운 연출을 해줬다니까!"

"공주는 울던데 말이지……. 갑자기 그렇게 잔뜩 지시를 내리게 해버렸으니까. 나도 즐겁긴 했지만."

왠지 같은 인간이라고 생각하기 힘들 정도로 정신에 차이가 느껴져…….

괜찮아, 괜찮다고. 내가 아니야. 토너먼트 대진표에 나온 사람은 나와 비슷한 사람일 거야. 혹시, 만에 하나, 억에 하나, 참가하게 된다 하더라도 상대방은 루크가 아닐 테니 괜찮을 거다.

크게 심호흡을 한 다음, 나는 미소를 지었다. 사람은 답이 없을 때는 웃을 수밖에 없다.

루크와 다른 파티원들을 둘러보고는 그나마 하드보일드하게 말했다.

"자………… (어떤 의미로는) 전설을 만들러 가볼까."

"우오오오오오오오오오오오오오오오오오오오오!"

무제제 회장, 크리트 명물인 투기장은 개장하기 전인데도 환호성과 성난 목소리, 열광의 소용돌이에 휩싸여 있었다.

피부가 따끔거리는 듯한 분위기. 투기장 근처는 다양한 무기를 든 사람들로 가득 차서 마치 전쟁을 벌일 듯한 모습이다.

그리고 실제로 무제제는 전쟁이다. 헌터에겐 때로 긍지가 목숨보다 중요할 때가 있다. 이 대회는 최강을 정하는 대회인 것과 동시에 해마다 적지 않은 사망자가 나오는 대회다.

"오, 왜 그래? 크라이. 오늘은 안색이 안 좋은데~!"

"항상 이렇지 않았나."

"정말로 괜찮은 거냐, 입니다! 약한 인간, 첫 번째 시합이잖아, 입니다!"

《흑금 십자가》, 《별의 성뢰》를 비롯한 《발자국》의 응원 멤버들과 합류했다.

아무래도 내 안색은 스벤이나 크류스가 보기에도 확실하게 알아볼 수 있을 정도로 안 좋은 것 같다. 이제 오해를 풀 생각은 없긴 하지만, 보아하니 다들 내가 싸울 거라고 생각하는 것 같다.

……말해달라고! 그렇게 생각했으면 좀 미리 말해달라고! …… 말했었지.

나는 당장에라도 도망치고 싶은 마음을 억누르며 일단 폼을 잡았다.

"이건 싸움을 앞두고 흥분되어서 안색이 안 좋아진 거야."

"뭐? 방금 뭐라고? 입니다?"

안 되겠다, 시트리만 그런 게 아니다. 오늘 나는 생각에 약간 버그가 생겼다.

"어제 생각할 게 좀 있어서 잠을 별로 못 잤거든."

생각이 많아서 잠들지 못했던 건 오랜만이다. 잠을 잘 자는 것은 내 몇 안 되는 장점 중 하나였는데———.

"그래, 이해된다, 크라이! 나도 너무 설레서 밤을 새우며 휘두르기를 했으니까!"

신이 난 루크가 다른 사람들도 많이 있는데 소리를 질렀다. 너랑 같냐…….

"뭐, 뭐야, 걱정해서 손해 봤군, 입니다! 흥! 꼴사나운 모습만큼은 보이지 마라, 입니다!"

"생각이 많아서 잠을 제대로 못 자다니…… 의욕이 넘친다는 뜻인가? 신기하군."

"마스터어, 힘내세요! 준비는 완벽해요. 저는 마스터어에게 전 재산을 걸었다고요!"

괜찮아, 괜찮다고. 티노의 전 재산은 시트리가 메꿔줄 테니 괜찮아.

아니, 내가 아니지. 나는 출장자가 아니야. 믿는 자는 구원받는다. 나는 출장자가 아니야.

절대로 안 나가, 안 나간다고!

입장 게이트. 티켓을 보여주고 들어가려 하자 접수처 직원분이 눈을 동그랗게 뜨고 말했다.

"크라이 안드리히 님………… 어라? 좀 전에 입장하셨죠?"

"네?!"

예상치 못한 말에 나는 눈을 크게 떴다. 시트리가 곧바로 물어보았다.

"크라히 안드릿히와 착각하신 것 아닌가요?"

"아뇨…… 틀림없습니다. 이미 입장하셨습니다."

접수처 직원분이 내 얼굴을 수상쩍어하는 눈초리로 빤히 쳐다봤다. 이거 혹시…… 그런 거 아닌가?

그래. 나는 참전하겠다고 말한 기억이 없으니까. 하하, 아무리 그래도 참전하고 관전을 착각하진 않겠지. 정말, 헷갈리게 하기는. 누구야? 이 크라이 안드리히라는 녀석. 돈을 걸어버린다?

나도 참 속물인지, 단숨에 기분이 좋아졌다. 나도 모르게 미소가 새어 나왔다.

루시아가 눈을 흘기며 나를 올려다보았다.

"왜 그렇게 기뻐하는 건데요, 리더."

"그런데 참가자 중에 뮤리나 아트룸 제블디아라는 사람은 있나요?"

"아뇨, 없습니다만………… 제블디아?"

일단 확인해 봤는데, 보아하니 없는 것 같다. 뭐, 토너먼트 대진표에도 이름이 없었으니까…….

"일단 재입장으로 부탁드립니다."

"아………… 선수의 증표도 잃어버리셨나요? 재발행은 불가능하다고 했는데…… 자, 이제 잃어버리지 마세요. 그럼 무운을 빕니다."

안심한 나머지 마음이 느슨해진 동안 시트리가 쓸데없는 짓을 해서 내 손에 찰칵, 팔찌를 차게 되었다.

하하, 선수의 증표라니. 필요 없다니까, 선수도 아닌데.

"크라이 안드리히 씨는 제1회전이니 이쪽입니다."

"힘내, 크라이!"

하하하, 그 안드리히 씨는 내가 아니니까 괜찮다고.

"대기실은 이쪽입니다."

하하하, 대기실이라니, 관객 보고 뭘 대기하라는 거야? 내가 대기시켜두고 싶은 건 싸움하고 술뿐인데.

콰당, 문이 닫혔다. 그 소리를 듣고 나서야 나는 정신을 차렸다.

대기실은 수수한 방이었다. 가구는 의자와 테이블, 그리고 냉장고뿐. 올려다보니 바로 위에 천장이 있다. 숨을 곳도 딱히 없다. 어째서, 왜 이렇게 되는 건데! 확실하게 거절하라고! 크라이!

너무 안심한 나머지 뇌가 완전히 텅 비어 있었다.

주위를 두리번거리며 둘러보았지만, 이 상황을 설명해줄 만한 사람은 아무도 없었다.

하지만 가장 큰 문제는 대기하고 있어야 할 진짜 크라이 씨가 없다는 것이다. 숨을 곳도 없고…….

나는 일말의 희망을 품고 일단 음료수용 작은 냉장고를 열었다.

"크라이 씨~, 여기 있으려나아~?"

안에 들어있던 것은 물이 담긴 병 몇 개뿐이었다.

이런, 있을 거라 생각하진 않았지만 진짜로 없네. ……아니, 아직이야. 아직 모른다고. 크라이 안드리히가 액상 생물일 가능성도 있잖아? 출장자의 종족 제한은 없었을 테니까?

"크라이 씨~, 이게 크라이 씨? 아니면 이게 크라이 씨? 그게 아니면 이건가?"

『캬앙?!』

물병을 하나씩 꺼내며 현실도피를 하고 있자니 물병이 비명을 질렀다.

그때, 나는 다시 정신을 차렸다.

"잠깐, 화장실……."

이런, 현실도피를 하고 있을 때가 아니지. 환청 같은 걸 듣고 있을 때가 아니야.

진짜 크라이 씨는 어디 있지?

아무도 없는 대기실. 작은 냉장고가 조용히 열렸고, 물병 중 하나가 아무도 손대지 않았는데도 밖으로 굴러떨어졌다. ──그리고 여동생 여우는 물병에서 원래 모습으로 돌아왔다.

원래 모습으로 돌아온 여동생 여우가 가장 먼저 한 일은 크게 심호흡을 하며 마음을 가라앉히는 것이었다.

너무 긴장한 나머지 튀어나와 버린 양쪽 귀를 움찔거리며 기척을 감지했다.

여동생 여우는 주위에 딱히 기척이 없다는 사실을 확인하고는 숨을 내쉬었다. 정말로 무시무시한 인간이었다. 무기물로 둔갑하는 건 손쉬운 일인데도 완벽한 둔갑을 자랑하는 나를 그렇게 정확히 몰아붙이다니, 믿기지 않는다.

하지만 최종적으로는 이겼다. 속였다. '위기감 씨'는 여동생 여우의 변화를 눈치채지 못했다. 목소리가 나와버렸을 때는 어떻게 되나 싶었지만, 아직 들통나지는 않았다. 하지만 진짜 승부는 지금부터다.

상대방은 오빠나 어머니가 고생한 상대다. 계획에는 자신이 있긴 하지만, 무슨 계기로 들통나게 될지 모른다. 이번에도 그 남자가 대기실로 오는 것 자체가 예상치 못한 상황이었다. 재빨리 물병으로 둔갑해 속였는데, 잘 생각해보면 선수로 출장할 테니 오는 것도 당연했다.

"……재미있네."

【길 잃은 여관】에는 규칙이 있다. 지혜 대결을 벌여서 졌을 때는 복수를 하면 안 된다는 것이다.

그러나 그건 패배해도 아무런 느낌도 들지 않는다는 뜻은 아니었다. 저번에 교묘한 함정에 걸린 결과, 여동생 여우는 동포들로부터 말도 안 되는 먹보라는 딱지가 붙어버린 것이다. 지금 생각해봐도 굴욕적이다.

복수는 할 수가 없다. 하지만 새로운 승부로 도전할 수는 있다. 이번에 공격하는 건 여동생 여우다.

스마트폰의 정체를 계속 눈치채지 못할 정도로 둔한 그 남자가 과연 책략을 간파할 수 있을까?

사람을 홀릴 때는 적당히 봐주지 않는다. 그녀는 눈을 감고 집게손가락을 편 다음 요술을 행사했다.

이제 위기감 씨는 한동안 화장실에서 길을 헤매며 나올 수 없다. 화장실에서 시간을 허비하는 동안 위기감 씨의 신뢰가 실추되는 것이다. 그리고 나는 허둥대는 그 모습을 보며 비웃어주지.

여동생 여우는 자신이 해낸 일에 만족하고는 폴짝, 공중제비를 돌아 다시 크라이 안드리히로 둔갑했다.

구름 한 점 없이 푸른 하늘 아래, 수용인원이 수만 명 규모인 거대한 투기장은 사람과 열기로 가득 차 있었다.

드디어 무제제가 시작되는 것이다. 자리가 거의 다 메꿔진 채 모두가 영웅의 탄생을 기다리고 있었다.

티노를 비롯한 《시작의 발자국》 멤버들에게 마련된 것은 관계자용 객석이었다.

티노 일행처럼 출장자 관계자들에게 주어지는 자리는 싸움을 벌이는 곳에서 가까운 안쪽 자리다. 출장자의 종족, 직업을 따지지 않는 무제제에선 마나 머티리얼을 대량으로 흡수한 참가자들의 공격의 규모가 커지는 경향이 있기에 그 동료들이 만에 하나의 경우에 방파제 역할을 맡아야 하기 때문이다.

주위를 둘러봐도 험상궂게 생긴 사람들뿐. 자연스럽게 어깨에 힘이 들어간 티노는 크게 심호흡을 하며 마음을 가라앉혔다.

"이봐, 이봐, 아직 시작하지도 않았는데 괜찮겠어?"

"맞다, 입니다. 우리는 약한 인간이 초대해서 온 손님이다, 그에 맞는 태도를 보여야만 한다, 입니다."

근처에 앉아 있던 《흑금 십자가》의 스벤과 《별의 성뢰》의 크류스가 말을 걸었다.

하지만 스벤은 그렇다 치더라도 크류스는 티노와 비슷할 정도로 긴장한 것처럼 보였다.

"큰돈을 걸었으니까, 지면 가만두지 않을 거다, 입니다!"

마스터어는 신. 그렇기 때문에 티노는 마스터어의 승리에 전 재산을 거는 것도 망설이지 않았다.

티노의 제안에 따라 도박에 참가한 크류스의 말에 스벤이 가엾

게 여기는 듯한 눈초리를 보냈다.

"크류스, 너, 보아하니…… 그거구나?"

"?! 그거?! 그거라는 게, 대체 뭐냐, 입니다! 하고 싶은 말이 있다면 확실하게 말해라, 입니다!"

"마스터어는 신. 마스터어는 반드시 이겨. 그러니까 아무런 문제도 없어."

"마, 맞아! 약한 인간은 이길 테니 문제는 없다, 입니다! 초대까지 해줬으니 돈을 거는 건 당연하잖아, 입니다!"

크류스가 당황한 듯이 티노가 한 말에 맞장구를 쳤다. 하지만 그녀의 눈동자에는 분명히 동요하는 기색이 보였다.

아마 티노와 마찬가지로 불안한 모양이었다. 하지만 애초에 이기든 지든, 티노는 친애하는 마스터에게 거는 것밖에 선택지가 없었다. 걸지 않으면 신앙심을 의심받게 되어버린다.

"그런데 이 대진표는 대체 뭐냐, 입니다! 장난이 너무 심하잖아, 입니다!"

크류스가 토너먼트 대진표를 탁탁 때렸다. 티노도 동감이었다.

마스터의 대전 상대, 1회전 상대, 크라히 안드릿히. 마스터의 가짜다.

가짜(마스터는 진짜라고 했지만)가 있다는 건 알고 있었지만, 설마 영광스러운 무대의 제1회전에서 싸우게 될 줄은 전혀 예상치 못했다. 이름이 널리 알려진 《천변만화》 행세를 하다니, 웃기지도 않는다. 그리고 그 대전 상대가 바로 티노가 마스터에게 돈을 걸게 만든 이유 중 하나이기도 했다.

왜냐하면——— 진짜가 가짜보다 뒤처진다는 말은 입이 찢어지더라도 할 수가 없으니까.

크류스가 마구 화를 내자 스벤이 쾌활하게 웃었다.

"하하하, 그래도 이 녀석은 꽤 강하거든. 실력이 뛰어난 마도사야. 마나 머티리얼도 충분히 흡수했고."

"아, 네가 만나고 왔다고 했었지, 입니다. 하지만 그렇게 실력이 좋다면 더더욱 가명을 쓰는 게 이상하잖아, 입니다! 이 경기는 정령인들 사이에서도 유명한 무제제라고, 입니다!"

"본명이라던데."

"?! 너, 그 말을 믿은 거냐, 입니다! 이런 우연이 있을 리가 없잖아, 입니다! 냉정하게 생각해 봐, 이름은 그렇다 치더라도 별명까지 똑같을 확률이 대체 얼마나 되겠냐, 입니다!"

매우 불안하다. 마스터는 신이지만 변덕스러운 구석이 있다. 자신과 본명이 매우 비슷한 가짜를 보면 정말 좋아할 것 같다. 마스터의 너그러움은 장점이지만, 때로는 단점이기도 한 것이다.

아무래도 귀를 기울여보니 관객들은 어느 쪽이 진짜인지 모르는 것 같았다.

크라이 안드리히와 크라히 안드릿히. 《천변만화》와 《천천만화》.

애초에 마스터는 다른 사람들에게 얼굴을 자주 드러내는 편이 아니다. 별명은 그렇다 치더라도 이름이나 얼굴의 인지도는 다른 사람들에 비해 낮을 것이다. 물론 의도적으로 그러는 거겠지만, 이번에는 그게 문제가 되었다.

만약에 지게 된다면——— 크라히가 진짜 취급을 받게 될지도

모른다.

어찌 됐든, 이렇게 된 이상 티노가 할 수 있는 일은 열심히 응원하는 것뿐이다.

있는 힘껏 자기 뺨을 때렸다. 아무 짓도 당하지 않았는데도 꺾일 뻔한 마음을 채찍질했다. 모처럼 이렇게 가까운 곳에서 싸움을 볼 수 있게 되었으니 마스터를 응원하는 것뿐만이 아니라 이 대회에서 무언가를 배워야만 한다.

그리고 잠시 후, 때가 되었다. 기다리고 있던 사람들의 웅성대는 목소리가 바뀌었다.

소용돌이치던 열광은 그대로 유지하면서도 신기한 정숙함이 가득 찬 투기장은 정신을 고양시켰다.

널찍한 투기장에 몸집이 큰 남자가 나타났다. 거의《부동불변》안셈 오라버니에 필적할 정도로 덩치가 큰 남자다. 그리고——저번 대회 때 압도적인 힘으로 정점에 선 '전 무제'이기도 하다.

오른쪽 옆구리에 끼고 있는 것은 본인이 작게 보일 정도로 거대한 금속 봉이었다. 보구를 제외하면 이 세상에서 가장 튼튼하며 가장 무겁다고 하는 아다만타이트제 봉. 티노도 무인이기에 알고 있는데, 저번 대회 때 저 남자는 그저 금속 봉과 단련된 육체만으로 온갖 기술을 분쇄했었다.

드러난 육체는 척 보기만 해도 오한이 들 정도로 인간을 초월했고, 같은 종족이라는 생각이 들지 않았다. 사람의 몸으로 환수와 마수조차 훨씬 뛰어넘는 신체 능력을 지니게 되다니, 이것도 마나 머티리얼이 이루어낸 기적인가? 올해 참가자는 저 전 무제를 어떻게 돌파할지 생각하고 왔을 것이다.

전 무제가 조용히 숨을 들이마셨다. 그리고 천둥 번개 같은 목소리가 널찍한 투기장에 울려 퍼졌다.

충격이 티노의 몸을 뚫고 지나갔다. 너무나도 큰 소리에 무심코 귀를 막았다. 지근거리에서 들었다면 소리만으로도 의식을 잃었을지도 모르겠다. 그것은 분명히 이 세계에서 정점에 선 자에게 허락된 기술이었다.

"지금 이 크리트에, 1년이라는 세월을 거쳐, 온갖 장애물을 뛰어넘어, 새로운 '무제'의 자리를 원하는 자들이 모였다! 지금 여기서, 무제제 개최를 선언한다!!"

간단한 말이다. 하지만 그 눈에는 먹잇감을 눈앞에 둔 짐승 같은 빛이 깃들어 있었다. 그 목소리는 피가 끓고 살이 튀는 싸움을 원하고 있었다. 척 보기에 알 수 있었다. 저 남자는 자신을 위협하려 하는 도전자들을 기다리고 있다.

티노는 예감이 들었다. 마스터가 무제가 될 때는 저 남자, 전 무제가 가장 큰 장애물이 될 것이다.

티노는 철두철미하게 마스터파지만, 항상 부드러운 미소만 머금고 있는 마스터가 저 괴물 같은 남자를 이길 수 있을지 별로 자신이 없었다.

그리고, 드디어 1회전이 시작되었다.

이제야 왔구나. 기다리다 목이 빠지는 줄 알았다.

피부를 스쳐 가는 공기에는 관객석에서 날아든 열광이 잔뜩 담겨 있다. 고양감이 육체를 지배하고 있었다.

《천천만화》크라히 안드릿히는 눈을 감고 정신을 집중시킨 뒤 스위치를 전환했다.

몸 상태는 완벽하다. 예전에 쿨과 다른 사람들에게 파티 권유를 받기 전까지 크라히는 솔로였다. 누구의 도움도 받을 수 없는 솔로 헌터에게 있어서 곧바로 전투태세를 취하는 것은 필수적인 능력이다.

크라히는 마도사지만, 혼자 싸우는 것에 익숙하다. 그런 의미에서 이 대회는 크라히에게 유리하다.

일반적으로 이런 대회에서는 근접 전투 직업이 유리하다고 한다. 실제로 전 무제도 육체에 특화된 괴물 같은 남자다. 하지만 크라히는 그의 강하기 짝이 없는 힘을 느끼고 전율하면서도 전혀 질 생각이 없었다.

계속 이겨나간다. 항상 그렇게 살아왔다. 헌터에게 있어서 승리에 대한 욕구는 무엇보다 필요한 것이다. 하지만 이번에 크라히가 싸우는 것은 자신을 위해서만이 아니다.

무제가 된다. 그리고 《비탄의 악령》의 이름을 전설로 만든다.

항상 왠지 자신 없는 듯한 표정을 보이면서도 나를 따라와 주는 동료들을 위해서라도.

"온 힘을 다하도록 하마, 크라이. 그리고 네 의지 또한 내가 짊어지고 가도록 하지."

크라히 안드릿히는 혼자 중얼거린 다음 전장으로 나섰다.

"크크큭…… 새로운 보스에게 거역하려 하다니, 어리석은 녀석.
꼴 좋다."

"……원하시는 대로. 아슬아슬했지만요……."

무제제 투기장. 관객석 구석에서 가프와 소라가 투기장을 조용
히 내려다보고 있었다.

가프와 소라, 둘 다 만신창이였다. 가프는 부러진 팔을 붕대로
묶고 목발을 짚고 있었다. 소라는 부상당하진 않았지만, 머리카
락이 푸석푸석했고 표정에는 매우 피곤한 기색이 드러나 있었다.

구 여우 VS 신 여우. 그 싸움은 최악 중의 최악이었다. 조직은
가프가 상상했던 대로 온 힘을 다해 가프를 박살 내려 했다. 전력
차이가 너무나도 컸는데도 습격을 가까스로 물리칠 수 있었던 것
은 몇 가지 우연이 겹쳐졌기 때문이다.

무제제 작전을 대비해 크리트 주변에서 가프의 영향력이 미치
는 멤버들을 잔뜩 불러들였던 것. 비밀주의 때문에 가프의 정보
가 조직에 퍼지는 데 시간이 걸렸던 것. 《비탄의 망령》이나 《등화
기사단》, 그리고 가프가 교섭한 다른 조직들이 협력해준 것. 보
스 쪽에는 힘의 소모를 피해야 하는 이유가 있었던 것. 조직이 손

을 뗀 것은 죽을힘을 다해 저항하는 가프 일행을 보고 사태를 빠르게 수습하는 것이 불가능하다고 판단했기 때문일 것이다. 이번 작전은 규모가 크다. 보스는 어떻게 해서든 그 작전을 완수하려 할 테니 가프를 숙청하기 위해 멤버를 동원하다가 작전 성공률을 낮추느니 차라리 가프 일파의 처우를 일시적으로 보류한다는 것이 이치에 맞는 판단이다. 하지만 이것은 승리가 아니다. 손에 넣은 것은 어느 정도의 시간뿐이다.

지금이 몸을 숨길 마지막 기회다. 이미 도우미 멤버들은 보내 주었다. 교섭해서 모은 도적들이나 가프의 영향력이 미치는 부하들 중 대부분은 사망하거나 부상당했기에 전력은 절반 이하로 떨어졌다. 다음에 벌어질 전투는 이길 수가 없다.

하지만 작전 결과만큼은 지켜봐야 한다. 가프를 속인 자의 진짜 의도도 이제 알 수 있을 것이다.

"애초에 누군가의 부하가 되는 건 내 성격과는 맞지 않았단 말이지…… 속이 시원하군."

"보스………… 그건 좀 억지 아닌가요…….."

이 무녀…… 생각했던 것보다 성격이 참 좋군그래.

크리트의 투기장. 그곳 상공 수십 미터 지점에 어떤 사람 한 명이 떠 있었다. 몸에 두른 칠흑색 로브. 얼굴을 가린 하얀 여우 가면. 그 사람은 아무것도 없는 공중을 내디딘 채 들고 있던 까만 돌——— 공음석을 내려다보고 있었다.

'아홉꼬리 그림자여우' 최고 간부 중 한 명. '공미(空尾)'는 일이 잘 풀리지 않는 상황 때문에 입술을 깨물었다.

뜻밖이었던 건 가프가 예상을 뛰어넘는 전력을 모아두고 있었다는 점이다. 그리고 그들을 지휘하는 가프 또한 '칠미'로서의 힘을 아낌없이 발휘했다. 주변에 있던 구성원들을 한데 모았는데도 철수할 수밖에 없었을 정도로.

이건——— 이간계다. 당한 책략의 정체를 눈치챘을 때는 이미 늦었다. 가프 쪽에도 피해를 입히긴 했지만, 이쪽도 그 이상의 전력을 잃었다. 그리고 이 결과로 가장 이익을 볼 자는 여우의 적대 조직이다.

지금까지 오랜 세월에 걸쳐 몸을 숨겨온 조직을 이렇게 짧은 기간 만에 어지럽히다니, 정말 꼼꼼하게 준비된 계획일 것이다. 이번 공격은 탐색자 협회나 제국의 소행이 아니다. 만약에 큰 조직이 나섰다면 사전에 정보가 일절 새어 나오지 않을 수는 없다.

레벨8 헌터, 《천변만화》. 예전에 여우와 동격이었던 '뱀'을 없앤 남자. 뛰어난 정보 수집 능력과 지략을 통해 쓰러뜨린 적은 셀 수 없이 많고, '여우'의 천적이라고도 할 수 있는 남자다. 정말로 그 공음석을 받은 남자가 본인이었는지는 의심스럽지만, 진짜 그렇다 하더라도 이상할 게 없을 정도로 강한 실력을 지닌 자다.

하지만 어설프다. 젊다. 이 정도로 '여우'가 겁먹는 건 말도 안 되는 일이다. 《천변만화》는 여기서 죽어줘야겠다.

강력한 헌터는 다수 존재하나, '여우'를 함정에 빠뜨릴 만한 책략가는 없다. 조직을 정비하는 데 어느 정도 시간이 걸릴지는 모르지만 방해꾼을 미리 없앤다고 생각하면 나쁘기만 한 이야기는 아니다.

라드릭 아트룸 제블디아는 오늘, 자신을 지킨 남자가 처참하게 죽는 모습을 보게 될 것이다.

그리고 여우는 흔들림 없는 지위를 굳히게 된다.

그렇게 생각한 보스는 무제제 토너먼트 대진표를 내려다보았다.

"그런데 정말 하찮은 책략을 생각해냈군……."

토너먼트 대진의 1회전. 크라이 안드리히 VS 크라히 안드릿히. 항간에서는 가짜 VS 진짜라는 식으로 야유를 해대고 있는 모양이다. 바보 같은 카드다. 어떻게 대진표를 조작한 건지는 모르겠지만, 눈속임치고는 너무나도 조잡하다.

《천변만화》와 마주친 적은 없지만, 어느 쪽이 진짜인지 알지 못하더라도 해결 방법은 간단하다.

―――얼굴을 모른다면 양쪽 다 죽이면 그만이니까.

지상. 광대한 콜로세움에 흑발 남자 두 명이 서 있다. 이제 곧 시합이 시작된다. 노리는 건――― 한쪽이 쓰러진 순간. 투기장에 펼쳐진 결계도 바깥에서 안으로 날리는 공격에는 효과가 없다.

눈을 가늘게 뜨고 전투를 지긋이 관찰했다. 콩알처럼 보이지만, 두 남자가 이야기를 나누는 모습을 알아볼 수 있었다.

아직 멀었다. 가짜와 진짜. 무명 헌터와 유명한 헌터. 틀림없이 승부는 단기 결전이 될 것이다.

품속에서 작전의 핵심, 『대지의 열쇠』를 꺼내 들었다. 이미 충전은 마쳤다.

———자, 절망을 시작하자. 지금이야말로 여우의 힘을 전 세계에 보일 때다.

그런 생각을 한 순간——— 투기장의 상황이 완전히 바뀌었다. 소리까지는 들리지 않지만, 당황한 기색이 느껴졌다.

무슨 일이 일어난 거지……? 눈을 가늘게 뜨고 아래쪽을 내려다보았다. 남자 중 한 명이 손을 드는 게 보였다.

그리고——— 그 순간, 강렬한 소리와 충격, 빛이 공미의 온몸을 뚫고 지나쳤다.

"방금………… 뭐라고 했지?"

흑발 청년이 멍한 표정으로 물었다.

크라히 안드릿히. 위기감 씨의 대전 상대이자 가짜 《천천만화》.

그 몸에서는 꽤 대단한 힘이 느껴지긴 하지만, 어차피 인간이다. 여동생 여우는 위기감 씨처럼 시원스러운 미소를 짓고는 투기장 전체를 다시 한번 둘러보고 구석구석까지 들릴 정도로 큰 목소리로 말했다.

"진짜를 만나서 영광이라고 한 거야. 하지만 그것도 오늘로 끝이다. 오늘, 너를 쓰러뜨리고 바로 내가 진짜———《천변만화》

가 된다!"

완벽한 책략이다. 여동생 여우는 표정에 드러내지 않고 자신의 책략에 만족했다.

토너먼트 대진표를 본 순간 이런 책략을 떠올려버린 나 자신의 재능이 두렵다.

전혀 이해가 안 되지만 인간계에서는 유명한 헌터인 것 같은 위기감 씨와 이름이 매우 비슷한 대전 상대. 둘 중 하나만 빠지더라도 성립되지 않을 작전이다. 여동생 여우의 책략으로 인해 위기감 씨는 가짜가 되었다. 나중에 부정하려 해도 확실하게 선언한 것을 이렇게 많은 사람들이 보았다. 명예를 만회하려면 꽤 고생할 것이다.

이제 위기감 씨에게 걸어둔 헤매는 요술이 풀리기 전에 지기만하면 된다. 위기감 씨는 이 영광스러운 무대에 서보지도 못하고 정신을 차리고 보니 패배한 것이다! 경악한 표정이 눈에 선하다.

크라히 안드릿히가 한 발짝 물러나며 멍한 표정으로 중얼거렸다.

"무슨…… 소릴 하는 거지…….."

"놀랐나? 설마 가짜가 있을 줄은 상상도 못했나? 나와 네가 만난 걸 우연이라고 생각했던 거냐?!"

눈앞에 있는 인간의 마음을 약간 읽어내 앞뒤를 맞췄다. 여동생 여우의 요술을 쓰면 손쉬운 일이다.

그런데 이 크라히 안드릿히라는 남자——— 정말 신기하다. 그 눈은 매우 맑고, 그 마음에는 악의가 없다. 갈고 닦인 혼에는 그

몸과 어울리는 빛이 깃들어 있으며, 들고 있는 지팡이도 보구다. 이름은 위기감 씨와 매우 비슷한데 모든 것이 다르고, 위기감 씨보다 만 배는 강한데 위기감 씨보다 지위가 낮은 모양이다. 하지만 무엇보다 신기한 것은 이 청년이 《천변만화》를 모른다는 점일 것이다. 꽤 유명한 것 같은데………… 세계는 정말 신기하다.

하지만 마침 잘됐다. 상대방이 자각한 상태에서 일부러 비슷하게 꾸민 거라면 모를까, 자각하지 못하고 있기 때문이다.

하늘이 여동생 여우에게 홀리라고 말하고 있었다. 크라히를 홀리고, 관객들을 홀리고——— 위기감 씨를 홀린다.

두 팔을 벌리고 여유로운 모습을 보이는 여동생 여우. 수많은 시선이 쏠린 것이 느껴졌다. 호기심 어린 시선. 당황한 시선. 경멸하는 시선. 혼란스러워하며 웅성대는 게 기분 좋게 느껴진다. 혼돈이야말로【길 잃은 여관】의 요괴 여우의 본분이다.

———그리고 크라히 안드릿히는 한 발짝 앞으로 나선 뒤 조용히, 하지만 떨리는 목소리로 말했다.

"그런 말은 하지 마라, 크라이. 이 세상에는——— 진짜도 가짜도 없는 법이야."

조용한 말투였지만, 그 목소리는 신기하게도 투기장에 울려 퍼졌다. 위기감 씨와 똑같은 색의 눈이 조용히 빛나고 있었다.

"사람은 다른 사람이 될 수 없어. 나는 네가 될 수 없고, 너는 내가 될 수 없어! 하지만, 애초에 될 필요도 없는 거라고! 너는 내가 되지 않더라도 어엿한 크라이 안드리히니까!"

이 인간이 무슨 소릴 하고 있는 거지……? 눈을 깜빡이며 책략을 요만큼도 눈치채지 못한 남자를 바라보았다.

신기하게도 귀에 잘 와닿는 그 목소리에 투기장 전체가 완전히 빠져 있었다.

"나를 동경하는 건 딱히 상관없어. 매우 비슷한 별명을 지닌 것도 신경 쓰지 않아. 하지만 자신을 버리고 내가 되겠다니, 그런 슬픈 말은 하지 말아줘……. 이 무제제에 출장할 권리를 지니고 있는 시점에서 너는 탁월한 실력자야. 그저 가짜에 불과했다면 이곳에 설 수 없었겠지. 나를 동경한다는 사실까지 포함해서 너는 크라이 안드리히야! 그 사실을 비하하지 말고 자신을 인정해 줬으면 해! 그리고 그때 비로소 나는 미소를 지으며 너와 무예를 겨루겠다! 이 무제제 투기장에서 또다시!"

그 말에 투기장이 폭발적인 환호성에 휩싸였다. 보아하니 퍼포 먼스로 인식된 모양이다.

위기감 씨가 완전히 들러리처럼 되어버렸다. 예상하긴 했지만, 그렇군…….

어떻게 해야 할지 잠깐 망설이던 여동생 여우는 손을 들었다. 가짜가 움직임을 보이자 투기장 안이 조용해졌다. 사실 이쯤 되면 비웃음을 살 거라 생각했지만, 보아하니 비웃음보다는 동정 어린 시선이 더 강한 것 같았다.

"…………말이 길구나, 진짜. 지금 여기서 넌 쓰러질 거다. 이곳 은 무제제 투기장이다. 말을 늘어놓기 전에 무력을 보여주시지. 혹시 이길 자신이 없나?"

여동생 여우의 목소리에 크라히의 표정이 약간 슬프게 바뀌었다. 하지만 그는 곧바로 소리쳤다.

바람이 불었다. 흑의가 마구 펄럭였고, 그가 오른손으로 들고 있던 지팡이가 눈에 들어왔다. 끄트머리에 금빛 수정이 박혀 있는 금속제 지팡이. 그리고 그건 이 세상의 물건이 아니었다. 그때, 여동생 여우는 눈치챘다.

"나는——— 가짜인 네게 지지 않는다! 네가 진정한 자신을 찾아낼 때까지 네 목표로서, 이상으로서 계속 서 있을 거다! 다른 누구도 아닌, 크라히 안드리히——— 너 자신을 위해!"

크라히 안드릿히에게는 재능이 있다. 경험도 있다. 정신도 굳건하다.

하지만 눈앞에 있는 남자가 들고 있는 지팡이는 그 이상으로 강력했다.

수정을 중심으로 번갯불이 흩어졌다. 보구 지팡이다. 특정한 속성에 특화되어 위력을 증강시켜주는 지팡이.

그 몸에 깃든 마력이 솟구치며 폭발적으로 증폭되고 있다. 여동생 여우는 한 발짝 뒤로 물러섰다.

이 남자——— 번개를 다루는 마도사다. 그것도 다른 속성을 전혀 쓰지 않는 특화형 마도사.

하늘이, 공기가 전율하고 있었다. 《천천만화》. 크라히 안드릿히가 외쳤다.

"너를 쓰러뜨린다———. 너 자신을 위해서, 봐주진 않겠다! 내 온 힘을 받아봐라! 《천천만화》, 천 군데의 하늘을 누비고 만 송이 꽃처럼 빛나는——— 이 뇌제, 크라히 안드릿히의 힘을!!"

거의 반사적으로 위쪽을 보았다. 그리고——— 하늘에서 한 줄기 빛이 쏟아져 내렸다.

"쳇. 여전히 터무니없는 힘이야. 위력이 더 강해졌어."

"저 녀석, 진짜 강하니까~. 우리는 필요가 없다고."

무제제 관객석 한구석에서 《비탄의 악령》 멤버들이 몸을 움츠리며 그 광경을 관찰하고 있었다.

거만하게 앉아 다리를 꼬고 있던 쿠트리 스먀트가 하늘에서 쏟아져 내린 번개를 보고 혀를 찼다.

엘리자베스 스먀트——— 즈리도 그 의견에 맞장구를 치며 한숨을 크게 쉬었다.

크라히는 강하다. 가짜 같은 이름인 주제에 쓸데없이 강하다. 그는 단순하다. 단순해서 속기 쉽고, 그래서 즈리 같은 파티원들에게 속고 있다. 그리고 마도사의 강점인 다양한 마법을 쓸 수가 없다.

하지만 강하다. 크라히 안드릿히가 사용할 수 있는 것은 마술 중에서도 가장 어렵다고 하는 번개 마술뿐이다. 그리고 그는, 영웅의 마법이라고도 불리는 그 거센 빛과 충격을 흩뿌리는 마술을 사랑한다.

그는 솔로로 활동해 왔다. 솔로로도 활동할 수 있었다. 상대의 숫자가 아무리 많아도 지지 않았다.

크라히는 분명 《천변만화》와 비슷한 이름이 아니었더라도 대성했을 것이다.

───그는 거의 모든 능력을 번개 마술에 투자했다. 《천천만화》라는 별명은 쿨과 다른 파티원들의 아이디어였지만, 《뇌제》라는 별명은 자칭이 아니다. 만약에 그에게 공식 별명이 붙는다면 확실히 그쪽일 것이다.

수많은 낙뢰가 넓은 투기장 곳곳에 내리쳤다. 거센 충격과 소리로 인해 견고한 결계가 출렁였다.

척 보기에도 인간 상대로 쓸만한 마법은 아니었지만, 그는 그런 걸 신경 쓰지 않을 터.

아침부터 계속 안색이 안 좋았던 쿨 사이코가 배를 부여잡으며 중얼거렸다.

"큰일이라고요…… 이거…… 아직 상대방의 의도도 모르는데……."

"힘내, 오빠아~! 가짜 따위는 쳐죽여버려!"

루샤가 번개에 움찔움찔 떨면서 응원하고 있다.

크라히는 분명히 강하다. 강하지만, 쿨은 그가 레벨8을 이길 수 있을 거라 생각하지 않았다. 크라히가 항상 모험하러 가는 보물전은 레벨5다. 쿨이나 다른 파티원들이 있기 때문에 그는 보물전의 레벨을 낮춰야만 했던 것이다. 쿨과 다른 파티원들이 《비탄의 악령》 같은 것을 만들지 않았다면 크라히는 솔로로 보물전을 계속 공략해 나가며 더욱 강력한 마도사가 되었을 것이다. 그런 사실에 후회가 들지 않는 것은 아니었다.

———사람은 어떤 방법을 쓰더라도 다른 사람이 될 수 없다.

크라히가 한 말은 우연히도 쿨이나 다른 파티원들에게 정확히 들어맞았다. 만약에 그가 진실을 알게 되면 어떻게 생각할까? 이름을 비슷하게 지은 건 어차피 애들 눈속임이다. 언젠가 눈치채게 될 날도 올 것이다.

———하지만, 이렇게 된 이상, 쿨 일행이 할 수 있는 건 아무것도 없다.

뇌제가 지팡이를 크게 휘둘렀다. 낙뢰의 숫자가 늘어났고, 빛과 충격이 더욱 강해졌다.

번개 마술 중에서 가장 유명한 상급 마법, '캘러미티 썬더(유린하는 번개)'보다 더 강한 마술.

최상급 번개 마술 '하늘의 번개'. 어지간한 헌터는 보지도 못하고 생을 마치게 되는 그 마술은 마치 천재지변이었다. 척 보기에도 인간 상대로 쓸 만한 마법이 아니었다.

낙뢰는 멈출 기색이 없었다. 너무 강한 빛 때문에 크라히의 모습이 보이지 않았지만, 그도 상대방을 쓰러뜨리고 나서 마법을 멈출 정도의 자제심은 있을 것이다. 공격이 멈추지 않는다는 것이 바로 상대방이 살아 있다는 증거다.

진짜가 가짜 선언을 한 이유는 모르겠다. 그러나 진짜《천변만화》는 책략가다. 이대로 가다가는 바람직하지 못한 결과가 기다리고 있을 것은 확실하다. 아무리 쿨이라 해도 이렇게까지 제멋대로 굴어놓고 크라히를 저버릴 수는 없다. 그 마음은 다른 멤버들도 마찬가지.

혹시 성의를 보인다면 《천변만화》도 용서해줄지 모른다. 용서하지 않을 생각이었다면 애초에 가짜 선언 같은 걸 하지 않고 쉽사리 폭로하지 않았을까? 그렇게 생각할 수도 있다.

끊임없이 내려치는 번개가 몸을 뒤흔들었다. 그리고 쿨은 별생각 없이 진짜를 응원하는 멤버들이 있는 자리를 보았다.

———응원석에서는 《시작의 발자국》 멤버들이 소리를 지르며 응원하고 있었다.

쏟아져 내리는 번개도 전혀 아랑곳하지 않고 소리를 지르고 있었다.

"가라~! 해치워라~! 쓴맛을 보여줘라~!"

처음에는 진짜를 응원하나 싶었는데, 꼭 그런 것도 아닌 모양이다. 특히 신이 난 사람은 예전에 한 번 만났던 《남격》 스벤 앵거였다. 매우 즐거워 보인다.

보아하니 진짜의 동료들은 진짜가 했던 기묘한 선언을 전혀 신경 쓰지 않는 것 같았다.

"…………."

쿨은 생각하는 것을 그만두었다. 어차피 《천검》을 약간 바꿔서 만든 《천견》, 벼락치기다. 짐이 너무 무겁다.

그때, 갑작스럽게 낙뢰가 멈췄다. 흙먼지 속에서 크라히가 경악하는 목소리가 들렸다.

"말도 안 돼…… 회피가 불가능한 연속 번개 공격을 전부 피했다고?! 네 정체는 대체 뭐냐——— 크라이 안드리히!"

아차………… 나도 모르게 피해버렸다.

대규모 공격 마법으로 인해 단숨에 초토화되어버린 투기장. 흙먼지가 피어오르는 와중에 여동생 여우는 어떻게 해야 할지 망설이고 있었다. 크라히의 공격 마법은 상상 이상의 위력이었다. 모든 것이 잘 들어맞고 있었다. 인간이 사용할 수 있는 공격 마법치고는 파격적이었다.

크라히의 몸에 깃든 마력은 번개 마법을 사용하는데 특화되어 있었다. 보구 지팡이는 번개 마력을 증폭시키는데 특화되어 있고, 그 마법은 대기를 어지럽힘으로써 매우 효율적으로 번개를 불렀다. 정확도는 무척 떨어지지만 이렇게 규모가 큰 파괴를 연달아 일으킬 수 있는 이유는 그 마술이 위력에 비해 연비가 좋기 때문이다. 아마 그는 번개 말고 다른 마법을 쓸 수가 없을 것이다. 그런 의미에서 크라히라는 남자는 철두철미하게 번개의 마도사 이상도, 그 이하도 아니었다.

그렇게 규모가 큰 파괴를 불러왔음에도 불구하고 크라히는 당황한 듯이 손을 쥐었다 폈다 반복하고 있었다.

"아니——— 컨트롤이 흔들리고 있나? 내 몸이 혹시…… 너를 쓰러뜨리는 것을 망설이고 있는 건가? 하지만 번개 마법은 어느 정도 엇나간다 하더라도 알아서 명중할 텐데………… 생각해봤자 소용이 없나."

원래는 쓰러졌어야 한다. 크라히의 공격은 척 보기에도 충분한 위력과 범위를 자랑했다.

피한 것은 완전히 반사적이었다. 여동생 여우는 사실 번개를 껄끄러워한다. 그것은 예전에 생물로서 존재할 때 지니고 있던 일종의 본능이다. 그리고 여동생은 제힘을 발휘하지 못하는 상태다. 바깥 세계에는 마나 머티리얼이 너무 희박하다. 저런 번개에 맞으면 꽤 아플 것이다.

크라히 안드릿히가 지팡이를 빙글빙글 회전시킨 다음 이쪽을 겨누었다.

"열 갈래 번개를 피한다면 백 갈래를, 백 갈래 번개를 피한다면 천 갈래 번개를! 받아봐라! 천 군데의 하늘을 뒤덮는 번개의 꽃을!"

마치 그 목소리에 따르듯 빛과 소리가 하늘에서 떨어져 내렸다. 이 남자——— 상대방을 노리는 게 아니다.

이 투기장을 전부 번개로 태울 셈이다. 설마 인간이 이렇게 무시무시한 생물이었다니——— 신인 어머니도 적을 노리는 것 정도는 하는데. 인간은 지혜를 지닌 생물 아니었나?

하지만 반격할 수는 없다. 여동생 여우는 홀릴 생각으로 왔고, 애초에 여동생 여우에겐——— 공격 수단이 거의 없다. 【길 잃은 여관】의 팬텀의 본분은 속이는 것이지 죽이는 것이 아니기 때문이다. 결과적으로 죽일 수는 있겠지만, 일방적이거나 직접적으로 죽여선 안 된다.

어떻게든…… 어떻게든 패배해야만 한다. 어서 패배하지 못하면 위기감 씨에게 사용한 요술이 풀려 버린다.

세계를 뒤덮은, 척 보기에도 지나친 것 같은 번개 앞에서 여동생 여우는 발끈하며 앞으로 한 발짝 내디뎠다.

처음에 장난처럼 알 수 없는 말을 나누었던 게 거짓말처럼 느껴질 정도의, 숨돌릴 틈도 없는 공방이었다.

처음 날린 공격은 물론이고, 연속으로 투기장 내부 전체에 쏟아지는 번개는 마치 신의 심판인 것 같았으며 마도사 한 명이 사용한 마술 같지 않았다. 처음에는 자신만만해하던 가짜와 왠지 모르겠지만 일부러 가짜 선언을 한 마스터를 보고 혼란스러워하던 티노도 그 싸움을 보고는 자연스럽게 쓸데없는 생각을 지우게 되었다.

크라히 안드릿히, 마스터와 이름이 매우 비슷해서 그런지 범상치 않은 자다. 공격 속도, 위력 모두 일류다. 번개의 위력만 놓고 보면 틀림없이 얼마 전에 본 아놀드보다 강할 것이다.

하지만 그에 맞서는 마스터의 행동도 엄청나다는 말밖에 나오지 않았다. 마스터는——— 앞으로 나선 것이다.

"번개를………… 피하고 있어?"

마치 농담 같은 광경이었다. 번개의 속도가 빛보다는 느리지만, 인간의 반사신경으로 피할 수 있는 건 아니다. 하지만 마스터는 아무렇지도 않게 쏟아져 내리는 번개 속을 내달렸다. 지켜보고 있자니 마치 번개가 마스터를 피해 가는 것 같기도 했다.

그것은 그야말로 신산귀모라는 말로는 납득이 안 되는 레벨8에 어울리는 기술이었다.

예상을 뛰어넘은 크라히의 마법을 보고 한순간 놀랐지만, 유리한 건 마스터 쪽일 것이다.

그런 생각을 진지하게 하고 있던 티노에게 근처에 앉아있던 시트리 언니가 말했다.

"음………… 저건 가짜네요. 그렇군요, 그때 부엌에 있었던 가짜는 저걸 위해서———."

"네?!"

눈을 동그랗게 뜬 티노를 보고 옆에 앉아 있던 언니가 맞장구를 치며 말했다.

"그렇지. 크라이라면 뛰지 않았을 테니까. 크라이는 뛰는 걸 별로 안 좋아하거든."

"상대방의 마술에 간섭하는 건가……? 튕겨내고 있나? ……어떻게 하면 저런 걸——— 마법도 아닌 것 같은데———."

"그야 물론 수행이지! 버티는 건 할 수 있지만, 번개를 피한다니, 대단하네. 나도 해야지!"

"……으음, 으음."

보아하니 루시아 언니나 루크 오라버니 같은 사람들이 봐도 저건 마스터가 아닌 모양이었다.

다시 한번 투기장 안을 확인했다. 멀리서 보고 있긴 하지만, 티노의 눈에는 마스터로만 보였다. 신들린 듯한 모습도 마스터와 똑같긴 하지만, 언니와 다른 사람들이 그렇게 말하니 마스터가 아닌 거겠지.

한순간 머릿속이 새하얘졌다. 그리고 입에서 자연스럽게 나온 말에는 체념이 담겨 있었다.

"아………… 이것이 이번 시련이군요…….."

마스터, 무제제에 대역을 내보내는 행위는 금지라고요. 어디서 그렇게 똑같이 생긴 분을 찾아오신 거죠?

그러고 보니 마스터, 안 나간다고 하셨죠. 말 그대로의 의미였군요.

기적과도 같이 번개를 회피하며 접근하는 가짜 마스터를 보고 크라히는 놀랍게도 미소를 지었다.

"그래, 온 힘을 다해 부딪쳐라! 이것도 피할 수 있을까?! '라이트닝 애로우(번개 화살)'!"

수많은 번개 화살이 곧바로 가짜 마스터를 덮쳤다. 가짜 마스터가 뛰어올라 신속의 화살을 피했지만, 그것은 분명히 잘못된 판단이었다. 아무리 강하더라도 공중에서는 공격을 회피할 수가 없다. 크라히도 이 광경을 예상하고 있었던 모양이었다. 그 지팡이 끄트머리가 공중에 있던 크라이를 겨누었다. 그리고 크라히가 포효했다.

"이 순간을 기다리고 있었다! 크라이! 하늘의 힘을 받아라——'뇌창천멸신래화'!!"

"…………오리지널 마법이군요. 그런 마법은 없어요."

루시아 언니가 어이없다는 듯 중얼거렸다. 그리고 공기가 파직 파직, 소리를 냈다.

지팡이 끝에 창이 생겨났다. 주위에 번개를 띤 벼락의 창이었다. 하지만 그 질감은 일반적인 에너지 같지 않았으며, 마치 금속처럼 빛나고 있었다. 압축된 마력의 덩어리. 마나 머티리얼이 한데 모여 보구라는 물질을 만들어내는 것처럼, 매우 강하게 압축된 힘이 무기를 만들어낸 것이다!

낙뢰만으로도 충분히 말도 안 되는 파괴력을 지니고 있었는데 그것을 압축시키면 얼마나 강한 위력을 보일까? 치명적인 일격이 공중에 있는 마스터를 향해 망설임 없이 날아갔다.

그리고——— 가짜 마스터는 그 공격에 맞서 완전히 똑같은 창을 만들어내 날렸다.

"???!"

빛나는 창과 빛나는 창이 부딪혔다. 티노는 객석을 지키고 있던 결계의 일부가 파괴 에너지의 충돌과 여파로 인해 덧없는 소리를 내며 깨진 것을 분명히 들었다. 객석에서 비명이 터졌지만 곧바로 묻혀버렸다. 에너지의 여파. 빛과 충격, 열기가 객석을 덮쳤다. 안셈 오라버니가, 제일 앞줄에 있던 헌터들이, 여차할 때를 대비해서 대기하고 있던 운영 측 마도사들이 일어서서 그것을 억눌렀다.

흙먼지가 휘몰아쳤다. 번개는 이미 사라졌다.

하늘 위에 소용돌이치는 구름이 떠 있었다. 그리고 티노의 눈에 들어온 것은———.

"설마 나와 똑같은 마법을, 완전히 똑같은 타이밍에, 그것도 지팡이 없이 날리다니———."

만신창이가 되어서도 까맣게 그을린 투기장 한가운데에 서 있는 크라히 안드릿히와, 벽 쪽에 엎드린 채 쓰러진 가짜 마스터의 모습이었다. 크라히 안드릿히가 지팡이를 보며 진지한 표정으로 말했다.

"그 한순간에 내 오리지널 마법을 복제한 건가? 이 지팡이가 없었다면——— 내가 패배했을 거야. 마치 너는 나를 비추는 거울과도 같군. …………아니, 이런 말을 하면 실례가 되겠어."

아, 마스터어…… 역시 저는 전 재산을 잃게 되는 거군요.

티노의 제안에 따라 함께 전 재산을 걸어버린 크류스도 새파랗게 질려 있다. 하지만 이미 승부는 결판이 났다. 아무리 가짜 마스터라 해도 그 일격을 맞고 일어설 수 있을 것 같지는 않다. 애초에 가짜 마스터는 진짜 마스터와는 달리 번개 공격을 초월하지 못한 모양이다.

마스터가 출장했다면 분명히 이겼을 텐데…… 분하지만 가짜라고 밝힐 수도 없다. 대역을 내보냈다는 건 본인이 출장해서 패배한 것보다 더욱 불명예스러운 일일 것이다.

"심판. 그는 이제 일어설 수 없어. 공격을 상쇄시킨 것 같긴 하지만——— 몸의 형태를 유지하고 있는 것만으로도 대단한 거야. 크라이는 잘 싸웠어. 의사를 불러줘."

크라히가 잘 들리는 목소리로 소리쳤다. 그 목소리를 들은 심판이 그제야 생각났다는 듯이 움직이기 시작했다. 치료하기 위해 치유술사들이 엎드려 있던 가짜 마스터에게 달려갔다. 그리고———
티노는 눈치챘다. 눈치채버렸다.

입장하는 곳. 기둥 그늘 너머로 마스터어가 고개를 내밀고 있었다. 가짜는 쓰러진 채 치유술사들에게 둘러싸여 있다. 마스터어가 두 명, 어느 쪽이 진짜인지는 굳이 말할 필요도 없다.

진짜 마스터어는 신기하게도 수상쩍은 움직임을 보이며 주위를 둘러보고 있었다. 초조한 건지, 아니면 무언가를 찾고 있는 건지, 그것도 아니면 설마 진 게 뜻밖이었던 건가?

"아, 크라이잖아."

언니도 눈치챘는지 가벼운 말투로 말했다. 언니도 마스터의 싸움을 기대하고 있었을 텐데, 목소리에 어이없어하는 기색이 전혀 없었다. 하지만 티노는 그렇지 않았다.

마스터어…… 이번만큼은 확실하게 반성해 주세요. 언니에게 반죽음당하게 될지도 모르겠지만, 이번만큼은 말해야겠다. 티노는 정말로 마스터가 싸우는 모습을 보게 될 날을 기대하고 있었던 것이다.

하지만 이렇게 보니 진짜와 가짜의 차이는 일목요연했다. 생각해보면 가짜 마스터의 태도는 진짜 마스터에 비해 너무 시원스러웠다. 시원스러운 마스터가 싫은 건 아니지만, 눈치채지 못했던 나 자신이 한심하다.

이제부터 어떻게 해결할 셈일까? 지금 나온 걸 보니 다른 책략이 있는 건가? 이유도 없이 모습을 드러내지는 않았을 것이다. 이제 와서 다시 싸우려는 것도 아닐 테고———.

─────하늘에서 투기장 안으로 '그것'이 떨어진 것은 티노가 그런 생각을 한 순간이었다.

　　수많은 시선이 쏠린 와중에 그것은 마치 나뭇잎처럼 떨어져 크라히 뒤쪽 지면에 소리도 내지 않고 내려섰다.

　　치열한 싸움의 여운에 젖어 있던 관객석에 당황하는 느낌이 솟구쳤다.

　　그것은 인간이었다. 칠흑의 로브를 두른 키가 큰 남자. 그 얼굴은─────하얀 여우 가면으로 가려져 있었다.

　　크라히가 돌아보았다. 수상쩍은 침입자를 보고 눈을 동그랗게 뜨긴 했지만, 곧바로 다가가 말을 걸었다.

　　"넌 뭐지? 어디서 내려온 거야? 미안하지만, 다음 시합은─────."

　　"쓸데없는 말은…… 됐다. 이제, 아무런, 말도 할 필요는, 없다. 《천변만화》. 죽어, 줘야겠다."

　　너덜너덜해진 검은 옷을 두른 여우 가면의 남자가, 팔을 크게 들어 올렸다.

　　마치 이상한 꿈이라도 꾸고 있는 것 같은 기분이었다.

　　화장실 안에서 수십 분 동안 현실도피를 한 뒤 겨우 겁을 먹은 채 나온 내 눈앞에 있던 것은——— 투기장 한가운데에 서 있는 크라히와 여우 가면을 쓴 남자의 모습이었다.

게다가 투기장 구석에는 내가 쓰러져 있었다. 나도 지금 내가 무슨 말을 하는 건지 모르겠다.

"그렇구나………… 이건 그러니까……………… 그러니까…… 그~러~니~까~…………?"

그러니까………… 뭔데? 가정조차 떠오르지 않는데……. 이 광경은 완전히 수라장이다.

여우 가면을 쓴 남자가 오른손을 들었다. 검은 옷에 하얀 가면을 쓴 남자다. 쓰고 있는 가면은 내가 가지고 있던 것과 디자인이 똑같지만, 체격으로 봐서는 가프 씨가 아니다.

남자가 손을 아래쪽으로 휘둘렀다. 거의 동시에 소리가, 충격이 투기장 안을 가로질렀다.

그것은 마치 보이지 않는 폭탄이 폭발한 것 같았다. 물론 내가 반응할 수 있을 리가 없다.

이럴 때를 위해 항상 장비하고 다니는 세이프 링이 충격파와 소리를 완전히 막았다. 바로 근처——— 투기장에 펼쳐져 있던 결계가 덧없는 소리를 내며 깨졌다. 흙먼지가 솟구치고, 쓰러져 있던 또 하나의 내가, 그리고 그 또 하나의 나 근처에 모여있던 치유술사 몇 명이 세차게 하늘로 날아갔다. 흙먼지 때문에 아무것도 보이지 않는 와중에 크라히가 초조해하는 듯한 목소리가 들렸다.

"무, 무슨 짓을?! 갑자기——— 아직 네 시합 차례가 아닐 텐데!

그리고 이 힘은……!"

아무것도 보이지 않았다. 나는 언제나 아무것도 보지 못한다. 과거도, 미래도, 그리고 현실도. 앞이 제대로 안 보이는 와중에 폭발음이 연달아 울렸다. 그중 몇 개는 세이프 링의 공격 판정에 걸렸는지 결계에 막혔다. 큰일이다. 영문을 모르겠는데 죽을 것 같다. 하지만 어떻게 해야 될지 모르겠다. 자주 있는 일이었다.

우선 문 근처 기둥 뒤에 살짝 숨어서 크게 심호흡을 했다.

냉정해져라, 냉정해져야 한다, 크라이 안드리히. 지금은 내 시합 차례일 텐데.

하나하나 상황을 해결하다 보면 광명이——— 우선……………
그래, 엎드려 빌자!

"크윽…… 냉정해, 져, 라. '호뢰천아'!"

하늘에서 매우 두꺼운 번개가 떨어졌다. 근처에 안셈이 없었기 때문에 마치 당연하다는 듯이 내게 떨어졌고, 세이프 링에 막혔다. 내가 숨어 있던 문이 휘말려서 반쯤 무너졌으며 주위 관객석에서 비명이 들렸다.

"조준이, 빗나——— 크으윽."

"얼마나 대단한, 실력자인가, 싶었더니, 겨우 그 정도, 힘으로, 웃기지 마라! 얕보지 마라!"

파열음이 간헐적으로 울렸다. 멀리서 보고 있던 내게는 흙먼지가 소용돌이치고 있는 것처럼 보였다.

하늘이 비명을 질렀다. 크라히가 고통을 견뎌내는 듯한 목소리가 들렸다.

"크으———— 나는, 지지 않아!"

규모가 큰 마법을 사용할 생각이다. 그것도 번개 마법. 상황은 잘 모르겠지만, 나는 반사적으로 소리쳤다.

"크라히, 제대로 노리는 거야!"

"윽?! 하아아아아아아아아아아아아아아아아아아아아아아아아아아아아앗! '하늘의 번개'!!!"

하늘이 빛으로 가득 찼다. 번개가, 소리가, 충격이 투기장을 가득 메웠다. 분명히 위험한 마법이다.

제대로 노리라는 건 상대를 맞추라기보단 내게는 맞추지 말라는 의미였는데———.

번개가 내 온몸에 쏟아져 내렸다. 공격은 전부 세이프 링이 막아주지만, 아마 사슬 보구를 가지고 있어서 유도되는 것 같다. 안셈 같은 피뢰침이 없으면 나는 번개에 무력하다.

그런데 저 여우 가면…… 대체 정체가 뭐지……?

마지막 오기 같은 공격이 내게 닿은 뒤 번개는 멈췄다. 크라히가 깜짝 놀라는 소리가 들렸다.

"말도 안 돼. 손맛이 느껴졌는데. 그 정도 번개를 맞고도——— 멀쩡하다고?!"

"소용없다, 네놈이 하늘(天)이라면——— 내 힘은 공(空). 내 분노를 산 것을 후회하며 죽어라!"

그때, 나는 눈을 크게 떴다. 모든 퍼즐 조각이 딱 맞춰진 것 같은 기분이 들었다.

혹시…… 아니, 틀림없어! 저 사람…… 여우 가면 동호회(가칭)

의 높은 사람 아닌가? 일부러 그런 건 아니지만, 내가 높은 사람 행세를 하며 이것저것 지시를 내려서 화난 것 아닐까?

어째서 크라히에게 화풀이를 하고 있는 건지는 모르겠지만, 나와 별명이나 이름이 많이 비슷하니까 뭔가 잘못 전달되었을 가능성이 크다. 정보 전달이 제대로 되지 않은 경우를 자주 겪은 나는 알 수 있다.

정말, 소라 이 녀석. 그러니까 얼른 오해를 풀고 사과하라고 했는데——— 이러니까 혼나는 데 익숙하지 않은 녀석은 안 된다고. 뭐, 무제제 투기장까지 쳐들어온 저 사람도 나름대로 좀 이상하지만…… 혹시 여우 가면 동호회에는 이상한 사람들밖에 없나? 최소한 다른 사람에게 폐를 끼치면 안 되잖아.

이렇게 된 이상 내가 성심성의껏 사과할 수밖에 없다. 문제는 이 전장에서 어떻게 오해를 풀 것인가다.

비명과 포효, 충격과 번개. 대지가 흔들리고, 아마 예상치 못한 난투일 텐데도 아무도 끼어들지 않고 있다. 여파만으로도 나 같은 건 쉽사리 날아가 버릴 것이다. 세이프 링도 버티지 못할 가능성이 크다.

하지만 크라히에게 전부 떠넘기는 건 아무리 그래도 마음이 아프다. 하지도 않은 짓 때문에 혼나는 괴로움은 내가 가장 잘 알고 있다. 이럴 때는…… 그거다. ……어떻게 하면 되지?

"…………이제 와서 와봤자, 이미 늦었어."

누군가가 내 발치를 쿡쿡 찌르길래 아래쪽을 보았다. 언제 나타난 건지 여동생 여우가 나를 빤히 보고 있었다.

하얀 옷은 이곳저곳에 흙이 묻었고 너덜너덜해졌지만, 딱히 다친 곳은 없는 것 같았다.

갑작스러운 상황을 따라잡지 못해 침묵한 나를 보고 여동생 여우가 몸을 움찔거리고 있다가 작은 목소리로 말했다.

"내가, 위기감 씨로 둔갑했어."

"…………!!"

그렇구나, 쓰러져 있던 나는 이 아이가 변신한 모습이었던 모양이다. 눈앞에서 그 힘을 한 번 본 적이 있으니 바로 눈치챘어야 했다. 그런데 왜 그런 짓을………….

너무 이해가 느린 나를 보고 여동생 여우가 다시 초조하게 말했다.

"………………위기감 씨로 둔갑해서, 졌어. 이제, 명예, 실추."

"뭐……라고……?"

가면을 쓰고 있기도 해서 여동생 여우의 표정은 매우 알아보기 힘들다. 하지만 엉덩이에 달린 꼬리의 움직임이 모든 것을 말해 주고 있다. 이 아이——— 혹시 엄청나게 착한 아이 아닌가?

"고, 고마워? 덕분에 살았네?"

"?!"

여동생 여우의 볼이 움찔거리며 경련했고, 마치 무언가의 반동인 것처럼 머리 위쪽에 귀가 쏘옥 돋아났다.

설마 무제제에 나가고 싶지 않다는 내 마음을 알아차리고 대신 출장해준 데다 져서 명예까지 떨어뜨려 줬다고? 더할 나위 없는 활약이잖아. 그냥 유부를 먹기만 하는 생물인 줄 알았는데, 설마 하던 파인 플레이다. (소라가) 열심히 노력해서 유부를 잔뜩 먹여 준 보람이 있네.

"이럴, 수가……."

믿기지 않는다는 듯한 표정으로 한 발짝 뒤로 물러난 여동생 여우를 마구 칭찬해 주었다.

"아니, 아니. 정말이야, 정말. 무제제는 어떻게 해야 하나 싶었거든. 져줬다면 이제 출장하지 않아도 되니까 짊어지고 있었던 짐을 내려놓은 듯한 기분이야."

명예 실추에 대해서는 굳이 말할 필요도 없다. 이제 저 착각 여우 가면 녀석에게 사과하고 용서받기만 하면 되겠네. 그것도 대신 해주면 안 되나?

반사적으로 손을 뻗어 여동생 여우의 귀를 만지려 하자 찰싹, 그녀가 내 손을 쳐냈다.

여동생 여우는 부들부들 떨고 있다가 싸늘한 목소리로 한마디 말을 꺼냈다.

"나, 위기감 씨, 싫어."

"……어?"

"위기감 씨는 위기감이 없어."

왠지 그거 말버릇이 된 거 같은데? 그건 이제 됐다고. 애초에 내게도 위기감 정도는 있는데.

"나는 이런 상황에 익숙할 뿐이야."

"……몸소, 깨달아라."

여동생 여우가 제자리에서 크게 회전했다. 다리에 꼬리가 부딪했다.

———그 순간, 시야가 뒤바뀌었다.

다리에 힘이 풀렸지만 넘어지기 직전에 버티고 섰다. 번개와 충격과 소리가 동시에 내 몸에 명중했다.

세이프 링이 발동된 것이 느껴졌다. 남은 것은 내가 잘못 센 게 아니라면 한 개. 그리고——— 눈앞, 수십 센티미터 정도에 여우 가면이 보였다.

"?!"

"?!"

잠시 심장이 멈추는 줄 알았다. 그런데 상대방도 마찬가지였던 모양이다.

여우 가면이 미끄러지듯이 뒤로 멀리 물러났다. 주위를 두리번 거리며 마음속으로 빠르게 상황을 파악했다. 보아하니 여동생 여우가 재주도 좋게 한가운데에 보내준 모양이었다. 쓸데없이 스펙이 좋다.

나는 우선 팔짱을 끼고는 하드보일드한 미소를 지었다.

"뭐야, 역시 착한 아이 맞네…….."

…………그래도 마음의 준비 정도는 하게 해주지.

눈이 휘둥그레지는 시합 이후로 이어진 뜻밖의 상황에 투기장

안은 소란스러워졌다.

상황을 파악하고 있는 사람은 거의 없었다. 무제제에서는 뜻밖의 상황이 자주 일어나곤 하며 앙심을 품은 사람이 출장자를 습격하는 경우도 가끔 있었지만, 투기장 안까지 침입한 경우는 전례가 없었다.

관객석 바깥쪽. 시합이 진행되는 곳에서 가장 멀리 떨어져 있고, 가장 높은 위치에 존재하는 귀빈석 중 한 곳에서 시합의 추이를 보고 있던 뮤리나의 아버지 라드릭 아트룸 제블디아가 탄식을 흘렸다.

"여우………… 나타났나. 설마 이렇게 많은 사람들 앞에 나타나다니——— 참으로 대담하군."

"설마 시합장에 쳐들어올 줄이야……."

《천변만화》가 밀릴 때는 약간 기뻐하던 프란츠가 진지한 표정으로 말했다.

하지만 뮤리나는 그런 걸 신경 쓸 겨를이 없었다.

어? 저 가면——— 《천변만화》도 쓰고 있었는데……? 어??

얼마 전처럼 힘든 훈련을 받은 것도 아닌데, 며칠 전처럼 치열한 전투에 참여한 것도 아닌데 식은땀이 멈추질 않았다.

아버지가 '아홉꼬리 그림자여우'라는 조직 때문에 골치 아파하고 있다는 사실은 알고 있었다. 하지만 그 이상은 모른다.

아니, 모르게끔 해왔다. 알아버리면 자신의 불운이 끌어들여버릴 것 같아서———.

그저 멍하니 시합을 보고 있던 뮤리나 옆에서 아버지와 프란츠 경이 이야기를 나누고 있었다.

"저 남자의 여우 가면—— 그 보물전에서 팬텀이 쓰고 있었던 것과 똑같군."

"역시 그 보물전과 인연이 있다는 소문은 진실이었던 것 같습니다."

최근에 해왔던 일들이 뮤리나의 머릿속에 되살아났다. 부자연스러울 정도로 힘든 훈련. 제도를 떠난 직후에 갑자기 【길 잃은 여관】에서 주운 여우 가면을 쓰기 시작한 《천변만화》. 접근해 온 다양한 여우 가면을 쓴 실력자 집단에 파견되어, 너구리 가면을 쓰고 《등화기사단》이나 《비탄의 망령》과 함께 뛰어넘었던 그 죽음의 문턱.

적과 아군 모두 여우 가면을 쓰고 있었다. 해방된 지금에서야 의문이 들었다.

그들은 대체 뭐였던 거지? 그리고 나는 대체—— 무엇과 싸웠던 거지?

싸우는 동안에는 눈치채지 못했다. 그럴 겨를이 없었다. 뮤리나는 갑자기 여우 가면들을 수백 명이나 지휘하는 역할을 떠맡게 되었다. 그저 '천 개의 시련'을 넘어서기 위해 필사적이었던 것이다.

애초에 '아홉꼬리 그림자여우'는 정체를 알 수 없는 무시무시한 비밀조직이라고 들었다. 그렇게 잔뜩 있을 리가 없다.

마음속에 수라장이 찾아온 뮤리나 옆에서 아버지와 프란츠가 진지하게 이야기를 나누고 있었다.

"그런데 저런 번개를 맞고도 멀쩡하다니—— 꽤 강한 실력자로군."

"뭔가 비결이 있을 겁니다."

분명 무시무시한 공격이었다. 번개 마법은 영웅의 마법이다. 습득하는 건 힘들지만, 그에 걸맞은 위력을 지니고 있다. 저 크라히라는 남자는 이름에 장난을 치긴 했어도 실력은 일류. 한참을 훈련받은 뮤리나가 전장에 선다 하더라도 1분도 버티지 못할 것이다. 그리고 그런 선수가 나오는 대회에 뮤리나를 내보내겠다고 하던 《천변만화》는 역시 머리의 나사가 여러 개 날아가 버린 것 같다.

또한, 그 공격을 맞고도 멀쩡한 여우 가면 역시 괴물이라 할 수 있었다. 옷이 약간 그을렸으나 보아하니 대미지를 입은 것 같지 않았다. 절대방어를 자랑한다는 《천변만화》조차 날려버린 공격을 아무렇지도 않게 받아내다니——— 아니, 잠깐만?!

갑작스럽게 떠오른 그 예상으로 인해 뮤리나의 얼굴이 저절로 굳었다.

'천 개의 시련'은 항상 아슬아슬한 한계를 노리는 것으로 유명하고? 《천변만화》는 원래 나를 무제제에 출장시키려고 했었고? 하지만 시트리가 한 이야기에 따르면 내 성장은 기대치에 못 미쳤고? 설마 그 여우 가면들을 지휘했던 건 원래 받을 시련이 아니었나? 《천변만화》는 대체 나와 뭘 싸우게 하려 했던 거지?!

설마, 중간에 궤도를 수정한 건가? 궤도를 수정한 게 그거야?

"그, 그러나, 《천변만화》도 멀쩡한 것 같습니다만———."

프란츠가 반론을 제기했다. 그의 말대로 《천변만화》는 오싹하기까지 하던 금빛 창을 맞고 한 번 쓰러졌었지만, 지금은 멀쩡하게 여우 가면 앞에 서 있다.

그렇게나 힘든 훈련을 받았음에도 그의 실력을 보는 건 처음이다. 잠시 크라히 안드릿히에게 패배했다고 생각했는데 설마…… 크라히와 싸우게 할 생각이었지만 안 될 것 같아서 궤도를 수정한 건가? 어디까지가 원래 작전이고 어디부터가 차선책이지? 어디까지 예상한 거지?

뮤리나는 어느샌가 앞으로 나서서 전장을 빤히 내려다보고 있었다.

"뮤리나 님, 너무 앞으로 나가시면 위험합니다."

"괜찮습니다, 프란츠 경. 저는 이 결과를 봐야만 합니다."

뮤리나가 거의 반사적으로 대답하자 프란츠 경이 잠시 눈을 크게 뜨고는 공손히 말했다.

"……! 알겠습니다. 반드시 제가 옥체를 지켜드리겠습니다."

전장에서는 능력을 알 수 없는 데다 인간을 초월한 실력자 두 명이 마주 보고 있었다.

크라히에게는 곧바로 공격을 가했던 여우 가면은 지금, 경계하는 듯이 크라이를 보고 있다.

"절대방어 VS 초회복이라는 건가."

여우 가면의 공격은 눈에 보이지 않았다. 번개도 아니며, 불꽃도 아니다. 흙먼지가 피어오르고 있기 때문에 힘의 일부가 보이긴 했지만, 아무것도 없었다면 공격을 알아차리지도 못했을 것이다.

크라히는 크라이 뒤쪽에 쓰러져 있었다. 지팡이는 아직 쥐고 있으나 팔다리가 엉뚱한 방향으로 휘어져 있다. 크라히는 함께 그 전투를 헤쳐나온 전우이기도 하다. 어떻게든 살아남았으면 하는데————.

그때, 경비 중 한 사람으로부터 보고를 받은 프란츠가 말했다.

"폐하, 경비병들의 출동을 요청했습니다만, 역시———— 지금 당장 병사들을 모으는 건 힘들다고 합니다."

"크리트 녀석들. 내보내는 걸 꺼리는군. 미리 경고했을 텐데!"

"데리고 온 병사들을 투기장 곳곳에 배치하였습니다. 절대로 놓치진 않을 것입니다."

"…………좋다. 하늘로 날아가면 어떻게 해볼 수도 없지만."

프란츠의 표정도 약간 분한 것 같았다. 아마 어젯밤에 싸웠던 상대들은 잔챙이였겠지만, 여우 가면의 실력은 뮤리나도 실제로 체험한 바 있다. 제블디아의 병사들은 정예이나 수적 우위도 상대방에게 있다.

승부는 아마 이런 상황을 완전히 고의로 일으켰을 《천변만화》에게 달렸다.

"출장자들에게도 협력을 요청했습니다. 얼마나 움직일지는 모르겠습니다만……."

"……괜찮습니다. 아마 이런 것까지 전부 《천변만화》의 책략대로일 테니까요."

"?! 그, 그게 무슨 말씀이십니까, 뮤리나 님!"

"보시면 알게 될 겁니다. 제 예상이 옳다면 그는 조금…………과격한 분인 것 같네요."

그런데, 아무리 그래도 시련을 내려주는 쪽에 너무 온 힘을 다하는 것 아닌가?

수많은 시선이 쏠린 와중에 여우 가면이 묵직한 목소리로 말했다.

"그렇군…… 부자연스럽다고는, 생각, 했지. 선전포고 때, 이미지와는, 달랐, 고. 네가, '진짜', 인가. 하지만, 수고가, 약간, 늘었을, 뿐이다."

《천변만화》는 아무런 말도 하지 않았다. 그저 씨익, 미소지을 뿐이었다.

자세를 취하지도 않고, 여우 가면을 똑바로 바라보는 그 태도는 여우 가면과는 다른 방식으로 불손하다. 그리고 잠시 침묵한 뒤, 《천변만화》가 처음으로 입을 열었다.

"우선——— 사과하도록 하지. 설마 이렇게 될 줄은 몰랐거든."

눈으로는 여우 가면을 보고 있었지만, 그 말은 아마 크라히에게 한 말일 것이다.

그리고 그 말은 뮤리나의 추측이 정답이라는 사실을 나타내고 있었다.

여우 가면이 경계하듯이 한 발짝 뒤로 물러나 조용히 입을 열었다. 그 목소리에는 분명히 증오가 담겨져 있었다.

"한 명이든, 두 명이든, 마찬가지다. 거역한 것을, 후회하며, 죽어라."

"……너무 그렇게 화내지 말라고. 나도 잘못했어. 장난이 좀 지나치긴 했지. 그래도 일단 말하자면——— 그쪽 조직 체제에도 문제가 있었던 것 같거든?"

"?! 뭐……라……고……?!"

그때, 하늘이 번쩍였다.

좀 전에 전장을 꿰뚫었던 것과는 비교도 안 될 정도로 거대하고 혼이 담긴 번개가 여우 가면―――이 아니라 《천변만화》를 꿰뚫었다. 뜻밖의 광경에 깜짝 놀랐다. 프란츠도 눈을 크게 뜨고 있었다.

여우 가면이 뒤쪽으로 물러났다. 하지만 《천변만화》는 신의 심판과도 같은 그 번개를 맞고도 멀쩡했다.

높게 들어 올리고 있었던 크라히의 팔에서 힘이 빠졌다. 《천변만화》는 마치 아무 일도 없었다는 듯이 말했다.

"사과할 테니까…… 용서해주면 안 될까?"

"그렇, 구나…… 가짜와는, 분명히, 다른 것 같군. 하나―――이걸 보고도, 그렇게 태연할 수 있을까?!"

여우 가면을 쓴 남자가 허리에서 검 한 자루를 뽑아 들었다. 그 형태를 보고 옆에서 굳어 있던 프란츠가 떨리는 목소리로 말했다.

"말도 안 돼…… 대지의 열쇠?! 저건―――《천변만화》가 가지고 있었을 텐데."

"윽! 프란츠, 마도사에게 방어 마법을 준비시켜라!"

저 보구는―――《천검》이 장난감처럼 휘두르던 거 아닌가? 그런 말은 입이 찢어져도 할 수가 없다.

위험도가 매우 높은 보구인 건지, 아버지가 일어서서 지시를 내렸다.

"저것의 능력이 문헌에 나온 것과 같다면 피난해봤자 소용없다! 반드시 억눌러라! 대륙이 멸망한다!"

뮤리나는─── 너무나도 무력하다. 그렇게 훈련했는데도 할 수 있는 게 아무것도 없다. 분한 마음에 주먹을 쥔 순간, 투기장 경비를 맡으러 나가 있던 근위대 중 한 명이 숨을 헐떡이며 귀빈실로 뛰어들어 왔다.

"단장님, 습격입니다! 여우 가면을 쓴 자들이─── 뮤리나 전하를!"

"뭐라고?! ⋯⋯⋯⋯?"

프란츠가 보고를 받고 곧바로 뮤리나를 보았다. 뮤리나도 눈을 깜빡였다.

그리고 근위대는 크게 심호흡을 하고는 정확하게 보고했다.

"⋯⋯그게, ⋯⋯⋯⋯⋯⋯가짜 뮤리나 전하와 교전 중입니다."

제블디아 제국은 대국이다. 그리고 그 정점에 서 있는 황실은 대대로 뛰어난 인재를 배출해 왔다.

오랫동안 제국을 번영으로 이끌어온 황족은 국민들에게도 절대적인 인기를 모으고 있으며 강한 황제는 백성들의 자랑거리다. 하지만 그렇게 강인한 제블디아 황실의 유일한 약점이 바로 뮤리나 황녀였다.

제블디아에는 황자도 있긴 하지만, 뮤리나 황녀는 황실에서 눈에 띄게 이질적이었다.

마음이 여리고, 공식 석상에 나오는 경우가 별로 없고, 다른 사람과의 접촉도 최소한으로만. 황족에게 필수라는 무술 실력도 평범 이하이며, 다른 형제자매들과 비교해도 여전히 아무런 재능을 보이지 못하고 있다. 게다가 당대 황제는 뮤리나 황녀를 각별하게 신경 써주고 있다. 항상 호위로 근위대의 실력자들을 붙여주고, 회담에도 데리고 간다. 제블디아에서 약한 것은 죄다. 하지만 제블디아 황제에게 그 황녀는 특별했다.

───그러니 그 황녀가 '여우'의 표적이 된 것도 당연한 일이었을 것이다.

트레저 헌터의 황금시대에 힘입어 견고한 나라로 발전한 제국을 무너뜨리는 건 힘들다.

황제 라드릭은 영웅이다. 항상 최고급 경비를 받고 있으며 본인도 실력 있는 무인이기에 암살하는 건 쉬운 일이 아니고, 큰 희생을 치르며 황제를 암살하는 데 성공했다 하더라도 제블디아에는 그 피를 이어받은 뛰어난 황자도 있다. 훌륭한 지도자를 잃은 민중의 분노는 황자 밑에 모여 약해진 여우에게 향할 것이다.

그렇기 때문에 황녀를 암살하려는 것이었다. 황제가 보호해주고 있는 황녀를 암살하는 데 성공하면 민중의 감정은 황제에게 쏠릴 것이다. '여우'의 힘을 과시할 수도 있고, 견고한 제블디아에 작은 금이 가게끔 할 수도 있다.

습격 타이밍은 황녀가 받는 경호가 가장 허술해지는 순간───

보스가 행동을 개시한 순간이다.

무제제 경비는 허술하다. 제블디아가 데리고 온 호위도 소수다. 원래 습격할 때는 출장자들이 매우 큰 걸림돌이 되겠지만, 그들의 주의도 전부 투기장에 나타난 보스에게 쏠릴 것이다.

최소의 힘으로 최고의 결과를 노린다——— 그럴 예정이었다.

"말도 안 돼…….."

"키르키르……?"

단숨에 거리를 좁혀 날린 연속 단검 공격을 황녀 전하가 신기하다는 표정으로 쳐냈다. 그 하얀 손이 쥐고 있는 것은 처음 기습 때 쓰러뜨린 황녀의 호위가 들고 있던 검이다.

생각해보니 위화감이 있긴 했다. 근위대의 숫자나 질이 요인을 경호하고 있다고는 보기 어려울 정도로 허술했다.

"허억, 허억…… 황녀가 이 정도의 실력을 지니고 있었다니, 이런 말은 못 들었다고……."

"《천변만화》가 지도했다던데——— 호위가 적은 것도 이것 때문인가."

호위는 쓰러뜨렸다. 이제 황녀를 죽이기만 하면 되는데——— 이쪽은 세 명이나 있는데도 황녀를 쓰러뜨릴 수가 없다.

일격을 막아냈을 뿐인데 손이 저린다. 가녀린 팔에서 끌어낸 것이라고는 상상도 안 될 정도로 무시무시하게 강한 그 완력은 틀림없이 마나 머티리얼을 힘에 투자한 자의 완력이다. 우선순위를 잘못 판단했다. 처음 기습 때 호위가 아니라 황녀를 처리했어야 했다. 시간을 주는 게 아니었다. 후회가 되었지만, 이미 늦었다.

원래는 피할 수 있는 사태였다. 가프가 빠짐으로써 정보가 부족해진 것이다.

"황녀 한 명도 못 죽였다는 보고를 보스에게 할 순 없지."

"윽!"

동료와 좌우에서 동시에 공격을 가했다. 좌우에서 날아든 연속 공격을 보고 황녀는 가볍게 회전했다.

일반인이었다면 다리가 뭉개질 듯한 기세였지만, 그 모습은 마치 춤이라도 추는 듯이 가벼웠다. 온 힘을 다해 날린 일격이 회전하는 칼날에 쉽사리 튕겨 나갔다. 원래 전장에서 회전하는 것은 빈틈만 내보이는 행동일 것이다. 하지만 황녀가 매우 적당하게 날린 것처럼 보인 참격은 여우 일행의 공격을 완전히 포착하고 있었다.

"키르키르키르."

무시무시한 동체시력. 강인한 근육과 몸놀림. 보호받는 자의 움직임이 아니다. 애초에 그 일격에는 초보의 공격에 반드시 담겨 있어야 하는 망설임이 전혀 없었고, 맑은 눈동자에는 싸움에 대한 공포가 없었다.

빈틈을 보이면——— 살해당한다. 마음이 여리고 아무런 재능도 발휘하지 못한다던 이야기는 대체 뭐였던 거지?

공격을 튕겨낸 황녀가 몸을 낮추고 기세를 살려 파고들었다. 그 눈동자에 한순간 살의가 스쳐 갔다.

"키르키르으?"

"윽…… 흐읍……!"

칼날을 칼날로 받아내며 겨우 흘렸다. 날카로운 금속음이 연달아 울렸다. 일격, 일격이 묵직하다. 게다가 받고 있는 충격이 점점 강해지고 있다. 설마, 아직 실력을 다 보인 게 아니었던 건가?

사각에서 날린 공격도 마치 등에 눈이 달린 건가 싶을 정도로 가볍게 대처해냈다. 인간이 아니다. 그때 뒤쪽으로 물러나 있었던 동료가 손가락을 튕겼다. ───신호다.

공격을 쳐내고 옆으로 피하며 거리를 벌렸다. 황녀가 눈을 동그랗게 떴고─── 까만 불꽃에 휩싸였다.

황녀가 비명도 지르지 못하고 횃불처럼 타올랐다. 동료가 공격 마법을 날린 것이다.

"허억, 허억…… 제블디아…… 겨우 황녀 한 명이 이 정도의 힘을 지니고, 있다니───."

"그래도 임무는 달성했다. 곧바로 철수를───."

그렇게 말하려던 순간이었다. 타오르던 황녀가 크게 비틀거리다가 동료 중 한 명을 덮쳐서 쓰러뜨렸다.

"키르으!!!"

"?! 말도 안 돼─── 상급 마법인데?! 있을 수 없는 일이다!"

"키르키르키르키르키르키르키르키르───."

황녀는 곧바로 동료 위에 올라타 그의 머리를 몇 번 두들겨 패고는 용수철처럼 솟구쳤다.

그것은 마치 악몽과도 같은 광경이었다. 살이 타는 악취. 온몸이 불꽃에 휩싸인 채 황녀가 덤벼든다. 이미 검은 쥐고 있지 않았다.

검은 불꽃 속에서 눈이 번득이며 빛나고 있었다.

"인간이…… 아니야……."

재능이 없다는 소문은 허위 정보였나?! 제블디아는━━ 이걸 숨기고 있었던 건가!

"철수, 철수다!"

얻어맞은 동료는━━ 이제 틀렸다. 데리고 갈 여유가 없다. 온 힘을 다해 뒤쪽으로 뛰어가기 시작했다.

"키르키……르, ……기르기르기르기르기르기르기르기르…… 키, 르……."

어떻게 아직 움직일 수 있는 걸까. ━━━불꽃에 휩싸인 무언가가 포효하며 쫓아왔다.

이번만큼은 어떻게 해볼 수가 없을지도 모르겠다.

위험한 투기장 한가운데에서 나는 사과해야 한다는 의무감만으로 서 있었다.

남은 세이프 링━━ 0개. 뒤에서 번개를 떨어뜨려 마지막 세이프 링을 쓰게 만든 크라히는 완전히 기절한 모양이다. 나한테 무슨 원한이라도 있나?

하지만 아직 멀었다. 아직 나는 사과를 하지 않았다. 이제 세이프 링은 없지만, 나는 싸우러 온 게 아니다.

나는——— 엎드려 빌러 왔다! 성심성의껏 사과하러 온 것이다!

내가 한심하게 엎드려 비는 모습을 보고도 공격하려던 사람은 거의 없——— 아니, 꽤 있었지…….

하지만 도망쳐봤자 어차피 소용이 없다. 뒤에서 공격당한 것만 놓고 보면 나보다 더 많이 당한 사람은 없을 것이다.

아직 엎드려 빌지는 않았지만, 온몸으로 사과하려는 자세를 보이고 있던 내게 여우 가면 동호회 회장(가칭)이 떨리는 목소리로 말했다.

"그렇, 구나…… 가짜와는, 분명히, 다른 것 같군. 하나——— 이걸 보고도, 그렇게 태연할 수 있을까?!"

여우 가면이 허리에서 검 한 자루를 뽑아 들었다. 회장이 한 행동은 그것뿐이었다.

그 순간——— 공기가 소용돌이쳤다. 강한 바람과 흙먼지가 갑자기 생겨나 나도 모르게 눈가를 가리며 물러섰다.

회장은 검을 역수로 쥔 채 정면으로 내밀었다. 눈에 보이는 것은 칼날에 새겨진 낯익은 기하학적 무늬.

제블디아가 두려워하던 비보———『대지의 열쇠』다.

"이 나라는, 멸망할 것이다. 그 누구도 쓰지 못할 거라 단정 짓다니, 어리석기 짝이 없군."

정신을 차리고 보니 검이 만들어낸 모래 소용돌이 중심에 나와 회장만 서 있었다. 모래, 바람, 힘으로 인해 바깥의 소리와 경치가 완전히 차단되어 마치 이세계에 갇혀버린 것 같았다.

하지만 나는 알 수 있었다. 나는 지금까지 다양한 보구를 가지고 놀았다. 그중에는 검 형태의 보구도 있다.

눈앞에 있는 회장은 아직――― 대지의 열쇠가 지닌 힘을 1퍼센트도 쓰지 않았다.

"보아하니, 어느 정도는 알고 있는 것 같군. 그렇다, 나는 아직이 열쇠의 힘을――― 발동시키지 않았다."

아무도 충전시키지 못한다는 이야기는 대체 뭐였지? 아니, 어째서 아무도 구해주러 오지 않는 거야?

"과거에, 이 보구는, 수많은 문명을 파괴했다. 힘의 일부를 해방하기만 해도, 이 자그마한 도시를 멸망시키는 것 따윈 손쉬운 일이다!"

……할 수 있을지 어떨지는 제쳐두고, 이 도시가 무슨 짓을 했다고 그러는 거야? 소라가 실수를 하긴 했지. 실수로 나를 보스로 착각하고 이런저런 일을 해버렸어. 뭐, 헷갈리는 짓을 해버린 내 책임도 좀 있을지 모르겠지만, 그래도 이 도시와는 상관이 없을 텐데.

"무익한 짓은 하지 마! 잘못했어, 내가 잘못했다고. 사과할 테니까 화해하자. 악의는 없었다고! 미안해――― 아니, 죄송합니다!"

"윽――― 계속, 그렇게―――."

고개를 숙였지만, 회장은 여전히 화를 내고 있었다. 사과로는 안 되겠구나.

그렇다면 나도 다른 방법을 쓸 수밖에. 회장이 어디서 대지의 열쇠를 손에 넣은 건지는 모르겠지만, 나도 똑같은 물건을 가지고 있다. 협박하려는 건 아니다. 그래도 상대방이 지닌 파괴 충동이 강력한 보구에서 나오고 있는 거라면, 똑같은 물건을 보여주면 반응이 좀 달라질 터———.

허리에서 대지의 열쇠를 뽑아 눈앞에 내밀었다. 회장의 움직임이 딱 멈추었다.

"신기한 우연이네. 나도 똑같은 보구를 가지고 있거든. 물론, 충전도 해두었고."

회장의 변화는 척 보기에도 알 수 있었다. 팔다리가, 어깨가, 떨리고 있었다. 그가 깜짝 놀라며 중얼거렸다.

"뭐라고…… 있을 수, 없는 일이다. 어째서——— 네놈이———."

있을 수 없고 뭐고, 실제로 있다니까. 이건 현실이다. 같은 보구가 두 개 나타나는 건 자주 있는 일이다. 매우 강력한 보구라면 확률이 매우 내려가긴 하겠지만, 그래도 0은 아니다.

보아하니 내 선택은 신기하게도 잘 풀린 모양이었다. 하지만 나도 완전히 아무렇지도 않은 건 아니다.

세이프 링이 하나도 남지 않았다는 스트레스 때문인지 허락만 해준다면 당장에라도 주저앉고 싶은 기분이었다.

이제 됐잖아. 같은 보구를 가지고 있었던 인연으로 용서해줬으면 좋겠는데. 나는 싸우러 온 게 아니니까.

회장이 내 열쇠와 자기 대지의 열쇠를 번갈아 가며 보고 있었다. 그렇게 확인해봤자 다른 부분은 없는데.

이름도 똑같은 것 같으니 같은 보구라고. 틀림없어. 아니, 박물관에 있는 것하고 합치면 이 보구는 세 개나 있는 건가……? 신기하네. 그런 생각을 하고 있자니 회장이 떨리는 목소리로 중얼거렸다.

"이, 건———?"

그때였다. 회장이 들고 있던 대지의 열쇠가 사라졌다.

결코 눈을 돌리진 않았다. 그와 동시에 고소한 냄새가 풍겼다.

뭔가 최근에 잔뜩 맡은 듯한 냄새다. 회장이 손을 폈다. 네모난 황금색 물체가 땅바닥에 떨어졌다.

확인해보고, 눈살을 찌푸리고, 눈을 의심하고, 내 머리를 의심했다. 그것은——— 유부였다.

연갈색으로 잘 익어 맛있을 것 같은 유부. 회장이 멍하니 유부를 내려다보고 있었다.

이 상황은 뭐지? 대체 뭔데? 나는 어떻게 해야 하지? 어떻게 위로를 해줘야 하지?

"저, 저기…… 뭔가 맛있어 보이는 음식을 떨어뜨린 것 같은데?"

"…………."

"아, 아니, 분명히——— 원래 그런 보구일 거야. 당신은 잘못한 게 없어. 분명히 대지의 열쇠는 유부가 되는 보구일 거야! 이 열쇠도 분명히 유부가 될 거야!"

"크윽———."

회장이 짤막하게 신음하며 천천히 고개를 들었다.

———가면을 쓰고 있긴 했지만, 회장은 내가 지금까지 봐온 사람들 중에서 가장 무시무시한 표정을 짓고 있었다.

목덜미가 오싹해져서 몸이 거의 반사적으로 엎드려 비는 자세를 취했다.

나는 무능하다. 지금까지 이런저런 실수를 엎드려 빌면서 무마해 왔다. 순발력도 거의 없다시피 하지만, 엎드려 비는 실력만큼은 단련되었다. 무릎을 꿇고, 두 손을 앞으로 내밀고, 허리를 숙이고, 땅바닥에 엎드린다. 수십 번, 수백 번 되풀이했고, 가끔은 연습하기도 했다.

원래는 이 세상에서 가장 아름다운 엎드려 빌기가 나올 예정이었다. 그런데 중간에——— 무릎에 힘이 풀렸다.

"앗———."

"?!"

넘어질 뻔하면서 다가오는 땅바닥을 보고 눈을 꽉 감고는 재빨리 두 손을 앞으로 뻗었다.

하지만 나는 오른손으로 대지의 열쇠를 쥐고 있었다.

『대지의 열쇠』가 지면으로 빨려 들어갔다. 그리고——— 충격이 사방으로 마구 휘몰아쳤다.

그때, 불꽃의 마도사,《심연화멸》로제마리 퓨로포스는 분명히 비탄에 잠긴 대지를 느꼈다.

마도사란 눈에 보이지 않는 힘을 다루는 존재다. 로제마리 정도의 실력자가 아니라 하더라도 조금이나마 마도의 적성을 지닌 자라면 그 힘이 드러난 것을 느꼈을 게 틀림없다. 그것은 그 정도

로 거대한 힘이었다.

도저히 사람의 손으로는 다룰 수 없는 힘. 레벨8 마도사조차 상대가 되지 않는다.

"칫…… 저것이 이야기로만 들었던 재앙을 불러오는 보구인가? 골치 아프군."

관객석에서 다리를 꼬고 시합을 지켜보던 로제마리는 지팡이를 들고 일어섰다.

여우 가면이 했던 말은 농담 같은 게 아니다. 저 보구는――세계를 부술 수 있을 정도로 지극히 강력한 물건이다. 그리고 관객 중에서도 실력이 뛰어난 마도사들은 로제마리와 마찬가지로 그 말이 진실이라는 사실을 눈치채고 있었다.

보이지 않는 힘이 대지를 뚫자 지면이 흔들렸다. 건물이 마구 흔들리자 일반인이 비명을 질렀다.

이것은 지진이 아니다. 그저 '전조'에 불과하다. 흙먼지 때문에 투기장 안이 보이지 않았지만, 결과는 명백했다.

애송이………… 실수했구나. 책사가 책략에 빠진다는 게 이런 건가? 저 남자도 결국 사람이긴 했던 모양이다.

오랫동안 쌓인 경험을 통해 로제마리는 투기장 안에서 부풀어 오르고 있는 그 힘이 지극히 순도가 높은 무색투명한 에너지라는 사실을 알 수 있었다. 그것은 여우 가면을 쓴 남자가 크라히에게 일방적으로 날려댄 마술과 같은 계통의 힘이다. 아마 여우 가면을 쓴 남자가 저 보구를 선택한 이유와 관계가 있겠지.

크라히가 보구 지팡이로 부스트를 건 것처럼, 그에게 적성이 뛰어난 보구가 저것이었던 거다.

"결계는 버티지 못할 것 같군. 허용범위를 완전히 넘어섰어."

"젠장, 흙먼지가 걸리적거리는데. 어떻게 된 거야?!"

옆에서 거크가 몸을 앞으로 내밀며 투기장을 노려보고 있었다. 그때, 다시 날아든 충격이 흙먼지를 날려버렸다.

시야가 트였다. 그곳에 나타난 것은——— 지면에 박힌 한 자루의 검에 달라붙어 있는 두 사람의 모습이었다.

한 사람은 굳이 말하지 않아도 알 수 있는 《천변만화》. 다른 한 사람은——— 여우 가면을 쓴 남자.

파괴의 파동이 투기장을 크게 뒤흔들었다. 기둥과 바닥에 점점 금이 생겨났다.

———하지만 그 에너지는 로제마리가 처음에 느꼈던 것에 비해 분명히 줄어들어 있었다.

그 사실이 나타내는 것은——— 단 하나.

이것이 '신호'다. 로제마리는 일어서서 혼란에 휩싸인 관객들을 꾸짖었다.

"진정해라! 《천변만화》가 억누르고 있다. 아직 늦지 않았어! 상쇄시켜라!"

저 보구는 무시무시한 위력을 지니고 있다. 만약에 제대로 해방된다면 크리트는 물론이고 멀리 떨어져 있는 제블디아까지 모조리 파괴될 것이다. 그것은 파괴라기보다는 파멸이다.

저 보구의 힘은 분명히 거대하다. 레벨8조차 막아낼 수 없는 규모다. 하지만 아직 늦지 않았다.

지금 여기서 진행되고 있는 행사가 무제제이기 때문이다. 여기에는 실력이 좋은 마도사가 수백 명은 있다. 파괴를 완전히 막는 것은 불가능하더라도 경감시키는 건 가능하다. 아니── 실제로 지금 《천변만화》가 그렇게 하고 있다.

로제마리가 한 말의 의도를 파악한 자들이 곧바로 땅바닥에 손을 대고 땅속으로 퍼져가고 있는 파괴의 힘을 상쇄시켰다. 출력이 이 정도로 강하니 아마 보구의 효과도 오래가진 못할 것이다.

"나는 녀석들을 피난시키지."

"그래, 이건 마도사가 맡을 일이다. 정말, 노인을 부려먹다니── 애송이 녀석."

거크가 피난 유도를 하기 위해 뛰어가기 시작했다. 지키는 건 성미에 안 맞지만, 그런 말을 하고 있을 때가 아니다. 《심연화멸》은 한숨을 크게 쉬고는 오랜만에 모든 마력을 해방했다.

"《심연화멸》을 따르라! 어떻게 해서든 파괴를 억눌러라! 내 호위 따위는 필요 없다. 가라!"

라드릭의 목소리를 듣고 근위대가 뛰어가기 시작했다.

상황은 생각할 수 있는 것 중 최악에 가까웠다. 『대지의 열쇠』는 에너지 병기다. 발동 지점을 중심으로 지맥의 에너지를 빨아들이고 넓게 부풀어 오른 뒤 광범위한 지역에 파괴를 가져다준다.

사용 방법은 알 수가 없었지만, 상황을 보아하니 충전시키는 건 힘들어도 발동은 매우 간단한 모양이었다.

일어서서 울타리를 붙잡고 몸을 앞으로 내밀며 투기장 안을 노려보았다.

《천변만화》와 '여우'가 달라붙어 있는 대지의 열쇠는 눈부시게 빛나고 있었다.

대국의 황제는 항상 냉정할 필요가 있다. 지금까지 라드릭은 언제나 감정에 휩쓸리지 않고 황제로서 행동하는 것을 신경 써 왔지만, 지금 라드릭은 부글부글 끓는 듯한 뜨거운 무언가가 자신의 머리로 치솟는 것을 태어나서 처음으로 느끼고 있었다.

"윽············ 이, 놈······ 여우 녀석. 설마, 이런 짓까지 할 줄이야———."

아슬아슬하게 남아 있는 이성이 속삭이고 있었다. 이것은——— 분노다.

지금까지 제블디아 제국 내부에서 벌여왔던 수많은 암약과 라드릭의 암살 미수. 자신의 딸을 복제당했을 때도 겨우 억누르고 있던 감정이 지금, 완전히 허용 범위를 넘어서고 있었다.

지금까지 제블디아는 여우에게 온 힘을 다해 대처할 수가 없었다. 그 활동이 너무나도 조용했기 때문이다. 큰 힘을 움직이려면 그에 맞는 이유가 필요하다. 제국은 절대군주제이지만 눈에 띌 정도로 큰 피해를 입히지 않은 상대를 박살 내는 데 권력을 쓰려 하면 반드시 반대하는 사람이 생길 것이다.

하지만 이번 사건은——— 절대로 용납할 수가 없다.

빛나는 열쇠. 문헌에 따르면 그것은 대지의 열쇠가 완전히 해방되었다는 증거다. 힘이 완전히 해방된 대지의 열쇠는 지맥을 따라 사방으로 퍼져나가 산을 무너뜨리고, 대륙을 가라앉히며 지형조차 바꿔버린다고 한다.

서적에 따르면 먼 옛날, 대지의 열쇠가 실제로 존재하던 시대에도 힘을 완전히 해방시킨 적은 단 한 번도 없었다고 한다. 그리고 제국의 유물 조사원의 추측에 따르면 그 문명이 멸망한 이유는 『대지의 열쇠』가 단 한 번, 완전히 해방되었기 때문이라는 모양이다. 멸망했기 때문에 문헌이 남아 있지 않은 것이다.

'아홉꼬리 그림자여우'가 이렇게까지 할 줄은 몰랐다. 나라를 멸망시키는 정도라면 모를까, 별의 형태를 바꿀 정도의 힘을 무차별적으로 휘두른다면 그것은 이제 세계의 적이다. 그 일격은 절대로 날려서는 안 되는 일격이었다. 거기에는 자신과 함께 세계를 멸망시키겠다는 끔찍한 살의가 담겨 있다.

계획이 이 정도일 거라는 사실을 알았다면, 라드릭은 이 정도 수단으로 그치지 않았을 것이다.

크리트가 쑥밭이 되든, 다른 나라에게 규탄당하든, 온갖 수단을 써서 여우를 없애버렸을 것이다.

크게 심호흡을 했다. 머릿속을 맴돌고 있던 거센 분노가 가라앉았다.

하지만 사라진 것은 아니다. 마지막으로 남은 것은———— 싸늘한 전의였다.

눈을 가늘게 뜨고 자루에 달라붙어 있는 여우 가면 남자를 내려다보았다. 주먹을 너무 꽉 쥐어서 손톱이 피부를 뚫고 피가 흐르고 있었다.

하지만 아픔도, 진동도, 비명도, 지금 라드릭 아트룸 제블디아의 의식에 들어오지는 않았다.

"박살 낸다――― 죽여주마, 여우 녀석들. 샅샅이 뒤져서 한 마리도 남김없이 없애주마."

수단을 가리지 않게 된 것은 여우뿐만이 아니다.

무슨 일이 일어난 건지 알 수가 없었다. 담아두고 있던 분노는 그 말도 안 되는 행동으로 인해 단숨에 사라져버렸다.

공미는 보구가 처음 발동되었을 때 생겨난 충격파를 아슬아슬하게 받아넘기고는 재빨리 《천변만화》가 쥐고 있던 열쇠에 달라붙었다. 그와 동시에 마력을 열쇠에 쏟아부으며 파괴의 힘에 자신의 힘을 맞부딪혀 조금이나마 상쇄시켰다.

지금까지 느껴본 적이 없을 정도로 무시무시한 충격이 몸 전체를 스쳐 갔다. 마찬가지로 검을 쥐고 있던 《천변만화》가 이쪽을 보았지만, 보구를 멈추려 하는 기색은 없었다.

첫 번째 충격을 받아넘긴 건 기적이나 마찬가지였다. 만약 제대로 맞고 날아갔다면 몇 초만에 돌아왔더라도 나라가 멸망했을 것이다. 대지의 열쇠가 지닌 파괴력은 눈 깜짝할 새에 부풀어 오르기 때문이다.

주위를 신경 쓸 여유는 없었다. 그저 필사적으로 파괴의 힘을 상쇄시키며 눈앞에 있는 남자를 노려보았다.

"네, 노, 옴―― 무슨, 짓을――."

"어? 뭐가?"

《천변만화》가 검을 쥔 채 눈을 동그랗게 떴다. 《천변만화》는 무시무시한 파괴의 흐름 속에서도 아무렇지도 않은 것 같았다. 대지의 열쇠를 발동시킨 자의 특권이다. 그는―― 태풍의 눈인 것이다.

이것이……《천변만화》! 이렇게 정신이 나간 남자였다니!

목을 졸라 죽이고 싶었다. 하지만 그럴 여유가 없었다. 한순간이라도 긴장이 풀리면 밀려나게 된다.

대지의 열쇠가 눈부시게 빛나고 있다. 힘이 완전히 해방되었다는 증거다.

"윽―― 네, 놈――."

열쇠를 잡은 손을 통해 흘러들어오는 힘 때문에 온몸이 찢어지는 듯한 거센 통증을 느꼈다. 그것은 지금까지 단련을 통해 막대한 마력과 힘을 손에 넣은 공미가 오랫동안 느끼지 못했던 것이었다.

뇌 안쪽이 욱신거리며 아팠고, 손바닥이 그을렸다. 하지만 온 힘을 다해 열쇠를 쥐었다.

원래 작전에서도 이렇게까지 할 생각은 없었다. 여우의 최종 목적은 문명을 파괴하는 것이긴 하지만, 재생을 전제로 한 파괴다.

대지의 열쇠를 해방시키는 것은 파괴의 규모가 너무나도 크다.

그것은 내놓아서는 안 되는 비장의 수였다. 힘을 약간만 보여주어도 충분한 시위가 됐을 텐데.

그런 것을 완전히 해방시키다니——— 이 남자는 제정신이 아니다. 세계를 멸망시킬 셈이냐!

"엎드려 빌려고…… 그냥, 엎드려 빌려고 했을 뿐이야."

지금 공격을 가한다면 공미는 저항할 수가 없다. 하지만《천변만화》는 그럴 기색이 없었다.

애초에 공미를 쓰러뜨리기 위해 대지의 열쇠를 발동시키진 않았을 것이다. 주객전도에도 정도가 있다.

"엎드려, 빈, 다고?! 무슨, 바보 같은 소리!"

무슨 말을 하는 건지, 세계를 파멸로 인도할 보구를 완전히 해방시켜놓고도 어째서 그렇게 여유를 부리는 건지 전혀 이해할 수가 없었다. 사고를——— 파악할 수가 없다. 크라히는 강했지만, 그저 영웅에 불과했다. 하지만 눈앞에 있는 남자는 그렇지 않다.

"그, 그래도 말이지. 너희들도 잘못한 것 같거든. 나는 딱히 너희를 적대시하지도 않았는데, 그러니까———."

어째서지?! 어째서 대지의 열쇠를 멈추려 하지 않는 거지?

세계가 부서질 텐데? 적어도 주변의 나라는 전부 멸망한다. 현대의 지맥은 고대의 지맥과는 많이 달라졌기에 어디까지 퍼져나갈지는 모르나 적어도 사상자가 수백만 명은 넘을 것이다.

《비탄의 망령》이 매우 거칠다는 건 알고 있었지만, 그런 수준이 아니었다.

눈앞에 있는 남자는——마왕이다. 문명과 함께, 아군과 함께, 여우를 없앨 셈이다.

아무런 생각도 없는 것 같은 얼빠진 표정이 무시무시하게 보였다.

《천변만화》가 빛나는 검과 자신의 손, 그리고 공미의 얼굴을 보고는 힘없는 표정을 지었다.

"뭔가 이것저것, 정말 미안하네."

지금까지《비탄의 망령》은 다양한 고난을 뛰어넘어 왔다. 그 상대는 때로는 마물이기도 했고, 때로는 팬텀이기도 했고, 때로는 인간이기도 했고, 때로는 '상황' 그 자체이기도 했다. 중요한 것은——판단력이다.

흙먼지가 걷히고 상황을 확인한 시트리는 곧바로 일어나 소리쳤다.

"《천변만화》가 파괴를 억누르고 있습니다! 힘을 빌려주세요. 이대로 가다간 엄청난 일이 벌어질 거예요! 엄청난! 일이!"

"! 야, 제대로 막으라고! 이 자식들, 크라이에게만 떠넘기지 마!"

"오빠?! 정말!"

리즈가 소리를 지르자《발자국》의 마도사들이 정신을 차린 듯이 마술을 행사하기 시작했다.

삐걱삐걱, 튼튼하게 만들어진 투기장이 소리를 내고 있었다. 투기장 중심에서 느껴지는 파괴의 파동은 심장의 고동처럼 맥박 치고 있었고, 마치 괴물이 깨어날 때를 기다리고 있는 것만 같았 다.

누가 봐도 위험한 상황이었다. 《심연화멸》을 비롯한 마도사들 이 움직이고 있긴 하지만, 시간이 별로 없다.

"《천변만화》가! 여우를! 억누르고 있습니다!"

분홍색 눈동자로 투기장을 내려다보았다. 시선 끝에 있는 것은 대지에 박힌 검을 쥔 여우 가면과 리더였다.

짙은 흙먼지가 피어오르기 직전, 검을 들고 있던 것은 여우 가 면을 쓴 남자였다.

그러니 척 보기에는 보구를 발동시킨 것이 여우 가면일 것 같다.

하지만── 그렇지 않다. 시트리는 알고 있다. 이 정도로 위 력이 강한 보구를 사람들 앞에서 발동시키는 것은 너무나도 위험 부담이 크다. '아홉꼬리 그림자여우'는 이런 상황에서 저 보구를 발동시킬 이유가 없다.

애초에 거리가 멀리 떨어져 있어서 알아보기 힘들긴 하지만, 검을 잡고 있는 손 중 크라이의 손이 아래쪽에 있다.

시트리는 가방에서 마력 회복약을 있는 대로 꺼내 의자에 내려 놓았다. 루시아의 머리카락이 강력한 마술 행사로 인해 약간 떠 올랐다. 땅에 대고 있는 손바닥에서 막대한 힘이 땅속으로 퍼져 나가 파괴의 기세에 맞서고 있다.

한시가 바쁜 사태다. 적도 아군도, 아직 상황을 정확하게 파악하고 있는 사람은 거의 없다.

그렇다면 이기는 건——— 흐름을 만든 자. 이대로 '여우'가 제 멋대로 굴게 내버려 둘 수는 없다!

"다른 사람들에게 전달하고 올게요!!"

"아~, 완전히 신이 났네."

"우오오오오오오오오오오! 나도 간다!"

"그래, 그래. 루크는 여기서 파괴를 막자."

포효하는 루크를 언니가 곧바로 말려주었다. 이것은 역할 분담이다. 그는 돌파력이 매우 뛰어나지만 이런 분야에 적성은 없다 (애초에 검으로 이 에너지를 막을 수 있을 것 같지도 않지만).

루시아와 오빠가, 그리고 같은 클랜의 마도사들이, 파괴를 조금이나마 억누르기 위해 힘을 행사하고 있다. 언니라면 지쳐서 늘어진 사람들에게 한 명도 빠짐없이 마력 회복약을 먹여줄 것이다.

시트리는 거세게 흔들리는 투기장에서 정확하게 돌아서서는 관객석을 따라 뛰어가기 시작했다.

"여러분, 큰일이에요~! 여우가~!《천변만화》가, 파괴를 억누르고 있습니다~! 힘을 빌려주세요~!! 이대로 가다간 엄청난 일이!"

웅성대는 소리를, 비명을, 나는 땅바닥에 달라붙은 듯한 자세로 듣고 있었다.

쥐고 있는 대지의 열쇠는 빛을 발하는 중이었다. 지금까지 사용했던 어떤 무기 보구보다 강력한 힘이 느껴졌다.

감각이 둔한 나도 느꼈으니 투기장에 있던 모든 사람들이 똑같은 것을 느꼈을 것이다.

실수했다. 지금까지 온갖 실수를 해왔지만, 이렇게까지 위험한 보구를 발동시킨 건 처음이다.

눈앞에서는 회장이 손을 뻗어 나와 마찬가지로 칼자루를 쥐고 있다. 가면 때문에 눈가가 보이진 않았지만, 이를 악물고 있는 걸 보니 여유가 없는 것 같았다. 바로 크게 심호흡을 하고는 말했다.

"자, 자, 진정해. 이럴 때는 진정해야 한다고. 우선 상황을 파악하자."

"윽…………."

고개를 들자 투기장 자체가 거세게 흔들리고 있는 게 보였다. 나는 진동을 느끼지 않았지만 보통 일이 아니었다. 게다가 열쇠로부터 뿜어져 나오는 힘은 사그라들 기미가 안 보였다.

어쩌지? 어떻게 해야 하지? 이대로 가다간 크리트가 지독한 꼴이 되어버릴 것이다.

정말, 그래서 나한테 열쇠를 맡기지 말라고 한 건데…….

"…………얼른 이 열쇠도 유부가 되면 좋겠는데."

"으억………… 윽…… 끄으윽…………."

"저기 말이야? 이건 진지하게 묻는 건데…… 어떻게 그 보구를 유부로 만든 거야?"

"윽…… 끄…… 억………… 아…… 아아아아아아아아아아아악…….."

일말의 희망을 품고 물어보자 회장이 지옥 밑바닥에서 울리는 듯한 목소리를 냈다.

보아하니 뭔가 말할 여유는 없는 것 같다. 음…… 똑같은 보구라면 이 열쇠도 어떤 방법으로 유부가 될 텐데——— 손을 놓고 이것저것 시험해 보고 싶긴 하지만, 손이 열쇠에 달라붙어서 떨어지지를 않았다. 위에서 회장이 억누르고 있는 이상 나는 일어설 수조차 없다. 상황이 전부 내게 안 좋은 쪽으로만 돌아가고 있다. 전하, 이게 진짜 불운이거든요? 나는 울고 싶은 마음을 억누르고 조심조심 제안했다.

"진짜로 미안한데, 조금만 비켜주면 안 될까? 이것저것 시험해 보고 싶은데……."

"?! 뭐, 라고———?!"

왜 내가 아무렇지도 않은데 회장이 저렇게 괴로워하는 건지 전혀 알 수가 없다. 그리고 비켜주지도 않을 모양이다. 하지만 나도 겉치레나마 레벨8이다. 이런 긴급 사태에 가만히 있을 수는 없다.

나는 지금까지 다양한 보구를 다뤄왔다. 보구를 다룬 시간만큼은 다른 소꿉친구들에게도 밀리지 않는다. 그렇다면 이 대지의 열쇠도 제대로 제어할 수 있을 것이다.

나 자신을 믿자. 보구를 다뤄온 시간은 나를 배신하지 않아.

나는 눈을 감고 정신을 집중했다. 검을 의식하며 지금까지 쌓아온 경험과 지식을 통해 발동을 억제했다.

———그때, 내 얼굴에 미지근한 것이 튀었다.

"?!"

눈을 떴다. 회장이 피를 토하고 있었다. 녹슨 쇠처럼 비릿한 냄새가 한가득 퍼졌다.

나도 피비린내 정도는 익숙해지긴 했지만——— 멍하게 서 있던 나를 본 회장이 피를 더욱 많이 토해냈다. 검에 손이 달라붙어 있는 나는 그것을 피할 수도 없었다.

"어…… 으윽……."

"어?"

회장이 검을 잡고 있지 않았던 왼팔을 천천히 움직여 대지의 열쇠를 위에서 눌렀다. 그때 나는 눈치챘다.

눈부시게 빛나는 대지의 열쇠. 그 빛이 붉은 기운을 띠고 있었다. 지면에 흘러 들어가는 힘도 좀 전보다 강해졌다.

어라? 어라? 아, 아니, 나는 멈출 생각으로———.

다시 제어를 시도해 보았다. 대지의 열쇠가 열을 가한 것처럼 붉은색으로 바뀌었고, 투기장이 더욱 거세게 흔들렸다.

사람들이 날아가고, 비명과 포효가 세계를 뒤흔들었다. 어라? 혹시——— 제어하지 못한 건가?

………………그렇구나, ……이 보구, 보아하니 지금까지 다뤘던 보구와는 격이 다른가 본데?

회장은 완전히 몽롱한 상태였다. 내게 화를 낼 여유조차 없는 것 같으면서도 손으로 열쇠를 잡고 있다. 그렇게 이 대지의 열쇠를 가지고 싶은 건가———? 아니, 잠깐만?

……혹시 컨트롤하지 못하는 건 회장 때문인가?

이 남자는 원래 대지의 열쇠를 사용하려 했다. 왠지는 몰라도 유부로 변했지만 지금도 그런 마음이 남아있다 해도 이상할 게 없다. 그렇구나, 어쩐지 멈출 수가 없더라니.

다행히 회장도 여유는 없는 것 같았다. 검을 발동시키고 싶은 회장과 발동을 멈추고 싶은 나. 아무래도 도와주러 올 사람은 없는 것 같다. 나는 각오를 다졌다.

"그렇다면 힘 대결이야. 온 힘을 다해 가도록 하지."

"?!"

"우오오오오오오오오오오오오오오오오오오오오오오오옷!"

검에 모든 힘을 쏟아부으며 제어를 시도했다. 검이 태양처럼 빛났고, 투기장이 더욱 흔들렸으며, 지면에 금이 갔고, 회장이 피를 토했다. 그야말로 지옥과도 같은 광경이었다. 너무 눈이 부셔서 눈을 꼭 감았다.

이제 세이프 링은 없다. 나를 지켜줄 것은 아무것도 없다. 내 안에 있던 것은 그저 질 수는 없다는 마음뿐이었다. 도망쳐봤자 소용없다. 그렇다면 앞으로 나아갈 수밖에 없는 것이다.

투기장에는 클랜 멤버들도 잔뜩 와 있다. 보구 제어 대결에서 지게 되면 지금까지 내게 보구에 대해 가르쳐준 마치스 씨나, 보구를 거래할 때 함께 와줬던 티노에게도 면목이 없다.

"그, 만———."

"크윽…… 무슨 힘이 이렇게 강한 거야."

검에서 흐르는 힘은 전혀 떨어질 기색이 보이지 않았다. 그뿐만이 아니라 한계인 줄 알았는데 더욱 상승하고 있었다. 자그마한 검에서 뿜어져 나온다곤 생각하기 어려울 정도로 무시무시한 힘이었다.

내 보구 제어 능력을 뛰어넘다니, 여우 가면 동호회——— 무시무시한 집단이다. 보구를 가지고 놀——— 다룬 시간만큼은 누구에게도 밀리지 않을 거라 생각했는데, 세계는 넓다. 위에는 위가 있다.

회장이 다시 피를 토했다. 얼른 포기하고 치료를 받는 게 나을 것 같은데. 이렇게나 양이 많다니, 나였으면 이미 죽었을 거다. 그런 상태가 되어서도 아직 보구를 쓰고 싶어 하는 거야? 너는 대체 뭐냐고!!

한계까지 힘을 쥐어 짜냈다. 검이 태양처럼 빛났고——— 그때, 투둑, 손 근처에서 소리가 들렸다.

"?!"

눈을 떴다. 한순간, 소리가 사라졌다.

그리고 내 눈앞에서 꽉 쥐고 있던 『대지의 열쇠』가 산산조각 나 흩어졌다.

끝은 갑작스럽게 찾아왔다. 천지가 뒤집어질 듯한 진동이 갑작스럽게 멈췄다.

투기장은 정말 지독한 꼴이었다. 바닥과 벽은 모조리 크게 금이 갔고, 천장이 무너졌고, 이곳저곳에 잔해가 쌓여 있었다.

하지만 라드릭은 그것들을 무시하고 곧바로 소리쳤다.

"열쇠가 부서졌다, 붙잡아라!"

근위대가 라드릭의 지시에 따라 투기장 안으로 뛰어가기 시작했다.

보구가 부서진 것은 뜻밖이었다. 무기형 보구는 보통 매우 튼튼하다. 대지의 열쇠도 마찬가지이고, 대검과 맞부딪히더라도 흠집 하나 나지 않을 정도로 엄청난 강도를 자랑한다고 한다.

설마 그것이 부서질 줄이야——— 강력한 힘에는 대가가 있기 때문일 것이다.

하지만 그것은 제국에게——— 아니, 세계에게 잘된 일이다. 지금까지 제국은 일종의 억지력으로서 보구를 파기하는 선택을 할 수가 없었지만, 여우가 노리고 있는 이상——— 그리고 그 여우가 망설임 없이 보구를 완전히 해방시킬 정도의 광기를 품고 있는 이상, 열쇠는 반드시 파괴해야만 했다. 이런 상황에서 파괴되었으니 다른 귀족들도 납득할 것이다.

열쇠를 두고 《천변만화》와 필사적으로 몸싸움을 벌이던 여우 가면이 비틀거리면서 일어섰다. 그 입가에서 흘러나온 피의 양을 보니 분명히 중상을 입은 상태다. 원인은 알 수가 없지만, 대지의 열쇠를 둘러싸고 싸움이 벌어졌을 것이다.

뒤늦게 《천변만화》가 일어서려다가 비틀거리며 무릎을 꿇었다. 한계일 것이다.

여우 가면이 가슴을 누르며 무릎을 꿇고 있는 《천변만화》를 내려다보았다. 작전은 실패했다. 파괴는 끝났고, 대지의 열쇠는 부서졌다. 불리한 상황이라는 건 알고 있을 텐데도, 중상을 입었는데도 무시무시한 집념이다.

하지만 《천변만화》는 혼자가 아니다. 여기에는 관객으로 온 수많은 실력자들이 있다. 그렇기 때문에 대지의 열쇠의 파괴가 이정도로 끝날 수 있었다. 이것은 천재일우의 기회다. 여우의 상위 멤버는 고레벨 헌터에 필적한다고 하나 지금은 무시무시한 작전이 저지되었고, 상대방도 지쳤다.

여기서 영웅을 잃을 수는 없다. 어떻게 해서든 구해내야만 한다.

라드릭은 숨을 크게 들이마시고는 거친 감정을 토해내듯이 다시 한번 소리쳤다.

"어떻게 해서든 저 여우 남자를 붙잡아라! 붙잡은 자에게는 원하는 상을 내려주마!"

함정에 빠졌다. 그 사실을 이해했을 때는 이미 늦었다.

대지의 열쇠는 어떻게든 억눌렀다. 하지만 그것 말고 다른 점으로 따지면——— 상황은 엄청나게 불리하다.

피를 너무 많이 흘려서 머리가 어지러웠으나 공미는 상황을 정확하게 판단하고 있었다.

몸이 무겁다. 상처도 깊다. 이 아픔, 이런 굴욕을 맛본 것은 정말 오랜만이다.

소리가 멀게 느껴진다. 비명도 그렇고 모든 소리가 필터를 사이에 둔 것처럼 들린다. 경계할 필요가 있다는 사실은 이해하고 있었지만, 이제 그럴 정도의 힘도 남아 있지 않았다.

공미가 일어서자 《천변만화》도 뒤늦게 몸을 일으켰다.

그제야 《천변만화》가 꾸민 책략의 전체적인 내용을 눈치챘다. 공미처럼 힘을 쥐어짜서 대지의 열쇠를 억누른 것도 아닌데도 《천변만화》는 비틀거리며 무릎을 꿇었다.

너무나도 자연스러운 모습이었기에 공미는 무심코 웃고 있었다.

"후후후…… 아하하하하하하하하하하하하하하하하하하하하하하하하핫!!"

무시무시한 남자다. 이렇게 무시무시한 남자가 있다니. 신산귀모라는 진부한 단어로는 제대로 표현할 수도 없다.

이번에 이 남자가 실행한 작전은 너무나도 위험했다. 성공할 확률도 결코 높지 않았다. 단추를 하나라도 잘못 끼웠다면 《천변만화》는 역적이라는 비판을 면하지 못했을 테고, 세계가 멸망했을 가능성도 충분히 있었다. 만약 누군가가 떠올린다 하더라도 고려할 필요도 없기에 기각했을 만한 작전이었다. 비밀결사인 '아홉 꼬리 그림자여우'에게도 그런 작전이니 일반인들은 절대로 눈치채지 못했을 것이다.

아니——— 조직의 동료들조차 믿지 않을 가능성이 크다.

완전히 궁지에 몰렸다. 그는 책략가 같은 것이 아니었다. 발상 자체가 정신이 나갔다.

대지의 열쇠는 산산조각 났다. 두 자루째 열쇠는 아직 발견되지 않았다. 작전은 완전히 실패. 그럼에도 불구하고 여우는 대지의 열쇠를 완전히 해방시켰다는 혐의를 뒤집어쓰게 된다.

원래는 대지의 열쇠를 사용해서 그 무시무시한 힘의 일부를 주위에 보인 다음, 그것을 무기로 각 나라에 간섭할 예정이었다. 하지만 이건 선을 넘었다. 조직이 세계를 파멸시킬 카드를 쉽사리 내놓을 거라고 생각하는 이상, 그들은 분명 아무것도 아랑곳하지 않고 필사적으로 죽이려 들 것이다. 지금까지 몰래 협력해주었던 자들도 생각을 바꿀 것이다. 지금까지처럼 활동할 수는 없다. 게다가 억지력이 될 대지의 열쇠도 사라졌다!

있을 수 없는 일이다. 그것은 그가 절대로 알 수 없는 정보였다.

"대체…… 어디서 알아낸 거냐!《천변만화》."

"이런…… 왠지 멀미가 나네."

《천변만화》가 진심인 건지 농담인 건지 알 수 없는 말을 중얼거렸다.

조직이 대지의 열쇠에 대해 알게 된 계기——— 문헌에는 과부하로 인해 열쇠가 스스로 부서질 거라는 이야기는 적혀 있지 않았다. 아니, 애초에 대지의 열쇠를 완전히 해방시켰다는 기록은 없다. 적어도 그 문헌이 작성된 시점에서는 한 번도 사용되지 않았다. 사용되지 않았기에 한계 같은 걸 알 수 있을 리가 없다.

열쇠가 부서진 타이밍도 완벽했다. 공미의 힘은 이제 1할도 남지 않았다.

여우의 조직력으로도 손에 넣지 못한 정보를 어떤 루트로 손에 넣은 거지?

안타깝게도 예상하고 있을 시간은 없는 것 같았다. 이곳은 적지이고, 이렇게까지 막대한 대미지를 입을 것이라고는 예상하지 못했다. 어떻게 해서든 도망쳐야만 한다. 하지만, 그 전에 이 남자만은———.

여전히 땅바닥에 한쪽 무릎을 꿇고 있던 《천변만화》에게 한 발짝 내디디려 한 순간, 문득 시야에 그림자가 드리워졌다.

"도전자, 네 상대는 바로 나다아아아아아아아아아아!"

"윽?!"

쉰 목소리, 하지만 거만해 보일 정도로 강한 자신감이 느껴지는 목소리. 위쪽에서 떨어져 내린 그 압력 때문에 공미는 한 발짝 뒤로 물러섰다. 눈앞의 지면에 금빛 수갑으로 둘러싸인 거대한 주먹이 꽂혔다.

지면이 크게 흔들리며 금이 갔다. 난입자를 본 공미는 자기도 모르게 혀를 찼다.

전 무제, 챔피언. 수행하러 들어간 보물전에서 얻은 모든 마나 머티리얼을 근육에 투자한 남자. 그는 원래 계획에서는 공미가 가장 경계하던 가상적 중 한 명이었다.

바보에게 재능을 주면 터무니없는 일이 생긴다는 전형적인 사례.

"《괴완귀제》……."

전 무제는 대답하지 않았다. 대답하는 대신 힘차게 파고들었다. 부상당한 자가 가끔 놀라운 힘을 발휘한다는 사실은 알고 있을 텐데, 그 공격에는 경계나 망설임이 없었다. 눈앞에 있는 남자는 본능이 이끄는 대로 폭력을 마구 휘두를 테고, 패배하여 죽을 때까지 냉정하게 생각하지 않을 것이다.

《천변만화》는 포기할 수밖에 없다. 몸 상태가 완벽했을 때라면 모를까, 이 남자는 이런 상황에서 싸울 수 있는 상대가 아니다.

관객석에서 헌터 몇 명이 뛰어내렸다. 뒤로 물러서는 공미를 본 무제가 악귀처럼 웃으며 주먹을 내리쳤다. 항상 쓰던 무기는 두고 온 모양이지만, 그냥 주먹조차 레벨이 높은 헌터를 일격에 기절시킬 수 있는 위력을 지니고 있었다.

"놓칠까 보냐아아아아아아아아아아아아아!"

본능으로 휘두른, 무시무시한 위력이 담긴 주먹이 날아들었다. 마나를 쥐어짜서 몸 표면에 두르고는 최소한의 움직임으로 흘리며 피했다. 원래는 단순한 주먹 같은 건 별것 아니지만, 지금 남아 있는 마력으로는 방어할 수가 없다.

머리가 욱신거리며 아팠다. 완전히 마력 고갈 현상이다. 이미 마력으로 발판을 만들 수조차 없게 되었다.

공미의 움직임을 보고 안달이 난 건지, 무제의 움직임이 자잘하게 바뀌었다. 공격 횟수로 우롱할 셈인가?

한 발짝 세차게 파고든 다음 살짝 뛰었다. 공미는 아무렇게나 날아든 '가벼운' 주먹을 온 힘을 다해 막아냈다.

마력 너머로, 방어 너머로, 몸이 산산조각 날 것 같은 충격이 퍼져나갔다.

하지만 그걸 노렸다. 무제는 깊게 생각하지 않는 것이 장점이자 단점이다.

사라져버릴 것 같은 의식을 아슬아슬하게 붙들고는 두손 두발로 착지했다. 무제가 눈을 동그랗게 떴다.

멀리 날아간 공미――― 그 바로 뒤에 선수들이 입장하는 곳이 뻥 뚫려 있었다.

이것이――― 활로다. 지면을 박차고 뛰어가기 시작했다. 입술에서 피가 흘러내렸다. 머리가 욱신거리며 아팠다. 뒤에서 무제의 거대한 발소리와 관객석에서 내지른 포효가 들렸고―――.

분위기가 바뀌었다. 뒤에서 들리던 소리가, 엄청난 압박감이 사라졌다.

어느새 눈앞에 공미가 쓰고 있던 것과 똑같은 가면을 쓴 소녀가 서 있었다.

신성함이 느껴지는 하얀 기모노. 그 엉덩이에 달린 것은 하얀 꼬리. 그녀의 가녀린 집게손가락이 자신을 가리키고 있었다.

그리고 상황을 전혀 이해하지 못한 공미에게 그 기묘한 소녀가 말했다.

"위기감 씨의 적. 도망치게 해줄게…………. 이번에야말로 내 승리야!"

Epilogue 비탄의 망령은 은퇴하고 싶다 ⑦

대체 내가 무슨 짓을 했다는 걸까.

정신을 차리고 보니 칙칙한 잿빛 세계에서 여우 가면을 잔뜩 끌어안고 있는 가프와 소라, 여동생 여우와 크라히가 춤을 추고 있었다.

정말 뜬금없긴 했지만 어째선지 무척 즐거워 보였다. 머리를 때리며 이런 곳에 있는 이유를 떠올리려 했으나 전혀 생각이 나질 않았다.

이곳은 천국인가? 아니면 지옥인가? 하늘에 소리나 충격도 없이 번개가 번쩍이는 와중에 즐겁게 빙글빙글 돌고 있는 크라히와 다른 사람들을 보고 있자니 왠지 아무래도 상관없을 것 같다는 생각이 들었다.

눈을 천천히 깜빡이고 있는데 갑자기 뒤에서 누군가가 팔을 잡았다.

"뭐 하고 있나, 그렇게 칙칙한 표정으로——— 전 클랜 마스터."

내 팔을 잡은 사람은 《등화기사단》의 리더인 토우카였다. 그 뒤에는 그녀가 이끌고 있는 파티 멤버들이 같은 색 장비를 맞춰 입은 채 손을 잡고 빙글빙글 돌고 있었다. 단순한 움직임이긴 했으나 사람 숫자가 많아서 장관이었다. 그때, 토우카가 한 말 중에 위화감이 드는 단어가 섞여 있었다는 것을 눈치챘다.

"응……? 전 클랜 마스터?"

"잠꼬대하는 건가? 당신은 예전에 헌터와 클랜 마스터 자리에서 원만하게 은퇴했잖나."

은퇴………… 그렇지, 은퇴했던가? 과정은 기억나지 않지만, 토우카는 농담을 할 만한 타입이 아니다. 눈을 비비고 있던 내게 토우카는 신기하게도 활짝 웃으며 말했다.

"그러니 오늘은 나머지 의뢰를 정리해야만 한다. 춤춰라."

크게 소리치는 토우카. 손을 잡고 있던 《등화기사단》이 각자 흩어져서 스텝을 밟으며 춤을 선보이기 시작했다. 처음에는 조그맣던 그 고리는 서서히 부풀어 올랐다. 프란츠 씨가 끼어들고, 아놀드가 끼어들고, 그렉 님이 끼어들고, 황제 폐하가, 뮤리나 황녀가, 케챠가, 테름이 끼어들고, 《심연화멸》이 가지각색의 화염을 공중에 날리기 시작했다. 그들은 갑자기 나를 번쩍 들어 올리더니 목말을 태우고 말한다. '크라이, 원만한 은퇴 축하해~!'.

───그리고, 나는 침대에서 눈을 떴다.

"…………뭔가 위험한 꿈을 꿨는데."

땀 때문에 잠옷이 흠뻑 젖어 있었다. 눈을 비비고, 머리를 누르고는 천천히 주위를 보았다.

낯익은 침실─── 우리가 머무르던 방이다.

"크라이, 잘 잤어~? 뭔데? 뭔데? 위험한 꿈?"

잠이 덜 깬 상태로 오늘도 기운이 넘치는 리즈의 목소리를 들었다.

눈부신 생명력이 깃든 눈동자가 오늘도 빛나고 있다. 그제야 의식을 잃기 전의 기억이 되살아났다.

갑자기 무제제 선수로 출장하게 된 것부터 시작된 하루. 말을 하는 물병에, 떨어지는 번개, 내 대신 싸워준 여동생 여우와 갑자기 나타난 회장의 터무니없는 행동까지——— 방금 꾼 꿈과 비교해도 될 정도로 황당무계했다. 혹시 그것도 꿈 아니었을까?

눈을 깜빡이며 당황하는 내게 리즈가 설명해 주었다.

"크라이는 말이지이, 전부 끝난 뒤에 기절해버렸어. 의사는 문제가 없다던데, 괜찮아?"

그렇구나, 그렇구나……? 팔을 움직여 팔다리를 만져보고 확인했지만, 딱히 아픈 곳은 없었다. 그때, 시트리가 방긋방긋 미소를 짓고 설명하며 들어왔다.

"안녕히 주무셨어요? 크라이 씨. 전부 잘 처리해두었습니다. 의사는——— 피로 때문이라던데요."

애초에 내 체력은 일반인 수준이다. 어제는 연달아 스트레스를 받았고 상황도 어지럽게 돌아갔다. 지면도 마구 흔들렸으니 허약한 내가 의식을 잃었더라도 이상할 건 없다.

……………어라? …………어제?

밝은 빛이 스머드는 창문을 보았다. 눈을 깜빡이며 시트리에게 물었다.

"그래, 이제 괜찮아. ……그런데 내가 얼마나 잤어?"

시트리는 잠깐 생각에 잠긴 듯한 표정을 짓고는 집게손가락을 폈다.

하루? 하룻밤인가? 생각했던 것보다 시간이 별로 안 지났나? 안심하던 내 앞에서 시트리가 방긋방긋 웃으며 손가락을 두 개, 세 개, 네 개 폈다.

깜짝 놀라고 있었더니 이번에는 하나씩 줄이기 시작했고——— 마지막에는 두 개만 펴져 있었다.

눈을 동그랗게 뜨고 있는 내게 그녀가 활짝 웃었다. 또 신이 나서 이상한 짓을———.

"이틀? 이틀이나 잤어? 아무리 그래도 피로 때문에 이틀이나 잘 수가 있나?"

"아뇨, 이건 V 사인이에요."

"헷갈리는 짓 하지 마!"

리즈가 나 대신 시트리의 머리를 세게 때렸다. 뭔가 이번에는 나한테 너무 심했던 것 같은데, 이상한 거라도 먹은 거야?

그렇게 말하려던 참에 루크와 다른 사람들이 평소처럼 기운차게 침실로 몰려들었다.

"오, 크라이, 깨어났구나! 내 말 좀 들어줘. 거크 지부장이 말이야, 나한테는 쫓아가지 말라고———."

"에휴…… 이제야 깨어났군요, 오빠. 정말 사람들에게 걱정을———."

"……으음."

결국 며칠이 지났는지는 모르겠지만, 보아하니 상황은 정리가 된 모양이다. 아직 약간 꿈속 세계의 영향을 받고 있는 나를 보고 시트리가 살짝 헛기침을 하고는 평소처럼 대표로 나섰다.

"자, 어디서부터 이야기할까요…………. 그렇지. 크라이 씨께서 신경 쓰실 피해 상황과, 그렇게 유리한 상황이었는데도 습격자를 놓쳐버린 것부터 이야기하도록 하죠."

"우와…… 엄청 심하네……."

나도 모르게 깜짝 놀랐다. 무제제 회장이었던 투기장은 지독한 꼴이었다.

크리트의 중심, 광대한 부지에 세워져 있던 도시의 상징인 투기장은 완전히 무너졌다. 올려다봐야 할 정도로 크던 건물은 잔해로 변했고, 원래 형태의 흔적은 투기장 앞에 세워져 있던 멋진 석비뿐이었다. 정비되어 있던 도로에는 크게 금이 가 있어서 그 진동이 얼마나 강했던 건지 알려주고 있었다.

이런 상황을 일으킨 게 단 하나의 보구라니, 아무도 믿지 못할 것이다.

많은 사람들이 잔해를 치우고 있는 모습에 미안한 마음만 잔뜩 들었다.

시트리에게 이번 사건의 전말을 들은 내 감상은 '어?'라는 한 마디였다.

아무래도 그 투기장 중심에 서 있던 사람은 거크 씨와《심연화멸》이 추적하고 있던 나쁜 쪽 여우였던 모양이다. 그리고 그는 대지의 열쇠를 악용해서 세계를 파멸로 몰아넣으려 했다고 한다. 그렇구나, 그냥 여우 가면 동호회가 저지른 짓치고는 너무 악랄하다 싶긴 했는데…… 그렇다면, 뭐지? 내가 세이프 링도 없이 그렇게 위험한 녀석 앞에 서 있었다는 거야? 이미 끝난 일이 아니었다면 토했을 것이다.

뭐가 잘못이냐면, 운이 나쁘고 그런 게 아니라 모두가 여우를 상징으로 삼은 게 잘못이다. 너무 알아보기 힘들다. 팬텀인 여동생 여우는 말할 필요도 없고, 이번에 크리트에서는 나쁜 여우와 착한 여우, 그리고 팬텀인 여우, 비슷한 녀석들이 세 종류나 움직이고 있었던 것이다. 내가 아니었더라도 착각 정도는 할 법하다.

마력을 모조리 짜내서 한동안 기절하게 되었던 모양인 루시아가 크게 한숨을 쉬었다.

"투기장만으로 그친 건 기적이에요. 저도 이제 틀렸다고 생각했었으니까요."

"으음, 으음."

안셈도 감정을 담아 고개를 끄덕이고 있었다. 대지의 열쇠가 발동된 그 순간, 루시아를 비롯한 마도사들이 온 힘을 다해 파괴를 억누른 모양이었다. 그러지 않았다면 이 정도로 그치지 못했을 것이다. 다시 말해, 평소처럼 내가 실수한 것을 루시아와 다른 사람들이 커버해준 형태다. 이번에는 휘말리게 만든 범위가 너무 넓긴 하지만———.

수많은 마차들이 멈춰 잔해를 싣고 어디론가 운반했다. 시트리가 그 모습을 바라보며 말했다.

"뭐, 죽은 사람은 없으니 결과만 따지면 훌륭하죠."

"어……? 아무도 안 죽었어?"

"뭐, 손님 중에 헌터도 잔뜩 있었고, 거크도 있었으니까…… 타당한 결과 아냐?"

"저도 잔뜩 빚을——— 포션을 무상으로 제공했고, 오빠도 매우 바빴으니까요."

"나도 잔뜩 베었어!"

루크가 왠지 자신만만하게 선언했다. 가능하면 베는 것 말고 다른 일을 해줬으면 좋겠다.

건물이 무너졌는데 죽은 사람이 없다니, 헌터는 대단하네. 뭔가 실수가 생기면 나 혼자 죽을 것 같기도 하다.

"제국은 대지의 열쇠를 해방시킨 여우를 혈안이 되어 추적하고 있어요. 지금까지 신중했던 모습이 마치 거짓말인 것처럼——— 보아하니 제국은 이번 사건을 꽤 무겁게 받아들인 모양이네요."

시트리가 왠지 모르겠지만 기쁜 듯이 내 어깨를 쿡쿡 찔러댔다. 넌 언제나 즐거워 보여서 좋겠다.

만약 열쇠를 발동시켜버린 게 나라는 사실을 알게 되면 그렇게 즐겁게 지낼 수는 없겠지.

파괴의 규모가 이 정도니, 중간에 멈춘 걸 감안하더라도 틀림없이 죽을죄일 것이다. 실수로 넘어질 뻔해서 그랬다는 변명도 통하지 않을 것이다. 뭐, 결국 마지막에는 여우도 열쇠를 해방시키려 했으니 결과적으로는 마찬가지일지 모르겠지만…… 계기가 말이지. 눈살을 찌푸리고 있던 내게 시트리가 계속 미소를 지으며 말했다.

"여우예요."

"…………아니, 하지만 나도 좀 잘못한 부분이———."

"크라이 씨는 잘못한 게 하나도 없어요. 전부 여우의 소행이에요."

"아니, 그래도———."

"여우예요."

시트리가 왠지 모르겠지만 고집을 부리고 있었다. 루크, 루시아, 리즈가 그 뒤를 이어 맞장구를 쳤다.

"뭐가 뭔지 잘 모르겠지만, 여우가 잘못했네!"

"…………여우 때문이에요."

"당연히 여우가 잘못한 거잖아아? 크라이는 잘 해냈으니까, 여우하고오………… 이 정도 가지고 무제제를 중지시켜버린 운영 측의 잘못이야!"

여우가 잘못한 모양이다. 보아하니 이의를 제기할 여지도 없는 것 같다.

음~, 나한테도 문제가 있었던 것 같은데……. 최소한 운영 측은 잘못한 게 없을 거야. 기대하고 있던 루크나 다른 출장자들에게는 미안하지만, 투기장이 산산조각 났으니 중지시킬 만도 하잖아.

나는 크게 한숨을 쉬고 난 다음, 따지지 못하게 압박을 가하고 있던 시트리를 보고 말했다.

"여우도 잘못하긴 했지만, 시트리도 잘못했지."

"?! 네?!"

"으음, 으음."

시트리가 눈을 동그랗게 떴고, 그때까지 침묵하고 있던 안셈이 맞다는 듯이 고개를 끄덕였다.

뭐, 끝난 일은 어쩔 수 없지. 그건 그렇고 지금부터 레벨8로서 어떻게 해야 할까?

얼마 전에【길 잃은 여관】에 휘말렸을 때도 위험했는데, 보아하니 이번에도 운이 안 좋았던 것 같다.

좀 전에 꿨던 꿈처럼 원만하게 은퇴할 수 있는 날을 맞이하기엔 아직 이른 모양이다. 심호흡을 하고 팔다리를 쭉 편 다음, 나는 동료들을 데리고 투기장 터를 떠났다.

"어떻게 해서든 그 여우 가면을 찾아내라! 중상을 입었으니 아직 근처에 있을 거다! 제국의 위신을 걸고 무슨 수를 써서라도 붙잡아라! 일개 헌터가 그렇게까지 힘을 빼놓은 상대를 놓치다니, 다른 나라에 무능한 모습을 보일 셈이냐! 크리트에도 협력 요청을 해라. 그 녀석들은 우리의 경고를 무시했다! 이쪽은 뮤리나 전하까지 습격당하셨는데도!"

프란츠가 소리를 지르자 병사들이, 문관들이 급하게 뛰어나갔다. 무제제 사건 이후로 하루가 지난 지금, 제블디아 진영은 여전히 벌집을 쑤셔놓은 듯이 소란스러웠다.

아버지를 돕던 뮤리나 앞으로 차례차례 보고가 들어왔다.

"상대는 중상을 입었다. 발자취를 전혀 남기지 않고 홀연히 사라질 수는 없을 거다. 무제의 공격을 일부러 맞은 걸 보니 하늘을 날 수 있을 만한 마력도 남아 있지 않았을 것이다."

"콜로세움은 이미 포위하고 있었습니다. 숨겨진 통로도 없습니다. 목격 정보도 전혀 없습니다."

"…………."

그 보고를 듣고 아버지가 입을 다물었다. 하지만 표정은 평소와는 비교도 안 될 정도로 엄했다.

그 눈동자는 빼어 든 칼날처럼 날카로워서, 살의조차 느껴질 정도였다.

급하게 이야기를 주고받고 있자니 부하가 보고하러 다가왔다.

"프란츠 단장님, 회장에 남아있던 혈액 채취가 완료되었습니다. 양은 충분하다고 하니――― 점술을 쓸 수 있습니다."

"정확도가 낮은 방법을 쓰는 건 껄끄럽긴 하지만, 어쩔 수 없나. 대충 위치만 알아내면 모조리 밀어버리는 작전도 실행할 수 있겠지. 더 이상 이곳에 머물러봤자 의미가 없다. 각 나라에 정식으로 협력을 요청할 필요도 있겠어."

아버지는 결심했다. 온갖 수단을 써서 여우를 최우선으로 박살 내려 하고 있다.

뮤리나는 속사정을 어느 정도 알고 있기에 복잡한 기분이었다. 그렇게 무시무시한 보구를 해방시킨 조직을 용서할 수 없다는 것도 알고 있긴 하지만, 그 조직에 파고들어 마구 휘둘러댔던 것도 사실이다.

그때, 부하가 굳은 표정으로 말했다.

"그런데———《비탄의 망령》의 연금술사가 여우의 피를 나누어달라고 합니다만———."

"으⋯⋯⋯⋯⋯."

그 말을 듣고 프란츠의 표정이 한순간 딱딱해졌으나, 그가 말을 꺼내기도 전에 라드릭이 끼어들었다.

"거절할 수는 없지. 그 녀석은 이번 사건의 공로자다. 점술에 지장이 없는 정도로 나누어주거라. 비밀주의가 지나치긴 하지만, 《천변만화》에게는 빚을 졌다. 뮤리나까지 포함해서 말이다."

"어느 정도 정리가 되면 정식으로 협력을 요청할 필요가 있을 것 같습니다. 지나치게 의존하는 건 문제가 되겠지만, 그 남자가 지니고 있는 정보는 좀⋯⋯⋯⋯ 이상합니다."

그 의견에는 뮤리나도 동의했다. 지금 생각해보면 그 《천변만화》의 행동은 너무나도 적당적당하면서도 신기할 정도로 이치에 들어맞았다. 아직 뮤리나가 이해하지 못한 부분도 있긴 하지만, 아마 뮤리나가 모르는 정보 때문일 것이다. 모든 것을 내다본다고 하는 것도 이해가 된다.

뮤리나는 이번에 《비탄의 망령》에게서 지독한 단련을 받았지만, 신산귀모만큼은 터득하지 못했다.

그때, 뮤리나가 아버지에게 말을 걸었다.

"아버님, 아마 《천변만화》의 작전은 아직 끝나지 않았을 겁니다."

"⋯⋯⋯⋯뭔가 알고 있는 게냐? 뮤리나."

"⋯⋯아무것도요. 하지만 제가 알고 있는 한⋯⋯《천변만화》는 항상 이중 삼중으로 대비를 하고 행동하는 것처럼 보였습니다.

그 큰 무대에서 아무런 대비도 해두지 않았을 리가 없습니다."

그건 그저 뮤리나의 상상에 불과했지만, 확신이 있었다. 뮤리나는 아버지가 모르는 정보를 알고 있다. 그 남자는——— 아무도 꼬리를 잡지 못했던 조직의 내부에 파고들 정도로 뛰어난 수완을 지니고 있다. 틀림없이 무제제에서 실행된 작전에 대해 전부 알고 있었을 그 남자가 아무런 의미도 없이 여우 가면을 그냥 보내줬을 리가 없다. 작전이라고는 해도 《천변만화》가 여우와 접촉했다는 사실을 아버지에게 말할 수는 없지만———.

아버지와 프란츠가 그 말을 듣고 깜짝 놀란 듯이 뮤리나를 보았다.

뮤리나는 심호흡을 하고는 각오를 다진 다음, 두 사람이 더욱 놀랄 만한 제안을 했다.

"아버님, 이번 건, 제가 돕게 해주시면 안 될까요? 이래 봬도 저는 '천 개의 시련'을 넘어섰습니다. 제게도 분명히 할 수 있는 게 있을 겁니다."

"?! 《천변만화》………… 너무 지나치게 단련시켰군. 대체 내 딸에게 무슨 짓을 한 게냐……."

그것은 오래전에 보스의 지위에 오른 공미조차 경험해보지 못한 위기였다.

마력도 고갈된 상태에 가까웠고, 부상도 입었다. 가프의 배신으로 인해 여차할 때를 대비한 도주 경로도 확보하지 못했다. 비밀주의인 여우에게는 사로잡히는 것이 가장 우려할 만한 상황이다. 투기장에서 전 무제에게 쫓기던 그 순간, 공미는 틀림없이 궁지에 몰린 상태였다.

수수께끼의 소녀가 나타나지 않았다면 끝까지 도망치는 건 힘들었을 것이다. 신비롭고, 인간이 아닌 것 같은 분위기를 풍기는 소녀였다. 그리고 무엇보다, 공미가 가지고 있는 것과 똑같은 가면으로 얼굴을 가리고 있었다.

추격자인가 싶어서 긴장한 공미에게 소녀는 '도망치게 해주겠다'라고 말했다. 그 뒤로는 기억이 잘 나지 않는다.

한 가지 확실한 것은 그렇게 기억이 잘 나지 않는 소녀의 힘으로 쫓아오던 무제도, 투기장을 포위하고 있었을 병사도 전혀 마주치지 않고 크리트를 빠져나올 수 있었다는 것뿐이다.

근처 도시에 있던 비상사태가 발생했을 때 사용하는 조직의 세이프 하우스에 도착한 뒤, 그제야 공미는 숨을 돌렸다. 우선 가장 큰 위기는 벗어났지만, 아직 방심할 수는 없다.

조직은 제국과의 전면전쟁까지 예상하고 있었다. 그러나 그건 훨씬 나중 일이었다. 비장의 수인 대지의 열쇠도 잃었으니 힘든 싸움이 시작될 것이다. 황녀 암살을 맡았던 부하들은 어떻게 되었을까? 성공했다면 본부로 돌아갔을 것이다. 만에 하나 실패했다면——— 이미 죽었을 테고.

눈을 감고 경계하며 쉬었다. 머릿속을 스친 것은 보스를 구해 준 여우 가면 소녀였다.

그 모습, 범상치 않은 힘, 쓰고 있던 여우 가면. 조직의 구성원이 아니라면 짐작 가는 것은 한 가지밖에 없다.

'아홉꼬리 그림자여우'를 발족하게 된 계기인 보물전,【길 잃은 여관】. 그곳에서 살고 있다는 신의 권속이다.

예전에 '아홉꼬리 그림자여우'의 창설자는 그 보물전과 마주쳤고, 그곳에 살고 있던 신으로부터 여우 가면을 받았다.

조직에는 보물전에서 가면을 손에 넣은 자를 신에게 인정받은 자로서 받아들인다는 규칙이 존재한다. 하지만 그와 동시에 여우신 신앙은 그저 대의명분에 불과하다. 신에게 인정받은 자로서 받아들인다는 것은 조직이【길 잃은 여관】과 마주치는 운명적인 경험을 하고 팬텀의 드롭 아이템인 가면을 손에 넣을 수 있을 정도로 강한 힘을 지닌 자를 최고 간부로 임명하겠다는 뜻에 불과하다. 신관에게 특별한 지위를 부여한 것도 그렇게까지 깊은 이유가 있는 것이 아니다. '아홉꼬리 그림자여우'는 어디까지나 첩보 기관이 발전한 조직인 것이다.

당연히【길 잃은 여관】과 협력 관계 같은 것을 맺지도 않았다. 오랜 역사 속에서 조직이 위기에 처했을 때가 몇 번이나 있었지만, 신의 권속이 조직을 구해준 적도 없고, 애초에 팬텀이 보물전 밖에 나타나는 것 자체가 섭리에 어긋나는 상황이다.

그 소녀는 공미에게 '위기감 씨의 적. 도망치게 해줄게…………. 이번에야말로 내 승리야!'라고 말했다.

과연 그 말은 무슨 뜻일까? 위기감 씨라는 게 누구지? 본명인가? 아니면 애칭 같은 건가? 왜 그런 애칭으로 부르게 된 거지? 어째서 보스를 도망치게 해주는 게 그녀의 승리라는 거지?

아무리 생각해봐도 답에 도달할 수가 없다. 상황을 통해 추측해본다면 '위기감 씨'는 그때 공미와 맞서고 있던 《천변만화》를 가리키는 것 같기도 한데———.

……안 되겠다. 지금은 휴식을 취해야 한다.

조직의 방식도 흔들리고 있다. 이 상태로 《천변만화》와 싸우는 것은——— 너무나도 위험하다.

그 여우 가면 소녀의 정체가 무엇이든, 강한 아군을 얻었다고 가정하고 이용해야만 한다.

———그렇게 생각하던 참에 문득 뒤쪽에서 목소리가 들렸다.

"크크큭…… 꽤 심하게 당한 모양이네——— '공미'."

싸늘한 느낌이 담긴 여자 목소리였다. 기척도 없이 목소리가 들리자 공미는 눈을 뜨고 한숨을 쉬었다.

어느새 방 안에 키가 큰 사람이 나타나 있었다. 편안한 평상복 차림에 허리에 찬 칼 한 자루. 그 얼굴은 공미가 쓰고 있는 것과 똑같은 가면으로 가려져 있었다.

아홉꼬리 그림자여우엔 꼬리가 여러 개 달려있다. 가면을 지닌 최고 간부는 한 명이 아니다.

"……버릇이 없군. '검미(劍尾)', 이곳은 내 관할 구역이다."

"말은 잘하네——— 내가 아무것도 모를 줄 알아? 소문은 들었어. 부하에게 배신당하고, 동원한 멤버들도 부상을 입었지. 조직

체계도 유지하지 못해서 본부도 혼란에 **빠졌다고.**"

아픈 곳을 찔렸기에 공미는 눈살을 찌푸렸다. 최근 상황은 정말 바람직하지 못하다.

《지수》나 《용을 부르는 자》 같은 강한 전력을 잃은 데다 예전부터 계획해 왔던 작전도 이런 꼴이 되었다.

원래 보스가 다른 보스의 구역에 무단으로 나타나는 건 규칙을 어기는 행동이었지만, 따질 상황도 아니었다.

"하지만 수법은 알아냈다. 혼란도 금방 잠잠해질 거다. 아무런 문제도 없다."

아니…… 검미가 온 것은 행운이다. 아무리 《천변만화》라 해도 지금은 방심하고 있을 것이다.

검미는 음모를 중시하는 여우 내부에서 드문 무투파다. 그 실력은 공미와 비교해도 손색이 없다.

직접 해치우지 못하는 건 아쉽지만, 이 여자를 보내 암살하면 모든 상황이 호전된다.

《천변만화》가 죽으면 제국도 조금이나마 얌전해질 것이다. 그때, 검미가 냉정하게 말했다.

"상황은 대충 이해하고 있어. 그런데 공미, 당신은——— 어떻게 그 포위를 뚫은 거야? 모든 힘을 소진한 상태로 도주하는 건 힘들었을 텐데———."

그렇군, 미리 부하를 잠복시켜두고 있었던 건가? 그것도 조직의 규칙에 어긋난 행동이지만, 지금은 고맙기만 하다.

공미는 크게 심호흡을 하고는 애써 태연하게 대답했다.

"⋯⋯⋯믿기지 않을지도 모르겠지만, 여우신의 권속이 구해 주었다. 신은 조직을 축복하고 있다."

"⋯⋯⋯⋯⋯⋯⋯⋯⋯그래."

검미의 대답은 예상보다 간단했다.

더 이상 물어볼 것도 없다는 듯이———— 자연스러운 동작으로 허리에서 무기를 뽑아 든 것이다.

칼날의 길이는 1미터 이상. 곡선 형태에 독특한 무늬. 그 칼날은 깊은 물속을 떠올리게 할 정도로 사람을 빨아들이는 매력을 지니고 있었다. 마치 무구라기보다는 예술품이었다.

조용한 빛을 내뿜고 있는 칼날. 검미는 그냥 서 있는 것처럼 보이지만 한 치의 빈틈도 드러내지 않았다.

"⋯⋯어쩔 셈이지?"

힘은 거의 돌아왔다. 마술을 행사하는 데는 문제가 없다. 공미의 시선을 느낀 검미는 살짝 코웃음 쳤다.

"어떤 변명을 생각하고 있나 싶었는데 신이라니⋯⋯ 책략으로 이름을 떨친 공미도 땅에 떨어졌구나. 당신에게는 전략병기,『대지의 열쇠』를 해방함으로써 조직을 위기에 처하게 만든 혐의와 남몰래 부하에게 가면을 주어 본부를 혼란에 빠뜨림으로써 내란을 일으키려 한 혐의가 있거든. 여기서———— 사라져줘야겠어."

"⋯⋯뭐라고?!"

예상치 못한 말에 일어서서 검미를 노려보았다. 가면에 가려진 검미의 표정은 알아볼 수 없었지만, 그 목소리에는 경멸과 동정이 담겨 있었다. 보구———— 물에 젖은 듯한 칼날이 천천히 다가

왔다.

"괜찮아, 여우는 죽지 않아. 그저 꼬리가 다시 돋아날 뿐. 파괴를 중간에 멈춰준 걸 《천변만화》에게 고마워하도록 해. 제블디아 주변의 지휘도 문제없이 인수인계가 이루어질 거야."

《천변만화》라고?! 그 단어를 들은 공미는 큰 충격을 받았다.

지금까지 일어난 일들이 주마등처럼 공미의 머릿속을 스쳐 갔다.

냉정하게 생각해보니 크리트에서 《천변만화》가 했던 행동들은 공미에게 너무나도 치명적이었고, 정확했다.

마치——— 공미가 하려던 행동을, 크리트에서 진행될 예정이었던 작전을 전부 파악하고 있었던 것처럼.

어떤 책략가라 해도 여우의 움직임을, 방침을, 전부 파악하지 못했다면 이런 작전은 실행하지 못했을 것이다.

가프가 맹렬하게 저항한 것도 냉정하게 생각해보니 이상했다. 그냥 속기만 했는데 그렇게 많은 병사들을 모을 수 있었을까? 뭔가 든든한 배경이 있었다고 생각해야 하지 않을까?

그리고——— 딱 좋은 타이밍에 구해주러 나타났던 여우신의 권속.

만약 여우신의 권속을 조금이라도 조종할 가능성이 있다면 그건 신관뿐이다.

그것들이 전부 공미를 함정에 빠뜨리기 위한 작전이었다면?

공미에게 들키지 않게끔 그런 준비를 하려면 권력이 필요하다. 최고 간부급의 도움이.

그 용의주도한 가프가 쉽사리 속다니, 이상하다고 생각하긴 했다.

일어서서 마력을 몸에 둘렀다.

검미는 책략 면에서 뒤떨어진다고 들었는데── 전부 허위 정보였나?

"윽‧‧‧‧‧‧‧‧‧ 설마, 네놈이──《천변만화》를 이용해서── 내란을."

"? 더 이상의 교섭은 무의미하겠구나."

공미가 묻자 검미── 배신자는 코웃음 치고는 정안세로 칼을 겨누었다.

"마스터어어어어어어어어! 깨어나셨군요!"

"또 터무니없는 짓을 저지르기는‧‧‧‧‧‧."

탐색자 협회 크리트 지부 근처에 있는 건물에《시작의 발자국》 멤버들이 모여 있었다.

티노가 신나게 달려오려다가 옆에서 나타난 시트리에게 막혔다. 스벤이 한쪽 눈썹을 찡그리고는 어이없어하는 것 같기도 하고 인상을 찌푸리는 것 같기도 한 표정으로 크게 한숨을 쉬고 있었다.

내가 기절해 있던 동안, 관객석에 있던 트레저 헌터들도 눈부신 대활약을 펼친 모양이었다.

거크 씨와《심연화멸》을 필두로 마도사들은 『대지의 열쇠』가 부른 파괴를 억눌렀고, 그 작업에 참여하지 못했던 사람들도 무너지는 투기장에서 일반인을 지키거나 피난 유도를 하는 등 매우 바빴다고 한다. 악의는 없었지만 보구 발동의 계기를 만들어버린 나는 그저 부끄러울 뿐이었다.

머리를 긁으며 조금이나마 미안한 마음을 담아 말했다.

"정말, 지독한 일에 휘말려버렸네."

"…………휘말렸다고요?"

멤버들을 파견하느라 매우 바빴던 모양인 에바가 안경을 밀어 올리고 눈을 흘기며 이쪽을 보고 있었다.

압박감조차 느껴질 정도로 매우 의심하는 눈초리———. 보아 하니 내가 실수로 넘어졌다는 걸 들킨 것 같은데?

내 말을 듣고 토우카가 어깨를 으쓱였다.

"신경 쓸 필요 없다. 무제제는 중지되어버렸지만, 선전 활동은 충분히 했으니까."

역시 어른이다. 무인으로서의 명예인 무제제에 출장하지 못하게 되었는데도 납득하고 있는 것 같다.

뭐, 토우카는 명예보다는 돈을 더 좋아할 테니 별로 신경 쓰지 않을지도 모르겠네…….

그때, 시트리 배리어에 걸리지 않게끔 천천히 다가온 티노가 걱정스러운 듯이 물었다.

"마스터어, 몸은 이제 괜찮으신가요?"

"괜찮아, 좀 지쳤을 뿐이야."

"에휴…… 지쳤을 뿐이라니, 그렇게까지 거대한 힘을 억눌러

놓고, 적당히 둘러대지 마라, 입니다! 다들 걱정했다고, 입니다!"

크류스가 평소처럼 드센 말투로 거만하게 말했다. 다들 별로 걱정하지 않은 것 같은데?

"그렇게까지 거대한 힘을 억눌러………… 어? 어라? 내가 억누르고 있었어?"

"뭐어? 약한 인간, 무슨 소릴 하는 거냐, 입니다. 정령인의 마력을 보는 눈은 속일 수 없어. 내 짐작으로는——— 3할…… 아니, 3할 5푼은 억눌렀다고, 입니다."

3할…… 3할? 공교롭게도 나는 그 대지의 열쇠의 출력이 막대하다는 것 정도밖에 모르니 그게 얼마나 대단한 위업인지 모른다. 혼자서 테이블에 앉아 팔짱을 낀 채 우울한 표정으로 입을 다물고 있던 《별의 성뢰》의 리더, 라피스가 살짝 한숨을 쉬고는 일어섰다.

그녀는 내 앞으로 와서 감정이 드러나지 않는 투명한 눈동자로 나를 내려다보았다.

"흥…… 그야말로 인간을 뛰어넘은 역량이로군. 대체 그 몸 어디에 그 정도의 힘이 잠들어 있던 건지…… 이렇게 가까이에서 봐도 마력의 편린조차 보이지 않는다. 네놈의 여동생인 루시아에겐 큰 강을 연상케 할 정도로 방대한 마력이 보였다만, 그것과도 다르고."

"………………에휴우우우우."

라피스의 평가를 듣고 옆에 있던 루시아가 두통을 견디는 듯이 머리를 누르며 한숨을 길게 내쉬었다.

그렇구나…… 내가 대지의 열쇠의 힘을 억제하려 하긴 했지. 실패한 줄 알았는데, 눈치채지 못했을 뿐이고 사실 성공했던 모양이다. 하면 되는 남자인가?

"그렇구나, 억누르고 있었구나…… 사실 완전히 막으려 했는데 말이지, 내게는 버거웠어. 나도 아직 미숙하네."

"……보아하니 기운이 넘치는 것 같구나, 입니다. 약한 인간, 너 진짜, 몸이 어떻게 된 거야, 입니까? 그렇게까지 힘을 썼는데 이렇게 멀쩡하다니, 우리 상식으로 생각해봐도 있을 수 없는 일이라고, 입니다."

크류스가 눈을 깜빡이며 자연스러운 움직임으로 뻗은 손을 시트리가 찰싹, 쳐냈다.

깜짝 놀란 크류스에게 시트리가 미소를 지으며 말했다.

"만지는 건 금지예요."

"…………살짝은 괜찮잖아, 입니다."

"안 돼요. 《별의 성뢰》에는 루시아의 스카우트 교섭 허가를 내드리긴 했지만, 크라이 씨를 만질 수 있는 허가를 내드리진 않았어요."

"………… ."

크류스가 물러서지 않고 손을 뻗었다. 시트리가 재빨리 쳐냈다.

너희들, 의외로 사이가 좋구나…….

그때, 스벤이 문득 생각났다는 듯이 말했다.

"아, 그렇지. 크라이. 좀 전에 너랑 닮은 사람이 왔었어. 이곳을 떠나기 전에 만나고 싶다던데."

"너는················· 유명한 헌터였구나."

크라히 일행의 여관은 우리가 잡은 방보다 급이 몇 단계 떨어지는 중급 여관이었다. 안색이 안 좋아 보이는 파티 멤버들이 뒤에서 지켜보는 가운데, 크라히 안드릿히는 입을 열자마자 감격한 듯이 그렇게 말했다.

이번 사건은 여러 가지 의미로 힘들었지만 가장 큰 피해자를 들자면 아마 그일 것이다. 아무것도 모르고 무제제에 참가하게 된데다 왠지 그가 날린 번개를 연달아 맞게 된 나도 운이 없긴 했지만, 나라고 착각당해서 여우 가면에게 습격당한 듯한 그의 불운도 대단하다.

하지만 크라히는 항상 그랬듯이 차분한 모습을 보이고 있었다. 내가 내 레벨을 속인 것에 대해서도 신경 쓰지 않는 것 같았다. 뭐, 본명은 그렇다 치더라도 《천변만화》라는 별명은 꽤 유명하니까 몰랐다는 게 좀 의아했지만——— 그의 그런 태도가 오히려 레벨8에 어울리는 건지도 모르겠다.

시트리가 있었다면 대신 이야기를 진행해주었을 텐데, 공교롭게도 지금 함께 있는 사람은 루크뿐이다. 믿을 만한 사람도 없고, 뭐라 말해야 할지 몰라서 입을 다물고 있던 내게 크라히가 계속 말했다.

"좀 더 일찍 만나러 오고 싶었는데, 겨우 움직일 수 있게 된 게 오늘 아침이었거든. 최후의 일격을 날릴 때 너무 무리했지."

"······아, 나한테 맞춘 것 말이지."

기억난다고…… 마지막 세이프 링을 깎아낸 공격 말이지. 냉정하게 생각해보니 여우에게는 공격당하지 않았지만 크라히에게는 계속 공격당했네…….

번개 마법이 영웅의 마법으로 불리는 이유는 강한 위력 때문이기도 하지만, 수많은 마법 중에서도 난이도가 최고급으로 높기 때문이다. 그리고 그렇게 높은 난이도에는 다루기 까다롭다는 요소도 포함되어 있다.

단적으로 말하자면, 번개 마법은 넓은 범위를 태워 없애는 데는 적합하지만 특정한 대상에게 맞추는 건 매우 힘들다는 뜻이다. 만약 술식 컨트롤이 완벽하더라도 근처에 안셈이나 매우 불행한 남자가 있으면 높은 확률로 그쪽이 맞아버리게 된다.

어째서 그런 걸 알고 있냐고? 루시아가 그렇게 말했으니까!

루시아는 번개 마법을 쓰지 않는데, 그 이유를 이제 알겠지? 처음 번개 마법을 선보이다가 내가 맞아버렸을 때 루시아가 지었던 표정은 잊지 못할 것이다.

크라히가 내 말을 듣고 고개를 크게 끄덕이며 머리카락을 쓸어 올렸다. 느끼한 행동이었지만, 그런 것도 어울렸다.

"이야기는 들었어. 정말 대단하던데, 그 시합 때는 여우를 끌어내기 위해서 봐줬다면서?"

"……………응?"

이야기가 어떻게 꼬이면 그런 결론이 나오는 거지?

모든 것이 진실과 전혀 달랐다. 소문에 살이 아주 통통하게 붙은 모양이었다. 하지만 진실을 말하기에는 사정이 복잡하다. 특히 크라히가 싸웠던 내가 사실 내가 아닌 나라는 부분을 설명하는 게 매우 까다롭다.

뒤쪽을 보니 루크가 다 안다는 듯한 표정으로 고개를 끄덕이고 있었다. 너, 분명히 이해 못 하고 있지…….

그는 정열적인 남자이긴 하지만, 흥미가 없는 것에는 전혀 관심이 없다. 한순간 루크와 눈이 마주쳤다. 루크는 고개를 끄덕이고는 한 발짝 앞으로 나서서 정말 어이가 없다는 듯이 한숨을 쉬고 말했다.

"아직도 이해를 못 했네. 봐줬다고? 아니야. 그건 전부 크라이의 작전이라고. 나도 잘 모르겠지만."

잘 모르겠으면 조용히나 있지…….

음~, 어떻게 말해야 원만하게 정리할 수 있을까? 진실을 말하지는 못해도 크라히의 오해를 조금이나마 풀고 싶다. 고민하고 있자니 크라히가 진지한 표정으로 나를 보았다.

"크라이, 한 가지만 가르쳐다오. 내 번개를 맞고 날아갔던 것도 연기였나?"

!! 지금이다! 적어도…… 적어도 조금이나마 약하게 보여야 한다! 애초에 원래 약한데도 불구하고 왜 약하게 보이고 싶어서 이런 고생을 해야 하는 거냐고!

"…………아니, 그런 건 연기로 할 수 없는 행동이지. 자세한 이야기는 할 수가 없지만―― 정말 무시무시한 번개 마법이었어. 크라히를 능가하는 번개의 달인은 한 명밖에 모르겠는데."

그렇게 강한 번개를 날리는 건 어지간한 영웅도 불가능하다.

나는 눈이 장식이라 헌터의 힘을 잘 모르겠지만, 번개를 다루는 것만 놓고 보면 레벨7 헌터인 《호뢰파섬》아놀드보다 더 뛰어날 것이다.

그렇다면 그보다 강한 달인이 누구냐고? 그야 물론—— 아크 로댕이지. 나는 아크를 편애한다. 크라히와는 알고 지낸 기간이 다르다. 지금까지 부탁했던 횟수가 다르다.

크라히는 내 말을 듣고 눈을 감은 채 침묵하고 있다가 잠시 후 천천히 고개를 끄덕였다.

"그렇군…… 역시 내 예상이 맞았어. 하지만 좀처럼 믿기 힘든데. 지금까지 번개를 다루는 것이라면 누구에게도 뒤처지지 않을 거라 생각했지만—— 인정할 수밖에 없겠어."

크라히가 나를 똑바로 보았다. 너무 분해서 그런지 꽉 쥐고 있는 주먹이 부들부들 떨리고 있었다. 헌터란 다들 지는 걸 싫어하는 녀석들이다.

하지만 어쩔 수 없어. 어찌 됐든 상대가 그《은성만뢰》아크 로댕이니까. 게다가 편애 보정까지 받았고. 나는 아무 생각도 없이 99점을 줄 거야. 있어줬으면 할 때 자리를 비우는 점만 개선하면 100점입니다.

——그리고 미소를 짓고 있던 내게 크라히가 확실히 말했다.

"인정하마, 크라이 안드리히. 너는—— 나보다 더 뛰어난 뇌제다."

"……………네?"

이 사람이 무슨 소릴 하는 거지? 번개를 너무 많이 맞아서 머리가 맛이 가버렸나?《천천만화》라는 건 머릿속이 꽃밭이라는 뜻이었나? 할 말을 잃은 내게 크라히가 계속 말했다. 그 목소리에는 신기한 열기가 담겨 있었다.

"숨길 필요 없어, 나는 알고 있으니까. 너는——— 내 번개를 일부러 맞아서 힘을 흡수했잖아!"

"?! 번개를 맞고 힘을 흡수했다고?! 그게 뭐야, 엄청 멋지잖아! 나도 그거 하고 싶어! 할래!"

잘 모르겠지만 멋진 단어를 듣고 루크가 곧바로 눈을 빛내며 나섰다.

태클 담당. 누가 태클 담당 좀 주세요.

"그 알 수 없는 여우 가면의 힘, 그리고 기절하기 직전에 느꼈던 대지의 열쇠의 힘, 그것은 인간이 막을 수 있는 수준이 아니었어! 그래, 대자연의 힘을 빌리기라도 하지 않는 이상! 아니, 근거는 그뿐만이 아니야. 여우를 노리고 날린 번개를 넌 일부러 맞았지! 다른 사람이 행사한 마법을 일그러뜨려 자신의 몸으로 막아내고는 자신의 힘으로 삼는다…… 내가 몰랐던 영역이야. 그때 너는 분명히《뇌제》——— 아니, 아니지……… 너야말로《뇌제》보다 강한——《뇌신》이다!!"

일부러 맞았다니——— 네가 나한테 맞춘 거잖아! 발상이 참 존경스럽다.

혹시 크라히 안드릿히는…… 좀 위험한 녀석인가? 일단 오해를——— 오해를 풀어야만 한다.

"내, 내가 맞은 건 네 컨트롤이 어설펐기 때문에———."

크라히의 머리카락이 파직파직, 번개를 띠었다. 거친 감정이 거센 기세가 되어 현상을 일으키고 있는 것이다. 강력한 마도사들이 자주 보이는 그 광경 때문에 나도 모르게 태클을 멈추고 한 발짝 물러섰다.

《뇌제》는 집게손가락으로 나를 가리키며 큰 소리로 외쳤다.

"결심했다, 《뇌신》—— 나는 너를 넘어서겠다! 번개를 일부러 맞는 그 오의를 내 것으로 만들어 더욱 높은 경지를 목표로 삼겠다! 무제제가 중지된 건 아쉽지만, 출장하길 정말 잘했어! 위가 있다는 걸 알았다! 나는 더 강해질 수 있어! 별명이 비슷한 너와 내가 만난 건 분명히 운명일 거다!"

아니야. 내가 말한 더 강한 상대는 내가 아니라 아크라고. 보통 자기가 더 강하다고 할 때는 다른 단어로 표현하잖아! 그렇게 태클을 걸고 싶지만, 파직거리는 크라히가 너무 겁나서 뭐라 말할 수가 없었다.

안절부절못하고 있던 동안 크라히는 완전히 신이 나 버렸다. 눈이 반짝이고 있었다.

"언젠가, 다시 승부를 내자. 나는 잊지 않을 거다. 나보다 더 뛰어난 번개의 달인이 있다는 사실을! 그리고 다른 사람들에게도 전하마, 《뇌제》를 뛰어넘은 《뇌신》의 존재를! 다음에는 만족할 만한 싸움이 될 거다—— 너를 이길 그때까지 《뇌신》이라는 칭호는 맡겨두마!"

왠지 모르겠지만 《뇌신》이라는 칭호를 얻어버렸다. 소문에 살이 붙은 정도가 아니다. 그냥 거대화해버렸다. 고위 헌터들은 정말 이상한 사람들밖에 없다.

크라히가 시원스럽고 거창한 동작을 보이며 돌아섰다. 자기 말만 하고 도망칠 셈이다.

뭔가………… 말려야 하는데————. 젠장, 파직파직, 시끄러워서 생각이 정리되질 않는다.

그럼에도 겨우 입을 열고 소리치는 데 성공했다.

"잠깐, 크라히! 너는 내게 이미 이겼어!"

"………………뭐라고?"

크라히가 멈춰 서서 이쪽을 돌아보았다. 하지만 두르고 있는 번개는 더욱 강해지기만 했다. 이 정도면 오히려 번개를 컨트롤하지 못하는 것 같다.

《뇌제》가 나를 보고 수상쩍어하는 눈초리를 보였다.

"참고삼아 묻겠다만…… 내가 어떤 점에서 이겼다는 거지?"

그야……………… 전부지. 오히려 내가 크라히보다 나은 점이 생각나지 않는다.

하지만 구체적으로 말하지 않는다면 믿지 않을 것이다.

혼란스러워하던 내 눈에 들어온 것은 시끌벅적하게 번개를 뿜어대는 크라히 뒤에 조용히 서 있던 그의 동료들이었다. 나는 루샤밖에 본 적이 없었는데…… 처음에 소개받았던 우리 쪽과 많이 닮은 동료들일 것이다.

안경을 쓴 적발 청년(아마 쿨), 가슴이 엄청 크고 화려한 옷차림인 여자 도적(아마 즈리), 눈매가 사납고 마도사 같은 여자 한 명(아마 쿠트리). 가짜라고 할 정도도 아니다. 성별 말고는 모든 것이 다르다. 아, 지금이 비상사태만 아니었더라도 차분히 이야기를 들어봤을 텐데.

"…………어떤 점에서 이겼다고?"

크라히가 다시 한번 물으며 한 발짝 다가섰다.

더 이상 다가오면 그가 두르고 있는 번개에 당해버릴 것이다. 나는 재빨리 소리쳤다.

"개, 개성이 강한 동료들 말이야! 네게는 훌륭한 동료가 있잖아!"

아…… 아니야. 그게 아니라고, 내가 하고 싶었던 말은 그런 게 아니야!

그 말은 야유로 들릴 수도 있는 말이었다. 하지만 크라히는 눈을 동그랗게 뜨고는 크게 심호흡을 했다.

"…………………………그렇구나. 하긴, 그렇지."

설득에…… 성공했어? 내가 설득을 성공시킨 거, 혹시 처음 아닌가?

오히려 처음 보는 전개에 눈을 동그랗게 뜬 내게 크라히가 냉정함을 되찾았는지 조용한 목소리로 말했다.

"정정하지——— 우리가 너를 쓰러뜨릴 거다."

?! 그게 아니야! 그게 아니라고!

저거 봐, 즈리랑 상식이 있는 쪽 루크가 뒤에서 엄청 고개를 숙여대고 있잖아. 뒤를 보라고!

……혹시 《비탄의 악령》은 모든 의미에서 《비탄의 망령》과 정반대인 파티인 건가?

크라히는 루크나 리즈와 비슷할 정도로 다른 사람의 이야기를 안 듣는 사람일지도 모르겠다.

다시 말해, 설득은 의미가 없는 건가? 나 《뇌신》이 되어버리는 거야?

내가 항상 그랬듯이 금방 포기해버리자 우리 파티의 문제아인 루크가 앞으로 나섰다. 그래――― 루크! 말이 안 통하는 것만 놓고 보면 너도 전혀 밀리지 않아! 지금이야말로 크라히를 때려 눕혀줘!

신에게 기도했다. 루크는 자신만만하게 소리쳤다.

"뭘 모르는구나, 《뇌제》. 너는 《뇌신》에게 압도적으로 뒤처지는 이유를――― 강해지는 방법을 전혀 모르고 있어!"

한순간, 무슨 말을 하는 건지 이해가 되지 않았다. 이해가 따라잡지 못한다…… 봤어? 이게 우리――― 루크 사이콜이다! 쿨이 아니라 루크 사이콜이다!

…………………루크, 내가 언제 《뇌신》이 된 건데. 너, 나하고도 오랫동안 모험을 했잖아? 내가 한 번이라도 번개를 다룬 적이 있었어? 쉽사리 감화되지 말라고!

머릿속에 검이라도 가득 차 있는 거야?

다른 사람의 말을 듣지 않는 《뇌제》도 그 말은 예상하지 못했는지 멍하니 눈을 크게 떴다.

그리고 루크는 마치 잔소리를 하듯이 말했다.

"알겠냐? 네가 《뇌신》에게 진 건 보구에 의존하고 있기 때문이다. 보구가 네놈을 타락시키고 있어! 진정한 최강의 검사가 검을 가리지 않듯이, 진정한 번개의 달인이라면 보구 같은 게 없더라도 번개를 자유자재로 다룰 수 있어야지. 그 증거로 크라이는 지금까지 한 번도 보구에 의존한 적이 없다고! 나는 최강의 검사가 되기 위해 무기를 크라이에게 맡겼다! 최강을 목표로 삼으려면 그 지팡이는 여기에 두고 가라!"

이제 안 되겠다, 엉망진창이다. 처음부터 끝까지 이 무제제는 엉망진창이었다고!

그리고 될 대로 되라는 심정으로 미소를 짓고 있던 나를 크라히가 진지한 눈초리로 바라보았다.

──그렇게, 우리의 무제제는 파란만장하게 막을 내렸다.

얻은 것도 있었고, 잃은 것도 있었다. 만남이나 이별도 있었다. 그리고── 평소처럼 나는 처음부터 끝까지 휘둘리기만 했다. 이번 사건으로 인해 제블디아의 주도로 대 '여우' 협정이 체결되고 세간이 떠들썩해진 것 같긴 하지만, 내가 알 바는 아니다. 유일하게 나와 그들이 똑같은 생각을 지닌 게 있다면 그것은── 범죄 조직은 죽어버려라는 마음일 것이다. 세상에서 악당이 사라지면 나도 좀 더 평화롭게 살아갈 수 있을 테니까.

여관에서 크리트를 떠날 준비를 하고 있자니 의자에 앉아 목검을 닦고 있던 루크가 말했다.

"그런데 말이지~, 크라이. 이번에는 크라이만 너무 이득 본 거 아니야?"

"…………응? ……넌 대체 뭘 보고 있었던 거야?"

이득 같은 건 전혀 없었다고. 처음은 몰라도 마지막에는 정말 지독한 꼴이 되었으니까.

그리고 너도 마음대로 날뛰었잖아!

내 어이없어하는 마음을 느낀 건지, 루크가 자세를 바로잡고
말했다.

"그래도 말이지~, 나도 무제제에 참가해서 강한 녀석을 베는
걸 기대하고 있었거든? 크라이만 무제제에 출장한 데다 그렇게
강해 보이던 여우와 싸우다니, 이야기가 다르잖아. 나도 싸우고
싶었고, 번개를 맞고 싶었는데…… 너만 뇌신이 되고———."

처음은 그렇다 치고, 후반은 이해가 잘 안 된다. 이 세상에는
번개를 맞고 싶어하는 사람도 있구나, 신기하네~.

그리고 나를 뇌신으로 만든 건 너잖아아아아아아아아아아아!

"그야 공주의 지시에 따라 적을 베는 건 즐겁긴 했거든? 그래
도 말이지, 그건 그냥 애피타이저에 불과하다고. 나올 줄 알았던
메인 요리를 빼앗겼으니 말수 적고 멋진 검사를 목표로 삼고 있
는 나도 불평 정도는 한단 말이지. 알겠어? 크라이. 나는 말이야.
강한 녀석을 베어 죽이고 싶다고!"

잠깐, 너, 내가 모르는 사이에 무슨 짓을 한 거야? ……깊게 파
고들고 싶지 않은데.

"그야 루시아나 안셈은 그나마 낫겠지? 마지막에 그 막대한 에
너지를 막는다는 터무니없는 짓을 하게 되었으니까! 시트리는 무
슨 일이 있었는지 모르겠지만 손가락으로 V 사인을 보여주고 있
었고! 그런데! 내 적은 어디에 있는 거야! 무너지는 잔해를 베어
서 날리는 건 재미없어! 크라이, 내 적 말이야! 베어도 되는 내 적!

504 비탄의 망령은 은퇴하고 싶다 7

내~애~저~억! 차별 반대~!"

루크가 어린애처럼 발을 동동 구르며 소리쳤다. 보아하니 불만이 꽤 많이 쌓인 것 같았다.

그때, 리즈가 어이없다는 듯한 표정을 지으며 들어왔다.

"루크가 말이지, 전 무제에게 덤볐는데 그쪽에서 도망쳐버렸대."

"그 녀석은 비겁해! 시합 말고는 건물이 부서지니까 싸우지 않는다고 했어. 나라면 기꺼이 싸웠을 텐데!"

기꺼이 싸우니까 검술 실력이 좋으면서도 검성이 되지 못하는 거라고.

"그래, 그래, 루크. 크라이가 곤란해하니까 저쪽으로 가자……."

달래는 듯한 목소리. 리즈가 뒤에서 손을 잡자 루크가 큰 소리로 말했다.

"아앙?! 리즈, 너도 나랑 똑같은 입장이잖아?!"

"음………… 루크가 떼를 쓰지 않았다면 내가 그랬겠지만, 루크랑 나란히 그러면 내가 밀리니까……."

매우 불만스러운 표정을 지으며 리즈가 말했다. 보아하니 그녀에겐 그나마 부끄러워하는 마음이 남아있는 것 같다.

그래도 나한테 적을 달라고 해봤자 곤란하기만 하거든. 루크를 끌고 가는 리즈를 보고 있는데 리즈가 돌아보고 손가락으로 나를 가리켰다.

"그래도, 크라이! 나도 납득한 건 아니니까! 다음에 메꿔줘야 해!"

"어어…………?"

보아하니 빚을 져버린 모양이다…… 어떻게 해야 하나.

리즈의 목소리를 듣고 그때까지 조용히 준비하고 있던 루시아가 나를 째려보았다.

"일단 말해두겠는데요, 루크 씨도 그랬지만, 저도 납득이 안 돼요, 리더! 저는 자격 시험을 결석한 데다 갑자기 그런 걸 막게 되었다고요!"

"저도! 저도! 메꿔주셔야겠어요! 키르키르 쨩을 빼앗긴 데다 받을 예정이었던 조직을 받지 못하게 되었으니까요! 어흑."

"시트는 신나게 V 사인을 보내고 있었잖아!"

잔머리를 굴리며 편승하려던 시트리가 루시아의 바람 마법으로 인해 세차게 날아가 넘어졌다. 소꿉친구인 것치고도 거친 태클이다. 전부 여유가 잘못한 거야. 오히려 메꿀 필요가 있는 건 나라고.

나는 이런저런 생각을 집어삼키고는 옆에 앉아 있던 안셈에게 말을 걸었다.

"내 편은 안셈밖에 없구나…… 시트리나 리즈를 막아주진 않지만."

"……………………………………으음."

으음은 무슨, 으음은……………….

"뭐, 그래도 잘 생각해보면 지금부터가 중요해요. 왜냐하면 크라이 씨는 세계 최대의 범죄 조직을 상대로 대놓고 시비를 걸었으니까요!"

"적이 잔뜩 오려나?"

"분명히 올 거예요!"

루크와 시트리가 나누고 있는 대화를 일부러 무시하며 도시의 출구로 향했다.

이 세계엔 걸지도 않은 시비를 받아주는 녀석들이 너무 많다. 적이 한두 명 늘어봤자 지금까지 적을 잔뜩 늘려온 《비탄의 망령》에게는 마찬가지이긴 하지만, 최근에야 겨우 약간 잠잠해지기 시작했는데. 또 한동안 바깥으로 안 나가는 게 나으려나? 나는 기척도 제대로 감지하지 못하는 엉터리 헌터. 당할지 안 당할지 모르는 습격을 계속 경계하는 건 쾌적한 상태라도 부담이 심하다. 팬텀 쪽 여우만큼 강대하면 기척도 대충 알아볼 수 있긴 하지만⋯⋯.

이 도시에서 해야 할 일은⋯⋯⋯⋯⋯ 이제 없겠지?

마차 안에서 느긋하게 그런 생각을 하고 있자니 문득 옆 마차에서 낯익은 얼굴이 튀어나왔다.

나도 모르게 이마를 짚었다. 나타난 것은 여우 가면 동호회(가칭)의 소라와 가프 씨 일파였다. 그런데 소라의 옷차림은 신성한 인상이 드는 하얀 법의에서 마을 사람과 함께 있더라도 위화감이 없을 만한 옷으로 바뀌어 있었고, 긴 머리카락도 짧게 자른 데다 안경까지 끼고 있었다. 가프 씨는 다친 건지 지팡이를 짚고 있었다.

어떤 의미로 그들 두 사람은 이번에 나와 엮인 사람들 중 유일하게 직접적으로 폐를 끼쳐버린 상대일지도 모르겠다.

"소라, 상황은 어때?"

소라가 움찔, 몸을 떨고는 이쪽을 보았다. 그리고 급하게 자기 입술 앞에 손가락을 가져다 댔다.

"?! 쉬잇~, 보………… 아니…… 크라이 씨. 저는 이제 소라가 아니에요."

"어?! …………무슨 일이라도 있었어?"

"무슨 일이고 뭐고………… 도망치는 거예요. 지금이 천재일우의 기회니까요."

대체 무슨 일이 생긴 건데……. 당황한 내게 소라가 재빠르게 말을 늘어놓았다.

"크라이 씨가 보스를 물리쳐주신 덕분이에요. 조직 내부도 매우 혼란스러워져서─── 보아하니 보스와 다른 보스가 싸움을 벌여서 저희를 신경 쓸 여유가 없어진 모양이라─── 후후후, 보스를 그냥 보내주셨던 것도 그걸 위해서였군요?"

"어…… 어어어…………?"

잠깐만, 정보를 따라잡을 수가 없다. 내가 보스를 쓰러뜨렸다는 게 무슨 소리지? 뭐가 어떻게 된 거야?

"이제 조직과는 연을 끊었어요. 가프는 꽤 실력이 좋거든요. 진실이 들킨 뒤에도 부하들이 꽤 남았고요. 이 정도면 도망칠 수 있을지도 모르겠어요."

"이봐, 소라. 누구와 이야기를 하고 있는 거지?"

마차 너머에서 거한이 나타났다. 안셈의 6할 정도 되어 보이는 덩치 큰 남자─── 어디선가 본 얼굴이다.

"한네만, 크라이 씨는………… 우리 보스예요. 놓치지 않을 거예요."

"아아앙? 먹여 살려주나? 내 리더는 가프뿐인데."

…………어라? 이 사람, 혹시…… 박물관 습격 때 크라히가 날려버린 사람 아닌가?

그제야 내 머리가 천천히 돌아가기 시작했다. 보스를 물리쳤다고? 내가 보스를? ……보스?

이런, 왠지 엄청 기분 나쁜 예감이 든다. 몸이 오싹거린다. 생각하지 말아야지.

"물론, 먹여 살려주죠. 어찌 됐든 그는 《천변만화》니까――― 전부 손바닥 위에 있어요. 마음껏 날뛰어놓고 도망친다는 건 있을 수 없는 일이죠."

소라는 나를 존경하는 것 같으면서도 질책하고 있었다. 거짓말을 밀어붙인 건 너잖아!

나는 눈살을 찌푸리며 한동안 입을 다물고 있었지만, 소라의 표정이 바뀌지 않았기에 어쩔 수 없이 한숨을 쉬었다.

"………………잘 모르겠지만, 제도로 올래? 제도는 안전하니까 진짜로 유부초밥 도시락이라도 만들어서 파는 건 어때? 그런 조직보다는 훨씬 나을 거야………… 아마도."

"!! 가프, 제도예요! 목적지는 제도예요! 크라이 씨가 챙겨 주실 거예요! 이건 정말 묘안이네요. 사람을 숨기려면 숲에! 저, 제도에 가본 적 없어요!"

소라가 눈을 반짝이며 소리쳤다. 캐릭터가 너무 지나치게 바뀌었다. 그리고 사람을 숨기려면 숲이라니, 그러면 그냥 숲에 숨은 사람 아니야?

소라에게 맞춰주려면 지금까지와는 다른 의미로 힘들 것 같다. 나는 뒤에서 끼어들지 않고 조용히, 하지만 왠지 안절부절못하는 듯이 기다리고 있던 시트리의 팔을 잡고 산 제물로 바치기로 했다.

그렇지·········· 마지막으로 한 가지만 조언을 해둘까?

나는 소라를 다시 한번 보고는 구역질을 참으며 딱 잘라 말했다.

"그래, 가게 이름에 여우라는 단어는 안 넣는 게 좋겠어. 험한 꼴을 당하고 싶지 않다면 말이지."

Interlude   저주

제블디아 제국의 중심, 제도에서 수십 킬로미터 떨어진 작달막한 언덕에 그것은 조용히 존재하고 있었다.

별을 정확하게 파악하기 위해 만들어진 전망대. 대지의 힘이 흐르는 지맥을 따라 자연 속에 지어진 그 시설은 눈에 띄지 않지만, 제블디아를 오래전부터 계속 지탱해온 기관이기도 했다.

점성신비술원──── 통칭 '점성원'.

돔 형태를 한 특이한 건물의 어떤 방에서 푸른 법의 차림의 청년과 노파가 이야기를 나누고 있었다.

"'아홉꼬리 그림자여우' 건은 협력해준 헌터들의 진력으로 인해 무사히 마무리되었다고 합니다. 나라가 몇 개 멸망하더라도 이상할 게 없었던 재앙을 어째서 예지하지 못했냐며 기사단이 지적하고 있습니다만────."

"……사람의 손으로 일으킨 재앙 같은 게 신의 눈에 보일 것 같은가? 너무나도 작단 말이다."

방 가운데 안치되어 있는 것은 크기가 몇 미터가 넘을 정도로 거대한 수정구슬. 하늘, 대지의 힘을 모아 삼라만상을 비추는 그 보구를 가리키며 노파가 인상을 썼다.

"녀석들은 항상 너무 급하게 산단 말이지. 예지란 동서고금의 신비를 다루고 있는 이 점성원에서도 특별히 주의하며 다루어야 하는 것인데도……."

점성신비술원이 지닌 예지 능력은 만능이 아니다. 자연의 힘과 점성술사의 자질을 기반으로 이루어지는 미래 예지는 정확도가 높긴 하나 마음대로 쓸 수 있는 능력은 아닌 것이다. 대재해를 몇 번이나 미리 알아차리고 그것을 기반으로 군대가 움직여 피해를 줄인 실적이 있긴 하지만, 그와 동시에 알아차리지 못했던 재해도 많다.

점성신비술원이 공적 조직 중에서도 별종 취급을 받는 이유도 그 때문이다.

"예지는 기합을 넣는다고 어떻게 되는 게 아닌데 말이다."

"그렇죠……. 저희도 그렇게 대답했습니다만……《천변만화》는 할 수 있는데 어째서 네놈들은 못하냐더군요."

"…………또 그 남자인가? 그건 전혀 다른 섭리다. 모두가 두려워하는 『트루 티어즈(진실의 눈물)』의 심판을 기꺼이 받으려 하는 남자 아닌가? 가능하다면 우리 쪽으로 와줬으면 좋겠군."

최근 제블디아에 발생한 큰 사건에 전부 끼어들어 마음대로 날뛰고 있는 남자의 이름을 들은 노파는 크게 한숨을 쉬었다. 노파는 고개를 들고 수정구슬을 본 다음——— 눈을 크게 떴다.

"윽………… 이, 반응은———."

"?! 저도, 보입니다!"

건너편이 보일 정도로 투명하게 빛나고 있던 보옥에 마치 얼룩 같은 까만 점이 나타나 있었다. 그 까만 점은 아지랑이처럼 퍼져 나가 수정 전체를 뒤덮었다. 수정구슬은 다양한 환상으로 미래를 알려준다. 하지만 그 반응은 최근에 예지한 그 무엇보다도 훨씬 불길한 인상을 품게 만들었다.

눈을 한없이 크게 뜨고 수정을 들여다보던 부하에게 노파가 호흡을 가다듬고는 소리쳤다.

"네놈에게도 보인다는 건 강력한 예지라는 뜻이다. 기사단이 목 빠지게 기다리던, 얼마 전 여우가 일으킨 사건보다 훨씬 큰——— 서둘러 제도에 전하거라! 제도를 뒤덮으려 하는 불길한 그림자가 있다고 말이다!"

비탄의 망령은  은퇴하고 싶다

외전 《비탄의 악령》은 모험하고 싶지 않다!

그 자기소개를 듣고 이번에 의뢰를 내걸었던 마을의 책임자——
촌장은 눈을 크게 떴다.

"이럴 수가………… 그 이름은 들어본 적이 있습니다. 그리고
그 가면과 차림새——— 설마, 당신이 그 유명한?!"

그곳은 주요 도시로부터 멀리 떨어져 있는 한적한 마을이었다.
인구도 천 명 이하, 방어 시설도 목책 정도에 불과하며 탐색자 협
회의 지부조차 존재하지 않았다. 보통 그런 마을에서는 자신들이
해결할 수 없는 비상사태가 발생했을 때 근처 도시의 탐색자 협
회 지부에 의뢰를 하게 된다.

이번에도 근처에 마물이 자리를 잡았고, 마을 사람들끼리 어떻
게든 해보려 했으나 그러지 못했기에 부끄러운 마음으로 의뢰를
내걸었다. 그리고 그 결과, 찾아온 사람은 왠지 초월적인 분위기
를 풍기는 키가 큰 남자였다.

단정한 얼굴에 칠흑색 머리카락. 시원스러운 미소를 짓고 있으
며, 들고 있던 금빛 보옥이 박힌 지팡이는 어지간한 헌터들도 가
지고 다니지 못하는 보구 특유의 빛을 뿜어내고 있었다.

놀라움과 당황스러움, 감동이 함께 담긴 촌장의 말을 듣고 청
년은 그저 살짝 미소를 지을 뿐이었다.

그 모습을 본 것만으로도 촌장의 저택에 모여 있던 마을의 중

진들이 말문을 잃었다. 틀림없다.

신산귀모의 《천변만화》. 그 대제국, 제블디아에서 현재 두각을 드러내고 있는 남자.

이런 시골까지 이름을 떨친 청년이 밝은 표정으로 말했다.

"별말씀을. 저 따위는 아직 무명에 불과합니다."

"겨, 겸손하시군요……. 그런데………… 곤란하게도, 저기…… 일부러 와주셨는데 죄송합니다만…… 저희는 당신처럼 레벨이 높은 헌터에게 의뢰할 돈이——— 게다가 파티까지 합치면……."

트레저 헌터의 본업은 보물전의 탐색이다. 그밖에 다른 의뢰를 맡을지 여부는 완전히 개인의 성격에 달렸고, 거금을 벌 수 있는 레벨이 높은 헌터를 움직일 만큼 많은 보수를 내놓을 수 있는 마을은 별로 없다.

촌장과 다른 사람들이 당황한 이유 중 하나가 그것이었다. 청년 뒤에 있는 남녀 몇 명. (실례가 되는 말이긴 하나)《천변만화》보다 격이 좀 떨어지는 것 같긴 하지만, 그 유명한 《천변만화》가 이끄는 파티 《비탄의 망령》이 분명하다. 그렇지 않아도 고액의 보수가 필요한 고레벨 헌터를 이 마을에서 파티째로 고용하는 것은 불가능하다. 애초에 이번 의뢰 내용인 마물 토벌도 그렇게까지 위험도가 높은 게 아니었기에 별명이 붙은 사람이 많은 파티는 완전히 과잉 전력이었다.

그리고 이번에는 보수를 협의 후에 지불하겠다고 적어두었다. 설마 이렇게 유명한 파티가 올 줄은 몰랐다.

촌장이 한 말을 듣고 동료 중 안경을 낀 적발 남자가 안경을 밀어 올리고는 왠지 수상쩍은 미소를 지으며 말했다.

"보수에 대해서는 나중에 의논하시죠. 그렇게 많은 보수를 지불할 수 없다는 건 알고 있습니다. 하지만 저희도 어느 정도 이름이 알려진 몸이니 어느 정도는 받지 않으면 탐협에서 혼나게——."

"홋. 보수 같은 건 필요 없습니다. 저희 목적은 어디까지나 트레저 헌팅이니까요."

"?! 뭐, 뭐라고요?!"

믿기지 않는 말이었기에 깜짝 놀랐다. 헌터 중에도 다양한 사람들이 있다는 건 알고 있었지만, 설마 이런 시골까지 찾아와서 보수가 필요 없다며 딱 잘라 말하는 자가 있었을 줄이야.

대체 그는 뭐하러 온 거지?

자신감이 넘쳐나는 《천변만화》 뒤에서 동료들이 질색하듯이 머리를 감싸 쥐고 있었다.

"이봐, 단물을 전혀 빨아먹지 못하고 있잖아, 어떻게 된 거냐고! 쿨!!"

"그래도 어쩔 수 없잖습니까! 크라이 씨는 **진짜배기**라고요!"

동료 연금술사, 쿠트리가 눈이 뒤집어진 채 협박하듯 말하자 쿨은 한숨을 쉬었다.

이럴 예정이 아니었다. 그 유명한 《비탄의 망령》의 리더와 비슷한 이름에 뛰어난 재능을 지닌 청년. 그 힘을 잘만 이용하면 《비탄의 망령》의 위세에 힘입어 다양한 이익을 얻을 수 있을 줄 알았던 것이다.

건물 밖에서는 끊임없이 굉음이 울려 퍼지고 있다. 쿨 일행의 리더가 훈련하며 번개를 떨어뜨리고 있기 때문이다. 그것은 크라히 안드릿히의 일과이기도 했다.

"저 녀석, 진짜 이상해. 정말, 저런 남자였다는 걸 알았다면 따라오지도 않았을 거라고!"

"뭐, 저나 즈리는 빚도 있으니까요……."

즈리와 쿨이 크라히와 알고 지내게 된 것은 헌팅 도중이었다. 운이 안 좋게도 마물에게 둘러싸인 채 절체절명의 위기에 처한 순간, 시원스럽게 구해주러 나선 사람이 솔로로 활동하고 있던 크라히였던 것이다.

처음에는 쿨도 그가 진짜 《천변만화》라고 생각했다. 하지만 금방 그 착각은 사라졌다.

진짜 신산귀모의 《천변만화》가 이렇게 바…… 단순할 리 없다.

쿨이 《비탄의 악령》을 만들자고 생각한 것도 그때였다.

진짜에 필적하는 힘을 지니고 있을지도 모르는 크라히 안드릿히. 쿨에게는 힘이 부족했다. 크라히는 헌터의 규칙이나 상식을 몰랐다. 크라히와 쿨은 서로 부족한 부분을 메꿔주었다.

설마 일부러 위험한 곳에 뛰어드는 성격일 줄은 몰랐지만.

크라히는 강했다. 용감하고, 힘도 세고, 머리도 나쁘지 않고──무엇보다 영웅이 되려는 마음이 너무 강했다. 그리고 쿨 일행이 그 사실을 알았을 때는 이미 돌이킬 수 없는 상황이 되어 있었다.

최강의 트레저 헌터, 《천천만화》가 이끄는 《비탄의 악령》. 최대한 진짜와 마주치지 않게끔 신경 쓰며 진로를 결정하고 있던 쿨 일행과는 달리 크라히의 행동은 엉망진창이었다.

동쪽에 마물에게 습격당한 사람이 있다면 곧바로 가서 번개를 떨어뜨리고, 서쪽에 도적단이 출몰한다는 소문이 들리면 곧바로 그곳을 향해 일직선으로 가서 번개를 떨어뜨린다. 그리고, 절대 보수를 받지 않는다. 그뿐만이 아니라 꽤 자주 기부까지 하니 소문이 안 나는 게 이상했다.

그 영향은 동료인 쿨이나 즈리에게까지 미치고 있었다. 너무 주목을 많이 받아서 함부로 행동할 수가 없기 때문이다.

유일하게 쿠트리만은 조심스럽게 따로 행동하며 나쁜 짓을 하는 것 같지만, 그것도 횟수가 줄어들었다.

진짜 《비탄의 망령》에는 악평도 있으니 이래선 어느 쪽이 진짜인지 알 수가 없다.

애초에 의뢰를 달성하고 보수를 받는 건 헌터의 권리다. 받지 않는 게 선이라고 할 수가 없는 문제인 것이다. 크라히가 그 원칙을 뒤엎는다면 다른 헌터에게도 영향이 가고, 탐색자 협회에서도 잔소리를 듣게 된다. 상황에 따라서는 위장이 들통나버릴 수도 있을 것이다.

"영웅과 바보는 종이 한 장 차이라고 했던가……. 그래도 어떻게든 해야지, 안 그러면 위험하잖아, 이거."

"뭐, 진짜와 만나도 크라히 씨만은 용서받을 것 같지만요……. 크라히 씨는 딱히 속이려 하지도 않으니까요."

질색하듯이 한숨을 쉰 즈리에게 쿠트리가 진지한 표정으로 말했다.

"이제 해산하는 게 낫지 않겠냐?"

"…………크라히 씨는 동료가 생겨서 정말 기뻐했는데요. 해산하겠다고 하면 어떻게 될지…….."

원래 쿨 일행에게는 크라히처럼 재능이 있는 헌터를 따라갈 만한 능력이 없다. 그럼에도 불구하고 파티가 유지되고 있는 건 그저 크라히의 의향 때문이다. 원래는 운이 좋다고 생각해야 하는 상황이다.

"맞아~, 맞아~. 해산 같은 소릴 하면 그 녀석이 풀 죽을 거라고."

"풀 죽을 거라 안 된다니…… 진짜. 너희도 착한 녀석들이구나."

"아니. 그 녀석을 보고 있자면 뭐라고 해야 하나, 마음이 새하얘지거든. 배신하면 분명히 지옥에 떨어질 거야."

"그래도 이대로는 위험할 거 아냐? 진짜에게 들키지 않게끔 멀리 간다 해도, 그 진짜가 너무 위험한 녀석이잖아? 크라히보다 더 대단하다니, 그게 무슨 괴물이냐고!"

"그렇긴 하죠…… 크라히 씨를 좀 말려야…….."

문제는 그것이다. 크라히도 실력이 꽤 좋긴 하지만, 진짜 쪽도 쿨이 상상했던 것보다 잘 나가고 있었다.

만난 적은 없지만 소문은 들린다. 진짜는 본인도 강력하고 동료들도 하나둘씩 별명이 붙고 있으니 쿨 일행은 승산이 없다──아니, 승부도 안 된다. 탐색자 협회에 들키면 벌칙을 받게 되는 건 쿨 일행이다. 그리고 그때 크라히가 받을 충격을 생각하면 가슴이 아프다.

쿨은 한숨을 쉬더니 이때다 싶어 일어섰다.

"어쩔 수 없지…… 예정대로 오퍼레이션 시스터 오디션을 실행하시죠!"

"크라히에게 푹 빠진 여동생 캐릭터를 찾아내서 독으로 독을 제압한다는 그거 말이냐? 진심이었어……?"

"뭐, 아무것도 안 하는 것보다는 낫지 않나? 잘될 것 같진 않지만……."

정색하는 쿠트리에게 즈리가 전혀 의욕이 없다는 듯이 말했다.

"지금까지 했던 행동은 전부 엉뚱한 결과만 불러왔잖아.《천견》은 무슨. 애초에 우리 오빠는 어떻게 할 건데?"

"안셈 스마트는《비탄의 망령》중에서도 특히 유명하니까요. 외모의 특징도 강렬하니 쉽사리 찾아낼 수가 없다고요."

"아예 몸집이 작은 남자를 찾아보는 건 어때?"

"그러면 단번에 들통날 겁니다. 딱히 장난삼아 파티를 만든 게 아니잖아요? 쿠트리."

"말은 잘하네. 너는 외모를 닮게 만들 생각도 없잖아! 진짜는 검사니까 검 정도는 가지고 다녀! 분명히 너 살 궁리만 하는 거잖아! 그거!"

거친 목소리로 따지는 쿠트리.

쿨은 그 말을 완전히 무시하며 주먹을 쥐고 섰다.

"안셈은 그렇다 치더라도 루시아는 분명히 잘될 겁니다! 진짜도 여동생에게는 약한 모양이고, 크라히 씨처럼 훈남이라면 여동생도 마음대로 고를 수 있겠죠! 최고의 여동생을 골라주면 크라히 씨도 차분해질 테고요!"

외전 《비탄의 악령》은 모험하고 싶지 않다! 521

"정신을 못 차렸네…… 최고의 여동생은 또 뭐야……."

"머리카락 색을 맞춰서 자매 행세를 하고 있는 우리가 할 말은 아니지만———."

서로 얼굴을 마주 보며 크게 한숨을 쉬는 쿠트리와 즈리. 취미나 부모, 출신 지역, 외모까지 전부 다르지만, 신기하게도 그런 모습은 진짜 자매 같았다.

그녀들의 어이없어하는 듯한 시선을 느낀 쿨은 안경을 밀어 올리고는 큰 소리로 말했다.

"애초에 당신들이 잔챙이 악당인 게 문제야! 악당이 크라히 씨를 어떻게 해볼 수 있을 리가 없잖습니까! 순수한 여동생을 찾아야 합니다! 어디에 내놓아도 부끄럽지 않고, 크라히 씨를 압도할 수 있는 여동생을!"

"잔챙이 악당인 건 너도 마찬가지잖아! 쿨 사이코는 무슨! 적어도 진짜와 공통점을 뭔가 만들라고!"

"저는 상관없잖아요!"

말다툼을 벌이고 있던 《비탄의 악령》 근처에 한층 더 강한 번개가 떨어졌다.

쿨 일행의 모험은 이제 막 시작되었을 뿐이다.

작가 후기

이예이~, 드디어 나왔습니다, 『비탄의 망령은 은퇴하고 싶다』 7권. 구입해 주셔서 감사합니다! 다시 만나 뵙게 되어 기쁩니다. 츠키카게입니다.

벌써 제1권이 발매된 지 3년, 돌이켜보니 이 시리즈도 꽤 오랫동안 쓴 것 같습니다.

착각물이라는 장르는 예전부터 정말 좋아하는 장르였습니다만, 처음 도전하는 장르이기도 했습니다. 지금까지 오랫동안 계속 이어올 수 있었던 것은 그저 응원해주신 여러분 덕분입니다.

이번 권의 착각 요소는 저번 권까지와 비교하면 약간 복잡할지도 모르겠습니다. 하지만, 저번 권 이상으로 코미디 분위기가 올라갔으니 즐겨주시면 기쁠 것 같습니다!

이번 권의 주제는…… 진짜로 나쁜 크라이입니다. 지금까지 크라이는 다양한 사건에 휘말리는 쪽이었지만——— 다 읽고 나신 뒤에는 무슨 뜻인지 확실히 아실 수 있을 겁니다. 등장인물도 새로운 캐릭터, 기존 캐릭터들이 한데 얽히게 되고, 치코 선생님의 일러스트까지 합쳐져 정말로 시끌벅적한 모습을 보여주고 있습니다. 표지가 뭐라고 해야 하나, 너무 멋져서…… 웃음밖에 안 나오네요. 등장인물이 꽤 많은 편인 이 시리즈, 마음에 드는 캐릭터가 있다면 작가로서 그보다 기쁠 수는 없을 것 같습니다. 좀 더 이런저런 활약을 하게 해주고 싶지만, 페이지 숫자가……! (항상 하던 변명)

그리고 이번 권도 저번 권에 이어 이것저것 해주셨습니다! 굿 즈도 다양하게 만들어주셨는데, 개인적으로 가장 추천하는 건 아 크릴 스탠드가 딸린 특장판 7권입니다! ~~7권 후기에 쓸 내용이 아 닌데~~

디자인이 매우 괜찮게 나왔으니 아직 못 구하신 분들께서도 부 디 인터넷으로 검색해 보세요!

자, 마지막은 항상 하던 감사의 말씀으로 마무리하도록 하겠습 니다.

이번에도 멋진 일러스트를 그려주신 치코 님. 정말 감사합니다. 매번 그랬지만 내용과는 절묘하게 상관이 없는 표지가 최고입니다. 앞으로도 부디 잘 부탁드립니다!

담당 편집자이신 카와구치 님. 그리고 GC 노벨즈 편집부 여러 분과 관계자 여러분. 항상 정말 감사드립니다. 부족한 작품을 지 금까지 이어올 수 있었던 것은 여러분 덕분입니다! 굿즈가 잔뜩, 기쁘다!

SS도 잔뜩 쓸 테니 모기향 먹거리를 만들어 주세요! 앞으로도 잘 부탁드립니다!

　그리고 누구보다 지금까지 함께 해주신 여러분께 깊은 감사의 말씀을 드립니다. 감사합니다!

비탄의 망령은   은퇴하고 싶다

언젠가 고양이 팬텀의 꼬리를
손에 넣게 된다면···
이렇게 될 수도 있을까···?

2021.7

嘆きの亡霊は引退したい
7巻 発売!!!!
おめでとうございます!!
蛇野らい

비탄의 망령은 은퇴하고 싶다
7권 발매!!!!
축하드립니다!!!

헤비노 라이

역자 후기

안녕하세요. 천선필입니다.

이번 『비탄의 망령은 은퇴하고 싶다』 7권, 재미있게 읽으셨는지 모르겠습니다.

이 작품의 핵심 요소는 아무래도 '착각'일 것 같습니다. 괴물 같은 힘을 자랑하는 파티원들, 그리고 클랜 멤버들, 이런저런 이유로 맞서 싸우게 되거나 일방적으로 피해를 입게 되는(?) 적들까지, 그들과 비교하면 아무런 힘도 없다 할 수 있는 주인공 크라이가 그런 '착각'이라는 요소만으로 사건을 해결해 나간다고 해야 하나, 사건이 저절로 해결되어가는 과정을 즐길 수 있는 게 바로 이 작품 아닐까 싶습니다.

물론 크라이에게 아무런 능력도 없는 것은 아니긴 합니다. 지난 6권 외전에서 겁쟁이의 입을 빌려 직접적으로 밝혀지기도 했죠. 이걸 능력이라고 해야 할지 약간 의문이기도 한데, 엄청난 '사람복'과 '불운'입니다. 특히 후자의 경우 크라이 자신과 동료들뿐만이 아니라 적에게까지 영향을 주기 때문에 상대가 강하면 강할수록, 거대하면 거대할수록 이야기의 스케일이 커지는 것 같습니다. 【길 잃은 여관】의 경우를 생각하면 신이라 해도 그 영향에서 벗어나지 못하는 것 같으니 정말 무시무시한 능력(?)인 것 같기도 합니다.

어떻게 보면 일반적인 작품의 주인공 보정이라고 할 수도 있는 이 두 가지 요소까지 이야기 속에 잘 버무려져서 '착각'을 구성하는 요소로 작용하고 있다는 게 신기하기도 한 느낌입니다. 그리고 1권부터 이번 7권까지 표지 일러스트를 보면 그 책에 나오는 핵심 요소들은 분명히 다 들어가 있는데도 하나같이 주제에서는 엇나간 내용이라는 것 또한 이 작품에 잘 어울리는 점이라고도 할 수 있겠네요.

이런 생각을 하면서 이번 『비탄의 망령은 은퇴하고 싶다』 7권을 번역하였습니다. 매번 그랬듯이 감사의 말씀 드리고 후기를 마치려 합니다.

항상 신경을 많이 써주시는 담당 편집자분, 그리고 책을 내는 데 도움을 많이 주신 소미미디어 관계자 여러분, 그리고 가족 여러분. 감사합니다.

그 누구보다 감사드리고 싶은 분은 독자 여러분입니다. 제가 이렇게 무사히 번역을 마치고 후기를 쓸 수 있는 것도 독자 여러분 덕분이라 생각합니다. 진심으로 감사드립니다.

다시 찾아뵙게 될 때까지 행복한 하루 보내시길 바랍니다.
감사합니다.

비탄의 망령은 은퇴하고 싶다 7

2023년 5월 15일 1판 2쇄 발행

저   자 츠키카게
일 러 스 트 치코
옮 긴 이 천선필
발 행 인 유재옥
본 부 장 조병권
담당편집 박차우
편 집 1 팀 김준균 김혜연
편 집 2 팀 박차우 정영길 정지원 조찬희
편 집 3 팀 오준영 이해빈
편 집 4 팀 전태영 박소연
라이츠담당 김정미 맹미영 이윤서
디 지 털 박상섭 김지연
미   술 김보라 박민솔
발 행 처 ㈜소미미디어
인쇄제작처 ㈜코리아피앤피
등   록 제2015-000008호
주   소 서울시 마포구 토정로222, 403호 (신수동, 한국출판콘텐츠센터)
판   매 ㈜소미미디어
영   업 박종욱
마 케 팅 한민지 최원석 최정연
물   류 허석용 백철기
전   화 (02)567-3388, Fax (02)322-7665

ISBN 979-11-384-1107-3
ISBN 979-11-6507-865-2 (세트)